ANONYME

W0205161

Le Livre de la mort

TRADUIT DE L'ANGLAIS PAR DINIZ GALHOS

SONATINE ÉDITIONS

Titre original :

THE BOOK OF DEATH

ISBN : 978-2-253-16481-4 – 1re publication LGF

Le Livre sans nom

La couverture et les pages du *Livre sans nom* ont été fabriquées à partir du bois de la croix sur laquelle le Christ est mort. Tout vampire touchant une partie de cette croix est aussitôt anéanti. Ce livre est une arme cruciale dans la lutte contre les créatures du mal.

L'Œil de la Lune

L'Œil de la Lune est une pierre précieuse bleue détenant un pouvoir inimaginable. Quiconque la porte devient immortel. Elle permet également de contrôler l'orbite de la lune, modifier les conditions météorologiques, guérir les blessures et faire redevenir humains les vampires.

Le Cimetière du Diable

Le Cimetière du Diable est un coin de désert où l'on peut pactiser avec le diable. Sous le sable du Cimetière gît une multitude de zombies qui ont jadis vendu leur âme contre richesse et célébrité.

Le Livre de la mort

Le Livre de la mort a été originellement créé afin de consigner les noms des morts. Le chef égyptien Ramsès Gaïus a jeté sur ce livre un sortilège lui permettant de se débarrasser de ses ennemis en y écrivant leurs noms. Tous ont péri à la date indiquée sur les pages maléfiques.

Cher lecteur,

Vous avez ouvert *Le Livre de la mort*.

Les apparences peuvent être trompeuses. Lisez avec attention.

ANONYME.

Prologue

Les poumons en feu, une jeune fille courait à vive allure dans les ruelles sombres et sordides de Santa Mondega. Celui qui la poursuivait n'avait toujours pas abandonné sa traque. Elle entendait distinctement derrière elle le son de ses pas, étouffé par la neige qui recouvrait tout. Elle n'avait pas osé se retourner depuis qu'il avait surgi des ténèbres. Elle avait clairement vu le blanc de ses yeux, au milieu des grosses taches de maquillage noir qui recouvraient la majeure partie de son visage. Il était totalement vêtu de noir, et elle avait d'abord cru être en présence d'une ombre géante dotée d'yeux. Puis elle avait vu ses dents. D'énormes crocs de vampire. Et elle avait alors pris ses jambes à son cou.

Crier à l'aide aurait été inutile : les vampires qui rôdaient dehors étaient bien plus nombreux que les humains. Quelque chose de terrible était en train de se passer à Santa Mondega, et tout cri n'aurait fait qu'attirer plus encore l'attention des créatures du mal. Il fallait à tout prix qu'elle trouve une cachette sûre. Débouchant au bout d'une ruelle sur l'une des artères principales de la ville, elle aperçut un lieu susceptible de faire l'affaire.

La bibliothèque de Santa Mondega.

Elle traversa l'avenue à toute vitesse et grimpa les marches qui menaient à l'entrée. Les battants grand ouverts l'invitaient à passer le seuil. Elle ne perdit pas une seconde et s'engouffra dans le hall de la bibliothèque. Le sol était en marbre, et le plafond très haut. Les lieux auraient dû lui être familiers : depuis des mois, ses parents l'encourageaient à fréquenter la bibliothèque pour y préparer ses examens. Face à elle se trouvait une imposante porte à double battant, close par une chaîne et un gros cadenas en bronze. Il ne lui restait plus qu'une solution. Elle se précipita vers la cage d'escalier qui se trouvait sur sa gauche.

Elle monta aussi vite qu'elle put à l'étage supérieur, laissant derrière elle une traînée de neige écrasée. Si le vampire entrait dans la bibliothèque, il pourrait la suivre littéralement à la trace. Elle savait qu'elle risquait de se retrouver acculée en tentant de se cacher, mais elle ne pouvait courir indéfiniment sans se faire rattraper. Si le vampire qui la pourchassait ressemblait un tant soit peu à ceux qu'elle avait vus dans *Twilight*, il pouvait à loisir bondir dans les airs, couvrir des distances phénoménales sans la moindre peine et la rattraper au moment où l'envie lui en prendrait. Peut-être ce vampire-ci appréciait-il le fait de prendre ses proies en chasse. Peut-être le son de sa respiration, brisée par la terreur, l'excitait-il.

En haut des marches, elle risqua un regard pardessus son épaule. Aucun signe de son poursuivant. Peut-être avait-il décidé de se rabattre sur une victime plus facile à attraper. Mais même si cela était le cas, elle n'avait aucune envie de s'attarder sur ce palier. Elle pénétra dans la salle de lecture, espérant y trouver un dédale de rayonnages où elle pourrait se cacher. Le bureau de la réception était vide, et il ne semblait pas y avoir âme qui vive entre les étagères chargées de livres qui se dressaient jusqu'au plafond. Devant elle se trouvait un vaste espace rempli de tables et de chaises, toutes inoccupées.

Elle se rua en direction des ouvrages de référence et s'agenouilla derrière le rayonnage. Ce coin était assez sombre, et même s'il était peu probable que cela suffise à décourager un vampire, cela lui parut être le meilleur endroit où se cacher. Tout du moins jusqu'au moment où elle aperçut à l'autre bout de l'allée quelque chose qui la pétrifia.

Dans une flaque de sang gisait le corps d'un jeune homme. Sa tête avait été écrasée, réduite à une masse informe et sanguinolente. Mais le plus inquiétant dans cette scène, c'était l'homme qui se penchait au-dessus du cadavre, cet homme à propos duquel les rumeurs les plus folles ne tarissaient pas. Drapé des pieds à la tête d'une longue cape à manches noire, le crâne recouvert d'une capuche, c'était bel et bien le Bourbon Kid. Alors qu'il détournait le regard dans sa direction, elle constata que ses mains étaient recouvertes du sang du jeune homme.

Après avoir considéré un moment ces mains, bouche bée, Caroline releva les yeux. Leurs regards se croisèrent. Elle resta figée, telle une statue de sel, son corps et son cerveau cessant de fonctionner à la vue du tueur tristement célèbre. En proie à une horreur infinie, elle le vit se redresser, passer une main ensanglantée sous sa robe, pour en ressortir un très gros pistolet. Il visa, pointant le canon droit sur la tête de Caroline. Le laser fixé à l'arme scintilla puissamment, dessinant un point rouge entre ses yeux. Elle se demanda si sa dernière heure avait vraiment sonné, mais, avant d'appuyer sur la détente, le Bourbon Kid prononça deux mots, de ce ton rocailleux reconnaissable entre tous, qui semblait provenir tout droit des tréfonds de l'enfer.

« Baisse-toi. »

Durant une fraction de seconde, Caroline ne réagit pas. Puis elle obéit, enfonçant sa tête entre ses genoux, plaquant ses mains sur ses oreilles et fermant les yeux.

BANG !

Elle avait eu beau se protéger les oreilles, le coup de feu l'assourdit. Alors que l'écho résonnait dans la vaste salle, Caroline écarta ses mains de sa tête. Elle entendit derrière elle le bruit sourd d'un corps tombant à terre. Elle demeura accroupie quelques secondes, sans bouger, avant de rouvrir timidement les yeux en relevant le regard vers le Bourbon Kid. Celui-ci avait rangé son pistolet sous sa cape noire et considérait à nouveau le cadavre ensanglanté du jeune homme sur le plancher.

Caroline se releva lentement. Étendu de tout son long sur le dos, une grosse partie de sa tête en moins, gisait le vampire qui l'avait pourchassée dans les rues de Santa Mondega. De la fumée s'échappait du trou béant, et le sang qui en coulait formait une flaque qui grossissait à vue d'œil. Elle eut un mouvement de recul et se retourna vers le Bourbon Kid.

« Merci, marmonna-t-elle. Ça faisait un certain temps qu'il me courait après. Je ne sais pas qui c'était au juste. »

Le Kid ne répondit pas. Caroline fit un pas vers lui et reprit la parole, gagnant un peu en assurance. « Vous savez ce qui se passe, vous ? demanda-t-elle. Ce sont des vampires qui ont tué ce garçon ? »

Le Kid semblait avoir oublié sa présence. Au son de sa voix, il jeta un regard dans sa direction. « Le type qui te pourchassait était un Panda, dit-il.

— Hein ? Un panda ?

— Ouais. »

Elle observa une courte pause, se demandant ce qu'il avait voulu dire par là. Ça n'avait aucun sens.

« Le maquillage noir, sur son visage, autour de ses yeux : c'est le signe qu'il appartient au clan des Pandas. Du moins jusqu'à ce que je lui explose la gueule. »

Caroline avait beau écouter ses explications, elle ne pouvait détacher son attention du cadavre du jeune homme. « Oh mon Dieu. C'est Josh. On est dans le même bahut. Ce sont les Pandas qui lui ont fait ça ? » demanda-t-elle.

Le Kid hocha la tête. « Non. C'est pas le style des vampires.

— Alors qui lui a fait ça ? »

Le Kid ignora sa question et passa à nouveau sa main sous sa cape pour en ressortir l'arme avec laquelle il avait tué le vampire. Il semblait prêt à s'en resservir. Il s'avança à grands pas vers Caroline, regardant droit devant lui, comme si elle n'existait pas. Elle s'écarta, pressant son dos contre les étagères chargées de livres afin de mettre autant de distance que possible entre le Kid et elle. Il lui passa devant, sa cape frôlant délicatement sa jambe. Au bout de l'allée, il s'immobilisa pour regarder à droite, puis à gauche, le canon de son arme braqué devant lui, prêt à l'usage.

Avec circonspection, Caroline lui lança : « Est-ce qu'on peut sortir en toute sécurité, maintenant ?

— Moi, oui.

— Je peux venir avec vous ? J'ai peur de sortir toute seule. »

Il lui envoya un regard sombre. « Tu seras plus en sécurité ici. »

Caroline pointa du doigt le cadavre du jeune homme. « Et celui qui a tué Josh ? demanda-t-elle. Il est peut-être encore dans la bibliothèque, non ? »

Le Kid se dirigea droit vers la sortie et répondit sans se retourner : « L'homme qui l'a tué est déjà parti.

— Vous savez qui c'est ? lança-t-elle dans son dos. Vous allez le tuer ?

— Il est sur ma liste. »

1

Le caniveau débordait de pluie, d'eau usée et de sang. Dans l'inquiétant silence qui s'était emparé de la ville, c'était là les seuls vestiges du massacre dont Santa Mondega avait été le théâtre au cours des vingt-quatre dernières heures. En proie à l'orage, à la foudre et à la mort, Halloween n'avait jamais été à ce point chaotique. Et à Santa Mondega, ce n'était pas peu dire.

Si tout cela s'était passé dans une autre ville, la police et les journalistes se seraient empressés de sillonner ses rues, en quête de preuves matérielles et de témoins. Mais s'il restait des flics en vie, il y avait cher à parier qu'ils ne referaient pas surface avant le lever du soleil. En temps normal, Santa Mondega grouillait déjà de vampires, qui pour une grosse partie étaient des policiers. Or durant cette terrible nuit, flics et vampires (et en particulier les flics vampires) avaient été victimes du massacre. Les habitants de Santa Mondega se réveilleraient dans une ville quasi exempte de forces de l'ordre.

Il était quatre heures du matin, et deux silhouettes arpentaient les rues fantomatiques. Le jeune couple avançait dans les ténèbres. La jeune femme, âgée d'une petite vingtaine d'années, portait un jean et un sweat gris, maculé de taches de sang qui paraissaient noires dans l'obscurité. C'était en grande partie son propre sang, qui avait coulé d'une blessure au cou qu'elle réussissait assez bien à dissimuler sous sa longue chevelure brune. Son compagnon, un homme du même âge, était responsable de cette blessure. Il l'avait transformée en une créature de la nuit, tout comme lui l'avait été, un peu après minuit.

Depuis, ils avaient erré dans la ville, et venaient de passer plusieurs minutes dans l'ombre d'un édifice, en face du commissariat où s'était déroulée une partie des meurtres les plus atroces de cette nuit. Ils cherchaient à distinguer le moindre signe de vie à l'intérieur du bâtiment.

L'homme, Dante Vittori, finit par sortir de l'ombre pour passer dans la lumière des lampadaires qui illuminaient la rue. Les faisceaux lumineux révélèrent les grosses taches de sang qui recouvraient la chemise bleue de son uniforme de policier. Il fit signe à sa compagne de le rejoindre. Le commissariat semblait complètement vide. Dante s'avança droit vers l'édifice, d'un pas téméraire, fort de la certitude que si quelqu'un le guettait dans un coin d'ombre, il n'oserait pas s'attaquer à lui. Sa petite amie Kacy se glissa hors des ténèbres et courut après lui.

« Je ne suis pas sûre que ce soit vraiment malin d'entrer là-dedans, dit-elle dans son dos alors qu'il gravissait les marches de béton qui menaient au double battant de verre de l'entrée du commissariat.

— Fais-moi confiance, dit-il en les ouvrant. Il y a quelque chose dans ce bâtiment qui va te plaire. »

Il regarda à droite et à gauche afin de s'assurer que personne ne se trouvait dans le coin.

Kacy n'était toujours pas convaincue. « À moins que ce soit un remède miracle qui nous fasse redevenir normaux, je doute que ça me plaise.

— Allons-y. Y a personne », dit Dante en lui faisant signe de passer le seuil de la porte qu'il tenait ouverte.

Kacy entra et attendit que Dante ouvre la marche. Le hall de réception était plongé dans un chaos total. Un silence désagréable régnait sur les lieux. Dante se dirigea vers l'ascenseur qui se trouvait à l'autre bout de l'accueil, passant devant des bureaux inoccupés. Les tables, les murs et presque toute la superficie du sol étaient recouverts de sang. Le cadavre d'un policier gisait au pied du mur de droite. La moitié supérieure de son crâne avait disparu.

« Qu'est-ce qui a bien pu lui arriver ? demanda Kacy en s'éloignant du corps.

— Peto le moine l'a assommé.

— Tu parles du moine qui s'est fait couper la tête ?

— Ouais, Peto. C'était un mec bien.

— J'espère que les flics retrouveront la personne qui lui a coupé la tête.

— Je te parie ce que tu veux qu'ils ne retrouveront même pas sa tête. »

Kacy considéra à nouveau le cadavre, cette fois en fronçant les sourcils. « Tu m'expliques comment ce flic a fini dans cet état alors que Peto l'a simplement assommé ?

— Peto l'a d'abord mis KO et, après ça, le Bourbon Kid lui a tiré dans la tête pour s'assurer qu'il ne reprendrait pas connaissance.

— Sympa », commenta Kacy, jetant un dernier coup d'œil au corps avant de suivre Dante en direction de l'ascenseur. « Et où est-ce qu'il est passé, le Kid ?

Tu crois qu'on peut le retrouver ? Tu crois qu'il peut nous aider ? »

Dante hocha la tête. « Nan. Le moine s'est servi de l'Œil de la Lune pour que le Kid regagne son âme, ou un truc du genre. Ça l'a transformé en vraie lavette, il a pris sa caisse et il nous a laissés nous démerder tout seuls.

— L'enfoiré.

— C'est clair. Mais j'oserais quand même pas le lui dire en face. »

Dante appuya sur le bouton d'appel de l'ascenseur. Le mécanisme s'ébranla dans des grincements et Kacy prit conscience de la puanteur qui imprégnait l'air.

« C'est quoi, cette odeur, bon sang ? demanda-t-elle.

— De la merde.

— De quoi ?

— Ça sent la merde. »

Les battants de l'ascenseur s'ouvrirent dans un tintement aigu, révélant une cabine aux parois recouvertes de sang et de merde.

« Oh mon Dieu. »

Kacy plaqua une main sur sa bouche et recula en titubant, choquée tant par le spectacle que par sa pestilence.

« Tu vois ? dit Dante en pointant du doigt les taches les plus marronâtres. C'est de la merde. Le Kid a enfoncé son fusil à canon scié dans le cul d'un flic et lui a explosé les boyaux. La merde a giclé dans tous les sens. C'était vraiment dégueulasse.

— Et si on prenait plutôt l'escalier ? » suggéra Kacy.

Dante entra dans la cabine et appuya sur un bouton du cadran qui se trouvait à sa droite.

« Allez, ramène-toi, dit-il. C'est rien que de la merde. Et du sang. »

Il jeta un coup d'œil par terre, dans un coin qui restait dissimulé à Kacy. « Et un testicule, apparemment. Super-poilu, pour le coup.

— Je vais prendre l'escalier, déclara Kacy. Quel étage ?

— Sous-sol.

— On se retrouve là-bas. »

Les battants de l'ascenseur se refermèrent et Kacy se hâta de prendre la porte qui donnait sur la cage d'escalier. Elle dévala les marches quatre à quatre et arriva au sous-sol quelques secondes avant la cabine.

Le sous-sol était un vestiaire désaffecté. En assez piteux état, il aurait eu besoin d'une sacrée réfection et d'un bon gros coup de balai. Plusieurs bancs de bois longeaient les murs, avec au-dessus des casiers en métal gris non verrouillés. Le sol était recouvert de sang (à l'instar du hall de réception) et de larges traces de carbonisation. Et tout comme l'ascenseur, les lieux empestaient la merde et la mort. Les murs eux-mêmes étaient maculés d'une improbable quantité de sang. Du sang séché : rien qui aurait pu étancher la soif toute-puissante que Kacy commençait à éprouver. Mais la simple vue de tout ce sang sec réveillait en elle une faim presque impossible à contenir.

L'ascenseur émit un nouveau tintement, les battants s'ouvrirent et Dante sortit de la cabine. Il regarda autour de lui.

« Qu'est-ce qu'on est venus faire ici ? demanda Kacy.

— Il y a ici quelque chose qui devrait te plaire, je te l'ai dit. En tout cas, quelque chose dont tu as besoin.

— Genre quoi ? Un slip sale ? » répliqua Kacy en considérant à nouveau l'ignoble vestiaire.

Dante planta un baiser sur sa joue et s'avança vers une rangée de casiers sur la gauche. Il jeta un regard sous le banc qui se trouvait en dessous des casiers. Arrivé aux deux tiers de la longueur du mur, après une vingtaine de casiers, il s'agenouilla et tâtonna le sol sous le banc. Il en tira un pochon en plastique qu'on avait caché là. Il se retourna alors et adressa un large sourire à Kacy. Deux dents de sa mâchoire supérieure s'étaient sensiblement allongées : c'était à présent deux petits crocs.

« C'est quoi ? demanda Kacy en pointant le paquet qu'il tenait.

— Attrape. »

Et il lui envoya le pochon. Alors que celui-ci volait dans les airs, Kacy comprit qu'il était rempli de liquide. Un liquide sombre. Elle l'attrapa impeccablement. L'objet dans la main, elle se rendit aussitôt compte qu'il s'agissait d'une poche de sang qui pesait son poids. À sa simple vue, son rythme cardiaque s'emballa. Elle sentit ses dents pousser à leur tour en petits crocs. Une pulsion s'empara d'elle, quasiment incontrôlable. Presque sans y réfléchir, elle porta le pochon à sa bouche et, grâce à ses dents tranchantes comme des rasoirs, l'ouvrit sauvagement. Puis elle versa avidement le sang dans sa bouche. La majeure partie du liquide coula à côté, submergeant son visage. Mais chaque millilitre qui glissait dans sa gorge éveillait une sensation telle qu'elle n'en avait jamais connu. Un shoot d'adrénaline sans précédent parcourut son système sanguin, et elle eut l'impression de se perdre dans cette avalanche de sensations. Elle ferma les yeux et laissa ce sentiment de puissance et de désir l'emporter. Un bref instant, elle se sentit ne faire qu'une avec l'univers tout entier, inconsciente de ce qui l'entourait, jusqu'à ce que Dante saisisse son bras.

« Hé, tu m'en laisses un peu, quand même ? » dit-il.

Elle rouvrit les yeux et inspira profondément. Dante lui prit le pochon de sang. Tout comme elle, il perdit tout contrôle de ses gestes dès que le sang fut en sa possession. Il versa une partie de ce qu'il restait dans sa bouche béante. Kacy constata qu'il ressentait la même sensation orgasmique qu'elle venait d'éprouver.

Le pochon vidé, Dante resta planté sur place, respirant au ralenti et clignant des yeux. Son visage avait une expression de plaisir absolu que Kacy ne lui avait jamais vue. Elle se rendit compte à cet instant précis qu'elle-même affichait un large sourire béat. Après tout, peut-être que ce n'était pas si mal d'être un vampire.

« C'était terrible, hein ? lança-t-elle.

— Incroyable, répondit Dante. Je veux dire, quand je t'ai mordue et que j'ai fait de toi un vampire, c'était pas mal du tout, mais ça avait rien de comparable avec ça. Sans vouloir te blesser, ma puce.

— Y a pas de mal.

— Cette saloperie, c'était encore meilleur que de l'héro, commenta Dante.

— Parce que tu as déjà pris de l'héroïne ?

— Non. Je disais ça juste comme ça. »

Kacy glissa un doigt sur sa propre joue et lécha la petite goutte de sang qu'elle parvint à y glaner. « D'où est-ce qu'il vient, ce sang ? demanda-t-elle. Il faudrait qu'on en trouve plus. »

Dante haussa les épaules. « On l'a trouvé ici, un peu plus tôt dans la nuit. L'un des vampires que le Bourbon Kid a tués avait cette poche sur lui. On l'avait balancée sous ce banc. Si on m'avait dit que j'en boirais le contenu quelques heures plus tard. »

Kacy regarda le pochon et remarqua l'étiquette blanche collée sur un côté, intacte malgré son violent coup de crocs.

« Il y a écrit quoi, sur l'étiquette ? » demanda-t-elle en la pointant du doigt.

Dante déplia un peu la poche et jeta un coup d'œil à l'étiquette. Des lettres d'imprimerie noires y figuraient.

« Apparemment, ce serait le sang d'un type du nom d'Archibald Somers, répondit Dante dans un nouveau haussement d'épaules.

— Archibald Somers, répéta Kacy. Ce nom me dit quelque chose. Qui est-ce que ça peut bien être ?

— Aucune idée, mais je pourrais passer ma journée à boire le sang de ce mec. Je me suis jamais senti comme ça. Pas toi ? »

Kacy acquiesça. « Je me sens dans une forme incroyable. Où est-ce qu'on pourrait en trouver d'autres encore ? »

Dante parut un instant plongé dans ses pensées, ce qui était loin d'être dans ses habitudes. La réflexion et Dante, ça faisait généralement trois. Il finit par répondre : « Je crois que je sais où on peut en chercher.

— C'est vrai ? Où ça ?

— Au Marécage, un night-club qui appartient à Vanité, le chef du clan des Shades. Il pourra peut-être nous aider. Peut-être qu'il a même du sang pour nous.

— Il est digne de confiance ?

— Je crois, ouais. Je fais déjà partie de son clan. Les autres Shades se sont fait tuer, alors il y a une chance qu'il soit heureux de me voir, surtout si je me pointe avec toi. Il sera sûrement content que je lui ramène une nouvelle recrue.

— Mais il a peut-être appris que tu t'es joint au Bourbon Kid et au moine, non ?

— Y a qu'une façon de le savoir. Allons le voir. »

Kacy consulta sa montre. « Il sera bientôt cinq heures du matin, dit-elle. On ne devrait pas s'inquiéter un peu, pour le lever du soleil ?

— Non. Le soleil se lève toujours, quoi qu'il arrive.

— C'est pas ce que je voulais dire, espèce d'imbécile. Si on se trouve dehors au point du jour, on n'est pas censé fondre, ou un truc dans ce goût-là ?

— J'en ai aucune idée.

— Alors pressons-nous ! »

Ils grimpèrent les marches à toute vitesse pour se retrouver dans le hall de réception. Il y régnait toujours le même silence inquiétant et, par chance, il faisait toujours noir dehors. Alors qu'ils se dirigeaient vers la sortie, évitant tant bien que mal le sang et les débris qui recouvraient le sol, un visage apparut derrière le double battant de verre de la porte principale. Le visage terrifié d'un jeune garçon qui ne devait pas avoir plus de 8 ans. Il se mit à marteler de toutes ses forces les parois de verre en criant quelque chose qui ressemblait assez à : « Aidez-moi ! »

Avant que Dante ou Kacy ait eu le temps de réagir, une silhouette sortit des ténèbres, derrière le petit garçon. Elle enroula son bras autour de sa taille et le tira loin de la porte en verre. En un instant, l'enfant et son agresseur disparurent.

« Putain de merde, dit Dante. Il vient de se passer quoi, là ? »

Kacy tenta de tirer un sens de ce qu'elle venait de voir. Tout s'était passé si rapidement. « Tu as réussi à voir qui a attrapé le petit garçon ? demanda-t-elle.

— Ouais, acquiesça Dante. Un truc de malade. Et apparemment, on n'est pas les seuls vampires de sortie à l'heure qu'il est.

— Tu l'as déjà vu quelque part, ce type ?

— Ouais, mais seulement avec toi, et aux dernières nouvelles, c'était pas un vampire. »

2

Beth émergea de son sommeil paisible. Son lit était chaud et confortable. Plus chaud que d'habitude, parce qu'elle l'avait partagé avec JD, qu'elle venait de retrouver après dix-huit ans de séparation. Elle ne se rappelait pas s'être un jour réveillée aussi heureuse. Elle avait attendu qu'il s'endorme avant d'en faire autant, uniquement pour pouvoir le contempler et s'assurer qu'il était bel et bien revenu, comme promis. Elle se frotta les yeux et se tourna pour le regarder à nouveau. La couette avait été rabattue de son côté.

JD n'était plus là.

Son cœur s'arrêta un bref instant. Est-ce que tout cela n'avait été qu'un rêve ? Était-il vraiment réapparu au bout de la jetée, là où elle l'avait attendu chaque nuit d'Halloween, durant toutes ces années ?

Elle se concentra de toutes ses forces. Elle avait encore l'esprit embrumé, ce qui n'avait rien d'étonnant étant donné l'heure plus que matinale. Les rideaux étaient tirés et il faisait toujours nuit dehors. Elle posa une main à la place laissée vacante. Ce côté du lit était encore chaud. Elle se dit qu'il ne pouvait s'agir d'un rêve. C'était impossible. Tout cela avait été bien trop réel, de sa réapparition jusqu'au moment où elle s'était endormie dans ses bras.

Elle aperçut alors un petit bout de tissu marron posé sur l'oreiller qui se trouvait à côté d'elle. Elle s'en saisit et l'approcha de ses yeux afin de bien l'examiner. Un cœur rouge foncé y avait été cousu avec, en son centre, les initiales « JD » brodées au fil bleu. Avec un soulagement infini, elle se dit qu'en fin de compte elle n'était pas devenue folle. C'était là la preuve que cette nuit n'avait pas été un simple rêve. Mais que pouvait bien signifier ce bout de tissu ? Cela voulait-il dire que JD l'avait à nouveau quittée ? Était-ce un cadeau d'adieu ?

D'un bond leste, elle sortit du lit en se drapant dans la couette. Sa chambre, qui quelques instants plus tôt paraissait si chaleureuse et pleine de vie, semblait à présent froide et vide. Elle contourna le lit et ouvrit la porte. D'un simple coup d'œil dans le minuscule salon de son deux pièces, elle constata qu'elle était seule chez elle. Alors qu'elle commençait à paniquer, redoutant d'avoir été à nouveau abandonnée, la porte de l'appartement s'ouvrit. Et JD entra. Il portait le même jean, le même T-shirt noir et la même veste en cuir noir que la veille, lorsqu'il était apparu sur la jetée. Il remarqua l'inquiétude de Beth et la rassura aussitôt d'un sourire tendre.

« Pardon, je t'ai réveillée ? » demanda-t-il.

Beth poussa un soupir de soulagement. « Je pensais que tu étais parti.

— Je suis juste sorti prendre un peu l'air. J'avais du mal à retrouver le sommeil. »

Il enleva sa veste et la lança sur le dossier du petit sofa vert, avant de se laisser tomber sur l'une des deux places. Il attrapa la télécommande, alluma la télé et tomba sur un film d'action de fin de nuit.

Beth s'approcha à petits pas, serrant la couette contre elle afin de ne pas attraper froid. Elle s'assit à côté de JD et l'embrassa sur la joue. « J'ai cru un instant que cette nuit n'avait été qu'un rêve. C'était horrible.

— Peut-être que c'est le cas. Peut-être que tu es encore en train de rêver.

— Alors j'espère ne jamais me réveiller. Jamais. »

Il l'embrassa à son tour. « Ce n'est pas un rêve, je peux te le jurer, dit-il. Je suis revenu. Et pour de bon.

— Tu ne peux pas savoir le bien que ça fait de t'entendre dire ça. Un moment, j'ai eu le sentiment horrible que tu n'étais peut-être revenu que pour une nuit. Un peu comme si tu avais une femme dans chaque port, tu vois ?

— Mais j'ai une femme dans chaque port. Je fais ma tournée en dix-huit ans. Tu es ma femme de Santa Mondega. »

Beth lui décocha une petite bourrade. « Dans tes rêves, oui.

— Si je pars où que ce soit, tu viens avec moi.

— En attendant, tu ne veux pas venir te recoucher avec moi ? Il fait froid dans le lit, sans toi.

— Bien sûr. Je voulais juste regarder un peu les infos. » Il changea de chaîne et passa aux informations locales. Sur le plateau, un présentateur lisait les dernières actualités avec une expression et une voix graves. Beth considéra l'écran en fronçant les sourcils.

« Attends un peu, dit-elle. De quoi il parle ? »

Une bande jaune défilait au bas de l'écran :

LE BOURBON KID EST DE RETOUR : PLUSIEURS CENTAINES DE MORTS

« Oh mon Dieu, lâcha Beth dans un souffle. J'espère que personne de ma connaissance n'est mort. »

Comme s'il avait sciemment voulu confirmer ses pires craintes, le présentateur annonça alors que l'une des victimes du Bourbon Kid était le directeur du musée, Bertram Cromwell.

Beth était horrifiée. Cromwell était l'un des rares habitants de Santa Mondega à compter parmi ses amis. Elle porta la main à sa bouche. « Je n'arrive pas à y croire, dit-elle. Cromwell était l'homme le plus gentil de cette ville. C'est grâce à lui que j'ai décroché mon job. Et le Bourbon Kid l'a assassiné. Sa femme doit être dévastée de tristesse. C'est vraiment horrible. »

JD passa sa main dans son dos pour la réconforter. « Peut-être est-ce le signe que tu devrais démissionner, dit-il. En fait, pourquoi ne pas quitter tout simplement ce bled de merde ? »

Beth n'entendit qu'à peine sa proposition. Elle était incapable de penser à autre chose qu'à Bertram Cromwell et à sa famille. « J'espère qu'ils mettront la main sur le Kid et qu'ils le condamneront à la chaise électrique. »

JD la serra contre lui. « Je crois que le but du Kid était d'éradiquer les vampires de ce patelin. Je doute qu'il ait quoi que ce soit à voir avec le meurtre de Cromwell.

— Les vampires ? répéta Beth, s'arrachant soudain à ses larmoyantes considérations. Comme cette chose qui nous avait attaqués sur la jetée ?

— Ouais.

— Mais c'était vraiment un vampire ? Tu sais, depuis cette fois, je n'en ai plus jamais croisé un seul. Je commençais même à me demander si tout cela n'était pas le fruit de mon imagination.

— Cette ville était pleine de vampires. Mais ils sont tous morts, à présent.

— Peut-être, mais il n'empêche que le Bourbon Kid est toujours en liberté. Et à mon avis, il représente une bien plus grande menace que les vampires. »

La bande jaune du bas de l'écran parut vouloir la contredire aussitôt :

FLASH SPÉCIAL :
LES FORCES SPÉCIALES ONT APPRÉHENDÉ ET TUÉ LE BOURBON KID

Plus fermement qu'auparavant, JD la tira contre lui et l'embrassa. « Tu vois, tu es en sécurité, maintenant. Le Bourbon Kid est mort, et il ne risque pas de revenir. *Idem* pour les vampires. Il n'y a absolument plus rien à craindre. »

Beth se força à sourire. Elle se souvint soudain du bout de tissu cousu d'un cœur rouge sombre. Elle le serrait encore dans sa main. « Tu as laissé ça sur ton oreiller, dit-elle en le tendant.

— C'est pour toi, répondit JD.

— Qu'est-ce que c'est ? »

Il observa une courte pause. « À ton avis ?

— Un bout de tissu avec tes initiales.

— Eh bien, voilà.

— C'est plus que ça, répliqua-t-elle en le poussant par taquinerie. Tu me l'as laissé pour que je sache que tu reviendrais, c'est ça ? »

Il sourit. « Ouais. Garde-le bien avec toi. Je reviendrai toujours tant que tu l'auras. Et tu n'auras plus jamais à attendre dix-huit ans, je te le promets.

— Alors je peux le garder ?

— Il est à toi. »

Beth baissa les yeux pour observer le cœur cousu sur le bout de tissu. Elle avait à présent quelque chose de lui, quelque chose qui était lourd de sens. Le simple fait de l'avoir dans la main lui donnait l'impression d'être en sécurité. Tant qu'elle le garderait, le cœur de JD lui appartiendrait.

3

Le club de Vanité, le Marécage, était bien plus impressionnant que son nom ne le laissait entendre. Kacy s'était attendue à un bar miteux au fond d'un cul-de-sac. En réalité, il s'agissait d'un bâtiment de quatre étages dans le sud de la ville qui se dressait à un carrefour. Alors qu'ils approchaient de l'entrée, quelque chose atterrit délicatement par terre, sous leur nez.

« C'est de la neige ? demanda Kacy.

— Impossible, répondit Dante d'un ton catégorique. Il n'a jamais neigé à Santa Mondega.

— Alors qu'est-ce que ça peut bien être ?

— J'en sais rien, mais pressons-nous d'entrer dans le club. »

Il poussa la porte noire, qui s'ouvrit sans difficulté. « C'est le repaire de tout un tas de cons assez flippants, alors reste près de moi, ajouta-t-il.

— Super… »

Dante ouvrit la voie, et ils gravirent plusieurs volées de marches, sans croiser âme qui vive. Pas le moindre individu louche. Même pas un fan de Depeche Mode. Les lieux étaient aussi vides que les rues.

« C'est mort, ici, murmura Kacy.

— Bizarre, répondit Dante. La dernière fois que je suis venu ici, une foule de vampires traînait dans les escaliers, occupés à faire tout un tas de conneries. Je me demande bien où est-ce qu'ils ont pu passer. »

Une voix provenant d'au-dessus d'eux lui répondit : « Ils sont tous partis à la Casa de Ville. »

Kacy et Dante s'immobilisèrent et relevèrent la tête. À quelques étages, un vampire les considérait derrière ses lunettes noires. Ses cheveux noirs lui arrivaient aux épaules et il portait un bouc impeccablement taillé. Dante le reconnut aussitôt.

« Salut, Vanité, comment ça va ? » lança-t-il en le saluant de la main.

Kacy reconnut la sorte d'uniforme que Vanité portait. Il avait sur le dos un gilet de cuir noir identique à celui qu'avait reçu Dante en infiltrant le clan des Shades, quelques jours auparavant. Sous ce gilet, il portait un T-shirt noir, et l'uniforme se complétait d'un jean et de bottines de même couleur.

« Montez ! leur cria Vanité. Je vais vous trouver des fringues propres, et tu pourras m'expliquer ce que tu as bien pu foutre toute la nuit. »

Kacy prit la main de Dante et le suivit jusqu'au palier d'où Vanité les avait interpellés. Lorsqu'ils y parvinrent, le chef du clan de vampires était passé dans une vaste salle de billard, équipée de plusieurs tables et d'un bar qui longeait l'un des murs.

« Par ici, dit Dante. Je suis déjà venu. Je me suis battu contre des clowns, l'autre soir.

— Pourquoi est-ce que ça ne me surprend pas ? »

Vanité se tenait à côté de la table de billard qui occupait le centre de la salle. Sur le tapis vert, il avait jeté deux gilets en cuir noir, sur le dos desquels les mots « The Shades » avaient été brodés au fil d'or. Super kitsch, pensa Kacy, mais, par politesse, elle garda cette réflexion pour elle-même.

Vanité retira ses lunettes. Kacy n'avait jamais vu des yeux pareils. Ils oscillaient continuellement entre trois couleurs. À l'instar de deux boules disco, ils passaient de l'or au noir, du noir à l'argent, puis revenaient au noir avant de répéter la séquence. Ces changements étaient proprement hypnotiques. Vanité la dévisagea un moment avant de se tourner vers Dante.

« C'est qui, cette nana ? demanda-t-il.

— Une fille que j'ai rencontrée », répondit Dante. Kacy lui lâcha la main, et il alla claquer sa paume contre celle de Vanité. « Elle est vraiment cool. Tu vas bien l'aimer, tu verras. »

Vanité pinça les lèvres et toisa Kacy. « Comment tu t'appelles, ma belle ? demanda-t-il.

— Kacy.

— Kacy. Joli prénom, commenta-t-il en continuant de l'examiner de la tête aux pieds. Et plutôt en forme, à ce que je vois. Parfait pour l'orgie initiatique. Les autres gars seront ravis de se la taper. »

Kacy sentit son sang se glacer, plus encore que lors de sa transformation en vampire. « De quoi ? » lâcha-t-elle sans réfléchir.

Vanité afficha un large sourire. « Je rigole. »

Kacy poussa un profond soupir de soulagement. Elle surprit Dante essuyer une goutte de sueur sur son front. Manifestement, lui aussi était tombé dans le panneau de la vanne foireuse de Vanité.

« Tiens, dit Vanité en lançant un gilet en cuir à Kacy. Enfile ça. Il faut qu'on se grouille le cul, tous les trois.

Ramsès Gaïus a convoqué l'ensemble des vampires à la Casa de Ville.

— Pour quoi faire ? demanda Dante.

— T'as entendu parler du merdier de ce soir, non ? répliqua Vanité.

— J'ai entendu dire que le Bourbon Kid avait tué un tas de gens », intervint Kacy, épargnant à Dante le soin de révéler où il se trouvait lorsque ledit merdier avait débuté.

« Ouais, confirma Vanité en acquiesçant. Il se trouve que Déjà-Vu était le Bourbon Kid. T'étais au courant, Dante ? »

Dante était en train d'enfiler l'autre gilet de cuir posé sur la table de billard. Il fit tout d'abord semblant de ne pas avoir entendu Vanité et épousseta le gilet en réfléchissant à sa réponse. Il était pour l'heure impossible de savoir si la question de Vanité était innocente ou s'il essayait de le tester. Kacy s'empressa de répondre à sa place. « C'est ce qu'on a entendu dire, dit-elle. Tout le monde ne parle plus que de ça.

— Sans déconner, lança Vanité. Et vous saviez qu'il s'est fait attraper ? »

Cette fois, Dante répondit aussitôt : « Sérieux ? Le Bourbon Kid s'est fait avoir ?

— Ouais. Des militaires engagés par Gaïus l'ont retrouvé et lui ont coupé la tête.

— Merde. »

Dante était incapable de dissimuler sa désagréable surprise.

Kacy, quant à elle, ne s'en inquiétait pas le moins du monde. Elle était bien plus intéressée de savoir si ce gilet en cuir lui irait bien. Elle le revêtit et constata avec plaisir qu'il était parfaitement à sa taille. Vanité lui lança alors une paire de lunettes noires.

« Le fait qu'ils l'aient attrapé et tué nous a sans doute sauvé la vie, poursuivit Vanité. Je doute qu'on impressionne vraiment ceux qui ont pris le pouvoir dans notre communauté.

— On ferait peut-être mieux de rester ici, pour l'instant, non ? proposa Kacy en considérant les lunettes qu'elle tenait, se demandant comment elle ferait pour y voir quoi que ce soit une fois qu'elle les aurait enfilées.

— On a déjà assez de problèmes comme ça, dit Vanité. Par ailleurs, avec les centaines de vampires que le Bourbon Kid a tués, Gaïus est confronté à une sérieuse baisse d'effectifs. Il est en train de lever une armée de créatures du mal pour prendre la ville. La faible proportion de vampires expérimentés devrait nous permettre de rester en vie.

— On ne court aucun danger à sortir maintenant ? demanda Kacy. Enfin, je veux dire, le soleil va bientôt se lever, pas vrai ? »

Vanité hocha la tête. « Gaïus dit que non. Il a trouvé un moyen de maintenir des nuages noirs au-dessus de la ville. Nous sommes provisoirement en mesure de nous déplacer de jour.

— Sérieux ?

— Ouais. Archie Somers a essayé pendant des années d'assombrir le ciel de façon permanente sans jamais réussir. Gaïus y est parvenu en un rien de temps. »

Kacy releva immédiatement le nom qu'il venait de citer. « C'était qui, Archie Somers ? demanda-t-elle.

— L'ex-boss. Le suceur de sang en chef, l'un des vampires diurnes. »

Dante exprima tout haut ce que pensait Kacy : « On vient de boire de son sang.

— Quoi ?

— On était en train d'inspecter le commissariat, à la recherche de victimes potentielles, quand on est tombés sur une poche remplie de sang, avec le nom d'Archie Somers sur l'étiquette.

— Archie Somers ? Et elle est où, maintenant, cette poche ?

— On l'a vidée. »

Vanité les scruta d'un air suspicieux. « Vous vous foutez de ma gueule ?

— Non, répondit Dante. Et c'était de la putain de came. »

Vanité poussa un soupir. « Vous savez, je serais vous, j'éviterais de trop parler de ça, dit-il. Évitez que Jessica et Gaïus vous entendent dire des conneries pareilles. Gaïus serait capable de diriger les lasers qui lui sortent des doigts sur vous. Et Jessica, elle, se ferait un plaisir de vous éventrer et de vous retourner comme un gant.

— C'est qui, Jessica ? demanda Kacy d'un ton circonspect.

— Tu la verras à la Casa de Ville. Avant ça, il va falloir qu'on fasse quelques petits arrêts en cours de route. Histoire de voir si on peut retrouver d'autres survivants de notre clan. La sécurité du plus grand nombre et tout le bordel.

— Génial », lâcha Kacy, incapable de dissimuler son manque d'enthousiasme.

Vanité remit ses lunettes noires et désigna la sortie d'un hochement de tête. Voyant Dante en faire autant, Kacy enfila les siennes et, à sa grande surprise, constata qu'elle y voyait parfaitement, en dépit de la pénombre qui régnait.

Vanité lui passa devant et, une fois dans la cage d'escalier, sauta par-dessus la rambarde, disparaissant aussitôt. Kacy se précipita et regarda en contrebas, juste à temps pour voir Vanité se poser délicatement au rez-de-chaussée. Elle se retourna vers Dante.

« On peut faire ça, nous aussi ? » demanda-t-elle.

Dante grimaça. « J'imagine. Tu veux que j'essaie en premier ?

— T'as intérêt, putain ! »

Alors qu'il s'apprêtait à se jeter par-dessus la rambarde, Kacy saisit son bras. « Mon cœur, on va vraiment grossir les rangs d'une armée de vampires ? demanda-t-elle.

— On dirait bien.

— Tu es vraiment sûr que c'est la meilleure option ?

— Pour l'heure, on est des vampires. À mon avis, mieux vaut se laisser porter par le courant.

— Je ne suis pas sûre de vouloir tuer d'autres gens. »

Dante l'attira à lui et planta un baiser dans sa chevelure noire, sur le sommet de sa tête. « Pour l'instant, on est des vampires, ma puce, répéta-t-il. Tant qu'on n'aura pas retrouvé l'Œil de la Lune et qu'on ne sera pas redevenus humains, le mieux, c'est de suivre le mouvement.

— T'as sûrement raison, répondit Kacy. Mais Vanité vient de nous dire que cette armée de vampires allait prendre la ville. Est-ce qu'on a vraiment envie de participer à ça ?

— J'en sais rien, ma puce. Mais maintenant que le Bourbon Kid est plus là, plus rien ne pourra empêcher les créatures du mal de s'emparer de Santa Mondega. Au moins, on sera du côté des gagnants.

— Peut-être bien, mais je n'arrive pas à me sortir de la tête l'image de ce petit garçon traîné dans les ténèbres, juste devant le commissariat.

— Merci bien, j'avais presque réussi à l'oublier.

— Eh bien, moi, je n'y arrive pas. Ça ne me lâche pas.

— Essaie de penser à autre chose.

— Genre quoi ?

— Un match de base-ball. »

Kacy soupira. « Ce n'est pas l'image en soi qui me dérange. C'est ce qu'elle représente.

— Hein ? »

Dante ne comprenant manifestement pas où elle voulait en venir, Kacy le lui expliqua clairement : « Pour rien au monde je ne voudrais faire de mal à un enfant. Mais imagine que notre soif de sang nous pousse à tuer des gamins ?

— Tu serais incapable de faire du mal à un enfant, Kace. Pareil pour moi.

— Je sais, mais si cela changeait ? Je n'ai pas envie de faire du mal à l'enfant de qui que ce soit. Je veux redevenir humaine. »

Dante embrassa son front. « OK, ma puce. Tu sais quoi ? La prochaine fois qu'on voit un vampire s'en prendre à un gamin, je lui défonce la tête à coups de pied.

— Et moi, je t'aiderai.

— Ça marche, mais notre priorité absolue doit être de retrouver l'Œil de la Lune, à tout prix.

— Tu as un plan ?

— Non. Depuis quand j'ai besoin d'un plan ? Les plans, c'est bon pour les nazes. »

C'était en des moments tels que celui-ci, lorsque Dante parlait avec passion, bien que sans la moindre notion des dangers qui l'attendaient, que Kacy se rappelait pourquoi elle était tombée amoureuse de lui. Il avait beau être un abruti téméraire, il était aussi l'homme le plus courageux qu'elle ait jamais rencontré.

« Je t'aime, tu sais », dit-elle.

Dante posa ses mains sur son cul et serra fort. « Moi aussi, je t'aime, répondit-il. Cette connerie de vampirisme, c'est juste du temporaire. Fais-moi confiance. »

4

Sanchez avait horreur de la neige. Jusqu'à présent, il n'en avait vu qu'à la télévision, mais ça lui avait suffi pour en conclure qu'il détestait ça. Et en se réveillant ce 1er novembre, après les terribles événements de la veille, la dernière chose qu'il aurait aimé voir était des rues enneigées. La neige était tombée rapidement durant la nuit, ensevelissant les routes sous cinq bons centimètres. Les gamins de Santa Mondega, fous de joie, faisaient des bonhommes de neige. Et quelqu'un (Sanchez soupçonnait son distributeur de journaux) lui avait envoyé une boule de neige alors qu'il s'approchait de sa voiture. Petit con. Le seul point positif de ce temps hivernal était de lui donner une bonne raison d'enfiler son cuir, copie conforme de ceux du film *Top Gun*. Il l'avait acheté sur Internet, mais il avait toujours fait trop chaud à Santa Mondega pour justifier de le porter en public. Jusqu'à présent, Sanchez ne l'avait enfilé que dans sa chambre, face à son miroir, pour imiter Tom Cruise.

Le trajet jusqu'au Olé Au Lait pour son petit déjeuner fut un peu plus long que d'habitude. En partie parce que la neige rendait la route moins praticable, mais principalement parce que Sanchez avait fait plusieurs écarts sur le trottoir afin d'écraser des bonhommes de neige réalisés par les gamins du quartier.

Il arriva au café un tout petit peu après neuf heures. L'expérience lui avait appris qu'il valait mieux y passer de bonne heure, avant l'arrivée du troisième âge. Manifestement, le passe-temps préféré des personnes âgées du coin était de s'asseoir aux tables voisines de la sienne et de lui faire grâce de leurs flatulences pendant qu'il mangeait.

Sanchez passa la porte, un sac noir sur l'épaule. Il savait parfaitement que tout petit déjeuner lui serait refusé tant qu'il n'aurait pas remboursé la dette contractée envers Rick, le patron du Olé Au Lait. La veille, Rick lui avait téléphoné pour lui communiquer des informations particulièrement utiles, et, en retour, Sanchez devait lui offrir une bouteille d'alcool. Il avait mis ladite bouteille dans son sac tout en espérant que Rick ne soit pas là. Dans le sac se trouvait également un livre qu'il avait volé à la bibliothèque, intitulé *Le Livre de la mort*. Il n'y avait trouvé aucune des informations qu'il cherchait à obtenir au sujet de Jessica et du *Livre sans nom*. En fait, la seule mention de Jessica dans l'ensemble de l'ouvrage était de son fait. Rick lui avait révélé son nom complet, ainsi que celui d'une de ses connaissances, un certain Ramsès Gaïus. Sanchez avait écrit leurs noms sur une page vierge du livre et avait tenté d'en apprendre un peu plus sur leur compte via une recherche Internet. En vain.

En s'approchant du comptoir, une désagréable odeur de pisse lui monta au nez. Écroulé à une table proche de la vitrine se trouvait un homme déguisé en Père Noël, complètement saoul. Il semblait à moitié endormi, mais parvint tout de même à marmonner à Sanchez quelque chose du genre « une petite pièce, siouplaît ». Sanchez fit comme s'il n'avait rien entendu et adressa un sourire faux à Rick qui, derrière le comptoir, comptait les billets de sa caisse enregistreuse. Rick semblait plein d'allant. Au lieu de sa tenue habituelle de chef cuistot, il avait enfilé un jean et un cuir *Top Gun*, réplique exacte de celui de Sanchez. L'enfoiré. Rick releva les yeux à l'approche de Sanchez, à qui il rendit un sourire tout aussi forcé.

« Salut, Sanchez, dit-il. Joli cuir.

— Ouais, toi aussi », répondit Sanchez, fulminant intérieurement.

Rick jeta un coup d'œil au sac noir. « J'espère que t'as amené cette bouteille de Jack Daniel's que tu m'as promise, lança-t-il, son rictus s'épanouissant en un large sourire.

— Bien sûr, répliqua Sanchez. Elle est là-dedans.

— Passe. »

Sanchez plongea la main dans son sac. La bouteille de Jack Daniel's avait glissé au fond, sous *Le Livre de la mort*. Il tira d'abord le gros livre noir à la couverture rigide et le déposa sur le comptoir.

« C'est quoi, ça ? demanda Rick.

— Un bouquin que je dois ramener à la bibliothèque. »

Rick fit pivoter le livre afin de lire le titre. « *Le Livre de la mort* ? Ça raconte quoi ? »

Sanchez tira la bouteille de Jack Daniel's et la posa sur le livre. « Je sais pas trop, répondit-il. Y a juste une liste de noms, ça ressemble un peu à un agenda.

— Ah ! dit Rick d'un ton où perçait la déception. Je comptais passer à la bibliothèque ce matin. Si tu veux, je peux le ramener.

— Ce serait super sympa, répliqua Sanchez. Mais ne le rends pas à la réception. T'auras qu'à le glisser sur une étagère des ouvrages de référence. »

Rick haussa un sourcil. « Pourquoi ça ? T'as pas enregistré ton prêt ?

— Si, si, mais j'ai écrit quelques noms sur l'une des pages vierges, tu vois.

— Pourquoi ?

— J'avais rien d'autre sous la main au moment où il a fallu que je les note.

— C'est quand même pas un crime, non ? rétorqua Rick.

— En fait, si. La dégradation d'un livre appartenant à une bibliothèque municipale est considérée comme un délit relativement sérieux.

— Par qui ?

— Tu as déjà vu la nana qui bosse à la bibliothèque ? »

Rick sourit en comprenant où Sanchez voulait en venir. « Ouais. Une sacrée salope, hein ? »

Sanchez détestait cordialement Ulrika Price et se rangeait sans réserve à la définition que Rick venait d'en donner. « C'est la chose la plus gentille que j'aie jamais entendue à son sujet », dit-il.

Rick saisit la bouteille de Jack Daniel's et la déboucha avant de renifler au goulot. « Ça sent plutôt bon, ton truc, commenta-t-il.

— Tu t'attendais à quoi ?

— Je me suis demandé si c'était pas une bouteille de ta cuvée spéciale. »

Sanchez s'efforça de jouer l'indignation. « Je ne vois absolument pas ce que tu veux dire.

— C'est sûr, répondit Rick. Notre ami le Père Noël, là-bas, sent exactement comme ta cuvée spéciale. »

Mieux valait ne pas s'attarder sur la question. « Bref, enchaîna Sanchez. C'est l'heure du petit déj et j'ai faim. »

Rick consentit à changer de sujet et cria en direction de l'arrière-boutique : « Yo, Flake ! Un client ! »

La serveuse en chef de Rick, Flake, apparut avec son calepin et un stylo. Ses longs cheveux bruns étaient attachés en une impeccable queue-de-cheval. Et comme à son habitude, elle portait l'uniforme que Rick imposait à l'ensemble de son personnel féminin. Sanchez approuvait pleinement ce choix de la direction. L'uniforme consistait en une robe noire et courte complétée par des bas, vêtements qui mettaient particulièrement en valeur la silhouette délicieusement menue de Flake.

« Bonjour, Sanchez, dit-elle en lui adressant un large sourire d'une blancheur éclatante. Un petit déjeuner complet et un double café ?

— S'il te plaît, Flake. »

Elle indiqua la table qui se trouvait à l'opposé du Père Noël qui puait la pisse. Elle connaissait bien Sanchez. Il aimait prendre son petit déjeuner le plus à l'écart possible des autres clients, en particulier de ceux qui fouettaient. « Je viens de nettoyer cette table pour toi et j'y ai laissé un journal, dit-elle avec un clin d'œil.

— Merci. »

Rick prit *Le Livre de la mort*, le coinça sous son bras et fit le tour du comptoir. « Bon, Flake, je vais en centre-ville. Tu pourras partir quand Sanchez aura fini son petit déj.

— Vous fermez plus tôt ? demanda Sanchez.

— On n'aurait même pas ouvert si j'avais pas eu la certitude que tu te pointerais avec ma bouteille de Jack Daniel's », répondit Rick en retournant la pancarte « ouvert/fermé » accrochée à la porte du café.

Il l'ouvrit et, en passant le seuil, adressa un clin d'œil à Sanchez par-dessus son épaule. « Te laisse pas embobiner par Flake, elle pourrait te mettre dans de beaux draps. » Sur ce, il referma la porte derrière lui et s'engagea sur le trottoir enneigé.

« Je t'apporte tout de suite ton café, dit Flake. Tu n'as qu'à t'installer. »

Tout en s'avançant vers la table d'une propreté inhabituelle, Sanchez considéra Flake d'un regard suspicieux. Est-ce qu'elle le mettait en confiance pour lui demander quelque chose ? Derrière l'éclat et la fraîcheur de ses joues roses, derrière ses grands yeux marron particulièrement engageants, elle manigançait peut-être quelque chose. Peut-être qu'elle espérait lui soutirer un pourboire.

« Qu'est-ce qui te rend si joyeuse, aujourd'hui ? lui demanda-t-il.

— Rien, répondit-elle, je suis simplement heureuse de te voir, Sanchez. Après le massacre d'hier, ça fait plaisir de constater que tu ne fais pas partie des victimes.

— Ouais. Remarque, ça m'a pas empêché de croiser le Bourbon Kid et tout un tas de loups-garous.

— C'est ce que j'ai entendu dire. Il paraît que tu as survécu à une fusillade de plus. Tu as tellement de chance.

— Mouais, pas tant que ça. Ce salopard a encore tué toute ma clientèle.

— Parce que tu lui as encore servi de la pisse ? »

Sanchez s'assit en attrapant le journal et jeta un coup d'œil aux gros titres de la une. « J'ai pas pu, cette fois. Je l'aurais fait bien volontiers, mais j'avais écoulé le stock auprès des loups-garous. »

Tout naturellement, la une ne parlait que du massacre de la veille. Apparemment, les morts risquaient cette fois de se compter par milliers. Sanchez hocha gravement la tête en pensant à tous les clients potentiels qu'il venait de perdre.

En relevant les yeux, il remarqua une différence chez Flake. Elle se tenait toujours derrière le comptoir, dans la même tenue réglementaire, mais elle avait enlevé son tablier blanc et avait détaché ses cheveux, qui tombaient à présent gracieusement sur ses épaules. Sa superbe chevelure brune se mariait parfaitement à la couleur de ses yeux. Sanchez ne pouvait s'empêcher de penser que le fait de détacher ses cheveux alors qu'elle travaillait dans un établissement de restauration était assez peu hygiénique. Néanmoins, il savait qu'elle préparait à merveille les saucisses, aussi garda-t-il ses remarques pour lui-même.

Il poursuivit sa lecture, en hochant la tête de temps à autre, lorsqu'il tombait sur quelque détail du trépas d'autres clients potentiels. Flake finit par lui apporter sa tasse de café. En la posant sur la table, elle reprit la parole.

« Tu es le seul type que je connaisse qui soit assez courageux pour servir un verre de pisse au Bourbon Kid. » Après ces mots, elle inspira profondément, faisant apparaître sa poitrine au-dessus du journal de Sanchez, alors que celui-ci le baissait pour jeter un œil à son café. Il ne put s'empêcher de remarquer qu'elle avait une ravissante paire de seins. Il la contempla quelques secondes, bouche bée, avant de se rappeler qu'elle lui avait adressé la parole.

« Courageux ? » répéta-t-il, sans parvenir à dissimuler la surprise qu'il éprouvait à se voir gratifié d'un tel adjectif. Elle était sous l'influence de stupéfiants, aucun doute là-dessus.

Sanchez se remit assez vite de ce compliment inattendu et tenta de faire croire qu'il avait joué les modestes. « Ouais, il paraît que certaines personnes ont peur du Bourbon Kid. » Il secoua la tête avec nonchalance. « Mais je suis pas du nombre. À mon avis, il sait qu'il vaut mieux pas me chercher. Quand il me croise, il sent que je n'ai pas peur. Et je crois qu'il respecte ça.

— Ouah ! Tu devrais t'engager dans la police, Sanchez. Ils ont rudement besoin de quelqu'un comme toi. »

Il eut un haussement d'épaules. « Cette ville serait autrement plus sûre, c'est clair.

— Alors engage-toi ! »

Flake semblait vraiment s'enthousiasmer à cette idée.

« Je m'engagerais bien, répliqua Sanchez en faisant semblant de lire son journal pour reluquer sournoisement la poitrine de Flake. Crois-moi, s'ils recrutaient, je serais le premier à me présenter. Cette ville a grand besoin de quelqu'un de solide pour nettoyer ses rues.

— Excellent ! »

La voix de Flake venait de gagner quelques octaves. Elle abattit alors un prospectus blanc sur la table, juste à côté de la tasse de café. « Regarde : tu peux t'engager dès aujourd'hui ! »

Sanchez cessa de faire semblant de lire son journal et jeta un coup d'œil au prospectus. Ses yeux se rivèrent aux capitales noires en caractères gras qui se trouvaient au beau milieu de la page.

LA POLICE RECRUTE DÈS AUJOURD'HUI

« Pas trop brûlés, mes œufs au plat, s'il te plaît, dit Sanchez dans l'espoir de changer de sujet.

— Euh, OK, répondit Flake. Mais qu'est-ce que tu dis de ce prospectus ?

— Par contre, les saucisses, tu peux y aller, hein.

— D'accord, pas de problème. Et qu'est-ce que tu penses de ce…

— Et je crois que je vais te prendre une tranche de bacon en plus.

— Très bien. Autre chose ?

— Ça devrait aller. »

Flake était extrêmement têtue, ce qui n'était pas sans irriter Sanchez. « Tu as vu, la police accepte n'importe qui dans ses rangs, dit-elle en tapotant le prospectus de son index. C'est une mesure exceptionnelle, le temps d'engager suffisamment de vrais flics venus d'autres villes. Alors, tu vas t'engager ?

— Au fait, je t'ai dit que je voulais des toasts ?

— Tu prends toujours des toasts.

— C'était juste pour m'assurer que tu n'avais pas oublié. »

Flake gloussa. « T'es vraiment marrant, toi, dit-elle en le regardant de ses grands yeux marron pleins d'espoir. Alors tu vas t'engager, oui ou non ? »

Sanchez soupira. « J'aimerais vraiment, répondit-il. Mais je ne suis pas assez grand. Je suis en dessous de la taille réglementaire.

— Il n'y a plus de taille réglementaire ! rétorqua Flake, prise d'une excitation qui croissait de syllabe en syllabe.

— Alors je suis trop vieux.

— Plus de limites d'âge non plus ! C'est génial, non ?

— J'ai un casier judiciaire.

— Peu importe ! Regarde, lis ce prospectus en entier. Ils acceptent n'importe qui. C'est ta chance, Sanchez ! »

Il n'y avait vraiment aucun doute : elle avait absorbé une dose massive de stupéfiants. Personne ne pouvait se montrer aussi enthousiaste à une heure si matinale. Surtout pas en servant des petits déjeuners. Pourtant, Sanchez décida de jouer momentanément le jeu. Il était prêt à dire tout ce que Flake voulait entendre, du moment que ça lui permettrait de prendre son petit déjeuner en paix.

« Eh bien, ça, c'est une sacrée bonne nouvelle ! dit-il d'un ton totalement dénué de sincérité. Je passerai au commissariat dès que j'aurai fini de manger. Tu vas voir. Rien ni personne ne pourra m'en empêcher.

— Excellent ! s'exclama Flake en claquant des mains, au comble de la joie. On n'aura qu'à y aller ensemble. Moi aussi, je vais me porter volontaire. Je suis tellement heureuse de me présenter accompagnée. Ça sera d'autant plus chouette, pas vrai ?

— De quoi ?

— Une fois que tu auras fini, on prendra ma voiture pour y aller.

— Hein ?

— Je suis tellement excitée ! Exactement ce que mon horoscope m'avait prédit !

— Hé ! attends un…

— En fait, tu sais quoi ? C'est moi qui t'offre ton petit déjeuner, aujourd'hui ! »

Et sur ces mots, Flake se précipita en cuisine afin de le lui préparer. Pas de doute, elle avait vraiment l'air surexcité. Sanchez se dit qu'il se laisserait offrir son petit déj, vu l'importance que ça semblait avoir aux yeux de Flake. Et une fois qu'il aurait avalé la dernière bouchée, il trouverait un moyen de ne pas s'engager dans la police.

5

La journée de Dan Harker s'annonçait infernale d'emblée. Dès les premières heures, il avait été convoqué dans le bureau du maire, qui l'avait nommé nouveau capitaine de la police de Santa Mondega. Et sa première journée n'aurait rien d'une tranquille entrée en matière. La majeure partie des flics de la ville ayant été assassinée la veille, il ne jouirait que d'une assistance très limitée pour enquêter sur les crimes. Le maire avait fait tout son possible pour l'aider, notamment en inondant la ville de prospectus invitant ses habitants à se joindre aux forces de l'ordre. Ce qui signifiait qu'Harker allait devoir passer la moitié de sa journée à s'occuper des nouvelles recrues.

L'enquête sur le dernier massacre du Bourbon Kid et le dénombrement des victimes n'allaient pas être une partie de plaisir. La seule bonne nouvelle, c'était que, selon un certain nombre de témoins oculaires, le Bourbon Kid avait été criblé de balles avant d'être décapité dans le couloir d'un hôtel, peu après minuit. En principe, le massacre avait donc pris fin.

Avant de se rendre au commissariat afin de se présenter à ce qui restait de la police, Harker devait passer par le musée de la ville. Le maire lui avait dit que l'équipe de sécurité détenait un enregistrement vidéo du Kid en train d'assassiner le directeur de l'établissement, le professeur Bertram Cromwell.

Harker fut accueilli dans le hall de réception du musée par Elijah Simmonds, le sous-directeur. Harker avait déjà croisé Simmonds. Cela remontait à un an, lors d'un gala de bienfaisance organisé par Bertram Cromwell. Simmonds lui avait laissé l'impression d'un sale con. Il était alors vêtu d'un costume de mauvaise qualité, trop large pour lui, et il arborait une queue-de-cheval atroce qui jurait avec son visage étroit.

Simmonds l'accueillit d'une chaleureuse poignée de main et d'un léger sourire : après tout, le personnage n'était peut-être pas totalement dénué de qualités humaines. Cependant, et fort malheureusement, il avait toujours la même queue-de-cheval et le même mauvais goût vestimentaire. Son visage n'était plus aussi étroit qu'auparavant. En fait, il semblait même sur le point de se garnir d'un double menton.

Tout en conduisant Harker le long du couloir étroit qui menait au bureau de l'équipe de sécurité, Simmonds surprit le nouveau capitaine par une observation qui ne lui serait jamais venue à l'esprit :

« Vous et moi avons énormément en commun, déclara-t-il.

— C'est-à-dire ?

— Eh bien, pour commencer, nous aimons nous habiller avec classe. »

Simmonds sourit et hésita un instant, attendant qu'Harker exprime son approbation d'une façon ou d'une autre. Mais il n'en fit rien. L'impeccable trois-pièces noir d'Harker lui allait comme un gant, contrairement au costard gris et informe de Simmonds. « Et puis il y a l'évidence même, poursuivit celui-ci.

— Laquelle ? »

Ils arrivèrent devant une porte, du côté gauche du couloir. Simmonds l'ouvrit avant de continuer : « Nous venons tous les deux de bénéficier d'une promotion grâce à la dernière tuerie du Bourbon Kid. »

Harker lança un regard désapprobateur à Simmonds. Au vu des circonstances, cette remarque était des plus déplacées. Simmonds ne se méprit pas une seconde sur le sens de ce regard.

« Bien évidemment, ce n'est pas ainsi que j'aurais aimé accéder à ces fonctions. J'aurais préféré que Bertram Cromwell soit encore en vie, ça tombe sous le sens, tout comme, j'en suis certain, pour rien au monde vous n'auriez souhaité la mort de l'ancien capitaine de la police. »

Simmonds entra dans le bureau en tenant la porte à l'intention d'Harker.

« L'ancien capitaine était un connard de première et je me félicite qu'il soit mort, dit Harker en entrant dans la pièce.

— Oh.

— Est-ce que vous pouvez me montrer l'enregistrement de vidéosurveillance, s'il vous plaît ? Il faut que je reparte au plus vite. J'ai une journée plutôt chargée devant moi.

— Bien évidemment. »

Un vigile à l'uniforme gris était assis sur un fauteuil bleu en assez mauvais état. Il avait les yeux rivés sur un mur de moniteurs, juste en face de lui. C'était un solide gaillard aux épaules très larges, aux cheveux blonds ondulés et aux yeux bleus perçants. Simmonds s'approcha de lui d'un pas nonchalant et posa une main sur l'une de ses imposantes épaules.

« James, vous avez la copie de l'enregistrement du meurtre que je vous avais demandé de faire pour la police ? »

Le vigile se redressa sur son siège. « Oui, m'sieur. » Il saisit sur son bureau un CD rangé dans son boîtier. « Tout est là. »

Simmonds prit à son tour le boîtier et le tendit à Harker.

« Merci », dit Harker en lui arrachant presque le CD des mains. Par-dessus l'épaule du vigile, il lança un coup d'œil aux moniteurs que celui-ci observait. Ils présentaient des images en direct de diverses parties du musée.

« Dites-moi, James, dit Harker. Est-ce que vous pourriez me montrer le meurtre sur l'un des écrans ? Ça m'arrangerait d'y jeter un œil avant de partir : si je remarque quelque chose d'intéressant, je pourrais vous poser mes questions directement. J'aimerais éviter de visionner ça à trois kilomètres d'ici en regrettant de ne pas vous avoir sous la main pour vous demander ce que j'ai sous les yeux.

— Pas de problème, m'sieur », répondit James.

Il appuya sur quelques touches du clavier qu'il avait devant lui et pointa du doigt un moniteur sur sa gauche. « Ça devrait arriver sur cet écran-ci. »

Harker se pencha au-dessus de l'épaule de James pour mieux voir ce qui se passait sur l'écran noir et blanc. L'image était de piètre qualité. Il parvint à distinguer la silhouette de Bertram Cromwell, assis sur un fauteuil confortable, dans la salle du personnel. Le professeur regardait les informations à la télévision.

Au bout de dix secondes, Harker vit entrer dans la pièce une longue silhouette recouverte d'une robe à capuche. Cromwell se leva de son fauteuil et un bref dialogue s'ensuivit, inaudible du fait de l'absence de micro dans la salle. La silhouette sombre du Bourbon Kid tira alors une machette de sous sa robe. Harker grimaça en observant le Kid tailler Cromwell en pièces. C'était la mort la plus violente à laquelle le nouveau capitaine avait assisté, et, en matière d'actes violents, il s'y connaissait plutôt bien. C'était une façon bien injuste de mourir pour un homme aussi honnête et aimable. Une fois son œuvre accomplie, le Kid sortit calmement de la salle. James appuya alors sur une touche de son clavier, et l'écran se figea sur l'image du cadavre de Cromwell gisant dans une flaque de son propre sang.

« Plus je visionne cette scène, plus elle m'est intolérable, dit Simmonds en frémissant.

— Ouais, j'imagine », répondit Harker.

Quelque chose avait attiré son attention au bas de l'écran. Il la considéra un bon moment et se souvint de ce que le maire lui avait dit un peu plus tôt. « Est-ce que l'heure indiquée est juste ? » demanda-t-il en pointant du doigt les chiffres qui figuraient dans l'un des coins inférieurs du moniteur.

James acquiesça. « Ouaip. Deux heures trente-sept. Ça me paraît correct. J'ai parlé au professeur une vingtaine de minutes avant ça. Je lui ai conseillé de rentrer chez lui, mais il est resté collé à la télé, il suivait en direct l'évolution des meurtres et de tout le reste.

— Intéressant, lâcha Harker en se grattant le menton. Tout semble indiquer que le Bourbon Kid a trouvé la mort peu après minuit. On a tout un tas de témoins oculaires pour le confirmer. »

Simmonds parut étonné. « Vraiment ?

— Ouais. Il s'est fait abattre et décapiter par un groupe de militaires, dans un hôtel. J'étais parti du principe que Cromwell avait été l'une de ses dernières victimes, avant qu'il se fasse mettre le grappin dessus. Ça complique un peu tout, cette histoire d'heure.

— Alors le Bourbon Kid est toujours en vie ? »

Harker acquiesça. « On dirait bien. Je garde le CD. Il faut que je me sauve. Si le Bourbon Kid est toujours dans la nature, je me dois de prévenir la presse au plus vite. Si les rues de la ville ne sont pas sûres, il faut que les gens soient au courant.

— Et vous feriez aussi bien de dire à ces militaires qu'ils ont décapité la mauvaise personne. »

Harker sourit. « J'espère qu'ils le verront aux infos avant de quitter la ville, s'ils ne sont pas déjà loin d'ici. »

6

À la connaissance de Dante, c'était la première fois qu'il neigeait sur Santa Mondega. Émerveillé, il contemplait les flocons qui tombaient tandis que Vanité les conduisait, Kacy et lui, à la Casa de Ville.

« Chouette caisse, hein, ma belle ? dit Vanité à Kacy. Ford Ranger. Flambant neuve, en plus.

— Dommage qu'elle soit bleue », fit remarquer Kacy d'un ton ennuyé en regardant par la vitre.

Assis sur la banquette arrière, Dante eut un petit sourire narquois. Kacy n'était pas du genre à se laisser impressionner par une voiture qui n'avait même pas été volée. Pour sa part, il appréciait de se trouver dans un Ranger. La route était bien plus dangereuse que d'habitude. Des nuages sombres s'agglutinaient au-dessus de la ville. Et pas des petits.

Apparut alors au loin ce qui ressemblait assez à un énorme château médiéval.

« Qu'est-ce que c'est que ce truc ? demanda Kacy.

— C'est la Casa de Ville, répondit Vanité.

— C'est quand même sacrément gros, cette connerie ! dit Dante.

— Ça a intérêt à l'être, répliqua Vanité. D'ici une

minute, il va y avoir un putain de tas de vampires à caser. »

Dante secoua la tête. La Casa de Ville, grossissant un peu plus à mesure qu'ils s'en approchaient, le laissait littéralement sans voix.

Vanité gara le Ranger sur un vaste parking derrière le bâtiment principal. Dante et Kacy le suivirent jusqu'à l'entrée principale. Un vampire aux yeux curieusement maquillés de noir les invita à pénétrer dans le hall d'entrée, et ils passèrent le seuil.

Le hall était colossal. Perché entre le plancher et le plafond qui s'élevait à cinquante mètres, un balcon faisait le tour de la gigantesque salle. À l'autre bout se dressait un énorme escalier en marbre aux marches extrêmement larges, qui menait à l'étage supérieur, celui du balcon. Ça ressemblait vraiment à un authentique château. La seule grosse différence que Dante remarquait, c'était les caméras de surveillance qui, bien en évidence, enregistraient les moindres faits et gestes. Le plus petit recoin était truffé de ces saloperies. Le hall résonnait déjà du tumulte de centaines de vampires discutant ensemble.

« Ouah ! souffla Vanité en considérant la troupe de ses congénères. Je m'imaginais pas que ça prendrait ces proportions-là. Restons dans le fond. Après toute cette histoire de Déjà Vu qui était en réalité le Bourbon Kid, je crois qu'il vaut mieux faire profil bas.

— Ça me va parfaitement », dit Dante.

La foule de vampires réunis dans le hall avait tout du public d'un concert de rock. Toutes sortes de timbrés habillés n'importe comment, issus de tous les clans de vampires de la ville, se pressaient dans cette salle monumentale, levant les yeux vers l'escalier de marbre qui se trouvait à l'autre bout. Il ne restait pas beaucoup de Sales Porcs, ni de rastafariens du clan des Dreads. Et bien entendu, les Shades représentaient une infime minorité. À l'exception de Dante, Kacy et Vanité, seules Décolleté et Orignal avaient survécu au massacre. Ces deux membres féminins des Shades se trouvaient déjà dans le hall et, très naïvement, s'étaient avancés au-devant de la foule afin de mieux voir ce qui se passerait.

La majorité des créatures présentes faisait partie de ce que Vanité présenta à Kacy et Dante comme le clan des Pandas, un groupe de vampires auquel le gardien de l'entrée de la Casa de Ville appartenait également. Tout comme lui, ils portaient autour des yeux de larges taches de maquillage noir, qui les faisaient ressembler à un tas de pandas humanoïdes. Ou, pour être tout à fait précis, à un tas de pandas bien dentus, carnivores et suceurs de sang. L'un des autres clans les mieux représentés était celui de la Peste Noire, un groupe qui habituellement se cantonnait à la banlieue de Santa Mondega. Ils portaient tous des habits noirs dans le plus pur style ninja, ainsi que des masques de même couleur qui ne révélaient que leurs yeux et un peu de peau noire autour. Dante se dit qu'ils devaient faire de redoutables prédateurs nocturnes.

Au bout de vingt minutes d'attente, l'imposante silhouette de Ramsès Gaïus apparut au sommet de l'escalier. Les conversations qui emplissaient le hall cessèrent derechef, remplacées par un silence total. Dante reconnut immédiatement Gaïus. Il frissonna en se souvenant de l'enlèvement commandité par Gaïus, dont Kacy et lui avaient été l'objet. Gaïus s'était à l'occasion fait appeler « Mister E » et s'était présenté comme un membre des Services secrets. Il avait obligé Dante à infiltrer le clan des Shades dans le but de découvrir où se cachait Peto, le dernier moine d'Hubal.

Par-dessus ses lunettes noires, Dante jeta un regard à Kacy, qui le lui renvoya. Manifestement, elle aussi avait reconnu Gaïus, alias Mister E.

Dante poussa légèrement du coude le bras de Vanité : « C'est vraiment lui, Ramsès Gaïus ? » demanda-t-il.

Vanité acquiesça. « Ouais. T'avise pas de déconner avec ce mec. Il te casserait en deux d'une pichenette. »

Gaïus portait un complet argenté (comme c'était le cas lors de sa première rencontre avec Dante) et une paire de lunettes noires. Son crâne était rasé, et sa peau légèrement hâlée était aussi lisse qu'une boule de billard. Dante et Kacy baissèrent la tête en espérant qu'il ne les repérerait pas à l'autre bout du hall.

« Regarde un peu. » À son tour, Vanité fit un appel du coude à Dante. « Derrière lui, c'est sa fille, Jessica. La reine des bombasses. Et des vampires. »

Dante releva fugacement les yeux et vit que celle qui se tenait derrière Gaïus était bel et bien Jessica, la Reine Vampire. Celle-là même qu'il avait criblée d'une chiée de balles dans le Tapioca, au cours de l'éclipse de l'année précédente. Le Bourbon Kid avait commencé à lui tirer dessus, Dante s'était empressé d'en faire autant, et ils l'avaient laissée pour morte. Si elle aussi les repérait, ça risquait de tourner sacrément mal.

Gaïus leva les bras au plafond afin d'attirer l'attention de tous. « Merci à vous tous d'avoir répondu à mon appel, déclara-t-il. J'ai de grandes nouvelles à vous annoncer aujourd'hui. Après ce qu'il s'est passé hier, après la perte de tant de nos frères et sœurs aux mains de cette pourriture de Bourbon Kid, nous avons à présent de bonnes raisons de nous réjouir. »

Une vague de murmures parcourut brièvement le hall, et Gaïus poursuivit :

« Hier soir, peu après minuit, nous avons capturé et décapité le Bourbon Kid. Il n'est plus de ce monde ! »

Une gigantesque acclamation s'éleva de la foule et Gaïus fit aussitôt signe à son public de se taire.

« À présent qu'il a disparu, il est temps pour nous d'agir. Bientôt, nous serons en mesure de révéler notre existence au monde. J'ai d'ores et déjà commencé à appliquer un plan qui permettra à chacun d'entre vous de chasser de jour. Fini, les planques dans les ruelles sordides et les clubs sombres. Très vite, Santa Mondega tombera sous notre joug. Notre heure est venue ! » La foule l'acclama encore plus furieusement qu'auparavant. Gaïus les fit taire et reprit : « La police de Santa Mondega n'est plus que l'ombre d'elle-même, et le Bourbon Kid n'est plus qu'un souvenir. Je vais donc vous demander d'appliquer rigoureusement mes instructions et de prendre possession de cette ville. Vous avez sans doute remarqué qu'il neige et qu'une gigantesque formation de nuages noirs s'est installée au-dessus de Santa Mondega. Ceci, mes chers amis, deviendra très bientôt permanent. »

Une voix féminine s'éleva de la foule en contrebas. « Comment ça ? »

Gaïus enleva ses lunettes, et la foule faillit s'étrangler, y compris Dante et Kacy. Dans son orbite oculaire droite luisait une pierre bleue : l'Œil de la Lune.

« Oui. Vous avez compris, tonna Gaïus. L'Œil de la Lune est de nouveau en ma possession. Il a enfin retrouvé son véritable emplacement. » Il tapota délicatement la pierre et sourit à la foule médusée. « Grâce aux pouvoirs de l'Œil, j'ai assemblé cette cohorte de nuages. Au moment où je vous parle, je suis en mesure de vous dire que seuls 10 % de la lumière du soleil atteignent Santa Mondega. Selon mes projections, demain, en fin de journée, le taux d'ensoleillement sera nul. Et il demeurera ainsi. Nous n'avons nul besoin d'une éclipse pour nous garantir du soleil, mes chers amis. Moi seul suis à même de vous protéger, grâce aux pouvoirs de l'Œil. Lorsque les nuages seront assez denses pour bloquer totalement les rayons solaires, nous sortirons des ténèbres pour nous emparer de cette ville. La neige paralysera nos ennemis, et, une fois parachevée notre domination sur Santa Mondega, nous serons à même d'étendre notre empire et d'augmenter nos effectifs. Les humains seront élevés pour votre consommation. Soit dit en passant, je sais que la plupart d'entre vous n'ont pas besoin de ce rappel, mais je vous conjure de ne pas vous attaquer aux enfants de cette ville. Nous en aurons besoin à l'avenir. Ils seront utilisés pour faire perdurer leur espèce et, de fait, garantir notre survie. » Quelques chuchotements s'élevèrent de la foule, pour la plupart approbateurs. Gaïus imposa à nouveau le silence, et reprit : « Je ne vous demande à présent qu'une chose. Sillonnez les rues et les collines de Santa Mondega, et ralliez tous vos frères et sœurs vampires. Je veux que les loups-garous soient informés, eux aussi. Dans les premiers jours de notre conquête, ce seront des alliés de poids. Prévenez tout le monde. Dites à tous ceux que vous rencontrerez de nous rejoindre ici même, demain soir. Débutera alors notre guerre totale contre l'humanité.

Demain soir naîtra une aube nouvelle, sur un monde aux mains des créatures du mal ! »

Il acheva son discours le poing levé. Un rugissement monstrueux parcourut la foule. Les vampires réunis se tapèrent dans les mains ou dans le dos pour se féliciter. Des sourires hérissés de crocs jaunâtres fleurissaient un peu partout. Sauf sur les visages de Dante et Kacy.

Kacy tira Dante par le bras, à l'écart de la foule, là où on ne pourrait les entendre. « Il a l'Œil de la Lune logé dans la tête, dit-elle d'une voix que les cris enthousiastes des vampires submergeaient presque.

— J'ai vu, répondit Dante. Moi qui croyais que ça craignait vraiment avant, en fait, c'est encore pire que ce que je pensais.

— Comment ça, encore pire ?

— Ça craint carrément. »

Kacy fronça les sourcils. « "Ça craint carrément", c'est pire que "ça craint vraiment" ?

— Ouais.

— T'es sûr ?

— Vraiment sûr.

— OK. Préviens-moi quand tu en seras carrément sûr. »

Dante la regarda par-dessus ses lunettes noires en haussant les sourcils. « Je vais te dire ce dont je suis bel et bien sûr. Si on essaie de lui retirer l'Œil, on a toutes les chances de se faire tuer. Mais si on n'essaie pas, ce sera tout simplement la fin du monde. »

Kacy considéra la foule de vampires qui, tout autour d'eux, donnaient libre cours à leur joie. « Et ça, ça craint carrément », murmura-t-elle.

7

En arrivant au commissariat pour son premier jour en tant que capitaine des forces de l'ordre de Santa Mondega, Dan Harker eut la déception de constater que les lieux étaient dans un état révoltant. Les vestiges du massacre de la veille n'avaient pas bougé d'un millimètre. Bien qu'il n'y eût aucun cadavre en vue, le hall de réception était toujours recouvert de sang. Dans le fond de la salle, l'ascenseur était toujours tapissé de sang et d'excréments.

Il considéra la cabine d'un air méfiant et emprunta l'escalier pour se rendre au deuxième étage, dans les labos de médecine légale. La plupart des experts scientifiques avaient survécu au massacre, et l'un d'eux, William Clay, était même venu travailler aujourd'hui. Harker le trouva assis au premier bureau.

Clay était une sorte de caricature du scientifique, grand, dégingandé et mal à l'aise en société, avec une paire de lunettes rondes et un crâne impeccablement rasé afin de dissimuler sa calvitie naissante. Il portait la même blouse blanche que tous les jours. Harker avait à peine franchi le seuil de la porte qu'il releva les yeux et ferma une fenêtre sur l'écran de son ordinateur.

Harker se montra cordial. « Salut, Bill, dit-il. Je vous dérange ? »

Clay sourit. « Non, pas du tout. Vous m'avez un peu surpris, rien de plus. Qu'est-ce que je peux faire pour vous, lieutenant Dan ?

— À partir d'aujourd'hui, ce sera capitaine Harker, sans vous commander.

— J'étais au courant, c'était pour vous charrier. Félicitations, au fait. Vous êtes content ?

— En plein nirvana.

— Ça m'étonne pas. Vous avez eu une chouette augmentation ?

— Correcte.

— Tant mieux, parce que vous savez sûrement que les deux derniers capitaines se sont fait tuer par le Bourbon Kid. Espérons qu'il ne vise pas le tiercé gagnant.

— Vous ne regardez jamais les infos ? Le Bourbon Kid est mort. »

Clay le dévisagea par-dessus ses lunettes. « Mais les journalistes ont tort, pas vrai ? Je le sais rien qu'à votre expression. »

Harker referma la porte du bureau derrière lui et s'approcha de Clay. « Tout porte à croire qu'il ait déguisé sa mort. Environ une heure après avoir été décapité, il s'est pointé au musée et a assassiné Bertram Cromwell.

— Vous avez une idée de comment on s'y prend pour faire semblant de se faire couper la tête ?

— Il suffit de trouver quelqu'un qui vous ressemble pour prendre votre place.

— Je ne crois pas avoir d'ami prêt à donner sa tête pour sauver la mienne.

— Moi non plus. Mais le Bourbon Kid en avait un. Je n'ai aucune idée de qui il s'agit. Sans doute un autre John Doe à ajouter à la longue liste des victimes.

— Liste où figure l'écrasante majorité de nos collègues, soupira Clay.

— Collègues qui ne manqueront à personne.

— C'est un peu dur, quand même. »

Harker se frotta le menton. Il était quasiment impossible de lui faire la révélation qui s'imposait sans passer pour un fou. Aussi décida-t-il d'aller droit au fait : « Vous saviez que le dernier capitaine était un vampire ?

— Pardon ?

— J'ai dit…

— J'ai parfaitement entendu ce que vous avez dit. » Clay fronça les sourcils. « Vous venez de sous-entendre que le capitaine De La Cruz était un vampire.

— Je ne l'ai pas sous-entendu. J'ai dit très clairement que c'en était un. »

Clay avait l'air chamboulé et semblait se demander si le nouveau capitaine n'essayait pas de le faire marcher. « Un vampire, vous voulez dire… qui suce le sang et se transforme en chauve-souris ? »

Harker considéra la pièce où ils se trouvaient, et son regard se posa sur une chaise en plastique toute proche. Il l'attrapa et s'assit face à Clay. « À mon avis, la transformation en chauve-souris, c'est du folklore. Mais pour le reste, oui, c'était bel et bien un suceur de sang.

— Vous croyez sérieusement qu'il se nourrissait de sang humain ?

— Je ne le crois pas. Je le sais.

— J'ai déjà entendu les rumeurs concernant la présence de vampires dans cette ville, mais je me suis toujours dit qu'il s'agissait, au pire, d'un groupe de personnes qui buvaient du sang en faisant semblant d'être des vampires. Vous voyez le genre.

— C'est pourtant la stricte vérité. »

Clay n'avait pas l'air convaincu. « Ça veut dire que j'aurais pu tuer De La Cruz avec un crucifix et quelques gousses d'ail ? demanda-t-il d'un ton légèrement sarcastique.

— Il aurait probablement préféré ce sort à celui qu'on lui a infligé hier soir.

— Ouais, j'ai entendu parler de ça, aussi. Un fusil à canon scié dans le trou de balle. Une façon bien merdique de mourir.

— C'est sûr. La cabine de l'ascenseur est tapissée de son dernier déjeuner. Il va falloir que je trouve une bonne âme pour nettoyer tout ça.

— Ne me regardez pas avec cet air.

— Alors ne m'emmerdez pas. Bref. Je ne suis pas venu ici pour vous parler d'ascenseurs dégueulasses ou de trous du cul de vampires.

— Alors qu'est-ce que je peux faire pour vous ?

— J'ai passé une demi-heure sur mon ordinateur portable à éplucher les fichiers personnels de De La Cruz. Une affaire sur laquelle il travaillait a tout particulièrement attiré mon attention. Je ne m'explique pas pourquoi les médias n'en ont jamais parlé. D'après ses fichiers, il vous en aurait parlé à deux ou trois occasions. J'aimerais savoir ce que vous avez là-dessus. »

Clay s'adossa à son fauteuil. « Vous voulez parler de l'enquête sur le tueur d'enfants, c'est ça ?

— Ouais. Comment vous avez deviné ?

— Parce que l'inaction de De La Cruz à ce sujet m'a toujours mis hors de moi. Et tout comme vous, je n'arrive pas à comprendre pourquoi ça n'a jamais été relayé par les journalistes. »

Harker appréciait le fait que son collègue semble prendre l'affaire aussi à cœur que lui. « J'ai ma petite théorie là-dessus. Je pense que De La Cruz protégeait l'assassin.

— Je suis tout porté à le croire, mais pourquoi ?

— Je soupçonne fortement le meurtrier d'être lui aussi un vampire. »

Clay fronça puissamment les sourcils. « Ça éclairerait pas mal de choses, en fait. Et les éléments d'enquête semblent aller dans ce sens.

— Bien. Alors qu'est-ce que vous avez ? Des traces d'ADN, quelque chose dans ce goût-là ?

— Pas vraiment », dit Clay en reportant son attention sur son ordinateur.

Il poursuivit tout en tapant sur son clavier : « À ma connaissance, on dénombrerait dix-sept assassinats.

— En réalité, ce serait plutôt quatre-vingt-six. »

Clay haussa un sourcil. « J'ai bien précisé "à ma connaissance". En revanche aucune trace d'ADN : pas de salive, pas de sang, rien de ce genre. Le seul élément qui nous permet de relier ces dix-sept meurtres, c'est… »

Harker le coupa : « Une langue verte et des traces de morsures dans le cou ?

— Comment vous savez ça ?

— Je vous l'ai dit, j'ai épluché les fichiers de De La Cruz. Les morsures, à mon sens, c'est du vampire tout craché, mais pour ce qui est de la langue verte, je sèche.

— C'est une sorte de poison. On a fait avaler à tous ces gamins une solution verte psychoactive, impossible à identifier. Avec pour effet une paralysie instantanée. » Il marqua une pause, cessant même de taper sur son clavier, et considéra à nouveau le capitaine par-dessus ses lunettes. « Mais ce n'est pas tout. De La Cruz s'est entêté à passer outre, en prétextant qu'il ne s'agissait que d'une coïncidence, mais, très clairement, nous tenons une piste cruciale pour l'enquête. »

Harker se redressa sur sa chaise. « De quoi s'agit-il ?

— Sur douze des dix-sept victimes, nous avons trouvé autre chose. Des poils gris. La plupart du temps, un seul, parfois deux ou trois. Très souvent, ces poils se trouvaient sous les ongles des gamins assassinés.

— Comme s'ils s'étaient battus avant que la paralysie ne les gagne ?

— Exactement.

— Et vous avez trouvé à qui correspondait l'ADN de ces poils ? »

Clay afficha un large sourire. « Excellente question. De La Cruz prenait toujours les poils afin de les analyser lui-même, sans jamais les rendre par la suite. Il prétendait toujours que je ne les lui avais jamais donnés, ce genre d'excuses vaseuses. Mais heureusement pour vous, j'ai conservé le dernier qu'on a trouvé sans en avertir De La Cruz. Je savais qu'il le ferait disparaître s'il mettait la main dessus : je l'ai donc secrètement gardé et je l'ai analysé.

— Et ?

— Ce n'est pas un poil d'être humain. »

Harker haussa les sourcils afin de souligner sa surprise. « Quoi ?

— Ce n'est pas un poil d'humain. C'est un poil de chèvre.

— Un poil de chèvre ?

— Un poil de chèvre.

— Et ?

— Et rien du tout. C'est un poil de chèvre. C'est vous l'enquêteur, pas moi.

— C'est peut-être une sorte de rituel ? La signature du tueur ? »

Clay haussa les épaules. « Au risque de me répéter, c'est vous, l'enquêteur. Personnellement, je serais tenté de croire que le poison vert et les morsures dans le cou sont des signatures bien suffisantes. Pas la peine en plus de laisser intentionnellement des poils de chèvre.

— C'est vrai. » Harker se gratta le menton. « Alors pourquoi des poils de chèvre ? Je ferais peut-être bien de partir sur la piste d'un propriétaire de chèvres. Ça semble s'imposer. »

Clay sourit. « Bien sûr. Chercher un vampire qui passe son temps libre à élever des chèvres, c'est l'évidence même.

— Vous avez mieux à proposer ?

— Nom de Dieu, Harker, ce que vous pouvez être lent.

— Comment ça ?

— Ce n'est ni un éleveur de chèvres ni un berger que vous devez rechercher. »

Clay fit pivoter son moniteur afin que Harker puisse voir ce qui s'y affichait. Le capitaine observa un instant l'écran, pris de court par l'image de cette personne qu'il reconnaissait sans difficulté. Puis ce fut l'illumination. Il secoua la tête. « Bien sûr, dit-il. Des poils de chèvre. L'enfant de putain. »

8

Ulrika Price avait rencontré un certain nombre de problèmes depuis qu'elle était bibliothécaire principale de la bibliothèque de Santa Mondega, mais ce qu'elle affrontait à présent était sans doute la crise la plus sérieuse de toute sa carrière. Elle avait perdu *Le Livre de la mort*. Ramsès Gaïus, son maître, l'avait nommée gardienne de ce livre, avec à la clef deux instructions on ne peut plus simples : y inscrire les noms qu'il lui indiquait et, quoi qu'il arrive, ne jamais égarer le livre. La veille, elle avait écrit les trois noms qu'il lui avait soumis et, comble de négligence, avait laissé le livre sur le bureau de la réception. Et il avait disparu.

Elle n'avait pas fermé l'œil de la nuit, se tournant et se retournant dans son lit en tâchant de se rappeler l'enchaînement des événements de la veille dans le moindre détail. Elle s'était creusé le crâne jusqu'à la migraine en essayant de deviner ce qui avait bien pu se passer. À l'aube, elle était enfin parvenue à la conclusion que son très jeune assistant, Josh, un abruti hors catégorie, l'avait certainement rangé sur une étagère quelconque en pensant qu'il s'agissait d'un livre comme un autre.

Fort heureusement, la bibliothèque était déserte ce matin, ce qui lui avait permis de rechercher *Le Livre de la mort*. Durant deux heures, elle avait tenté de le retrouver, mais en vain. Il n'était nulle part. Après une dernière inspection autour de la réception, elle abandonna et décida d'appeler Josh en espérant pouvoir tirer de lui quelque information digne de ce nom. La situation était effectivement désespérée : elle en venait à escompter que Josh, crétin notoire, se souvienne de quelque chose qui remontait à la veille. Il avait déjà bien assez de mal à se rappeler les événements remontant à plus de cinq minutes.

Elle s'assit et appela Josh chez lui avec le téléphone de la bibliothèque tout en tapotant nerveusement son bureau d'un de ses longs doigts osseux. Au bout de huit sonneries, la mère de Josh décrocha.

« Ouais, dit-elle.

— Ulrika Price, de la bibliothèque.

— Bordel de merde. Une minute. Je vais le chercher. »

La mère de Josh savait qu'avec Ulrika Price mieux valait ne pas perdre son temps en échange de banalités. Toutes deux s'étaient déjà envoyé un tas de noms d'oiseaux, à la suite des commentaires d'Ulrika dans un rapport de stage, où elle avait traité Josh de « babouin retardé ». L'oreille collée au combiné, Ulrika entendit quelques cris, quelques jurons et le bruit d'un combiné posé brutalement.

La voix irritante de Josh finit par se faire entendre : « Bonjour, mademoiselle Price.

— Bonjour, Josh, espèce d'abruti. J'aimerais savoir ce que vous avez fait du *Livre de la mort*, hier.

— Le quoi ?

— Hier, il y avait sur mon bureau un livre intitulé *Le Livre de la mort*, et aujourd'hui il a disparu. Vous avez dû le mettre quelque part, ou le donner à l'un des usagers de la bibliothèque.

— Ah. »

Il avait l'air plus mou du cerveau que jamais, et ce n'était pas sans irriter fortement Ulrika. « Alors, reprit-elle d'un ton sec. Qu'en avez-vous fait ?

— Je m'en souviens plus.

— Tâchez de vous en souvenir, je vous prie. »

Un bref silence s'ensuivit et Josh finit par demander : « C'était le bouquin de la Rue Sésame ?

— Non. Pourquoi est-ce qu'un livre de la Rue Sésame aurait pour titre *Le Livre de la mort* ?

— C'est exactement ce que je me suis demandé en le rangeant. »

L'attention d'Ulrika fut piquée au vif : « Donc, vous l'avez bel et bien eu entre les mains ?

— Ouais.

— À quoi ressemblait-il ?

— C'était un gros bouquin noir, avec *Le Livre de la mort* écrit dessus. C'est vous qui m'avez dit que c'était un livre de la Rue Sésame.

— Qu'est-ce qui aurait pu me pousser à vous dire une chose pareille ?

— J'en sais rien, mais vous m'avez demandé de le ranger avant de rentrer chez moi, hier soir. Je m'en souviens bien, parce que c'est la dernière chose que j'ai faite. »

Ulrika poussa un soupir de soulagement. « Très bien, alors vous avez cru qu'il s'agissait d'un livre de la Rue Sésame. Par voie de conséquence, on peut être en droit de penser que vous l'avez rangé dans la collection jeunesse.

— Non. Je l'ai mis dans les ouvrages de référence.

— Pourquoi donc l'avez-vous classé là ?

— Parce que, quand je ne sais pas où ranger un livre, je le case toujours dans la section ouvrages de référence.

— Pauvre con.

— Je l'ai rangé dans les "A", comme "Anonyme". »

Ulrika roula les yeux. Le fait de parler à Josh était des plus exaspérant. « Eh bien, c'est déjà ça. Merci bien. Au fait, ne prenez pas la peine de revenir travailler ici, Josh, vous n'êtes plus le bienvenu.

— Parfait. C'est tout ?

— Oui, au revoir et merci pour votre incompétence.

— Oh ! mademoiselle Price, avant de raccrocher, une dernière chose.

— Quoi encore ?

— Vous puez. »

Et Josh raccrocha. Ulrika abattit violemment le combiné, folle de rage. Il n'en demeurait pas moins que, en dépit de la goujaterie de Josh et, de façon plus générale, de son ineptie absolue, elle savait à présent où chercher le livre disparu. Elle se précipita vers les ouvrages de référence et se mit à examiner l'étagère des « A », comme « Anonyme ».

Il existait un grand nombre de bons ouvrages écrits par des auteurs anonymes, mais seul *Le Livre de la mort* intéressait Ulrika. Malheureusement, au bout de dix minutes de recherche, elle avait toujours les mains vides. Soit Josh lui avait soumis une information erronée, soit quelqu'un avait emprunté le livre après qu'il l'eut rangé.

La seule personne à être entrée dans la bibliothèque après le départ de Josh était Sanchez Garcia, le patron du Tapioca. Ulrika tâcha de se souvenir de son passage. Elle l'avait surpris en train de rôder d'un air louche dans la collection des ouvrages de référence, à la suite de quoi il avait emprunté un livre intitulé *Le Plaisir anal, à l'usage de l'homosexuel d'aujourd'hui*, un bien curieux choix de sa part. Bien qu'elle considérât Sanchez absolument inutile au genre féminin, elle était convaincue qu'il était tout sauf homo. Certains signes ne trompaient pas : elle l'avait surpris à plusieurs reprises en train de se rincer l'œil sur son décolleté, et il avait un vrai goût de chiottes en matière vestimentaire.

Elle revint à toute vitesse à son bureau afin de consulter les entrées et sorties sur son ordinateur. Si personne d'autre ne s'était trouvé sur les lieux lors du départ de Josh, Sanchez deviendrait automatiquement le suspect numéro un dans la disparition du livre.

Elle s'asseyait à peine à son bureau lorsque le téléphone retentit. Elle répondit avec une politesse exagérée, en regard du niveau d'énervement qu'elle avait atteint.

« Bibliothèque municipale, bonjour.

— Ulrika ? »

Elle reconnut aussitôt la voix. C'était celle de Ramsès Gaïus. Un frisson parcourut sa colonne vertébrale.

« Bonjour, Ramsès, répondit-elle d'un ton qui trahit son anxiété.

— Est-ce que tu as bien écrit les noms dans *Le Livre de la mort* comme je te l'ai demandé ?

— Bien sûr.

— Lis-les-moi, s'il te plaît. Je dois savoir très précisément ce que tu as écrit.

— Euh, je, d'accord... »

Ulrika tâcha de se souvenir des noms qu'elle avait notés la veille dans le livre.

« Allez, on ne va pas y passer la journée, lança sèchement Gaïus. Tu n'as pas vu les infos ? Il paraît que le Bourbon Kid est toujours en vie. Alors quels noms as-tu inscrits ? »

Ulrika ne savait plus où se mettre. La pression la rendait incapable de se rappeler ces foutus noms. « Il y avait un "John Doe", répondit-elle.

— Exact.

— Et je ne me souviens plus des deux autres.

— Eh bien, regarde donc dans le bouquin, bon sang ! »

Ulrika déglutit avec difficulté. « Je ne le retrouve plus, dit-elle à voix basse.

— Quoi ?

— Je crois que quelqu'un l'a emprunté.

— Tu crois que quelqu'un l'a emprunté ? Depuis quand est-ce que tu autorises les usagers de ta putain de bibliothèque à emprunter *Le Livre de la mort* ?

— Je n'ai jamais autorisé le prêt de ce livre. C'est mon assistant qui a merdé. Mais je crois savoir qui est en sa possession. Je vais le retrouver de ce pas. J'aurai récupéré le livre dans une heure. »

Au simple son de la respiration de Gaïus, elle savait qu'il était fou furieux. « Si tu n'as pas retrouvé ce livre d'ici l'heure du déjeuner, je t'enverrai Jessica afin qu'elle t'aide dans tes recherches. Et précision qui a son importance : Jessica ne t'aime pas beaucoup.

— Bien, maître. »

Et Gaïus raccrocha. Ulrika resta un instant assise à son bureau à respirer profondément afin de regagner son calme. Le livre avait disparu et elle avait moins de deux heures devant elle pour le retrouver.

« Salut, Ulrika », dit une voix masculine. Elle releva les yeux et aperçut Rick, le patron du Olé Au Lait, qui passait devant son bureau en direction de la sortie. Accaparée par sa conversation avec Ramsès Gaïus, elle ne l'avait même pas vu entrer. Elle n'avait pas plus de sympathie pour Rick que pour le reste de Santa Mondega, aussi l'ignora-t-elle jusqu'à ce qu'il se retrouve au milieu de l'escalier menant à la sortie, pour lui répondre enfin en marmonnant : « Allez vous faire foutre. »

Sa priorité absolue était de retrouver de toute urgence *Le Livre de la mort*. Et son suspect numéro un était Sanchez Garcia.

9

D'assez bonne heure, Beth avait reçu un appel téléphonique du nouveau directeur du musée, Elijah Simmonds. Bien qu'il n'assurât ces fonctions qu'à titre provisoire, il avait tout de même le pouvoir de la virer. Il avait insisté pour qu'elle se rende au musée alors même que Bertram Cromwell lui avait donné congé pour cette journée. Selon toute probabilité, il avait l'intention de la priver de son emploi de femme de ménage.

En arrivant au musée, JD et elle virent des brancardiers charger une civière à l'intérieur d'une ambulance. Le visage de la personne qu'ils transportaient était dissimulé sous un drap vert. Beth savait qu'il s'agissait de Bertram Cromwell. Elle ne voulait en aucun cas voir son cadavre sanguinolent. La simple vue de ce drap tiré sur son visage suffisait à évoquer dans son esprit une foule d'images très désagréables.

JD passa son bras autour de ses épaules et la serra contre lui alors qu'ils gravissaient les marches qui conduisaient au musée, la protégeant ainsi de la vue du corps qu'on emportait. Son bras sur ses épaules la rassurait, et la réchauffait également. Elle portait un cardigan bleu par-dessus son T-shirt blanc, mais, avec cette neige qui sans crier gare s'était mise à tomber sur Santa Mondega, le cardigan ne la protégeait pas aussi bien que d'habitude. Le froid lui saisissait également les jambes, son jean noir étant déchiré par endroits, et ce pour des raisons totalement étrangères à la mode. Il était simplement vieux et usé, et elle n'avait pas les moyens de s'en acheter un neuf. Pourtant, avec ses cheveux détachés balayés par le vent, cela lui donnait un petit côté grunge assez sympa. Et elle s'en réjouissait parce que, manifestement, c'était un look qui plaisait à JD. Celui-ci portait les mêmes habits que la veille, un jean bleu, un T-shirt noir et un cuir de même couleur. Beth espérait former avec lui un couple assorti. Et secrètement, elle espérait que certains de ses collègues les voient tous les deux ensemble.

Dans le hall du musée, l'un des agents de sécurité vint à leur rencontre. Beth ne le connaissait que par son prénom : James. C'était un gaillard très musclé, qui, à l'instar de tous ceux qui avaient officié en ces lieux en tant que vigiles, portait un uniforme gris qui paraissait trop petit d'une bonne taille. Dans son cas, peut-être était-ce voulu : à le regarder, on avait en effet l'impression qu'il se plaisait à exhiber ses énormes pectoraux. C'était un gros balèze d'une petite vingtaine d'années, aux cheveux blonds ondulés et aux épaules absurdement larges. Une matraque pendait à sa ceinture mais il ne semblait pas du genre à en avoir besoin. Ses poings étaient bien assez gros pour régler tout problème potentiel.

« Beth, tu es au courant de ce qui s'est passé ? demanda-t-il d'un air réellement désolé.

— Pour Cromwell ? Oui. C'est vraiment terrible.

— C'est clair. Ça m'a vraiment mis un coup. »

James sembla soudain se rendre compte qu'elle n'était

pas seule. Il considéra une seconde JD, puis reporta son regard sur elle, son visage reflétant à présent une certaine confusion. « Au fait, qu'est-ce que tu fais là, aujourd'hui ? Tu n'es pas censée être en congé ?

— Simmonds m'a demandé de venir ici pour me parler de quelque chose. »

James grimaça. « Ah. Il est dans son bureau. Tu peux y aller. Il est tout seul.

— Où est son bureau ? » demanda Beth.

À sa connaissance, Simmonds n'avait jamais eu de bureau à lui.

« C'est l'ancien bureau de Cromwell. Par ici. » James pointa un couloir que Beth connaissait fort bien. Elle se souvint de Cromwell, l'un des hommes les plus gentils qu'elle ait jamais croisés, dans une ville remplie de personnes ignobles. Il était le seul à se réjouir de sa présence dans le musée. Le fait de penser qu'il avait été brutalement assassiné par un malade mental armé d'une machette était insupportable. Une chance, vraiment, qu'elle ait retrouvé JD.

« Pauvre Bertram, renifla-t-elle, sentant soudain les larmes lui monter aux yeux. C'était un homme si bon.

— Ouais. Mais Simmonds sera un excellent remplaçant. Il a déjà de grands projets pour le musée. Il veut tout réorganiser. »

Beth se sentait désemparée. C'était sans doute la dernière fois qu'elle se rendait au musée en tant qu'employée. Simmonds, cette raclure prétentieuse à queue-de-cheval qui passait son temps à se gratter le scrotum, ne l'aimait pas. Cromwell avait été le seul et unique allié de Beth au musée.

JD lui caressa la taille. « Hé, t'inquiète pas, je vais t'accompagner, dit-il.

— Pas possible, lança James. C'est une zone uniquement réservée aux employés. Il va falloir attendre ici. »

JD embrassa le front de Beth. « Ça ira si je reste ici avec ce type ?

— Ouais. »

Beth releva les yeux vers JD, incapable de dissimuler l'inquiétude qui se lisait sur son visage. Elle était sur le point de se confronter à Simmonds, sans aide ni appui. « Je vais sans doute me faire virer, murmura-t-elle.

— Tout va bien se passer, répondit JD. Aie confiance en toi. »

Il caressa ses cheveux et l'embrassa sur la bouche, lui redonnant momentanément le sourire. Il savait arranger les choses d'un simple geste. Beth poussa un profond soupir, serra un peu plus sa main dans la sienne avant de la lâcher et prit la direction de l'ancien bureau de Cromwell, où l'attendait son nouveau patron, Elijah Simmonds.

JD, planté au milieu de la réception, la regarda s'éloigner. Même de dos, tout en elle exprimait la crainte que lui inspirait ce face-à-face avec son nouveau supérieur.

Lorsqu'elle eut disparu, James s'approcha de JD et lui tapota amicalement l'épaule. « Ça prendra pas longtemps, mon pote. Simmonds a l'habitude d'aller droit au fait.

— Elle va perdre son boulot ?

— Y a des chances.

— Pourquoi ? Qu'est-ce que ce Simmonds a contre elle ? »

James eut un sourire discret, comme s'il se l'adressait à lui-même. « Tu la connais pas si bien que ça, hein ? dit-il. Ça se voit que vous venez de faire connaissance.

— Dans un sens, ouais. Pourquoi tu me dis ça ? »

De nouveau, James tapota son épaule. « C'est pas pour être méchant, hein, mon pote, mais tu finirais de toute façon par l'apprendre, alors autant que je te le dise tout de suite. Au musée comme partout ailleurs en ville, on l'appelle "Beth la Schizo". Elle a un petit problème au cerveau.

— Quoi ?

— Sérieux, mec. Demande-lui de te présenter ses amis.

— Pourquoi ça ? Qu'est-ce qui ne va pas, avec ses amis ?

— Rien du tout, mec. Le seul problème, c'est qu'elle en a aucun ! Personne n'apprécie sa compagnie. Si je peux me permettre de te donner un conseil, à ta place, je la plaquerais vite fait. Et je mettrais une bonne grosse distance entre elle et moi. C'est que des emmerdes, cette fille. » James baissa la voix pour ajouter : « Elle a tué sa propre mère. »

JD acquiesça. « Je comprends.

— Crois-moi, mon gars, tu peux trouver beaucoup mieux, conclut James en tapotant une énième fois son épaule. Bon, c'est pas tout ça, mais j'ai du boulot. À plus. »

James s'éloigna et JD le suivit. « Attends un peu, dit-il en rattrapant le vigile.

— Qu'est-ce qu'il y a ? »

JD pointa du doigt la poitrine de James : « Y a un truc sur ta chemise. »

10

Sanchez ne savait plus trop comment tout s'était enchaîné, mais il était à présent dans une coccinelle Volkswagen en compagnie de Flake. Et il était en route pour le commissariat, afin de s'engager dans les forces de l'ordre. S'il ne trouvait pas un moyen de se tirer de cette situation, il aurait bientôt sur le dos l'uniforme d'un flic stagiaire dénué de toute espèce d'autorité.

À plus de cent soixante kilomètres-heure, Flake n'en finissait pas de lui expliquer à quel point elle était heureuse de rejoindre les rangs de la police. Elle déblatérait tellement vite que Sanchez était incapable d'en placer une. Il avait été contraint d'accepter qu'elle le dépose après avoir constaté à son grand déplaisir que des gamins du quartier s'en étaient pris à sa voiture, garée devant le Olé Au Lait. Ses quatre pneus avaient été crevés. Un acte de vandalisme absolument gratuit, s'était-il dit en toute mauvaise foi.

Flake avait promis de le conduire au premier garage qui vendait des pneus. Mais il devenait clair qu'elle projetait en réalité de l'y emmener après un passage au commissariat. À titre de plan de sauvetage pour éviter de se faire engager, Sanchez était prêt à dégainer la vieille excuse de la scoliose.

Flake conduisait comme elle parlait. Rien n'arrêtait cette fille. Feux rouges, stops, piétons, bonhommes de neige étaient respectivement grillés, évités et écrasés. En temps normal, son pépiement aurait valu à Sanchez une migraine de tous les diables. Mais en l'occurrence, le barman était incapable de se concentrer sur autre chose que le fait de serrer les fesses et de se cramponner au tableau de bord. Comme si cette conduite infernale n'avait pas suffi à le terrifier, le siège passager de la vieille Coccinelle blanche était dépourvu de ceinture de sécurité. Raison pour laquelle en arrivant enfin au commissariat, Sanchez éprouva malgré tout un certain soulagement. Flake parcourut une bonne centaine de mètres sur la file de gauche, avant d'opérer un dérapage au frein à main absolument inutile, qui logea impeccablement la voiture sur la place de parking faisant face au commissariat.

Durant la manœuvre, Sanchez s'était agrippé si fort au tableau de bord que ses doigts étaient devenus complètement blancs. Son visage s'était alors figé en un masque de terreur absolue, qui ne devait le quitter qu'au bout de quelques secondes et quelques profondes inspirations.

Flake coupa le contact. « Allez, Sanchez », dit-elle. Elle lui décocha une petite tape sur le bras, pensant qu'il faisait semblant d'être terrifié.

« Je crois qu'on vient de remonter le temps, marmonna Sanchez.

— Tu t'arrêtes jamais de blaguer, toi, dit Flake en le gratifiant d'une nouvelle tape. Allez, ça suffit les plaisanteries. Entrons vite avant qu'il ne soit trop tard. »

Sanchez désirait plus que tout sortir de cette voiture. Mais cela ne signifiait pas pour autant qu'il avait envie de gravir les marches qui menaient à l'entrée du commissariat. Le sang afflua de nouveau dans ses doigts, il retira ses ongles du tableau de bord et ouvrit sa portière. Le temps qu'il soulève son cul de son siège, Flake l'attendait déjà dehors. En refermant la portière derrière lui de sa main droite, il porta la gauche à son dos pour le frotter lentement en singeant la douleur.

Flake parut réellement s'inquiéter : « Ça va ? demanda-t-elle.

— Une vieille blessure de guerre, répondit Sanchez dans une grimace. Pas sûr que j'arrive en haut des marches. »

Le visage de Flake s'allongea. « Oh ! »

Avant qu'elle ait pu ajouter quoi que ce soit, un policier sortit du commissariat et dévala les marches pour venir à leur rencontre. C'était un robuste gaillard d'une quarantaine d'années, aux cheveux châtains impeccablement peignés. Et pour un flic, il était vraiment bien sapé : pantalon noir, chemise blanche et gilet noir. Sanchez s'étonna de voir un policier aussi en forme, étant donné le régime obligatoire à base de donuts que les flics de Santa Mondega suivaient à la lettre.

Le flic se mit à crier à l'intention de Flake : « Dites donc, je peux voir votre permis, mademoiselle ? »

Sanchez le reconnut. Il s'agissait de Dan Harker, un inspecteur plutôt honnête et bosseur, qui n'avait jamais réussi à s'élever à l'échelon hiérarchique qu'il méritait. Si sa mémoire était bonne, c'était l'un des flics les moins faciles à corrompre : contrairement à la majorité de ses collègues, il était très peu enclin à accepter les pots-de-vin. Il était passé à plusieurs reprises au Tapioca afin d'interroger Sanchez sur diverses affaires criminelles.

En entendant sa voix, Flake se retourna aussitôt : « Bonjour, monsieur Harker », dit-elle. Elle aussi le connaissait. À l'instar du Tapioca, le Olé Au Lait ne comptait pas que des saints parmi ses clients.

« Flake, vous conduisez comme une vraie désaxée. Je pourrais vous coffrer sur-le-champ pour conduite dangereuse et stationnement interdit ! » lui lança Harker en secouant la tête.

Sanchez acquiesça au sermon d'Harker, et s'interrompit brutalement lorsqu'il sentit que Flake l'avait remarqué du coin de l'œil.

« Je suis désolée, Dan, dit Flake en souriant. On est venus pour s'engager, et je voulais vous impressionner un peu avec mes talents de conductrice, vous voyez ? Je suis plutôt bonne en course-poursuite. »

L'expression désapprobatrice de Dan Harker se volatilisa aussitôt. « Oh. dit-il. Bien. Enfin, je veux dire, génial. Vous êtes les deux premiers à venir vous enrôler. Suivez-moi. On va remplir la paperasse.

— J'ai une scoliose », grimaça Sanchez en se frottant à nouveau le dos.

Harker ne lui prêta pas la moindre attention et poursuivit à l'intention de Flake : « Il y a une prime de mille dollars pour les deux premiers volontaires. »

Sanchez redressa subitement la tête et regarda tout autour de lui. Quelques personnes marchaient dans la rue. Inutile d'attendre que l'une d'elles se précipite dans le commissariat avant lui. Il traversa à toute vitesse la chaussée verglacée, franchit les marches recouvertes de neige dans un bond et se rua vers la porte de verre à double battant qui donnait sur la réception du commissariat.

« Eh bien, ça, c'est de la motivation », commenta Harker.

Flake s'empressa de suivre Sanchez. « On est tous les deux très motivés à l'idée de faire notre devoir », dit-elle.

Sanchez eut un mouvement de recul en voyant l'état dans lequel se trouvait le hall de réception du commissariat. C'était un vrai carnage. En fait, c'était une immense scène de crime. Le sang recouvrait tout du sol au plafond. Et ça sentait comme au Tapioca après une nuit spécial curry. Harker les rejoignit à l'intérieur.

« C'est un vrai bordel, ici, dit-il en passant devant Sanchez et Flake. L'une de vos premières missions sera de nettoyer tout ça. Nos experts scientifiques ont déjà relevé tout ce qu'ils avaient à relever, il nous faut maintenant quelqu'un pour enlever tout ce sang des murs.

— Ça, c'est une mission pour Sanchez, dit Flake.

— C'est vrai », appuya Sanchez.

Il avait nettoyé un nombre incalculable de fois les murs du Tapioca, maculés de sang et de pisse. Et pour un millier de dollars, il aurait nettoyé à peu près n'importe quoi.

Harker sourit et plongea la main dans l'un des tiroirs du bureau de la réception. Il en ressortit un épais cahier bleu à couverture rigide qu'il laissa lourdement tomber sur le bureau. « Il faut que vous signiez le registre, dit-il en l'ouvrant. Le fait de signer tous les matins vous donnera le droit d'arrêter, harceler et intimider n'importe quel civil, selon votre bon plaisir. Comme vous êtes les deux premiers inscrits, vous recevrez d'entrée mille dollars. Après ça, ce sera les cinq cents dollars réglementaires par jour. »

Sanchez saisit un stylo qui traînait sur le bureau et attrapa le registre avant que Flake ait pu faire un geste. Il précisa quelques détails, signa, puis releva les yeux sur Harker.

« Vous payez en liquide ? demanda-t-il.

— Pour le premier jour, oui. Après, ce sera par virement bancaire.

— Ça ira. »

Flake remplit à son tour le registre. Harker recula de quelques pas et examina ses deux nouvelles recrues des pieds à la tête. « OK, dit-il en fronçant les sourcils. Je vais vous chercher des uniformes. Ça ne devrait pas poser de problème pour vous, Flake, vous faites une taille assez courante. En revanche, ça risque de me prendre un peu plus de temps pour vous trouver un pantalon, Sanchez.

— Je fais une taille médium, répliqua Sanchez, sur la défensive.

— Et moi je suis astronaute, dit Harker. Ne vous inquiétez pas, je vais vous trouver quelque chose. Pendant que je serai à l'étage, vous vous mettrez au boulot. Flake, installez-vous à la réception. Vous répondrez aux appels téléphoniques, et vous vous occuperez de toute personne entrant ici. Si vous êtes prise de court à un moment ou un autre, allez-y au bluff. »

Flake semblait réellement très enthousiaste. « Ça, je sais faire », dit-elle en souriant.

Harker se retourna vers Sanchez. « Vous, vous pouvez commencer par l'ascenseur. Il y a un balai-éponge et un seau là-bas, au coin de la pièce. Le seau est déjà rempli d'eau et de détergent. Tout ce que vous avez à faire, c'est…

— Merci, je sais me servir d'un balai, coupa Sanchez.

— Tant mieux. Je suis donc en droit d'attendre que l'ascenseur soit impeccable quand je redescendrai. »

Harker tourna les talons et se dirigea vers la porte qui donnait sur l'escalier. Sanchez fit une grimace dans son dos et, à voix basse, répéta la phrase du capitaine en l'imitant.

« C'est excitant, hein ? lui lança Flake.

— Totalement euphorisant », répondit Sanchez d'un ton sarcastique.

Il alla chercher le balai et le seau à roulettes, qu'il poussa jusqu'à l'ascenseur avant d'appuyer sur le bouton d'appel. Les battants s'ouvrirent aussitôt et l'odeur de merde faillit lui faire tourner de l'œil. Les parois de la cabine étaient recouvertes de sang, de bouts de cervelle et d'excréments. C'était encore pire que les toilettes du Tapioca après un samedi soir. Secouant la tête de dégoût, Sanchez souleva le balai-éponge et se mit à frotter le sol. Ce ne serait pas l'affaire de cinq minutes. Rien que l'odeur prendrait des semaines à disparaître.

Sanchez nettoyait depuis deux minutes lorsqu'il entendit dans son dos quelqu'un approcher du bureau de la réception. Il reconnut aussitôt cette voix féminine.

« J'aimerais porter plainte au sujet d'un vol de livre. »

Ulrika Price. Cette salope.

Sanchez mit un pied sur une zone propre de la cabine et se retourna. Son regard croisa immédiatement celui d'Ulrika. La bibliothécaire devait venir tout droit de son lieu de travail, car elle portait un cardigan marron en laine par-dessus une robe à fleurs, uniforme attitré des bibliothécaires aigries. Menaçante, elle se dressait face au bureau où était assise Flake, qui tournait le dos à Sanchez. Les yeux verts et perçants d'Ulrika s'écarquillèrent lorsqu'elle l'aperçut.

« C'est lui ! siffla-t-elle. C'est lui qui l'a volé ! »

Sanchez hocha la tête. « Non, marmonna-t-il. C'est pas moi. »

Ulrika fit le tour du bureau, et Flake se leva : « Vous n'avez pas le droit d'accéder à cette zone », dit-elle.

Sans quitter Sanchez des yeux, Ulrika allongea une gifle à Flake qui la fit se rasseoir immédiatement. Puis elle ouvrit la bouche, révélant deux rangées de crocs qui s'allongeaient à vue d'œil.

Sanchez s'en était toujours douté : cette sale conne était un vampire. Et à présent, elle comptait faire de Sanchez son petit déjeuner.

Il ne restait qu'une chose à faire. Appuyer sur un bouton de l'ascenseur et foutre le camp du rez-de-chaussée. Sanchez baissa les yeux sur le cadran. Tous les boutons étaient recouverts de merde, à l'exception de celui correspondant au sous-sol. Il appuya six fois dessus en moins d'une seconde. À travers les battants qui se refermaient, il vit les pieds d'Ulrika se soulever de terre : elle se mit à voler droit vers lui, crocs jaunâtres en avant.

11

Beth arriva au bureau de Cromwell et, à sa grande tristesse, remarqua que la plaque fixée à la porte avait déjà été changée. Au lieu de CROMWELL, on lisait à présent SIMMONDS en grosses capitales argentées sur fond noir.

Elle tapa deux fois à la porte et ne tarda pas à entendre la voix de Simmonds à travers la cloison.

« Entrez. »

Elle saisit le gros bouton de la porte, le fit tourner dans un sens, puis dans l'autre, sans résultat. Elle tenta de tirer fort en tournant à nouveau, à tour de rôle dans les deux sens. Elle ne se rappelait même pas si la porte s'ouvrait vers l'extérieur ou vers l'intérieur. Elle finit enfin par trouver la bonne combinaison : il fallait pousser tout en tournant le bouton vers la droite. En poussant un soupir de soulagement, elle entra dans le bureau et referma la porte derrière elle.

Simmonds était assis dans le majestueux fauteuil en cuir noir, derrière le bureau de chêne massif qui brillait. Il avait un air particulièrement suffisant. Et ce n'était pas peu dire, de la part de l'indétrônable roi des petits airs suffisants. Ses cheveux blonds étaient, comme toujours, attachés en une queue-de-cheval grasse à la Steven Seagal.

« Bonjour, Elijah, dit Beth dans un sourire timide.

— Merci de m'appeler monsieur Simmonds, Lansbury », répondit-il d'un ton glacial.

Elle s'approcha des deux sièges qui faisaient face au bureau.

« Inutile de vous asseoir, dit-il dans un revers de main méprisant. Ce sera très bref.

— Hum, d'accord.

— Affreux, ce qui est arrivé à Bertram, de toute évidence, mais la vie continue. J'espère que ça ne vous contrarie pas trop.

— Vous plaisantez ? M. Cromwell était un homme charmant.

— Effectivement : *était* un homme charmant. Malheureusement, il est mort, mais le musée, lui, existe toujours. Et en tant que nouveau directeur, je vais devoir procéder aux changements que Cromwell, par faiblesse, n'a jamais pu se résoudre à faire. »

Beth acquiesça, sachant parfaitement à quoi tout cela menait. « D'accord.

— Nous allons devoir réduire les dépenses, et j'ai bien peur que cela signifie pour certains de nos collaborateurs la perte de leur emploi.

— Oh mon Dieu ! Beaucoup d'entre eux ? »

Simmonds grimaça : « J'espérais que vous ne me poseriez pas cette question. En gros, nous n'avons besoin de licencier qu'une personne, et cette personne, eh bien, c'est vous. On vous paiera pour la semaine, mais j'aimerais que vous quittiez les lieux dès à présent. »

Beth se sentait misérable. Dès l'instant où elle avait appris la mort de Cromwell, elle avait su ce qui l'attendait. « Je crois que mon contrat stipule qu'en cas de licenciement je dois recevoir le salaire du mois en cours. »

Simmonds secoua la tête. « Vous avez un sacré culot, vous savez ? dit-il avec un air écœuré. Bertram Cromwell est mort, assassiné par le Bourbon Kid, de sang-froid, avec une machette, et tout ce qui vous intéresse, c'est votre petite personne, et les détails de votre contrat. »

Beth fut prise de court. « Non, ce n'est pas du tout ça.

— Eh bien, ça y ressemble terriblement, Lansbury. Mon Dieu, qu'est-ce que vous pouvez me dégoûter, parfois. Ça ne vous suffit donc pas d'avoir tué votre belle-mère, vous voulez à présent piétiner la mémoire de ce grand homme qu'était Bertram Cromwell, après tout ce qu'il a fait pour vous ?

— Ce n'est pas juste.

— Vous n'avez qu'à aller pleurer auprès du syndicat.

— Je ne savais pas qu'on avait un syndicat.

— On n'en a pas. Maintenant, dégagez. Je ne veux plus vous voir. Franchement, l'idée ne vous est jamais venue de cacher cette cicatrice lors de vos heures de service ? C'est une torture pour tous les employés que d'être obligés de la voir, jour après jour. »

Beth sentit les larmes lui monter aux yeux. La cicatrice était profonde, à plus d'un titre. Elle voulut pourtant dissimuler sa souffrance, afin de refuser à Simmonds le plaisir de constater qu'il l'avait blessée. « Ce n'est qu'une cicatrice, dit-elle.

— Bien évidemment, mais elle évoque à elle seule les efforts désespérés de votre belle-mère pour se défendre, lorsque vous l'avez poignardée à mort. C'est horrible, vraiment horrible. Je me demande où vous trouvez le cran de parader en l'exposant ainsi. »

Beth ne savait plus quoi répondre. Une larme coula sur sa joue droite, glissant le long de sa cicatrice jusqu'à la commissure de ses lèvres. Simmonds désigna la porte d'un geste de la main et retourna aux documents posés sur son bureau, afin de signifier que leur entrevue était terminée.

« Allez, du vent, dit-il. Nous n'avons plus rien à nous dire. »

Beth sentit sa lèvre inférieure trembler. En temps normal, le fait de se faire virer était déjà assez humiliant. Mais se faire traîner dans la boue de cette façon, c'était vraiment trop.

« Et pour mon uniforme et le reste ? Est-ce que je dois les… »

Simmonds releva les yeux : « Vous êtes encore là ? demanda-t-il avec un sourire méprisant.

— Oui, je voulais simplement…

— Mon Dieu, ne me dites pas que vous allez me faire une scène ! Franchement, s'il y a bien quelque chose qui m'insupporte, ce sont les gens qui viennent dans mon bureau pour faire une scène. Vous voulez du drame ? Eh bien, allez prendre des cours de théâtre, mon bureau n'est pas fait pour ça. »

Beth se retourna. Elle n'aurait pu en supporter plus. Elle posa la main sur le bouton de la porte. S'ensuivirent trois ou quatre secondes inconfortables durant lesquelles elle lutta avec la poignée, pour finalement parvenir à ouvrir la porte. Par chance, elle passa le seuil juste avant de sangloter. Se faire traiter de la sorte par un sadique tel que Simmonds l'avait achevée. Être une souffre-douleur, même à l'âge adulte, était toujours aussi désagréable. Le seul point positif, c'était qu'elle pouvait à présent compter sur JD pour la serrer contre lui et la consoler d'un mot aimable. Elle gravit péniblement l'escalier qui menait à la réception, essuyant ses larmes et espérant faire bonne figure devant JD.

Ce qu'elle découvrit dans la réception lui fit instantanément oublier ses peines. JD était toujours là et il lui souriait en la voyant s'approcher. Mais à ses pieds, inconscient, gisait James, le vigile.

Arrivée à leur hauteur, elle baissa les yeux pour considérer le membre de l'équipe de sécurité. Il ne bougeait absolument pas. Elle releva les yeux sur JD.

« Qu'est-ce qu'il s'est passé ? demanda-t-elle, son ton trahissant son inquiétude quant à l'état du vigile.

— Je crois qu'il est tombé dans les pommes, répondit JD dans un haussement d'épaules. Comment ça s'est passé, ton rendez-vous ?

— Son visage est recouvert de sang », dit Beth en constatant l'état dans lequel se trouvait James. Elle se pencha pour l'examiner de plus près. « Comment c'est arrivé ?

— Il s'est mis à saigner du nez. Je crois que c'est la vue de son propre sang qui l'a fait s'évanouir. »

Beth fronça les sourcils. « Mais on dirait qu'il a le nez cassé, et ses yeux sont tout gonflés.

— Ouais. Bizarre. Alors, qu'est-ce que ton patron t'a dit ?

— Il m'a virée. »

JD tendit la main et écarta une mèche de cheveux du visage de Beth. Elle avait pleuré, il le savait. « C'est rien qu'un job. Pas la peine de pleurer pour ça. Tu n'as qu'à voir le bon côté des choses : maintenant, on n'a plus aucune raison de rester dans ce bled de merde.

— Ce n'est pas tant le fait d'avoir été virée que la façon dont il l'a fait qui me gêne.

— Pourquoi ? Comment il s'y est pris ? »

Beth renifla. Les larmes faisaient leur grand retour. « Il m'a dit que ma cicatrice dérangeait tout le monde ici, et que je devrais faire preuve de plus de considération envers les autres en la cachant.

— Putain d'enculé. »

Telle une tornade, JD se rua en direction du bureau de Simmonds.

Simmonds se félicitait d'avoir éjecté Beth Lansbury. À présent que le musée était sous son contrôle, il n'y avait aucune raison de continuer à employer des femmes défigurées. Il frissonnait à l'idée que Cromwell avait été assez idiot pour l'engager, alors qu'il était parfaitement au courant du meurtre qu'elle avait commis. Quelle horrible image cela donnait du musée. Une femme de ménage meurtrière au visage tailladé. Eh bien, c'était de l'histoire ancienne, à présent. En outre, le fait de la virer avait été vraiment distrayant. Simmonds se félicitait encore de l'avoir fait pleurer lorsque la porte de son bureau s'ouvrit violemment sur un mec vraiment de sale humeur.

« Qui êtes-vous ? demanda Simmonds.

— C'est vous, Simmonds ?

— Oui. Et au risque de me répéter, qui êtes-vous ?

— JD, le mec qui va vous enfoncer la gueule dans votre propre trou du cul. »

Simmonds soupira et leva les yeux au plafond. « Vous êtes venu faire une scène, c'est ça ? dit-il d'un ton nonchalant. Parce que si c'est le cas, je vais devoir demander à un vigile de vous faire sortir d'ici. »

JD vint se pencher au-dessus du bureau de Simmonds, son visage s'approchant dangereusement de celui du nouveau directeur. « Ton vigile est à l'étage, étalé par terre, avec le nez cassé.

— Vous êtes donc bien venu ici pour faire une scène. Dans ce cas, autant que vous sachiez une chose. Je suis karatéka, dit Simmonds d'un ton froid, en enchaînant dans le vide quelques coups de poing. Ces mains sont des armes mortelles. »

JD serra sa gorge dans sa main et le hissa hors de son siège jusqu'à ce que tous deux se retrouvent face à face. « Essaie de te servir de tes mains, maintenant », gronda-t-il.

Simmonds déglutit difficilement et tâcha de répondre d'un ton qui se voulait aussi courageux que possible. « Sortez de mon bureau avant que j'appelle la police.

— Ça te fait marrer de charrier quelqu'un à cause de la cicatrice qu'elle porte au visage, hein ? Et si je te charcutais la gueule histoire de te charrier, moi aussi ? »

Simmonds eut un petit sourire supérieur et désigna la porte du bureau d'un mouvement de la tête. « Ne me poussez pas à vous ridiculiser devant votre petite amie. »

JD regarda par-dessus son épaule. Beth se tenait dans l'encadrement de la porte. Simmonds constata qu'elle avait à nouveau pleuré. Comme à son habitude, elle semblait totalement dénuée de toute confiance en elle. Cette fille était vraiment une créature pathétique. Simmonds n'avait jamais bien compris par quel miracle elle était parvenue à tuer quelqu'un. Elle paraissait si timide.

« JD, lâche-le, dit-elle. Ça ne sert à rien. Il n'en vaut pas la peine. »

JD reporta son regard sur Simmonds. Il sembla sur le point de dire quelque chose, mais se contenta de relâcher son étreinte sur la gorge du directeur, lentement, et à contrecœur. Simmonds s'affala au fond de son fauteuil de cuir, arborant un sourire supérieur.

« Vous savez, depuis peu, j'ai acquis une certaine influence, dans cette ville, se vanta-t-il. J'ai le bras long.

— Je m'en bats les… »

Beth bondit à ses côtés pour l'interrompre. « S'il te plaît, JD, allons-nous-en. Je ne veux pas avoir de problèmes avec la police.

— Vous voyez ? dit Simmonds. Avec son casier judiciaire, elle ne peut pas se permettre de prendre ce genre de risques, et vous seriez bien avisé de suivre son exemple. Écoutez votre copine Tony Montana, elle sait de quoi elle parle. »

Les sourcils de JD se froncèrent, et tout son front avec. « Comment tu l'as appelée ?

— Tony Montana. C'est comme ça que tout le monde l'appelle, ici. Vous saisissez ? *Scarface*, la balafre, tout ça. »

Avant que JD ait eu le temps de se ruer sur Simmonds, Beth lui attrapa le bras.

« Laisse tomber, je t'en supplie, dit-elle. Je suis très heureuse de ne plus travailler ici. Ça te plairait, toi, que je travaille pour ce type ?

— Non, mais je me sentirais beaucoup mieux si je lui cassais la gueule.

— Pas moi. Si tu mets KO ce loser, tu te feras arrêter, et je n'ai pas envie de te perdre une deuxième fois. Viens, partons d'ici. »

JD fusilla du regard Elijah Simmonds encore un instant, avant que Beth le traîne vers la sortie. Il parvint cependant à dire une dernière chose. Ce fut presque un murmure, mais assez fort pour que Simmonds en saisisse le moindre mot :

« On n'en a pas fini, tous les deux. »

Un large sourire se dessina sur le visage de Simmonds. « Elle était pas mal, celle-là, lança-t-il à son intention alors qu'ils avaient déjà quitté le bureau, sans refermer la porte derrière eux. À plus, JD. Ça veut dire quoi, ces initiales, au fait ? Jeune Débile ? »

JD ne répondit pas. Simmonds se leva et alla fermer la porte, avant de se rasseoir à son bureau, ravi d'avoir trouvé une nouvelle occasion d'exercer son pouvoir tout récemment acquis. Sur son ordinateur, il consulta le site Internet d'infos locales afin de voir si les médias parlaient de sa nomination au poste de directeur du musée. Le site relatait le décès de Bertram Cromwell, sans la moindre mention de son remplaçant. En parcourant l'article, il tomba cependant sur une nouvelle fracassante :

Le Bourbon Kid surpris
par une caméra de surveillance.
Cliquez ici pour savoir à quoi il ressemble.

Simmonds cliqua sur le lien en s'attendant à visionner la vidéo qu'il avait transmise au capitaine Dan Harker.

Il s'agissait en réalité d'une tout autre vidéo, où l'on voyait le Bourbon Kid entrer dans le commissariat en compagnie de deux autres types déguisés en policiers. Il reconnut l'un des deux faux flics : Dante Vittori, un ancien employé du musée. Mais ce ne fut pas cette image qui le frappa le plus. Il connaissait également le visage du Bourbon Kid. Il s'agissait de JD, l'homme qui venait tout juste de sortir de son bureau en compagnie de Beth Lansbury.

12

Les battants de l'ascenseur avaient eu beau se refermer avant qu'Ulrika Price ne parvienne à entrer dans la cabine, Sanchez savait qu'il ne s'agissait que d'un bref répit. À présent qu'il avait appuyé sur le bouton du sous-sol, il était confronté à deux choix. Il pouvait soit sortir à toute vitesse dès que les battants se rouvriraient, soit rester dans l'ascenseur et appuyer sur l'un des boutons recouverts de merde pour accéder à l'un des étages supérieurs. Le seul problème, c'est que si Ulrika avait appuyé sur le bouton d'appel du rez-de-chaussée, la cabine s'arrêterait à ce niveau et elle se jetterait sur lui. Et il n'avait pour se défendre qu'un balai sale. Le temps ne jouait pas en sa faveur, aussi, dès que les battants s'ouvrirent, il décida de se précipiter hors de la cabine, pour se retrouver dans un vestiaire abandonné depuis bien longtemps. À l'instar de la cabine, les lieux étaient recouverts de sang. Principalement au sol, mais des éclaboussures maculaient également les murs et les casiers.

Alors que les portes se refermaient derrière lui, il recula en direction des casiers, les yeux rivés à l'ascenseur afin de déterminer s'il remontait. Sanchez était en train de s'acculer lui-même dans un cul-de-sac, avec pour seule arme son balai recouvert de sang, de merde et d'un soupçon de détergent.

Au bout de quelques secondes, il entendit le mécanisme s'ébranler, faisant remonter la cabine. Sanchez continua à reculer, tout en gardant un œil sur la porte qui se trouvait à côté de l'ascenseur, au cas où Ulrika surgirait de la cage d'escalier. Les seules cachettes qui semblaient s'offrir à lui étaient les casiers et les bancs de bois. Et Sanchez aurait été physiquement incapable d'entrer dans un casier. Du reste, tout aussi incapable de se serrer sous un banc.

Tout en surveillant ses arrières, il constata qu'il se dirigeait vers des douches communes. C'était peut-être là que se trouvait son salut. Peut-être que s'il tournait les robinets d'eau chaude de toutes les douches, il pourrait créer une nuée de vapeur dans laquelle il passerait inaperçu ? Si Ulrika se pointait et pénétrait dans le brouillard, il n'aurait plus qu'à lui donner un coup de balai et s'enfuir à toutes jambes. C'était un plan à la con. Sanchez n'en était pas vraiment fier, mais que lui restait-il d'autre ? Et pourquoi est-ce qu'Ulrika prenait autant de temps à arriver ? Est-ce qu'elle était en train de tuer Flake ?

Merde.

Dans sa hâte d'échapper à Ulrika, Sanchez avait complètement oublié Flake. Si celle-ci s'était fait tuer par l'ignoble bibliothécaire, il lui faudrait trouver un autre moyen de locomotion pour rentrer chez lui, si toutefois il arrivait à sortir du commissariat en un seul morceau. Et puis Flake savait sacrément bien préparer les petits déj. Sanchez n'avait aucune envie de chercher un autre café pour prendre un petit déjeuner digne de ce nom.

Alors qu'il se faisait ces futiles réflexions, son dos rencontra le robinet d'une des douches. Derrière lui, un puissant raclement se fit entendre. Il fit volte-face et vit le mur glisser sur le côté. Un passage secret venait de s'ouvrir. Un vrai coup de chance. Et un signe, s'il en fallait, que les rares passages de Sanchez à l'église avaient enfin payé.

La pièce dissimulée derrière le mur coulissant était relativement grande. Au milieu se dressait une table en bois. Aucun siège, en revanche. Sanchez allait se féliciter d'avoir trouvé cette salle secrète lorsqu'il remarqua l'absence totale de bouton permettant de refermer la paroi. Quel intérêt de se planquer dans une salle secrète si tout le monde pouvait le voir ? Il avait beau fouiller les lieux du regard, il n'y avait pas le moindre truc ressemblant, de près ou de loin, à un bouton. Peut-être suffisait-il de bouger la table ?

Il colla le bas de son dos à la table afin de voir s'il pouvait la déplacer. Alors que la table glissait sans opposer la moindre résistance, à l'autre bout du vestiaire, l'ascenseur émit un tintement aigu et ses battants commencèrent à s'ouvrir. Ulrika Price sortit comme une furie de la cabine. Et repéra aussitôt Sanchez.

« Où est mon livre, espèce de salopard de voleur ? » hurla-t-elle.

Sanchez poussa plus fort encore la table et parvint à la caler contre le mur. Mais rien ne se produisit. Le mur coulissant ne bougea pas. En proie à la plus vive terreur, il vit Ulrika se ruer vers lui. Ses pieds quittèrent à nouveau le sol et elle se mit à voler, les bras tendus devant elle. Sanchez avait déjà vu pas mal de trucs assez désagréables, mais une bibliothécaire folle à lier en train de fondre droit sur lui était sans doute l'un des pires spectacles auquel il ait jamais assisté. Il saisit fermement son balai et hissa son cul sur la table. Puis il se campa fermement sur ses jambes, brandissant son arme afin de repousser l'attaque du vampire.

À l'entrée de la salle secrète, Ulrika reposa ses pieds au sol et sourit d'un air mauvais. « Ce n'est pas ton balai qui va te sauver ! siffla-t-elle entre ses dents.

— Il est plein de merde ! l'avertit Sanchez. Et j'hésiterai pas à vous en badigeonner la gueule, je vous préviens ! Restez où vous êtes ! »

Cela ne suffit pas à décourager Ulrika, qui une fois de plus s'envola en direction de Sanchez. Celui-ci s'arc-bouta et poussa son balai devant lui. Sa grande expérience du maniement de l'ustensile lui permit de presser la partie la plus dégueulasse de l'éponge sur le visage d'Ulrika. La contre-attaque parvint à la faire reculer en la déséquilibrant. Elle retomba sur ses pieds, et Sanchez ramena le balai à lui, prêt à asséner un nouveau coup.

Le visage d'Ulrika était recouvert de sang, de merde, de détergent, avec au milieu de tout ça, détail curieux, un petit grain de maïs. D'un revers de sa main osseuse, elle en essuya la majeure partie.

Sanchez la mit à nouveau en garde. « Ce balai est encore plein de saloperies. Un pas de plus et je t'en barbouille les chaussures, espèce de salope. »

Ulrika baissa la tête en fléchissant ses genoux afin de se protéger au mieux, et tenta de déterminer le meilleur moyen d'attaquer Sanchez. Il ne lui fallut pas longtemps pour le trouver. Elle se pencha en direction de la table sur laquelle il se tenait, attrapa le pied le plus proche et tira brutalement dessus. Sanchez lui décocha un nouveau coup de balai, maculant cette fois-ci le côté de son crâne. Mais Ulrika était vraiment puissante. Elle tira si fort que la table glissa violemment dans sa direction, faisant perdre pied à Sanchez, qui tomba en avant. Afin d'amortir l'impact de son visage sur le sol, il fit en sorte que l'extrémité du balai fasse office de coussin. L'éponge souillée lui éclaboussa la figure dans un bruit immonde. Mais il était hors de question de rester au sol pour pleurnicher sur son sort. Tenant son arme toujours aussi fermement, il se releva aussitôt et aperçut Ulrika sur sa gauche, fonçant droit sur lui. Comme promis, Sanchez poussa son balai en direction des pieds de son assaillante. S'il devait mourir, il emporterait avec lui les chaussures de cette garce. L'éponge maculée toucha sa cible et déséquilibra juste assez Ulrika pour que Sanchez ait le temps de se retourner et de courir. Il savait qu'Ulrika le rattraperait sans doute avant qu'il ait atteint l'ascenseur, mais il devait tenter le tout pour le tout.

Il se précipita dans le vestiaire aussi vite qu'il put. Malheureusement, il était tout sauf un sprinteur et le balai était loin de lui faciliter la tâche. Il n'avait dépassé que trois casiers (sur une rangée qui en comptait trente) lorsqu'il fut à nouveau confronté à Ulrika. Celle-ci avait accompli un saut périlleux pour atterrir face à lui, bloquant ainsi sa seule issue. Son expression était meurtrière, et la merde qui recouvrait son visage n'arrangeait pas les choses. Ses cheveux étaient en bataille et ses yeux étaient pleins de fiel. Cette salope l'avait vraiment, vraiment mauvaise. Sanchez n'avait d'autre choix que de l'attaquer une fois de plus. Mais cette fois-ci, Ulrika fut plus rapide que lui. Elle attrapa le manche, le lui arracha des mains et le jeta par terre en révélant à nouveau ses crocs de vampire. Dans un feulement féroce, elle se jeta sur Sanchez. Celui-ci s'accroupit en tendant le bras pour se défendre, mais sans résultat. Elle bondit sur son dos et le força à s'étaler ventre à terre, immobilisant le barman en pressant son genou sur ses reins. L'impact chassa tout air des poumons de Sanchez, rendant impossible toute contre-attaque.

Elle se pencha vers son oreille et il sentit son souffle sur sa joue : « Je n'ai jamais eu la moindre sympathie pour toi, Sanchez. Maintenant, dis-moi ce que tu as fait de mon *Livre de la mort*.

— Je vois pas de quoi vous voulez parler, se défendit-il.

— Il te sera plus difficile de mentir lorsque je t'aurais arraché la jugulaire, dit-elle dans un sifflement.

— C'est Rick du Olé Au Lait qui l'a.

— Conneries.

— Sérieux. »

Ulrika le saisit par les cheveux et releva sa tête du sol si violemment qu'elle faillit lui briser la nuque. « Je ne te crois pas, dit-elle en reniflant son cou, en quête du meilleur endroit pour planter ses crocs. Je repère les mensonges à l'odeur, tu sais.

— Vous êtes sûre que c'est pas la merde qu'il y avait sur l'éponge ?

— Tu te crois vraiment marrant, hein ? souffla-t-elle. Voyons voir si tu l'es toujours avec un bout de cou en moins. »

Sanchez ferma les yeux en grimaçant, redoutant la douleur qui s'ensuivrait. Ulrika poussa un feulement bestial tout près de son oreille.

Puis Sanchez entendit un impact sourd.

Suivi d'un autre feulement. Vraiment bruyant. Il eut soudain l'impression d'avoir le dos en feu. La sensation de brûlure dura deux ou trois secondes, pendant lesquelles le barman, fidèle à sa lâcheté légendaire, demeura immobile à terre, les yeux toujours fermés, attendant le moment de vérité.

Quelque chose tomba sur son dos puis il entendit la voix de Flake derrière lui : « Ça va, Sanchez ?

— Hein ? »

Sanchez rouvrit les yeux et regarda par-dessus son épaule. Flake le dominait de toute sa taille. Elle ramassa le livre épais à la couverture marron qui était tombé sur son dos et l'épousseta.

« C'est quoi, ce bordel ? demanda Sanchez, sidéré par la disparition d'Ulrika Price. Où est passé le rat de bibliothèque schizophrène ? »

Flake coinça le livre sous son bras gauche et tendit le droit afin d'aider Sanchez à se relever. Il prit sa main et se hissa sur ses pieds. Flake souriait, manifestement très heureuse, pour une raison qui échappait totalement à Sanchez.

« Qu'est-ce qui s'est passé ? insista ce dernier.

— J'ai frappé cette folle à la tête avec ce bouquin, répondit Flake en brandissant le livre à la couverture marron.

— Et elle est partie où ?

— Elle est littéralement partie en fumée. Regarde. »

Elle désigna un tas de cendre, dont une partie se répandait par terre, et l'autre recouvrait le dos de Sanchez.

« Mais qu'est-ce que c'est que ce bordel ? »

Sanchez n'en revenait pas.

« Il faut croire que ce livre est une arme mortelle contre les vampires, dit Flake en haussant les épaules.

— Et tu le savais ?

— Non. Mais mon horoscope d'aujourd'hui m'a dit que je devrais me servir d'un livre autrement que pour le lire.

— Et tu fais toujours tout ce que ton horoscope te dit de faire ?

— Oui, complètement. Je calque mon existence sur l'horoscope de Big Busty Sally.

— Dieu bénisse Sally. C'est aussi ton horoscope qui t'a dit de descendre dans ce vestiaire ? »

Flake éclata de rire. « Non, j'ai simplement suivi Ulrika jusqu'ici pour t'aider. Quand je suis arrivée, elle était assise sur toi. J'ai vu ce bouquin dépasser d'un des casiers, je me suis souvenue de mon horoscope et je lui ai cogné la tête avec. Dès que le livre l'a touchée, elle a été victime de combustion spontanée.»

Sanchez s'épousseta. « Waouh. Et tu as fait tout ça à cause de ton horoscope ? demanda-t-il sans parvenir à masquer la surprise dans sa voix.

— En partie, répondit Flake. Toi et moi, on forme une équipe. On doit se protéger l'un l'autre. Tu l'as bien conduite jusqu'ici pour qu'on puisse la cerner, pas vrai ? »

Sanchez toussa. « Bien sûr. C'est évident. Il fallait que je l'attire loin de toi pour que tu sois en sécurité. Je savais qu'elle me suivrait ici.

— T'es vraiment malin, Sanchez. Je t'embrasserais bien, mais on dirait que tu as de la crotte sur le visage.

— C'est pas grave, répondit Sanchez en s'essuyant. Essaie juste d'arriver plus rapidement, la prochaine fois.

— Désolée, dit Flake. Je frémis rien qu'à l'idée de ce qui aurait pu t'arriver si je n'avais pas trouvé ce livre. On serait peut-être morts tous les deux, à l'heure qu'il est. »

C'était une remarque assez judicieuse. La découverte de ce livre était un monumental coup de bol. « Qu'est-ce que ce bouquin peut bien avoir de spécial ? se demanda Sanchez à voix haute.

— Peut-être que les vampires sont simplement allergiques aux livres, suggéra Flake.

— Elle était bibliothécaire.

— Ah.

— Ouais. Cette connasse passait son temps à manipuler des bouquins. Alors quelque chose me dit que celui avec lequel tu l'as frappée doit être spécial. Un livre qui tue les vampires… ça doit valoir une fortune. On pourrait peut-être le mettre aux enchères sur eBay ! »

Flake était totalement opposée à ce projet : son expression l'indiquait très clairement. « S'il s'agit vraiment d'une arme mortelle contre les vampires, je crois qu'on ferait mieux d'être discrets à son sujet. Ulrika cherchait un livre et elle était prête à te tuer pour l'obtenir. Je vais faire quelques recherches sur le Net pour voir si j'arrive à trouver quelque chose sur ce bouquin-ci. Le dernier truc dont on a besoin, c'est que d'autres bibliothécaires vampires se ramènent ici ! »

Elle avait raison. « Ça pourrait effectivement poser problème, appuya Sanchez. Il fait sombre, dehors. Il y a peut-être tout un tas de vampires dans les rues. Peut-être qu'ils sont en train de manigancer quelque chose de terrible. »

Flake grimaça. « Si c'est le cas, alors il se pourrait bien que ce livre soit l'objet le plus important au monde. Gardons-le avec nous, pour l'instant. »

13

En dépit de ce que pouvaient suggérer les apparences, Silvinho était un homme épris de culture. Certes, ce géant en tenue militaire arborant une crête iroquoise rose fluo de dix centimètres ne ressemblait en rien à l'amateur d'art lambda. Mais à présent que la dernière mission de la Shadow Company était accomplie (mission consistant en substance à cribler de balles le Bourbon Kid avant de le décapiter), Silvinho souhaitait plus que tout visiter le musée d'Art et d'Histoire de Santa Mondega avant qu'il ne quitte la ville avec son équipe. La vie de mercenaire lui convenait parfaitement. Il avait passé des années à prendre part à des conflits, partant souvent pendant des mois sans voir la moindre œuvre d'art. Fort heureusement, son nouvel emploi de mercenaire voyageant aux quatre coins du monde au sein de la Shadow Company lui permettait, entre deux décapitations de cibles, de voir les plus grands chefs-d'œuvre qui soient.

Il se trouvait dans l'une des salles du musée, en train d'admirer un splendide portrait de jeune femme signé Eugène Delacroix, lorsque son téléphone sonna. L'écran lui indiqua qu'il s'agissait de son chef, Bull : il s'empressa de prendre l'appel.

« Salut, boss, ça va ?

— T'as vu les nouvelles ?

— Non.

— Eh bien il se trouve que le mec qu'on a décapité hier soir n'était pas le Bourbon Kid. On s'est trompé de type.

— On a tué qui, alors ?

— Un abruti quelconque qui lui ressemblait. »

Silvinho fit la grimace. « Bigre. Dommage qu'on ne s'en soit pas aperçu avant.

— Ouais, bah, ce qui est fait est fait. Tu es où, là ? Il faut que tu rentres à la Casa de Ville. »

Silvinho passa son regard sur les toiles qui l'entouraient, comme pour se rappeler qu'il se trouvait dans un lieu où régnait la beauté. « Je suis au musée. Ils ont vraiment de jolis tableaux.

— Tu parles du musée d'Art et d'Histoire ?

— Ouais. Pourquoi ? Il y en a un autre dans cette ville ?

— Non. Mais à en croire les infos, le Bourbon Kid s'est pointé au musée un peu après deux heures du matin et a tué le directeur.

— Tu veux que je pose deux trois questions ? Histoire de voir si quelqu'un en sait un peu plus ?

— Ouais. Demande à visionner le meurtre si par chance l'une de leurs caméras de surveillance l'a filmé. Et essaie de voir s'il avait un mobile. Ça pourrait nous guider jusqu'à lui, ou du moins jusqu'à sa prochaine victime.

— Ça roule, boss. Rien d'autre ?

— Rappelle-moi si tu trouves quelque chose. Et si tu ne trouves rien, reviens immédiatement à la base.

— Bien reçu. À plus. »

Silvinho raccrocha et contempla encore un peu le Delacroix avant de se diriger à contrecœur vers la réception.

Dans le hall, il vit un vigile au nez salement contusionné, avec deux yeux au beurre noir. Manifestement, il avait eu un sale début de journée et il avait déjà hâte de rentrer chez lui. Le profil rêvé pour se faire interroger.

« Excusez-moi », dit Silvinho en s'approchant. Il jeta un coup d'œil au badge de l'agent de sécurité. « James, lut-il. Je m'appelle Silvinho. Je fais partie des Forces spéciales. J'ai entendu dire que le Bourbon Kid était passé par ici la nuit dernière. C'est exact ? »

La réponse du vigile ne fut pas vraiment enthousiaste : « Vous avez une carte ? demanda-t-il.

— Bien sûr. »

Silvinho passa une main sous sa veste et en sortit son portefeuille. Il l'ouvrit et tendit à James une carte en plastique. Ce dernier la prit et la considéra d'un œil soupçonneux.

« Comment je peux savoir si c'est une vraie ? demanda-t-il.

— Je pourrais par exemple vous faire perdre connaissance en moins de trois secondes, si vous le désirez. Cela suffirait-il à le confirmer ? »

James parut sur le point de l'inviter à mettre ses menaces à exécution mais, frottant délicatement son nez cassé, il se contenta de rendre la carte à Silvinho.

« Je vais vous conduire au bureau d'Elijah Simmonds. Il sera en mesure de répondre à vos questions. Il a déjà tout raconté à la police, et il leur a donné une copie de l'enregistrement de vidéosurveillance.

— Vous avez une vidéo du meurtre ?

— Ouais. Si Simmonds donne son aval, je vous en ferai une copie. »

Silvinho sourit et abattit sa main droite sur l'épaule de James, qu'il serra fortement. « Vous savez quoi ? lança-t-il. Et si vous m'indiquiez simplement la direction du bureau de votre patron ? Pendant que je causerai avec lui, vous n'aurez qu'à me faire une copie de la vidéo. Histoire de gagner du temps, vous comprenez ? »

Il serra encore un peu plus fort l'épaule de James : c'était tout ce qu'il fallait pour que le vigile s'empresse d'accepter la proposition.

« Vous n'avez qu'à descendre puis emprunter ce couloir, dit James en pointant la direction du doigt. Tout au bout, vous trouverez le bureau de Simmonds. Vous pouvez pas le manquer. Y a son nom sur la porte.

— Merci. Je vous retrouve dans un instant. »

Silvinho relâcha l'épaule de l'agent de sécurité et s'engagea dans le couloir. Il n'eut aucun mal à trouver la porte que James lui avait indiquée. Il tapa deux coups et fit tourner le bouton de la porte sans attendre qu'Elijah Simmonds l'invite à entrer. Il aperçut immédiatement le tout nouveau directeur assis à son bureau, face à son ordinateur portable. Simmonds parut plus que surpris de voir un soldat patibulaire à crête rose fluo entrer dans son bureau.

« Je peux vous aider ? demanda-t-il.

— C'est vous, Simmonds ?

— Oui.

— Moi, c'est Silvinho. Je travaille pour les Forces spéciales. Je suis ici au sujet du Bourbon Kid. Ça vous dérange de répondre à quelques questions ? »

Simmonds fit pivoter son ordinateur portable en direction de Silvinho. « Le Bourbon Kid ? demanda-t-il en pointant du doigt le visage qui se trouvait sur l'écran. Vous voulez parler de ce type ? »

Silvinho observa l'écran. « C'est lui ? demanda-t-il.

— C'est lui, répondit Simmonds.

— La qualité de la photo n'est pas excellente.

— Effectivement. Mais cela m'a suffi pour reconnaître l'homme qui se trouvait dans mon bureau il y a encore quelques minutes.

— Quoi ?

— Je venais de virer sa petite amie, et il est venu ici s'en plaindre. Il a voulu faire une scène, mais en définitive n'a réussi qu'à se couvrir de ridicule.

— Le Bourbon Kid a une petite amie ?

— Oui. Et en échange de la récompense offerte à la télé pour toute information permettant de faciliter l'arrestation du Bourbon Kid, je me ferais un plaisir de vous communiquer l'adresse à laquelle elle vit. »

Silvinho sortit de l'intérieur de sa veste un poignard à poignée d'os. La lame mesurait plus de trente centimètres et l'un de ses tranchants était hérissé de dents de scie. Il passa son index sur l'autre tranchant, large et affûté, en dévisageant Simmonds.

Le directeur sembla soudain très alarmé. « Inutile d'avoir recours à la violence, dit-il nerveusement. Je ne demande que la récompense dont on a parlé aux infos.

— Oublie la récompense, grogna Silvinho. Donne-moi l'adresse ou je te coupe les couilles. »

14

Depuis la vitre de la voiture, Beth regardait tomber les flocons plus ou moins fondus. La neige n'avait pas cessé depuis l'orage de la veille au soir, recouvrant le sol de plus de cinq centimètres. Des nuages menaçants s'étaient formés au-dessus de la ville : ils semblaient oblitérer le ciel tout entier, et Beth n'en avait jamais vu d'aussi sombres. Ici et là, de timides rayons de soleil parvenaient à percer la couche nuageuse, mais, à part ces très rares exceptions, Santa Mondega baignait à présent dans l'obscurité.

Parcourant les rues enneigées dans la V8 Interceptor noire de JD, Beth avait la sensation de redevenir l'ado qu'elle avait été. Voilà ce qu'ils auraient dû faire alors qu'ils étaient encore au lycée. Faire des balades en voiture, se promener le long de la jetée, bref, sortir et s'amuser.

Mais dans sa vie, rien ne marchait jamais comme elle le voulait. Et à présent qu'elle était sans emploi, elle redoutait de ne plus pouvoir payer le loyer de son appartement. Elle s'en sortirait peut-être pendant quelques semaines, mais après ? Devrait-elle demander à JD de l'aider financièrement ? Ou lui demander d'emménager chez elle ? Ou bien emménager chez lui ? Du reste, où habitait-il ? Il avait été assez évasif quant à ses occupations au cours de ces dix-huit ans. Il avait simplement dit qu'il avait surtout voyagé, et n'avait pas plus approfondi.

L'autoradio ne cessait de passer des chansons de Noël, entrecoupées de flashes infos : l'un d'eux leur annonça que le Bourbon Kid était encore en vie. Il semblait que, afin d'atténuer l'impact de cette mauvaise nouvelle, la station de radio locale prenait prétexte des chutes de neige pour imposer aux auditeurs une ambiance musicale de fin d'année. On n'était pourtant que le lendemain de la fête d'Halloween.

JD n'avait pas ouvert la bouche depuis le début de la chanson « Have Yourself a Merry Little Christmas » interprétée par Judy Garland. À la fin du morceau, la voix du présentateur se fit entendre. Beth reconnut Mad Harry Hunter, une star locale qui avait la fâcheuse manie de faire traîner chaque mot qui sortait de sa bouche. Il annonça que la police appelait tout volontaire à s'engager contre une jolie petite solde quotidienne, en attendant que de nouveaux flics recrutés à l'extérieur de la ville ne viennent étoffer les effectifs.

Beth envisagea un instant cette possibilité. « Peut-être que je ferais bien de m'engager dans la police ? lança-t-elle, préférant avoir l'avis de JD avant de prendre son parti.

— Je l'emmerde, la police. Rien qu'un tas d'enfoirés corrompus », marmonna-t-il sans lâcher des yeux la route enneigée.

La chaussée irrégulière était jonchée de flaques gelées et creusée de nids-de-poule, cachés pour la plupart sous la neige et la glace, ce qui rendait la conduite encore plus dangereuse que d'habitude. En outre, des voitures étaient garées de part et d'autre, ne laissant que très peu de place pour éviter ces obstacles. Seul point positif au tableau : quasiment aucun véhicule ne circulait.

« Pourtant on dirait qu'ils ont vraiment besoin de renforts, insista Beth. Et je n'ai plus de boulot. Ça vaudrait peut-être le coup que je les aide, au moins pendant quelques jours.

— Ouais. »

Le sujet ne semblait pas intéresser JD, mais Beth poursuivit quand même. « Beaucoup de policiers se sont fait tuer par le Bourbon Kid, hier soir. Sans policiers, Santa Mondega n'est vraiment plus très sûre.

— Ces sales flics ont eu ce qu'ils méritaient. »

JD semblait n'avoir aucune compassion ni pour les policiers assassinés ni pour leurs familles. C'était comme s'il n'avait pas conscience que, même si certains avaient été corrompus et mauvais, ils laissaient sûrement derrière eux de jeunes enfants ou des compagnes qui souffriraient de leur absence. Elle repensa à Bertram Cromwell.

« Et Cromwell ? Lui aussi a eu ce qu'il méritait ? demanda-t-elle.

— Qui sait ?

— La réponse est non », répliqua-t-elle sèchement.

JD semblait si distant, comme s'il ne faisait pas vraiment attention à ce qu'elle disait. « J'espère qu'on arrivera à attraper le Bourbon Kid et qu'on le mettra sur la chaise électrique.

— Chut », dit JD en tournant l'un des boutons de l'autoradio afin d'augmenter le volume.

Mad Harry Hunter finissait d'annoncer une nouvelle avancée dans l'affaire du Bourbon Kid.

« Nous avons obtenu une vidéo du Bourbon Kid lors de son passage au commissariat, hier soir. Nous vous encourageons fortement à la visionner sur la chaîne d'infos locale ou sur le site de Radio SM. Toute personne apercevant l'homme de cette vidéo est priée de garder ses distances et d'appeler la hotline Bourbon Kid. Le numéro est… »

JD éteignit l'autoradio avant que Mad Harry Hunter ait communiqué le numéro de téléphone.

« Ouah, dit Beth. Je vais voir ça dès qu'on sera rentrés. Je me demande bien à quoi il peut ressembler.

— Sans doute à n'importe qui dans ce bled, répondit JD. De toute façon, les enregistrements noir et blanc de vidéosurveillance, c'est tout sauf de la haute définition.

— Quand même. J'aimerais bien voir le visage de l'homme qui a tué Cromwell hier soir. »

JD semblait agité. Il se frotta le menton et prit un moment avant de s'exprimer. « Tu sais quoi ? dit-il enfin. Maintenant que tu as perdu ton boulot, pourquoi est-ce qu'on se casse pas tout de suite de ce patelin ? Aujourd'hui. Là, maintenant. »

Beth fut désarçonnée par cette proposition subite. « Hein ? Quitter Santa Mondega, comme ça ?

— Ouais. Je ne suis revenu que pour toi. À présent que tu n'as plus rien qui te rattache à cette ville, rien ne nous empêche plus de partir et de débuter une autre vie ailleurs. Dans un coin sans le moindre putain de vampire, par exemple.

— Tu es sérieux ?

— Carrément. À moins que tu aies une bonne raison de rester ici ? »

L'idée plaisait énormément à Beth. Il y avait encore vingt-quatre heures de cela, quitter Santa Mondega et voyager dans le monde entier en compagnie de JD n'aurait été qu'un rêve fou. Mais à présent, ce rêve pouvait devenir réalité. « Et tu voudrais partir quand ? demanda-t-elle.

— Tout de suite, ça me paraît parfait.

— Ce serait génial, mais je dois donner quatre semaines de préavis à mon propriétaire.

— On l'emmerde, ton proprio. Rien ne t'oblige à le payer si tu es au Nouveau-Mexique.

— On part au Nouveau-Mexique ?

— Pourquoi pas ? On peut aller partout où on veut, Beth. Et n'importe quel coin vaudra mieux que celui-ci.

— C'est clair. »

JD se rabattit vers le trottoir. Ils étaient en bas de l'immeuble où habitait Beth. Il gara sa voiture juste devant l'entrée et coupa le contact. Puis il la regarda droit dans les yeux : tout dans son expression indiquait qu'il était terriblement sérieux. « Va faire ton sac, prends des fringues, le minimum vital, et je viens te chercher dans une heure.

— Tu vas faire quoi ?

— Je ramasse deux trois conneries et je reviens. »

Il se pencha et posa sur ses lèvres un long et lent baiser qui finit de décider Beth. « Allez, avant que je change d'avis, dit-il.

— Tu es sûr ? Vraiment ?

— Ouais.

— Par contre j'aurai besoin d'un peu plus d'une heure pour faire mes bagages. »

JD soupira. « Tu n'auras besoin de quasiment rien sur la route. Tu peux laisser derrière toi la plupart de tes affaires. Prends simplement le strict nécessaire et les trucs auxquels tu es vraiment attachée. »

Beth sourit et l'embrassa à son tour. « Tu as sûrement raison. De toute façon, la plupart des meubles appartiennent au proprio, et le reste n'en vaut pas la peine.

— Génial, répondit JD. Alors marché conclu. Cours faire tes valises. Et pas de pause café ou télé, OK ? Tu prends ce qu'il te faut, et d'ici une heure on se casse.

— D'accord. Une heure.

— Si tu n'es pas prête quand j'arrive, je me barre sans toi. »

Beth sortit d'une des poches de son jean le petit bout de tissu qu'il lui avait donné plus tôt. « Rappelle-toi que j'ai ça, maintenant », dit-elle dans un sourire.

Le regard de JD se posa sur le bout de tissu. Son expression se fit triste, un très court instant, pour céder la place à un sourire, mais Beth l'avait remarqué, et elle sentit que quelque chose n'allait pas. « Qu'est-ce qu'il y a ? demanda-t-elle.

— Rien.

— Il y a quelque chose que je devrais savoir à propos de ce bout de tissu ? Tu m'as paru mélancolique, tout d'un coup. »

Il sourit à nouveau. « C'est rien. C'est assez idiot, en fait. Mon frère Casper l'a fabriqué. Il n'était pas très doué de ses mains, et il était vraiment content d'avoir réussi à faire ça pour moi. »

Beth déplia le bout de tissu et considéra les lettres brodées, « JD ». Les finitions étaient loin d'être impeccables, mais le fait de savoir qu'il s'agissait d'un cadeau très personnel ajoutait à son charme. « Et comment va ton frère, depuis tout ce temps ? demanda-t-elle. Je ne l'ai jamais rencontré, en fin de compte.

— Il a été assassiné.

— Oh mon Dieu ! Je suis tellement désolée. Qu'est-ce qui s'est passé ?

— Je préfère ne pas en parler. Ce bout de tissu, c'est la seule chose qui prouve qu'il ait jamais existé. Tout le reste a disparu. Plus de photos. Plus rien du tout. »

Beth sentit sa gorge se nouer et s'en voulait terriblement d'avoir abordé ce sujet. « Je suis vraiment désolée, dit-elle en baissant les yeux sur le bout de tissu qu'elle tenait.

— C'est bon », dit JD.

Il se pencha une nouvelle fois et lui caressa la joue. « Maintenant tu sais pourquoi je reviendrai toujours si tu gardes ce bout de tissu. Prends-en grand soin.

— C'est promis.

— Parfait. » Il jeta un bref coup d'œil dans le rétroviseur, comme s'il avait vu quelque chose bouger derrière eux. « Maintenant presse-toi. Tu as une heure, n'oublie pas. »

Beth ouvrit la portière. « Je serai prête », répondit-elle en rangeant le bout de tissu dans sa poche.

Elle sortit sur le trottoir recouvert de neige et de verglas, referma la portière derrière elle, puis grimpa à toute vitesse les marches qui menaient à l'entrée de son immeuble. Elle releva la tête pour observer le bâtiment dans lequel elle vivait depuis huit mois. C'était un immeuble de cinq étages, gris, morne et déprimant. Cet endroit ne lui manquerait pas. La neige fondue tombait sur son visage et ses mains alors qu'elle fouillait dans ses poches, à la recherche de ses clefs. Elle finit par les trouver, et les brandit en direction de la voiture afin que JD voie qu'elle les avait trouvées et qu'elle allait donc rentrer. Il dut l'apercevoir, car il mit aussitôt le contact. Une seconde plus tard, la V8 Interceptor se lançait sur la chaussée. Beth enfonça la clef dans la serrure de la porte de l'immeuble et la tourna. Le bruit de la neige fondue qui tombait couvrit presque le son de l'ouverture. Elle poussa la porte et entra dans le hall d'entrée glacial.

C'était loin d'être un hall d'immeuble accueillant. Le plancher était en piteux état, et le vieil escalier sur la droite était recouvert d'un tapis jaune et sale. Les marches étaient si raides que Beth rechignait toujours à les emprunter jusqu'au quatrième étage où elle habitait. Aussi, même si le vieil ascenseur au bout du hall avait tout du potentiel piège mortel, elle s'en approcha et appuya sur le bouton d'appel.

Au bout d'une attente de trente secondes qui entama sérieusement la première minute de l'heure qui lui était impartie, l'ascenseur arriva et les battants s'ouvrirent. Dans la cabine se trouvait l'un de ses voisins du quatrième, un vieil homme noir du nom de Jerry Rockwell. C'était un septuagénaire alcoolique, ancien flic, qui arrivait à descendre une bouteille de whisky par jour sans jamais s'en trouver mal. Il semblait constamment être à l'article de la mort. Tout dans son apparence physique dénotait une santé exécrable, et le pantalon gris et le cardigan vert moisi qu'il portait n'arrangeaient pas le tableau. Beth aimait bien M. Rockwell en dépit de ses défauts, parce qu'il était toujours poli et serviable et que, du moment qu'il avait sa ration quotidienne d'alcool, il était toujours de bonne humeur.

« Bonjour, monsieur Rockwell. Comment allez-vous ? » demanda-t-elle en passant une main dans ses cheveux afin de se débarrasser de la neige fondue. L'apparence négligée de son voisin avait attiré son attention sur la sienne, qui laissait un peu à désirer.

« Bien, merci, Brenda. Il pleut toujours ?

— Je m'appelle Beth.

— Si vous voulez. Il pleut toujours ?

— J'ai bien peur que ce soit pire encore : il neige et il grêle. »

Rockwell sortit de la cabine de l'ascenseur et passa devant Beth en titubant. Il puait l'alcool. S'assurant d'une main contre le mur, il avança vers la porte de sortie.

« Allez-y doucement, monsieur Rockwell, lui dit-elle en élevant la voix. Le trottoir est très glissant. Il vaudrait peut-être mieux rester à la maison pour l'instant.

— Faut que je refasse mon stock de whisky, répondit-il. J'ai attendu toute la matinée qu'il arrête de pleuvoir. J'en ai marre de poireauter.

— Il ne pleut pas, il neige.

— Si vous voulez. »

Les deux battants commencèrent à se refermer, et Beth s'empressa de passer le bras dans l'entrebâillement afin de les en empêcher. Les battants se rétractèrent et elle entra dans la cabine. Elle appuya sur le bouton du quatrième étage et se retourna pour voir Rockwell s'approcher lentement de la porte de l'immeuble. Arrivé sur le seuil, il parut sur le point de tomber la tête la première, mais il parvint au dernier moment à saisir la poignée et reprit son équilibre. Il poussa sur la poignée, et la porte s'ouvrit brusquement. Quelqu'un venait de la pousser de l'extérieur. M. Rockwell se la prit en pleine figure et tomba par terre. Beth s'apprêtait à courir l'aider lorsqu'elle aperçut la personne qui venait d'arriver.

C'était un véritable géant, trempé par l'averse discontinue de neige fondue. Son signe le plus particulier était sans aucun doute la grande crête rose fluo qui se dressait au milieu de son crâne rasé à blanc. L'homme passa le seuil et jeta un regard à Jerry Rockwell qui gisait toujours, complètement hagard.

« Ça va, l'ancêtre ? » demanda le colosse.

Beth entendit Rockwell répondre quelque chose du genre : « J'ai atterri sur mes couilles. » L'homme à la crête rose se pencha pour aider Rockwell à se relever, mais il se redressa aussitôt en se bouchant le nez.

« Putain, qu'est-ce que tu fouettes », dit-il en laissant le vieil homme par terre.

Les battants de l'ascenseur commençaient à se rabattre lorsque le géant remarqua Beth. Leurs regards se croisèrent. C'est alors qu'elle le reconnut : c'était l'un des quatre militaires qu'elle avait vus au Tapioca la nuit passée. Le regard du colosse sembla révéler que lui aussi l'avait reconnue. Il s'avança en direction de l'ascenseur. Avant qu'il l'ait atteint, les battants se refermèrent, et la cabine commença son ascension.

Beth n'avait pas la moindre idée de ce que cet homme pouvait faire dans son immeuble, mais elle n'avait *a priori* aucune sympathie pour lui et était heureuse qu'il ne soit pas monté avec elle.

15

Vanité s'était séparé de Dante et Kacy peu après le discours matinal à la Casa de Ville. Le couple devait régler certaines choses avant de s'installer au Marécage. Ils lui avaient dit que leurs vêtements étaient toujours à l'hôtel : Vanité les avait donc laissés s'en occuper et, en compagnie de Décolleté et Orignal, avait tenté de recruter de nouveaux membres pour son clan. Malheureusement, il s'était tout juste mis à la tâche lorsqu'il reçut un appel téléphonique le sommant de se rendre dans le bureau du grand Ramsès Gaïus. On lui avait précisé que c'était urgent, aussi n'avait-il pas eu le temps d'enfiler un costume ou quelque chose de classe pour impressionner son chef suprême. Il allait devoir se présenter en jean et gilet de cuir noir estampillé au nom des Shades. Et il y avait de grandes chances pour que ça ne l'impressionne guère.

Il se pointa au bureau de Gaïus en sachant pertinemment que ses jours étaient peut-être comptés. Il était le chef du clan infiltré par le Bourbon Kid. Cela suffisait à ne pas le rendre très populaire auprès de la hiérarchie des vampires. Gaïus était connu pour son extrême susceptibilité, et Vanité était sans doute sur le point d'éprouver la puissance de son courroux. Il espérait avoir le temps de s'expliquer avant que Gaïus n'exécute sa sentence. L'histoire prouvait que l'ancien maître de l'Égypte était un meurtrier dénué de pitié, un assassin qui n'avait pas pour habitude de laisser à ses victimes le temps de s'excuser. Les rumeurs racontaient qu'il pouvait absorber et contrôler toutes formes d'énergie, ce qui lui permettait entre autres de faire jaillir de l'électricité de ses mains. Vanité espérait ne pas faire les frais d'une démonstration de ce pouvoir qu'on lui prêtait.

En faction devant la porte du bureau de Gaïus se tenait l'une des vampires du clan des Pandas, une jeune femme assez mignonne à la silhouette athlétique. Vanité s'approcha en tâchant de paraître sûr de lui.

« Salut. J'ai été convoqué au bureau de Ramsès Gaïus », dit-il.

Le visage de la Panda ne trahit aucune émotion. « Il t'attend. Entre.

— Merci. »

Il inspira profondément et se demanda s'il paraissait aussi nerveux qu'il l'était. Avant d'ouvrir la porte, il glissa la main sous son gilet, sortit un petit miroir de poche et fit mine de s'y regarder.

La Panda secoua la tête. « Espèce de couillon », dit-elle, se fendant enfin d'un sourire badin.

Vanité fit semblant de l'ignorer et continua à se mirer, tantôt lissant son bouc, tantôt passant une main dans ses cheveux noirs et ondulés. À l'instar de tout vampire, il n'avait pas de reflet, mais le coup du miroir faisait toujours son petit effet sur la gente féminine.

« On pourrait peut-être dîner ensemble, un de ces quatre ? » proposa-t-il en décochant un clin d'œil à la Panda.

Celle-ci hocha la tête. « Hors de question que je sorte avec un homme qui se promène avec un miroir de poche. T'es vraiment trop prétentieux.

— Tu ne devrais pas parler comme ça de ce miroir, dit Vanité d'un ton qu'il voulut léger. C'est une véritable antiquité, conçu en Égypte par un puissant sorcier. Il est indestructible. Même le reflet de ton vilain museau ne peut pas le briser. »

La Panda soupira. « Si une fois dans le bureau, tu te fais couper la tête, je la demanderai comme souvenir. Entre, pauvre couillon. »

Il glissa le miroir dans sa poche, posa la main sur la poignée de la porte et ajouta un dernier commentaire avant d'entrer : « Maintenant je comprends mieux pourquoi tu as deux yeux au beurre noir. »

Gaïus était assis à son bureau, vêtu du même costume argenté que lors de son discours dans le hall principal, plus tôt dans la journée. Il portait également toujours les mêmes lunettes noires. Son teint légèrement hâlé contredisait le fait qu'il était une créature du mal de plein droit. Aucune créature maléfique ne jouissait d'une peau en apparence aussi belle et saine. À l'exception peut-être de Vanité, qui ne lésinait jamais sur le fond de teint.

« Bonjour, sieur Gaïus », dit-il courtoisement en s'avançant. La Panda referma la porte derrière lui, ce qui faillit le faire sursauter.

« Asseyez-vous, je vous prie », dit Gaïus en indiquant la chaise qui se trouvait face à son bureau. Vanité obéit et retira ses lunettes noires.

Gaïus s'adossa à son fauteuil de cuir noir. « Vous avez franchement merdé, dit-il.

— Je sais, répondit Vanité en levant les mains. Mais si vous consentiez à…

— En principe, vous devriez être mort à l'heure qu'il est. Vous n'êtes pas sans le savoir, n'est-ce pas ?

— Je m'attendais effectivement à me réveiller avec une tête de cheval sur mon oreiller.

— Ça vous aurait changé de la tête d'orignal.

— Hé ! c'est rien qu'une rumeur, ça ! »

Gaïus retira à son tour ses lunettes noires et les lança sur son bureau. Vanité tâcha de regarder son œil bleu bizarre le plus discrètement possible. De tout son cœur, il espérait que Gaïus renfilerait ses lunettes.

« Vous êtes encore en vie parce que, d'une certaine façon, je vous aime bien. Vous êtes le seul type de cette ville à avoir des yeux encore plus singuliers que les miens, poursuivit Gaïus. Et à ce que je me suis laissé dire, vous savez plutôt bien vous battre.

— Merci.

— Il n'en demeure pas moins que le Bourbon Kid se cachait dans votre clan. »

Vanité acquiesça. « Oui, monsieur. Et je ne peux que vous présenter mes plus plates excuses. Il s'est parfaitement fondu dans le décor. En fait, c'était un vampire à part entière, et comme nous ignorions à quoi il pouvait bien ressembler, il nous était complètement impossible de savoir qu'il s'agissait de lui. »

Gaïus se pencha sur le côté pour ramasser quelque chose par terre, qu'il posa sur son bureau, juste en face de Vanité. C'était une tête tranchée. Une tête que Vanité eut un peu de mal à reconnaître.

« À qui appartient cette tête ? » demanda Gaïus.

Vanité grimaça, les yeux toujours rivés au visage ratatiné. « À Obéissance.

— Obéissance ? »

Gaïus ne semblait pas satisfait de la réponse.

« Oui. Elle est en assez mauvais état, mais le “CONNARD” tatoué en vert ne laisse aucun doute. C’est pas très commun d’avoir ça en travers du front. »

Gaïus fronça les sourcils. « Alors pourquoi était-il habillé comme le Bourbon Kid ? »

Vanité haussa les épaules. « J’ignorais qu’il l’était.

— On m’a informé que le Bourbon Kid appartenait à votre clan, et qu’il se faisait appeler “Déjà Vu”.

— C’est ce qu’on raconte, mais je n’ai pas recroisé Déjà Vu depuis hier soir, quand tout s’est emballé. Je croyais que c’était lui que vous aviez décapité.

— C’est ce que nous pensions tous. Mais, vous venez de me le confirmer, nous avons décapité quelqu’un d’autre. Alors savez-vous où je peux trouver Déjà Vu ? »

Vanité hocha la tête. « À mon avis, il a dû se sauver. Ce fils de pute a tué le reste de mon clan. À part Décolleté, Orignal et deux nouvelles recrues, Dante et Kacy.

— Quoi ?

— Il ne me reste plus qu’une poignée de membres, et deux d’entre eux sont de nouvelles recrues.

— Vous avez bien dit “Dante et Kacy” ? »

Vanité sentit un véritable agacement dans le ton de Gaïus. « Ouais. Vous les connaissez ?

— Ces deux abrutis sont censés être morts. Dante devait être inscrit dans *Le Livre de la mort* !

— Je crois que j’ai perdu le fil. De quoi vous parlez, là ?

— Je me suis servi de Dante Vittori pour tenter de retrouver le moine qui se cachait dans l’un des clans. Ce n’est même pas un vampire. Il se faisait injecter un sérum qui lui permettait de se faire passer pour ce qu'il n'était pas. Bordel, Vanité : votre putain de clan était un vrai nid de frelons. Vous avez de la merde dans les yeux ou quoi ? Sa petite amie ne se faisait même pas injecter le sérum. Vous avez quand même bien dû remarquer que ce n'était pas un vampire ? »

Vanité lissa son bouc d'un air pensif. « Bizarre, dit-il. Parce que je peux vous assurer que tous deux sont des vampires. Ils m'ont même raconté qu'ils avaient bu le sang d'Archie Somers. »

C'était au tour de Gaïus d'être déstabilisé. « Comment ?

— Je sais, moi aussi ça m'a paru étrange. Ils m'ont dit qu'ils avaient trouvé une poche de sang au nom d'Archie Somers. Au commissariat. J'ai pas la moindre idée de ce qu'elle pouvait faire là-bas. »

Gaïus se leva brutalement de son fauteuil. Son visage était déformé par la colère. « Vous savez ce qu'Archie Somers m'a fait, n'est-ce pas ? beugla-t-il.

— Euh… il a épousé votre fille contre votre volonté ? » avança Vanité le plus délicatement possible, sachant qu'il y avait une part de vrai dans cette rumeur.

« Archie Somers, lorsqu'il portait encore le nom d'Armand Xavier, m'a trahi. C'est par sa faute que j'ai été drogué, momifié et enfermé pendant des siècles dans un sarcophage.

— Oh ! j'imagine donc qu'il n'est pas sur la liste de vos meilleurs amis.

— Et depuis un putain de paquet de centaines d'années ! Quand il est mort, la malédiction qui pesait sur moi a été brisée, ce qui m'a permis de sortir enfin du sarcophage exposé au musée de Santa Mondega.

— C'est toujours chouette, les histoires qui finissent bien. »

Gaïus ignora sa remarque et regarda tout autour de lui pendant un moment, plongé dans ses pensées. « Ça pourrait néanmoins s'avérer intéressant, dit-il enfin. Au moins, je suis sûr qu'ils n'ont pas bu son sang dans le Saint-Graal. Il est dans mon armoire à trophées.

— Le Saint-Graal ? Sans rire ?

— Oui, bien que ça ne vous regarde pas. Le plus important en l'occurrence, c'est que je n'aurais jamais cru avoir une chance de me venger d'Armand Xavier. Mais à présent que, à vous croire, son sang coule dans les veines de Dante Vittori et sa chialeuse de petite copine, j'ai comme l'impression que l'heure de la revanche a sonné, d'une certaine façon. L'heure de ma revanche sur Xavier, et sur ces deux gamins gênants. Où sont-ils en ce moment ?

— Je les ai invités à venir vivre au Marécage avec moi. À l'heure qu'il est, ils doivent sûrement être à leur hôtel. La fille voulait prendre des affaires propres. Une fois qu'ils auront fini de faire leurs valises, ils iront tout droit au Marécage. Vous voulez que je vous les amène ? »

Gaïus balaya la proposition d'un revers de main. « Non, ce ne sera pas nécessaire, répondit-il. Je leur réserve bien mieux que ça. Pour lors, tâchez de gagner leur confiance. C'est l'occasion ou jamais de vous faire pardonner, monsieur Vanité. En fait, vous pourriez même gagner bien plus qu'une simple grâce. Vous pourriez grimper d'un bon nombre d'échelons dans la hiérarchie si vous vous montrez utile sur ce coup. »

Vanité avait abandonné depuis longtemps tout espoir de gagner du galon dans l'organisation de Gaïus.

Cette occasion d'acquérir plus de pouvoir, avec les bénéfices substantiels que cela impliquait, lui plaisait énormément. « D'accord, dit-il en se retenant d'afficher le large sourire qui lui démangeait les lèvres. Qu'est-ce que vous avez en tête, précisément ?

— Pour commencer, essayez de vous les mettre dans la poche. Faites usage de votre légendaire charme hypnotique. Servez-leur les conneries qu'il faudra, et tâchez de les emmener au musée d'Art et d'Histoire de Santa Mondega. J'y ferai préparer mon sarcophage à leur intention. Armand Xavier et ces deux imbéciles grâce auxquels son sang vit toujours auront alors un petit aperçu de ce que c'est de rester enfermé dans un cercueil pendant des centaines d'années.

— Vous allez les momifier ?

— Poignant, n'est-ce pas ? »

Vanité se permit enfin d'arborer un sourire éclatant. « Ça me plaît, dit-il. C'est vraiment démoniaque.

— Oh oui, ça l'est, dit Gaïus d'un ton plus sérieux. Mais mettez-vous bien cela dans le crâne : si vous merdez à nouveau, si vous me doublez, ou si j'ai le moindre doute quant à votre efficacité, je vous arrache les tripes et je les attache aux murs de votre club à la con. Vous êtes dans le saloon de la dernière chance, espèce de sac à merde barbu, et le diable est sur le point de vous demander l'addition. Est-ce clair ?

— Limpide, monsieur. Vous pouvez compter sur moi sur ce coup-là. J'ai hâte de vous le prouver.

— Bien. À présent foutez le camp de mon bureau, espèce de gros con. »

16

Beth sortit de la cabine au quatrième étage de son immeuble. Son petit deux pièces se trouvait au bout du couloir. Elle s'avança dans cette direction un peu plus rapidement que d'habitude, le cœur battant d'excitation. Dans moins d'une heure sa nouvelle vie commencerait avec JD, loin de Santa Mondega. Elle passait mentalement en revue toutes les choses qu'elle devrait prendre et celles qu'elle pourrait se permettre de laisser derrière elle. Recommencer sa vie très loin d'ici avec JD avait été un rêve qu'elle avait cru impossible. Elle se souvenait encore de l'incroyable sensation qu'elle avait éprouvée lorsqu'ils avaient échangé leur premier baiser. S'étaient ensuivis dix-huit ans d'enfer, dont dix en prison pour le meurtre de sa belle-mère. La cour avait récusé l'argument de légitime défense. Sa belle-mère l'avait attaquée avec un couteau et avait gravé sur son visage cette horrible cicatrice qui lui rappelait chaque jour ce qui était arrivé. Dans la lutte qui s'était alors engagée, sa belle-mère, voulant asséner le coup fatal, était tombée et s'était tranchée elle-même la gorge.

L'entrée du militaire à crête rose fluo dans le hall avait considérablement alarmé Beth. Elle n'avait aucune raison de croire qu'il était ici pour elle, mais elle ignorait tout du nombre et de l'identité des ennemis que JD avait pu se faire au cours de ces dix-huit années de séparation. Durant les quelques heures qu'ils avaient passées ensemble, son bonheur avait été tel qu'elle n'avait pas osé lui demander franchement pourquoi il avait disparu si longtemps. Ni lui demander ce qu'il avait fait. Ajoutons à cela qu'elle était convaincue que JD était responsable de la perte de connaissance de James, le vigile du musée, et on comprendra qu'elle faisait à juste titre une petite crise de paranoïa.

Sur son palier, elle manipula maladroitement sa clef, tant était grande sa hâte d'entrer chez elle. Au bout de quelques secondes horriblement longues, elle parvint à déverrouiller la serrure et la porte s'ouvrit. Elle fit un pas à l'intérieur et entendit une voix l'appeler de l'autre bout du couloir.

« Excusez-moi, mademoiselle. Je cherche quelqu'un. Vous pouvez m'aider ? »

C'était le colosse à crête rose. Il avança rapidement dans sa direction en affichant un sourire aimable.

« Euh, bien sûr. Vous cherchez qui ? » demanda-t-elle.

L'homme ne répondit pas immédiatement et continua à marcher vers elle. Lorsqu'il fut à moins de deux mètres, il lui répondit : « Beth Lansbury. C'est bien vous ? »

Beth aurait voulu plonger dans son appartement et fermer la porte à double tour, mais elle hésita. À première vue, elle n'avait rien à craindre de cet homme. Il se comportait tout à fait convenablement, et ils se trouvaient sur le palier. S'il tentait quoi que ce soit de déplacé, elle n'aurait qu'à crier à l'aide.

« Euh, oui. C’est bien moi. »

L’homme se campa devant elle. « Également connue sous le surnom de “Beth la Schizo” ? demanda-t-il sans cesser de sourire.

— Pardon ?

— Le gros barman du Tapioca vous a appelée comme ça, hier soir.

— Oh.

— Il racontait que vous aviez tué quelqu’un. C’est vrai ?

— Excusez-moi, mais qui êtes-vous ? »

Ces questions incessantes la rendaient passablement nerveuse. Qui était ce type ? Et que lui voulait-il ? Représentait-il une menace ? Ou ne s’agissait-il que de quelqu’un qui avait pris un peu trop au sérieux toutes les rumeurs qui couraient sur elle ?

« Mon Dieu, je suis confus. Je m’appelle Silvinho, répondit-il en tendant la main. Je ne voulais pas vous faire peur. Je dois avouer que ce n’était pas la façon la plus délicate de se présenter. »

Avec circonspection, Beth tendit également la main et serra celle de Silvinho. « Que puis-je faire pour vous ? demanda-t-elle.

— Je suis à la recherche de JD. Il est ici ? »

Il n’avait toujours pas lâché sa main. En revanche, il avait cessé de la secouer. « JD ? demanda-t-elle du ton le plus neutre qui soit, en espérant que cela suffise.

— Ouais. J’ai entendu dire que vous connaissiez JD. Lui et moi sommes de vieux amis. Il est dans le coin ?

— Il ne vit pas ici.

— Vous sauriez où je peux le trouver ? »

Beth ne savait trop quoi répondre. Un différend opposait-il JD à cet homme ? Était-il imprudent d'avouer qu'il viendrait la chercher dans un peu moins d'une heure ? Elle réfléchit à sa réponse pendant une poignée de secondes assez inconfortables. Avant qu'elle ait pu répondre, une voix venant du fond du couloir répliqua à sa place.

« Je suis là. » C'était JD. À l'instar de Silvinho, il avait emprunté l'escalier et se dirigeait à présent droit vers eux.

Silvinho lâcha la main de Beth et pivota vivement sur ses talons. « C'est toi, JD ? demanda-t-il.

— Ouais. Et toi, t'es qui ? Et qu'est-ce que c'est que cette connerie sur ton crâne ? »

Silvinho gonfla le torse à l'approche de JD. Ses allures affables n'étaient plus qu'un souvenir. Tout en lui transpirait l'agressivité. « Ça veut dire quoi, ces initiales, “JD” ? demanda-t-il.

— Ça te regarde pas.

— Ta copine sait que ton portrait est sur tous les postes de télé de la ville ? »

JD s'arrêta à deux mètres de Silvinho et parla d'une voix rocailleuse que Beth n'avait jamais entendue. « Qui t'envoie ? grogna-t-il.

— Bull.

— Connerie.

— Non, Bull Thompson. »

Ce simple patronyme suffit à mettre le feu aux poudres. Silvinho se jeta à la gorge de JD. Beth, paralysée de peur, vit ce dernier éviter son assaillant en lui décochant un direct au diaphragme. Le colosse encaissa et répliqua par un puissant coup sur le sommet du crâne de JD. Celui-ci faillit perdre l'équilibre et recula en titubant.

« ARRÊTEZ ! » cria Beth.

Mais aucun des deux hommes ne parut l'entendre. Ils se précipitèrent l'un sur l'autre. Silvinho était le plus grand et le plus musclé. Ses biceps étaient énormes. JD lui envoya un autre coup dans les côtes, mais Silvinho en profita pour le saisir au cou dans l'étau de son bras, avant de le projeter contre le mur. JD se servit du mur comme d'un tremplin et repoussa violemment Silvinho, qui heurta la cloison opposée. Le géant à crête lova à nouveau son imposant bras droit autour de la gorge de JD et se mit à serrer de toutes ses forces : de toute évidence, il finirait par bloquer la trachée de JD. Beth eut aussitôt une idée. Elle gardait sous son lit une batte de base-ball, au cas où des cambrioleurs décideraient un jour de lui rendre visite. Elle n'avait aucune intention de s'en servir, mais peut-être que le simple fait de la brandir d'un air menaçant ferait fuir Silvinho.

Elle entra à toute vitesse dans son appartement, traversa le salon, puis le couloir qui menait à sa chambre. Elle ouvrit brusquement la porte et plongea par terre, à côté de son lit. En tâtonnant, elle trouva la batte en bois. Elle l'attrapa par le manche et se redressa en un clin d'œil. Elle parcourut à nouveau tout son appartement, sans trop savoir encore ce qu'elle ferait lorsqu'elle se retrouverait sur le palier. Mais arrivée sur le seuil de son appartement, elle se figea. Le combat était pour ainsi dire terminé.

Silvinho était assis, dos au mur qui faisait face à Beth, et son visage n'était plus qu'une ecchymose sanguinolente. JD le dominait de toute sa taille, pointant un énorme poignard à la poignée en os vers le visage du vaincu.

« Qui t'envoie vraiment ? » grogna JD. Beth sentit les poils de sa nuque se hérisser en entendant sa voix. Elle était pleine de haine.

« Je te dirai rien de plus », cracha Silvinho, la bouche ruisselante de sang.

La scène rappela à Beth ce moment où elle s'était retrouvée par terre, confrontée à sa belle-mère qui brandissait un couteau, avec la ferme intention de la tuer. Sa colonne vertébrale fut parcourue de frissons. JD fit alors quelque chose qui resterait à tout jamais gravé dans la mémoire de Beth. Il se pencha en avant et enfonça le poignard dans la gorge de Silvinho. En plein dans la pomme d'Adam.

Beth vomit aussitôt. Elle tomba à genoux et se vida à quatre pattes. L'image de la lame pénétrant dans la gorge de Silvinho lui revenait sans cesse à l'esprit. Comment JD avait-il pu faire une chose pareille ? Était-ce bien là l'homme qu'elle avait attendu pendant dix-huit ans ? Un assassin dénué de pitié ?

Elle se releva avec peine et le considéra. JD avait toujours les yeux fixés sur le cadavre de l'homme qu'il venait de tuer de sang-froid, le poignard toujours dans sa paume et les deux mains recouvertes de sang.

« Qu'est-ce que tu as fait ? lança-t-elle en sentant le goût du vomi dans sa bouche. Tu l'as tué ! »

JD se retourna lentement vers elle. Son visage aussi était recouvert de sang. Sa poitrine se soulevait en amples inspirations. « Il faut qu'on se casse tout de suite, dit-il de sa nouvelle voix rocailleuse. Je t'expliquerai en chemin. »

Incrédule, Beth secoua la tête, les yeux rivés au mort affalé sur le palier. « Tu l'as tué, murmura-t-elle. Tu lui as enfoncé un poignard dans la gorge. » Elle éleva alors la voix. « Pourquoi est-ce que tu as fait ça ? Il n'était plus en état de se défendre.

— Tu as bien poignardé ta belle-mère, non ? »

Beth déglutit douloureusement. Ce goût de vomi ne passait pas. « Quoi ?

— Tu l'as bien poignardée ?

— C'était de la légitime défense ! »

Elle était soudain furieuse contre JD. Ce n'était pas l'homme qu'elle pensait connaître. Comment avait-il pu faire cela ? Sans même éprouver le moindre remords ?

« J'ai fait ça pour toi, dit-il.

— Je ne t'ai jamais demandé de faire une chose pareille.

— Il nous aurait tués tous les deux.

— Tu n'en sais rien.

— Je ne pouvais pas courir ce risque. Il fallait qu'il meure. »

Beth ne parvenait pas à détacher son regard du cadavre de Silvinho. « Tu as fait cela sans même sourciller », dit-elle.

JD acquiesça. « Ouais. Fut un temps où je l'aurais tué d'un seul coup de poing. Je me suis vraiment débrouillé comme un débutant. Mais je ne suis plus un assassin. C'était de la légitime défense.

— Tu n'es *plus* un assassin. Tu as déjà tué quelqu'un ?

— Ouais. C'est une longue histoire.

— Qui as-tu tué ? »

JD se pencha pour essuyer la lame ensanglantée sur la veste de Silvinho. « Principalement des vampires, répondit-il. Pas mal de loups-garous, aussi. Quelques zombies. Et un petit nombre de personnes qui m'avaient emmerdé. Mais c'est du passé, maintenant. Je ne tue plus. »

Beth était stupéfiée par sa nonchalance et son absence de repentir. « Et pourquoi tuais-tu ? Tu étais assassin professionnel, ou quelque chose du genre ?

— Non, rien de tout ça. »

Beth pointa Silvinho du doigt. « Alors pourquoi a-t-il dit que ton visage était sur tous les postes de télé de la ville ? » À peine avait-elle posé cette question que la réponse lui devint évidente : « Oh ! mon Dieu, tu es…

— Plus maintenant.

— Tu es… »

Elle ne trouvait pas la force de le dire à voix haute. JD haussa les épaules : « Écoute, pas la peine d'en faire tout un plat, dit-il. Mais c'est vrai, j'étais… »

Beth hocha la tête : « Non.

— Si.

— Non. C'est impossible.

— C'est pas la fin du monde. Je ne le suis plus, de toute façon.

— Tu es le Bourbon Kid ! Tu as tué Bertram Cromwell !

— Non, je ne l'ai pas tué. »

JD s'approcha d'elle, le poignard à présent propre toujours dans le creux de la main.

Beth brandit sa batte de base-ball. « Où étais-tu ce matin ? Quand je me suis réveillée et que tu n'étais plus là ? Tu m'as dit que tu étais sorti prendre l'air ! Où es-tu allé ?

— J'ai juste fait une petite balade.

— Oh mon Dieu. Tu es allé tuer Cromwell, c'est ça ? C'est pour ça que tu veux absolument que nous quittions la ville, hein ? Les infos sont en train de diffuser ton portrait. Tu voulais que je te suive au plus vite pour ne pas que je découvre qui tu es en réalité. »

JD se remit à parler avec sa voix habituelle, plus douce et plus posée. « Beth, lâche cette batte. Allez, il faut qu'on y aille. Si ce type a retrouvé ta piste, d'autres suivront. Ils te retrouveront et ils te tueront. »

Elle recula, tenant JD à distance avec sa batte. « Tu n'es pas l'homme que je croyais. » Elle posa une dernière fois les yeux sur le cadavre de Silvinho. « Je n'ai plus envie d'être avec toi. Qu'est-ce qui se passera, le jour où on se disputera ? Tu m'enfonceras un poignard dans la gorge, à moi aussi ?

— Allez, ne sois pas bête. Jamais je ne te ferai du mal. C'est fini pour moi, les meurtres. Ce type était une simple exception. »

Elle inspira profondément. « Mais c'est toi qui lui as porté le premier coup. Il ne m'avait rien fait. Il m'avait simplement demandé où tu étais. »

JD sembla perdre patience. « Oh ! ça va, lança-t-il d'un ton sec. Ne sois pas si naïve. Regarde-le. Rien qu'à sa tête, on voit tout de suite quel genre de mec c'est.

— Regarde-toi », répliqua Beth.

Le visage de JD était tacheté d'éclaboussures de sang. Ses mains et son T-shirt en étaient recouverts. Et il tenait un poignard d'une façon qui suggérait qu'il était prêt à s'en servir à nouveau. C'était le portrait précis du tueur en série dont elle avait tellement entendu parler.

Dehors, le bruit de la neige et de la grêle qui tombaient lourdement fut ponctué par la sirène d'une voiture de police.

JD tendit sa main gauche en direction de Beth. « Allez. Il faut qu'on dégage tout de suite. Les flics vont arriver. »

Elle recula à nouveau, saisie d'horreur. « Pas question que je fuie une autre scène de crime. Et certainement pas avec toi. Comment as-tu pu faire ça ? »

Il fit un pas vers elle, la main toujours tendue. Elle se réfugia derrière la porte de son appartement. « Ne t'approche pas. Je n'irai nulle part avec toi.

— Les flics seront là d'un moment à l'autre, putain ! Il faut qu'on bouge ! Tout de suite ! »

Beth hocha une dernière fois la tête. « Tu as tout gâché. » Elle tira de la poche de son jean le bout de tissu qu'il lui avait donné en début de journée et le jeta par terre, à ses pieds. « Tu peux reprendre ça, dit-elle. Comme ça, tu n'auras plus aucune raison de revenir. Adieu, Jack. »

JD baissa la tête pour considérer le bout de tissu, et Beth lui referma la porte au nez.

Il tambourina aussitôt contre le battant de bois en criant pour se faire entendre. « Beth, prends un moment pour réfléchir à tout ça ! La moitié des flics de cette ville sont des vampires, et ceux qui ne le sont pas sont des enfoirés. Tu le sais. Et tu sais qui je suis.

— Non ! Je ne sais plus qui tu es ! »

Elle l'entendit pousser un soupir de frustration, avant de parler à travers la porte d'une voix plus douce : « Écoute, je vais ramasser quelques affaires et je reviens dans une heure. Exactement comme on avait prévu. D'ici là, réfléchis à tout ça. Tous les médias ne parlent plus que de moi. Il faut que je quitte cette ville, avec ou sans toi. »

Beth sentit les larmes couler sur ses joues. Toutes ces années à attendre son retour avaient été vaines. Elle avait gâché dix-huit ans de son existence en croyant à tort que le type dont elle avait fait la connaissance lors d'un bal d'Halloween était son âme sœur. Elle était tombée amoureuse d'un homme dont elle ignorait tout. Un homme qui s'avérait être le Bourbon Kid, un tueur en série tristement célèbre, un meurtrier impitoyable qui massacrait des innocents.

« Va-t'en, Jack, dit-elle en sanglotant. Et inutile de revenir dans une heure. Je ne changerai pas d'avis. Je ne veux plus jamais te revoir. »

17

Une heure était passée depuis que Flake et Sanchez avaient fait griller Ulrika Price dans l'ancien vestiaire du commissariat. Flake avait caché *Le Livre sans nom* dans l'un des tiroirs du bureau de la réception. Ils s'étaient mis d'accord pour ne divulguer l'incident ni à Dan Harker, ni à qui que ce soit d'autre. Il n'y avait pas de témoin et, par chance, pas de cadavre non plus : ni Sanchez ni Flake n'avaient envie d'ébruiter le fait qu'ils avaient tué un vampire, qui en outre devait avoir une certaine importance au sein de la communauté des créatures du mal.

Sanchez était resté dans le vestiaire pour éliminer de son mieux toute preuve du crime, avec pour seule aide son balai. S'il était aussi doué dans le maniement du balai qu'il le pensait, aucun policier ne risquait de découvrir ce qui s'était passé. Il était parfaitement au courant que des vampires avaient par le passé infiltré les forces de l'ordre, aussi une discrétion absolue au sujet du meurtre d'Ulrika s'imposait. En même temps, ce n'était pas comme s'il restait beaucoup de policiers dans les environs. Apparemment, ceux qui ne sillonnaient pas les rues afin de prouver que la ville était toujours sous leur protection se trouvaient au commissariat, sans doute en train de remplir de la paperasse. Sanchez était, du reste, convaincu que l'un d'eux avait amené une grosse boîte de donuts dans laquelle chacun piochait allègrement.

Il avait tout juste fini de nettoyer tout le sang et autres déjections qui tapissaient la cabine de l'ascenseur lorsque le capitaine Harker fit son apparition. Il arriva par l'escalier, et, dès qu'il eut mis un pied dans le vestiaire abandonné, lança un sac-poubelle noir rempli de vêtements à Sanchez. Le sac percuta sa poitrine avant de tomber par terre, juste en face de l'ascenseur.

« Voilà votre uniforme, Sanchez, dit Harker. Vous faites une taille pour le moins inhabituelle, donc tant qu'on ne vous aura pas fait faire un uniforme sur mesure, il faudra vous contenter de celui-ci.

— Merci », répondit Sanchez en redoutant ce qu'il trouverait dans le sac.

Harker entra dans l'ascenseur. « C'est du sacré beau boulot, que vous avez fait là », déclara-t-il en inspectant les parois, en quête du plus petit indice du bain de sang de la veille. Satisfait de n'en trouver aucun, il poussa Sanchez vers l'intérieur du vestiaire. « Enfilez votre uniforme et retrouvez-moi à la réception », dit-il en appuyant sur un bouton de l'ascenseur. Les battants se refermèrent, et Sanchez se retrouva seul dans le vestiaire, avec le sac-poubelle contenant son uniforme.

Il ouvrit le sac en s'attendant à quelque chose de bien plus moche que les tenues réglementaires des autres flics. Son intuition avait vu juste. Aux yeux de n'importe qui, cela aurait paru moche, mais pas aux yeux de Sanchez. Il n'avait qu'une hâte : l'essayer pour voir ce que ça donnait.

C'était un uniforme de patrouille autoroutière, beige, avec en prime un Stetson assorti et un tonfa. Le pantalon était un peu étroit et menaçait de se déchirer entre les fesses si Sanchez se baissait trop rapidement, mais il avait quand même l'air cool. La chemise était elle aussi trop moulante, révélant un peu plus qu'il ne l'aurait souhaité sa poitrine grassouillette, mais l'insigne de la patrouille autoroutière qui flanquait la poche droite la rendait vraiment terrible. Le chapeau était parfaitement à sa taille (agréable surprise), mais le meilleur, c'était sans nul doute la paire de lunettes de soleil à verre miroir. Même dehors, avec ce temps plus que couvert et cette neige incessante, Sanchez avait bien l'intention de garder ces petites merveilles sur le nez.

Il se pavana quelques minutes dans le vestiaire en citant à haute voix des répliques de l'inspecteur Harry, avant d'appeler l'ascenseur. En chemin pour le rez-de-chaussée, il se contempla dans le miroir de la cabine. Pas de doute, il était à fond dans le personnage.

Lorsque les portes s'ouvrirent, il constata qu'il n'était pas le seul à avoir enfilé son uniforme. Flake lui tournait le dos, penchée au-dessus du bureau de la réception, à la recherche de quelque chose. Elle avait un uniforme standard, bleu. Très moulant aussi, mais dans le bon sens. Il était évident qu'il lui allait beaucoup mieux que celui de Sanchez. En fait, en se rinçant l'œil sur son postérieur mis en valeur par sa position et son uniforme, Sanchez ne put que constater qu'elle était en excellente forme. Superbes jambes, superbe cul. Le tout bien ferme comme il faut.

Il s'avança vers elle d'une démarche conquérante, en faisant battre son tonfa sur sa jambe. Le son informa

Flake de sa présence, et elle se retourna en refermant le tiroir du bureau d'un coup de botte noire.

« Eh bien, dis donc ! s'exclama-t-elle en souriant. On dirait Poncherello, tu sais, dans cette série télé. Comment elle s'appelle, déjà ?

— "CHiPs" !

— C'est ça. Tu ressembles comme deux gouttes d'eau à Erik Estrada ! »

Sanchez eut une petite moue. « Je sais. Et toi, tu es le sosie d'Heather Locklear dans la série *Hooker*. »

Le visage de Flake s'illumina. « Tu trouves ?

— Ouais. La tenue de serveuse que tu portais jusqu'ici te faisait pas honneur. T'es canon. »

À en juger par l'étincelle qui brilla dans les yeux de Flake, le compliment fit mouche. « Tu sais, dit-elle, à cause de tes lunettes, j'ai du mal à savoir si tu plaisantes ou pas.

— C'est pour ça que je les garde sur le nez. »

Sanchez se rendit soudain compte qu'ils étaient en train de flirter. Comment en était-il arrivé là ? Flake était super bien foutue (surtout lorsqu'elle portait cet uniforme), alors pourquoi pouvait-elle bien flirter avec lui ? Les nanas fichues comme elle ne faisaient jamais ça, à moins de vouloir se faire offrir des verres au Tapioca. Curieux. Il allait devoir garder un œil sur elle. Surtout sur son cul.

Comme si elle s'était attendue à ce qu'il lui demande où se trouvait *Le Livre sans nom*, Flake tapota du bout de sa botte le tiroir le plus bas du bureau. « Le livre est là-dedans, dit-elle. Tout à l'heure, j'essayerai de voir s'il est question de bouquins magiques dans le folklore vampire. Je ferai aussi une recherche Internet pour essayer de découvrir qui l'a écrit.

— Eh ben, bon courage, dit Sanchez. À mon avis, ça doit être encore plus compliqué que de trouver qui a écrit la Bible.

— Ça vaut quand même le coup d'essayer », répondit Flake.

Sanchez ne l'entendit qu'à peine. Quelque chose d'autre venait d'attirer son attention. Quelque chose de bien plus important. Quelqu'un venait de passer le seuil de la porte en verre et était entré dans le commissariat. Une femme que Sanchez reconnut aussitôt. La femme de ses rêves.

Jessica.

Elle portait une combinaison noire extrêmement moulante, et elle était plus époustouflante que jamais. Sa chevelure de jais étincelait littéralement et sa peau d'un blanc laiteux semblait aussi douce que de la soie. Sanchez avait craint de ne plus jamais la revoir, après qu'elle eut disparu de la chambre à l'étage du Tapioca. C'était dans cette chambre qu'il l'avait cachée durant des mois et avait soigné ses blessures. Il y a peu, elle était enfin sortie du coma dans lequel elle était plongée, mais avait disparu tandis que Sanchez était sorti faire des courses. C'était un vrai soulagement de la revoir en vie. Et Sanchez était particulièrement heureux qu'elle réapparaisse après qu'il eut enfilé son uniforme super cool. S'il arrivait à se dégotter en plus une moto de patrouille, plus aucune femme ne lui résisterait.

« Hé ! Jessica, dit-il en avançant nonchalamment dans sa direction. T'étais passée où ? Je commençais à me faire du souci. Je me suis dit que tu t'étais peut-être encore fait tirer dessus par le Bourbon Kid. »

Manifestement, elle ne l'avait pas reconnu en entrant, mais la voix de Sanchez réveilla sa mémoire. Elle sourit.

Plutôt bon signe. Elle alla à sa rencontre de sa démarche habituelle, terriblement sexy.

« Bonjour, mon petit Poncherello, dit-elle en tapotant la bedaine de Sanchez. Ça roule ?

— Pas mal, répondit-il. Comment va ta mémoire, aujourd'hui ? Toujours amnésique ? Parce qu'il faut que tu saches qu'on s'est pas mal rapprochés, tous les deux, ces derniers temps. »

Elle sourit de nouveau. « Ma mémoire se porte au mieux. Comment est-ce que je pourrais t'oublier, Sanchez ? Après tout ce que tu as fait pour moi ? »

C'était franchement prometteur. Il y avait de très fortes chances qu'elle soit de nouveau célibataire. Son dernier amant, Jefe, était mort juste avant qu'elle ne tombe dans le coma. À première vue, c'était le timing idéal pour envisager une aventure.

« Tu es venue ici juste pour me voir ? demanda-t-il.

— En fait, je suis venue porter plainte pour vol. »

Flake, qui se trouvait derrière Sanchez, se mêla à la conversation : « Ça, c'est moi qui m'en occupe. Si vous voulez bien prendre un siège, mademoiselle. »

Jessica passa langoureusement devant Sanchez et s'assit face au bureau de Flake. « Et vous êtes qui, ma jolie ? demanda-t-elle.

— Agent Munroe, répondit Flake d'un ton très officiel. Et vous-même ? »

Sanchez répondit à sa place : « Jessica Xavier. »

Jessica se retourna pour le dévisager d'un regard soupçonneux : « Comment est-ce que tu connais mon nom de famille ? » demanda-t-elle.

C'était une excellente question. Moyennant rétribution, Sanchez s'était servi de Rick, du Olé Au Lait, comme indic. Mais mieux valait passer ça sous silence.

« Tu parles dans ton sommeil », répondit-il, soulagé d'avoir ses lunettes sur le nez : leurs verres cachaient à la perfection son mensonge.

Flake avait tapé nom et prénom sur son clavier d'ordinateur. En entendant Sanchez révéler les habitudes nocturnes de Jessica, elle releva soudain les yeux : « Vous avez couché ensemble, tous les deux ? » demanda-t-elle.

Jessica adressa un large sourire à Flake. « Oh oui, un tas de fois. Sanchez est une vraie bête, au lit. Vous ne le saviez pas ?

— Non. »

Sanchez fronça les sourcils. Il n'avait jamais couché avec Jessica. Peut-être croyait-elle que cela avait été le cas ? Elle était clairement en train de le faire mousser auprès de Flake. Peut-être cela signifiait-il qu'elle en pinçait pour lui ? Si elle croyait réellement qu'ils avaient couché ensemble, alors Sanchez avait vraiment une chance de sortir avec elle.

« On se connaît depuis pas mal de temps, commenta-t-il d'un ton détaché.

— Bien, dit Flake, apparemment peu convaincue. Alors, mademoiselle Xavier, que vous a-t-on volé ?

— Un livre. »

La réponse de Jessica éveilla l'attention de Sanchez. Il s'empressa de demander : « C'est quoi, le titre du bouquin ? »

Jessica ne quittait pas du regard Flake, qui pianotait toujours sur son clavier. « *Le Livre de la mort* », répondit-elle.

Pour le coup, Sanchez était complètement paumé. Jessica était à la recherche du même livre qu'Ulrika Price. Le même livre que Sanchez lui-même avait volé, puis donné à Rick afin qu'il le rende à la bibliothèque.

Qu'est-ce qui pouvait bien pousser Jessica à le déclarer volé ?

Flake demeura impassible : rien en elle ne trahissait le fait qu'Ulrika était venue déclarer le vol de ce même livre, ni que Sanchez et elle avaient réduit la bibliothécaire en un tas de cendre, qui reposait à présent dans une poubelle.

« Savez-vous où il a été dérobé ? demanda Flake.

— À la bibliothèque de Santa Mondega. »

Flake tapota sur son clavier avant de demander : « Vous y travaillez ?

— Non.

— Ce livre vous appartient-il ?

— Oui.

— Alors que faisait-il à la bibliothèque ?

— J'ai l'habitude de l'y laisser. »

Flake parut confuse. « Avez-vous interrogé l'équipe de la bibliothèque à ce sujet ? demanda-t-elle.

— La responsable est une salope. »

Sanchez acquiesça : « Tout à fait d'accord. Bon débarras. »

Jessica se retourna sur sa chaise. « Comment ça, "bon débarras" ? Tu l'as vue ?

— Euh, c'est-à-dire que… »

Flake s'empressa de le tirer d'affaire : « Ils sortaient ensemble, en fait. »

Jessica se retourna vers Flake. Sanchez fronça à nouveau les sourcils. Qu'est-ce que c'était que ces conneries ? Pourquoi Flake avait-elle dit ça ? Jessica, elle aussi, semblait ne pas en croire un mot.

« De quoi ? » lança-t-elle à Flake, posant sur elle un regard noir.

Flake haussa simplement les épaules. « Bah, vous connaissez Sanchez. Un vrai tombeur. Il a rencontré Ulrika, et elle est tombée sous son charme. Mais elle s'est avérée un peu schizo sur les bords, alors il l'a plaquée, tout récemment. Pas vrai, Sanchez ? »

L'intéressé acquiesça. « C'est bien ce que je disais, une vraie salope. Bon débarras. »

Jessica les regarda à tour de rôle, l'air circonspect. « Bon, finit-elle par dire. Si vous la revoyez, j'aimerais que vous me mettiez au courant. Il se pourrait qu'elle soit en possession du livre que je recherche.

— Mais très certainement, dit Flake. Pouvez-vous nous décrire ce livre ?

— C'est un gros livre noir, à couverture rigide.

— C'est tout ? Un gros bouquin noir ?

— C'est tout ce que je sais, en tout cas. En fait, je ne l'ai jamais vu. »

Flake parut perplexe : « Comment ça, vous ne l'avez jamais vu ? Je croyais qu'il vous appartenait. Vous devez forcément savoir à quoi il ressemble, non ?

— En fait, il appartient à mon père. Il fait partie de l'héritage familial, et un jour il me reviendra de droit. »

Flake cessa de pianoter sur son clavier et pinça les lèvres, absorbée dans ses réflexions. Après un instant, elle reprit la parole : « Écoutez, mademoiselle Xavier, loin de moi l'envie de paraître obtuse, mais s'il ne s'agit que d'un livre à couverture noire que vous n'avez jamais vu, ne serait-il pas plus simple d'aller chez un libraire pour en acheter un autre ?

— Il est unique en son genre. Il n'en a été imprimé qu'un seul exemplaire.

— Vous en êtes bien sûre ? insista Flake.

— Oui, sûre et certaine. »

Le ton de Jessica indiquait une irritation croissante. Sanchez tâcha d'apaiser les esprits : « Peut-être qu'il est disponible sur Kindle ? suggéra-t-il.

— NON, CE PUTAIN DE BOUQUIN N'EST PAS DISPONIBLE SUR KINDLE ! répliqua Jessica en élevant franchement la voix.

— Mais tu perds rien à vérifier », insista Sanchez.

Jessica poussa un profond soupir. « C'est un ouvrage manuscrit. Vieux de plusieurs siècles. Et il vaut une vraie fortune. À mes yeux, en tout cas. Autant que vous le sachiez : j'offre une récompense de cinquante mille dollars à celui ou celle qui me le rapportera. »

Les yeux de Sanchez s'illuminèrent : « Cinquante mille ?

— Oui. Cinquante mille.

— D'où est-ce que tu sors une somme pareille ?

— Mon père est très riche, répondit Jessica, visiblement très ennuyée par cette série de questions. Si vous retrouvez ce livre, amenez-le-moi. J'habite dans la nouvelle résidence de mon père, aux abords de la ville. »

Flake se remit à pianoter sur son clavier. « Une adresse ? demanda-t-elle.

— Oui. C'est la Casa de Ville. »

Sanchez fut pris de court. La Casa de Ville était l'ancienne résidence d'El Santino, le patron du crime de Santa Mondega, mort peu de temps auparavant. Et c'était un drôle d'endroit. Vu de l'extérieur, carrément flippant. On aurait dit un vrai château médiéval. Pour vivre là-dedans, il fallait avoir un gros paquet de pognon. Un sacré gros paquet de pognon, même.

Avant qu'il ait pu émettre le moindre commentaire, il entendit une porte s'ouvrir derrière lui. Le capitaine

Harker en franchit le seuil et alla droit vers Sanchez. Il tenait à la main un petit bout de papier.

« Sanchez. J'ai une mission pour vous.

— Quoi ?

— Il y a eu un meurtre sur la 54e. Une ambulance est déjà présente sur place. Les résidents de l'immeuble racontent que le petit copain de la femme habitant l'appartement 406 a tué un type d'un coup de couteau dans la gorge. Il faut que vous alliez interroger cette femme. Vous devez déterminer l'identité de son petit copain, ce qui l'a poussé à assassiner l'autre type et l'endroit où il se trouve à présent. La femme s'appelle Beth Lansbury. Vous vous sentez d'attaque ? Vous pensez pouvoir vous rendre utile ? »

Sanchez haussa les épaules. « Ouais, ça devrait pas poser problème. Beth la Schizo, hein ? Qui aurait cru qu'elle avait un petit copain…

— Pas moi, dit Harker en tendant à Sanchez le bout de papier ainsi qu'un trousseau de clefs qu'il venait de tirer de sa poche. Voici les clefs de votre voiture de patrouille. C'est la numéro 7. Elle est garée derrière le commissariat. L'adresse figure sur le papier. Si j'arrive à trouver des collègues en maraude dans le quartier de l'homicide, je vous les envoie et vous leur passez le relais de l'enquête. »

Sanchez consulta le bout de papier. « On connaît l'identité de la victime ? » demanda-t-il.

Harker hocha la tête. « Il n'est pas du coin, en tout cas. Apparemment, ce serait un mec avec une crête rose fluo. Sans doute une affaire de stupéfiants. »

Derrière Harker, Jessica se redressa. « Vous venez de dire qu'il avait une crête rose fluo ? demanda-t-elle.

— Ouais. Terrifiant, hein ?

— Comment s'appelait-il ? » insista Jessica.

Harker fouilla sa mémoire en fronçant les sourcils. « Les ambulanciers ont dit qu'il s'appelait "Silver" ou quelque chose dans ce goût-là.

— Silvinho ?

— Oui, exactement. Vous le connaissez ?

— Je le connaissais. »

Jessica se leva de sa chaise. « C'était un vrai dur. Rares sont ceux dans cette ville qui pourraient se vanter de pouvoir lui planter un couteau dans la gorge.

— Eh bien, quelqu'un y est parvenu », conclut Harker.

Jessica passa devant le capitaine en le frôlant et prit le bout de papier que Sanchez tenait à la main droite. « Bon, dit-elle. Je t'accompagne, Sanchez. Je dois aussi parler à Beth Lansbury. »

Sanchez n'en revenait pas. C'était là le signe irréfutable que Jessica avait envie de passer du temps avec lui. La chance était définitivement de son côté. Ça devait être à cause de l'uniforme. Les nanas raffolent de l'uniforme, pensa-t-il. C'était son tout premier jour en tant que policier suppléant, et il allait balader Jessica dans sa voiture de patrouille. Pas de doute : c'était bel et bien le début de quelque chose d'énorme.

18

De toute sa vie, Sanchez n'avait jamais pris le volant d'une voiture de police. Il s'était retrouvé quelquefois sur la banquette arrière, mais le fait de pouvoir faire retentir la sirène et allumer les gyrophares bleus, c'était complètement nouveau, et complètement génial. Et le fait d'avoir Jessica à ses côtés rendait l'expérience encore plus agréable.

« Hé ! Jessica, regarde ça », dit-il en ralentissant dans une rue particulièrement verglacée. D'un léger coup de volant, il se dirigea au pas vers le trottoir, où une vieille dame s'appuyant sur sa canne s'évertuait à ne pas tomber dans la neige. Lorsque la voiture se retrouva à quelques mètres à peine derrière elle, Sanchez poussa un bouton du tableau de bord. La sirène se mit à retentir à un volume assourdissant, faisant sursauter la vieille dame. Elle glissa sur une flaque d'eau gelée et tomba à la renverse, atterrissant sur le dos dans des cris de douleur. Sanchez donna un petit coup de coude à Jessica, qui hochait la tête d'un air désapprobateur.

« Marrant, hein ? dit-il.

— Hilarant. Et si tu nous conduisais plutôt sur les lieux du crime ?

— Ouais, bonne idée. Mais préviens-moi si tu vois passer d'autres vieux. Ou des gamins. Ou même des chats. »

Jessica laissa échapper un profond soupir. « Tu sais, Sanchez, c'est à des moments comme celui-ci que je me demande comment tu fais pour rester célibataire.

— Eh, qu'est-ce que tu veux, répondit-il en rehaussant ses lunettes de soleil. Pendant tous ces mois passés à m'occuper de toi quand tu étais dans le coma, je n'ai pas eu beaucoup de temps à accorder aux autres.

— Quel dommage.

— Ouais, mais y a pire. Tu savais que ton ex s'était fait flinguer pendant l'éclipse de l'année dernière ?

— Oh, vraiment ?

— Ouais, il doit être dégoûté.

— Il ne peut pas être dégoûté s'il est mort.

— Moi à sa place, je le serais.

— Si tu veux. »

Jessica ne semblait pas très affectée par la mort de Jefe. Voilà ce que ça fait de rester des mois dans le coma, pensa Sanchez. Le moment était plus que choisi pour défendre son cas. « J'imagine que maintenant que Jefe est mort, toi aussi tu te retrouves célibataire. On pourrait peut-être sortir ensemble ? »

Jessica tourna la tête pour regarder par la vitre. « On peut parler d'autre chose ? demanda-t-elle.

— Comme tu veux. »

Sanchez freina à l'approche d'un feu rouge. La voiture dérapa un peu avant de s'immobiliser. Il jeta un regard à Jessica : elle avait toujours la tête tournée vers sa vitre. « Je me demande bien à quoi ressemble la scène de crime qui nous attend, dit-il.

— Ça doit être assez sanguinolent, commenta Jessica. S'il s'agit vraiment du Silvinho que je connais, ce sera même une vraie boucherie. Il n'était pas né de la dernière pluie. Dans ce bled, la liste des personnes capables de le tuer est plutôt réduite. »

Le feu passa au vert et Sanchez redémarra, en conduisant un peu plus précautionneusement. « D'où tu le connais, au fait, ce Silvinho ? demanda-t-il. Et qui pourrait bien avoir envie de le tuer ?

— Le Bourbon Kid.

— Tu crois ?

— Ouais. »

Jessica pointa du doigt la route face à elle. « On y arrive. Je vois une ambulance garée en face de cet immeuble. Ça doit être là. »

Sanchez regarda dans la direction indiquée par Jessica. À une centaine de mètres, une ambulance était effectivement stationnée, les faisceaux de ses gyrophares balayant les environs. Il avait beau neiger, une foule s'était amassée au pied de l'immeuble.

« Où est-ce que je vais bien pouvoir me garer ? maugréa Sanchez comme pour lui-même en guettant une place libre.

— Juste là, dit Jessica en désignant une place en face de l'ambulance, sur l'autre trottoir.

— Nickel, dit Sanchez. Juste en face d'un Dirty Donuts, en plus. »

Il engagea la voiture, et bien qu'une des roues avant frottât brièvement le trottoir, il réussit à se garer à la perfection.

Il n'avait pas fini la manœuvre que Jessica avait déjà ouvert sa portière. « Et si tu allais nous chercher quelques donuts ? suggéra-t-elle en sortant de la voiture. J'irai tout droit à l'appartement de Beth Lansbury, histoire de m'assurer que les lieux sont sûrs. Qui sait, peut-être que tu apercevras l'assassin s'échapper de l'immeuble en achetant les donuts ?

— Super idée, dit Sanchez, heureux de l'initiative de Jessica. Y a un type de donuts que tu préfères ?

— Surprends-moi. »

Sanchez sortit à son tour de la voiture en se félicitant de porter son nouveau Stetson : son chapeau le protégeait à merveille de la neige qui tombait toujours aussi dru, sans le moindre signe d'accalmie. Il n'avait pas posé un deuxième pied sur le trottoir que Jessica avait déjà disparu. Manifestement, elle n'avait aucune envie de rester trop longtemps dehors par ce froid.

L'ambulance garée devant l'immeuble Remington était entourée d'une foule relativement importante. En revanche, aucun signe des ambulanciers. Une autre voiture de police était garée un peu plus loin, au grand soulagement de Sanchez. Cela signifiait qu'il n'était pas le premier policier arrivé sur place : les chances de foutre en l'air la scène de crime étaient de fait considérablement réduites. En outre, quelque chose de nettement plus important requérait son attention dans l'immédiat : il lui fallait déterminer combien de donuts il était en mesure de s'acheter.

Le type qui se trouvait derrière le comptoir avait tout d'un amateur de pâtisserie, lui aussi. C'était un mec petit et rondelet, avec une nuque longue, châtain et bouclée. Son T-shirt DIRTY DONUTS taché le moulait tellement qu'on aurait dit que ces deux mots avaient été tatoués sur sa poitrine. Très clairement, ce type mangeait les profits de l'entreprise.

« Vous avez des offres spéciales à me proposer ? demanda Sanchez en s'approchant du comptoir.

— Je vous recommande le Fat Boy Pick and Mix, répondit l'homme.

— C'est quoi ?

— Une boîte de dix donuts de votre choix. À peine cinq dollars.

— Ça ressemble assez à ma définition du paradis. Je vais vous en prendre une. »

Sanchez passa cinq bonnes minutes à choisir les donuts. La diversité des choix était vraiment très impressionnante. Au point qu'il acheta deux boîtes, l'une pour la scène du crime et l'autre qu'il glisserait sur la banquette arrière de sa voiture de patrouille, pour plus tard.

Le temps qu'il s'exécute et qu'il traverse la rue en direction de la foule des badauds réunis devant l'immeuble Remington, la neige avait cessé de tomber. Jessica n'était pas redescendue et aucun cadavre n'avait été transporté à l'extérieur par les ambulanciers.

« Reculez, je vous prie. Police, police », répéta Sanchez. Il se saisit de son tonfa de sa main libre et se fraya un chemin jusqu'à l'entrée de l'immeuble en repoussant les curieux. La porte était légèrement entrouverte. Afin d'éviter d'écraser ses donuts, il appuya son dos sur la porte et l'ouvrit d'une pression des fesses.

Une fois à l'intérieur, il la referma complètement d'un coup de pied afin d'empêcher quiconque d'entrer. Dans le hall, il ne faisait guère plus chaud que dehors. Quel immeuble de merde ! pensa-t-il. Il rangea son tonfa dans l'étui accroché à sa ceinture et ouvrit la boîte de donuts. Il en sortit un au sucre glacé rose et en croqua une grosse bouchée. Il était aussi bon qu'il en avait l'air. Une fois de plus, il fallait faire un choix : escalier ou ascenseur ? Sanchez se souvint de la puanteur de l'ascenseur du commissariat et opta pour l'escalier. En outre, il prendrait plus de temps à arriver au quatrième par cette voie, ce qui lui permettrait de manger au moins deux autres donuts en chemin. Voire trois.

En arrivant enfin à destination, il remarqua aussitôt le silence inquiétant qui régnait. Si c'était bien à cet étage qu'avait eu lieu le crime, pourquoi n'entendait-on pas un bruit ? Les lieux auraient dû fourmiller de voisins curieux, d'ambulanciers et de flics. Sanchez s'engagea dans le couloir. Il aperçut la scène de crime à l'autre bout. Le cadavre d'un type à la crête rose gisait au pied du mur. Même de là où il était, Sanchez pouvait voir qu'il était dans un sale état. Le sol et le mur derrière lui étaient recouverts d'une impressionnante quantité de sang. Sanchez finit son troisième donut d'une bouchée et tira à nouveau son tonfa de son étui, prêt à s'en servir.

Il se rapprocha lentement de l'appartement qui se trouvait au bout du palier. Les murs du couloir lui rappelaient ceux du Tapioca après une visite du Bourbon Kid. Ils étaient éclaboussés de sang et puaient la mort. L'inquiétant silence régnait toujours, brisé uniquement par le bruit de ses pas. Où avait bien pu passer Jessica ? Et Beth la Schizo ? La porte de l'appartement de Beth était légèrement entrouverte, mais aucun son n'en provenait. Il continua de se rapprocher en se demandant ce qu'il trouverait à l'intérieur.

Dos au mur, il se glissa furtivement jusqu'au seuil et jeta un coup d'œil à travers l'entrebâillement. Il ne distingua rien d'intéressant et regrettait sérieusement de ne pas avoir un flingue à la place de son tonfa. Il tendit la jambe et donna un léger coup de pied à la porte. Dans un grincement, elle s'entrebâilla un peu plus. Apparemment, rien ne gênait l'ouverture, aussi Sanchez décocha un deuxième coup de pied, un peu plus fort celui-ci, tout en gardant ses distances, au cas où. La porte s'ouvrit complètement. Il compta mentalement jusqu'à trois, puis regarda à l'intérieur de l'appartement en brandissant son arme, prêt à l'abattre sur quiconque.

Le regard affûté, il guetta le moindre mouvement. Voyant que rien ne bougeait, il abaissa sa matraque, puis entra.

Et resta littéralement bouche bée face au carnage.

C'était un vrai bain de sang.

19

La splendeur de l'Hôtel International de Santa Mondega était comme toujours stupéfiante, ce qui était d'autant plus remarquable que, la veille au soir, Peto, le moine d'Hubal, s'était fait décapiter en pleine réception. En outre, Dante avait abattu Robert Swann d'une balle dans la tête au pied du majestueux bâtiment sans oublier que Kacy avait tiré en pleine figure de l'agent Roxanne Valdez dans l'un des couloirs de l'hôtel. Les lieux étaient pourtant immaculés : tout nouveau client aurait été incapable de deviner ce qui s'y était déroulé ces vingt-quatre dernières heures.

La réception était plus silencieuse que d'habitude, mais c'était le cas d'à peu près tout Santa Mondega, pour la simple raison que la population de la ville avait considérablement chuté au cours de la nuit.

Dante s'approcha du comptoir de la réception, suivi de près par Kacy. Il reconnut Benito, le réceptionniste. Benito portait le merdique costume rose dont Dante lui-même avait dû s'affubler lorsqu'il était employé de l'hôtel.

« Salut, Benny, dit Dante d'un ton avenant. J'ai perdu la clef de ma chambre, tu peux me passer un double ? »

Benito avait l'air assez content de le voir. Tous les deux s'étaient bien entendus, par le passé. « Le remplacement de la clef coûte vingt dollars, répondit-il d'un ton désolé.

— Pas de problème. Mets ça sur ma note.

— OK. »

Benito pianota brièvement sur le clavier de son ordinateur, puis sortit un passe du tiroir qui se trouvait à côté de sa jambe droite. Il le fit glisser sur le comptoir en direction de Dante.

« Essaie de ne pas perdre celui-ci, dit-il. La prochaine fois, ça te coûtera trente dollars.

— Merci. »

Lorsque Dante se retourna, Kacy se dirigeait déjà vers l'escalier.

« Tu ne veux pas prendre l'ascenseur ? lui lança-t-il.

— Non. Tu veux, toi ? »

Il réfléchit un instant à sa réponse. Les ascenseurs de Santa Mondega n'amenaient que des emmerdes. « Non, dit-il enfin. Je te suis. »

Tout en gravissant les marches, et en admirant le cul de Kacy durant la majeure partie de l'ascension, Dante se demanda ce qu'ils trouveraient dans leur chambre. Serait-elle dans le même état que lorsqu'ils l'avaient quittée ? Les flics l'avaient-ils fouillée en enquêtant sur les morts de Robert Swann et Roxanne Valdez ? Du reste, y avait-il encore assez de flics dans la ville pour mener l'enquête ? Les factures étaient toutes au nom de Dante : en principe, rien ne justifiait une quelconque fouille de leur chambre. En entrant, Dante constata avec plaisir que rien n'avait changé, à l'exception des lits, que l'une des femmes de chambre avait faits.

« Prends uniquement le strict nécessaire », dit-il à Kacy, sachant pertinemment qu'il lui serait très difficile de se séparer d'une trop grande partie de sa garde-robe.

Tout naturellement, elle l'ignora et se mit à remplir de fringues une imposante valise. Elle avait posé celle-ci sur le lit et plongeait les mains dans les tiroirs de la commode. Manifestement, elle comptait tout emporter. De son côté, Dante se contenta de jeter deux caleçons, deux jeans et quelques T-shirts dans une valise beaucoup plus petite.

« Rappelle-toi, pas la peine de prendre tout ce qui est en laine, fit-il remarquer alors que Kacy sortait un pull marron de l'un des tiroirs. On ne craint plus le froid. »

Kacy hésita un instant, puis plia le pull et le déposa dans sa valise. « Si on redevient humains, on aura besoin de fringues chaudes, dit-elle. Avec la température qu'il fait et toute cette neige qui tombe. »

Merde ! Bien vu. Dante se rapprocha d'une autre commode et se mit à fouiller dans ses vêtements les plus chauds. « Tu sais, Kace, dit-il, des fois, je me dis que tu es encore plus futée que moi.

— *Des fois ?*

— Ouais. Genre, maintenant.

— Tu rigoles ? Tu pourrais même pas faire tes putains de lacets sans moi !

— Je porte jamais de lacets.

— On se demande pourquoi.

— OK. Alors si tu es si maligne, comment ça se fait que ce soit moi qui doive trouver un plan pour récupérer l'Œil de la Lune qui se trouve dans la tête de ce mec ?

— Parce que c'est toi qui nous as mis dans cette merde !

— Et donc ? »

Kacy poussa un soupir sonore. « Peut-être que Vanité aura une idée.

— On ne peut pas lui demander de nous aider.

— Toi non, mais moi oui.

— Comment ?

— Je pourrais faire usage de mon charme.

— Faire usage de ton charme ? Et je peux savoir comment ? demanda Dante d'un ton qui trahissait sa jalousie.

— Mais non, pas comme ça. Écoute, il doit savoir deux ou trois trucs au sujet de Gaïus. Peut-être qu'en jouant un peu la cruche j'arriverai à lui sortir les vers du nez. Et apprendre quelque chose d'utile.

— Quelque chose d'utile ? Comme quoi ?

— Je sais pas, peut-être que Gaïus a un chien et qu'il le promène tout seul.

— Un chien ?

— C'est juste un exemple. La seule chance qu'on ait de voler l'Œil, c'est de tomber sur Gaïus à un moment où il sera seul ou, encore mieux, en train de dormir. »

Dante eut un petit sourire sarcastique. « C'est tout nul, comme plan.

— Je t'emmerde, dit Kacy en lui jetant par jeu une paire de chaussettes roulée en boule. J'essaie juste d'envisager des scénarios possibles.

— Je sais, ma puce. C'était juste pour te taquiner. »

Il referma sa valise, heureux de sa sélection éclair. Du coin de l'œil, il aperçut quelque chose dans l'un des tiroirs ouverts qui contenaient les habits de feu

Robert Swann. Il s'agissait d'un flacon rempli d'un liquide transparent et d'une seringue. Il reconnut aussitôt ces objets. Le flacon contenait le sérum qui, en abaissant sa température corporelle, lui avait permis de se mêler incognito aux vampires, avant d'en devenir un lui-même. Et c'était avec cette seringue qu'on le lui avait injecté.

« Je ferais bien d'emporter ça, dit-il en agitant flacon et seringue à l'intention de Kacy.

— Pourquoi ça ?

— Parce que… parce que c'est un truc super rare. Et si ça se trouve, on en aura besoin. »

Le visage de Kacy s'allongea. « Je ne vois absolument aucune raison qui pourrait nous pousser à nous en servir.

— Eh ben, moi non plus pour l'instant, mais tout peut arriver.

— Vraiment ? dit Kacy d'un ton sardonique.

— Oui, bien sûr.

— Alors donne-moi une seule raison qui pourrait te pousser à te servir de ce sérum. Vas-y, rien qu'une. »

Dante se gratta le menton, perdu dans ses pensées, ce qui lui arrivait excessivement rarement. Il finit par répondre d'un ton prudent : « Si on arrivait à récupérer l'Œil et qu'on redevenait humains… on aurait alors besoin du sérum pour échapper aux vampires de cette ville, non ? »

Kacy fit semblant d'être estomaquée. « Oh mon Dieu. Tu viens de dire quelque chose d'intelligent. »

Dante fronça les sourcils. « C'est vrai, en plus.

— Partons d'ici tout de suite. C'est sûrement le signe que d'autres miracles vont se produire ! »

Dante fourra la seringue dans son gilet et glissa le

flacon dans une des poches de son jean. « Tu as tout ce qu'il te faut ? » demanda-t-il en soulevant sa valise.

Kacy regarda une dernière fois autour d'elle avant de fermer sa valise. La chambre était plutôt bien rangée et rien n'indiquait le moindre crime ou délit. Le seul problème potentiel était la présence d'habits ayant appartenu à Robert Swann, mais cela ne constituait pas un véritable motif d'inquiétude.

Ils descendirent l'escalier. En arrivant au rez-de-chaussée, Kacy se plaignit du poids de sa valise.

« Tu peux la porter ? geignit-elle alors qu'ils traversaient la réception.

— Tu te fous de moi ? On a au moins trois putains de kilomètres de marche jusqu'au Marécage.

— Oh ! mon Dieu. Je vais pas pouvoir faire tout ce chemin chargée comme ça.

— OK, OK. J'ai qu'à prendre une caisse sur le parking. Ça nous fera économiser du temps et de l'énergie.

— Tout à fait d'accord, répondit Kacy. Je sais pas pour toi, mais je me sens assez faible. Je refuserais pas de boire un autre petit coup, si tu vois ce que je veux dire. »

Dante voyait exactement ce qu'elle voulait dire. Lui aussi éprouvait à nouveau une soif insoutenable. C'était donc ça, être un vampire ? N'être constamment guidé que par le désir de boire du sang humain ?

« J'ai soif comme jamais », dit-il en se dirigeant vers le parking qui se trouvait derrière l'hôtel.

Lorsqu'ils furent arrivés là-bas, Dante considéra les véhicules disponibles. Le parking était assez plein. Il devait bien y avoir dix rangées de vingt voitures chacune.

« Tu en vois une qui te plaît en particulier ? demanda-t-il.

— C'est une blague ? Elles sont toutes recouvertes de neige. Elles se ressemblent toutes.

— D'accord. Dans ce cas, c'est moi qui choisis. »

Il trouva très vite celle qui lui convenait. « Attends-moi ici et fais le guet, des fois que des flics se pointent, dit-il à Kacy. Je reviens tout de suite avec une bagnole. » Il posa la valise aux pieds de Kacy et disparut aussitôt dans les rangées d'automobiles.

Kacy savait que Dante n'avait pas son pareil pour voler des voitures. Il était peut-être stupide, et exempt de certaines qualités élémentaires telles que la discrétion, mais il était capable de forcer la portière d'une voiture et de la faire démarrer avec les câbles en moins de trente secondes. Quelques instants plus tard en effet, elle vit une voiture se détacher d'une rangée et se diriger vers elle. Elle se claqua le front avec la paume de sa main en apercevant Dante au volant, tout souriant.

Il avait choisi un véhicule de police.

La voiture roula dans des crissements de neige, et s'arrêta à sa hauteur. Dante abaissa sa vitre.

« Mets les valises dans le coffre et presse-toi de monter », dit-il avant de refermer sa vitre. Il fit retentir la sirène par erreur, un court instant.

Sachant que le temps lui manquait pour discuter ou souligner la stupidité de son choix, Kacy s'exécuta. En un rien de temps, ils quittèrent le parking de l'hôtel pour s'engager dans les rues verglacées de la ville.

« Tu n'aurais pas pu trouver quelque chose de plus discret ? demanda-t-elle enfin.

— J'ai toujours rêvé de conduire une bagnole de flic. »

Alors qu'ils prenaient l'avenue qui menait au Marécage, l'émetteur-récepteur grésilla et une voix se fit entendre.

« Ici l'inspecteur Sanchez Garcia. Demande renforts. Je suis au quatrième étage de l'immeuble Remington, sur la 54e. J'ai des corps non identifiés. Et il y a du sang partout. Je crois que les meurtres viennent d'être commis et que l'assassin est peut-être toujours dans le coin. Je suis tout seul. Merci de m'envoyer des renforts au plus vite, sans quoi je me casse d'ici. » Il y eut une courte pause, et il ajouta : « J'ai des donuts. »

Dante et Kacy échangèrent un bref regard.

Kacy exprima la première ce qui obnubilait leurs esprits : « Il vient de dire qu'il y avait du sang partout. Du sang frais. Tu penses à ce que je pense ? »

Dante acquiesça. « Ouais. Du sang frais sans avoir à tuer qui que ce soit.

— L'immeuble Remington est à quelques pâtés de maisons d'ici », dit Kacy.

Dante écrasa l'accélérateur. « On y est dans deux minutes », dit-il.

20

La mare de sang s'élargissait à vue d'œil sur le parquet, se répandant doucement jusqu'aux pieds de Sanchez. Par-dessus son épaule, celui-ci jeta un coup d'œil au cadavre à la crête rose. Sa gorge béait, et le sang s'écoulait de la large plaie, imbibant son T-shirt. Malgré tout, ce pauvre type semblait s'en être mieux tiré que la femme qui gisait face à la porte, dans l'appartement 406. Selon Sanchez, elle devait avoir une petite trentaine d'années, mais son visage était dans un tel état que toute certitude à ce sujet était impossible. Ses yeux avaient été arrachés et toute sa face était recouverte de sang coagulé. En plus, elle a un gros menton, pensa Sanchez, sans le moindre rapport avec la tragédie. Le sang coulait également sur ledit menton, pour la simple et bonne raison que la langue de la victime avait été elle aussi arrachée. Un rapide coup d'œil dans la pièce suffit à Sanchez pour constater qu'elle n'était pas la seule victime. Il y avait deux autres cadavres, dans un état similaire. Mais aucun signe de l'assassin. Aucun signe non plus de Jessica, au demeurant.

La chemise ensanglantée de la morte avait été arrachée et sa poitrine était lacérée de plaies profondes. En fait, Sanchez était même certain que l'un de ses mamelons reposait par terre, à ses pieds. Après une inspection plus attentive de la chemise en lambeaux, Sanchez distingua le logo de l'hôpital de Santa Mondega et le mot « ambulance » brodé en vert sur la poche de poitrine droite. Grâce à ses tout nouveaux talents d'enquêteur, Sanchez en déduisit que ces cadavres étaient ceux de l'équipe d'ambulanciers dépêchés sur les lieux.

Les deux autres corps présents dans l'appartement étaient eux aussi dans un sale état. L'un d'eux était à quatre pattes, la tête enfoncée dans un écran de télévision. L'autre, un ambulancier noir, gisait sur le dos, les bras en croix, fixant le plafond. Façon de parler, car il n'avait plus d'yeux. Quelqu'un les lui avait arrachés : ses orbites n'étaient plus que deux trous béants. Son uniforme blanc était tout aussi maculé de sang que celui de la femme que Sanchez était en train d'enjamber.

Sans surprise, il régnait une puanteur épouvantable. Sanchez était convaincu qu'au moins une de ces trois personnes s'était chiée dessus. Il avait une furieuse envie de trouver une bombe de désodorisant d'intérieur pour en asperger tout l'appartement. Autre détail notable, il faisait aussi froid qu'à l'extérieur.

Sanchez en comprit la raison lorsqu'une brusque rafale de vent souleva les rideaux.

« Qui peut être assez con pour laisser sa fenêtre ouverte par un temps pareil ? » se demanda-t-il à voix haute en serrant un peu plus fort son tonfa dans sa main.

C'est alors que, derrière le sofa, il aperçut deux autres cadavres. Il s'agissait de deux hommes vêtus d'uniformes bleus de la police.

Putain, c'est pas possible.

Aucun des corps ne présentait d'impacts de balle. Tout cela lui rappelait le brutal assassinat de son frère Thomas et de la femme de celui-ci, Audrey. Sanchez les avait retrouvés dans le même état un an auparavant. Ces deux flics étaient recouverts de sang, leurs yeux avaient disparu, ainsi que leurs langues. Qu'est-ce qui avait bien pu se passer ici ? Il se pencha au-dessus du policier le plus proche afin de mieux l'examiner. Il s'agissait d'un amateur de donuts en surpoids, aux cheveux grisonnants, apparemment âgé d'une quarantaine d'années. Le holster qu'il portait sous l'aisselle contenait un revolver. Sanchez glissa ses doigts autour de la crosse, en tâchant de ne pas se mettre du sang sur les mains, et l'examina. La poignée ne présentant aucune trace de sang, il la saisit fermement dans sa main droite. Si l'assassin rôdait dans les parages, il devait être prêt à pointer cette arme et donner l'impression qu'il n'hésiterait pas à s'en servir. Son expérience des armes à feu se résumait à une série de fiascos, mais mieux valait avoir un revolver et ne pas l'utiliser que de ne pas en avoir du tout.

En quête d'autres objets potentiellement utiles, Sanchez remarqua que le flic portait à la ceinture un émetteur-récepteur. Depuis son enfance, il avait toujours rêvé d'avoir une CB. Comme le capitaine Harker ne lui en avait pas fourni, et comme ce policier mort n'en aurait plus besoin, il lui parut tout à fait logique de l'en soulager. Sanchez se saisit de la radio et la fixa à sa ceinture, à côté de son tonfa. Puis il reprit le cours de son examen des lieux du crime.

« Jessica ? appela-t-il d'un ton hésitant. Jessica ? T'es là ? Hé ? Y a quelqu'un ? »

Il n'eut pour réponse qu'une nouvelle bouffée de vent dans les rideaux couleur crème. Sur sa droite se trouvait un coin cuisine, avec une porte au fond, ouverte sur un étroit couloir, au bout duquel il distingua une porte fermée. Revolver au poing, Sanchez se décida à aller au bout de sa mission. Il y avait peut-être d'autres corps derrière cette porte ou, pire encore, l'assassin pouvait se cacher dans cette autre pièce. Sachant qu'il y avait également une chance pour que Jessica s'y trouve, cela valait la peine de jeter un œil. Et puis où était Beth Lansbury ? Peut-être était-ce elle qui avait tué tout le monde ? Après tout, elle était schizo. Et c'était son appartement.

En s'avançant dans le couloir, Sanchez remarqua une autre porte, sur sa gauche. Une salle de bains, peut-être ? Il posa sa main libre sur la poignée et la tourna lentement en pointant son revolver. La porte s'ouvrit dans un grincement. La première chose qu'il vit fut une cuvette de W-C blanche. Mettant à profit ses nouvelles facultés de déduction, il en conclut qu'il s'agissait effectivement d'une salle de bain. Et elle était exempte de toute trace de violence, pas même la moindre marque marron au fond de la cuvette. En regardant derrière la porte, il constata avec joie que personne ne s'y cachait.

Il fit un pas dans le couloir, et se dirigea sur la pointe des pieds vers la porte qui se trouvait au fond. Son cœur battait à cent à l'heure. Sa respiration était beaucoup trop bruyante à son goût. Redoutant ce qu'il trouverait derrière le battant, Sanchez inspira à bloc et tourna la poignée. Il ouvrit la porte d'un coup et fit un bond en arrière, braquant son revolver devant lui, au cas où. Aucun son ne sortit de la pièce. De là où il se tenait, il ne pouvait voir qu'un mur bleu face à lui et, sur la gauche, les pieds d'un lit. Il s'avança prudemment et passa la tête à travers le seuil. Il n'y avait rien d'intéressant dans la chambre, rien qu'un lit fait à la perfection, une commode et une petite garde-robe. La pièce avait été totalement épargnée par le carnage qui avait dévasté la salle principale. En poussant un soupir de soulagement, Sanchez coinça son revolver derrière son pantalon et sortit de la chambre en refermant la porte derrière lui.

Manifestement, l'assassin avait pris la fuite, sans doute en voyant Sanchez arriver : celui-ci était donc seul dans l'appartement. Il se dit que le moment était idéal pour réclamer des renforts. Il saisit la CB qu'il avait accrochée à sa ceinture et se brancha sur la fréquence de la police.

« Ici l'inspecteur Sanchez Garcia. Demande renforts. Je suis au quatrième étage de l'immeuble Remington, sur la 54e. J'ai des corps non identifiés. Et il y a du sang partout. Je crois que les meurtres viennent d'être commis et que l'assassin est peut-être toujours dans le coin. Je suis tout seul. Merci de m'envoyer des renforts au plus vite, sans quoi je me casse d'ici. » En se faisant la réflexion que personne ne viendrait sans une bonne raison, il ajouta : « J'ai des donuts. »

À présent que les effets de l'adrénaline sécrétée durant la fouille de l'appartement se dissipaient, Sanchez avait une terrible envie de pisser.

Il alla tout droit dans la salle de bain, releva la lunette des W-C et ouvrit sa braguette. Il n'y avait rien de tel pour relâcher un peu la pression que de se soulager d'une cuvée spéciale. Tout en entendant la pisse s'écouler dans l'eau de la cuvette, Sanchez se demanda ce qu'il était advenu de Jessica. Sans doute s'était-elle échappée par la fenêtre ouverte du salon ? Possible. C'était une jeune femme pleine de ressources. Elle était peut-être accrochée au rebord extérieur de la fenêtre, attendant désespérément que Sanchez vienne la secourir. Ça valait le coup de vérifier.

Il finit de pisser et referma sa braguette. En se penchant pour tirer la chasse, le revolver qu'il avait coincé derrière son pantalon glissa. Pour être tout à fait précis, quelqu'un le retira.

Oh oh.

Sanchez entendit un déclic. Le quelqu'un en question venait d'abaisser le cran de sécurité du revolver.

Et merde.

L'eau se déversa très bruyamment dans la cuvette et Sanchez se retourna lentement. Face à lui, braquant le revolver vers son visage, se tenait un homme qu'il reconnut immédiatement. L'homme était habillé simplement, jean, T-shirt blanc et cuir noir. Ce n'était pas le genre de vêtements qu'il avait l'habitude d'enfiler, mais son identité ne faisait aucun doute. C'était bel et bien le Bourbon Kid.

Sanchez leva les mains en signe de soumission. Comme à son habitude, le Kid semblait d'une humeur littéralement massacrante, et Sanchez pria intérieurement pour sortir indemne de cette énième confrontation, comme à chaque fois qu'il avait croisé le chemin du plus gros tueur en série de Santa Mondega. Sanchez se demanda tout d'un coup si le Kid habitait ici. Si c'était le cas, il fallait espérer qu'il ne remarque pas la grosse goutte de pisse par terre, à l'endroit précis où il avait brièvement manqué la cuvette. Une simple pression sur la détente du revolver pointé droit sur son visage et Sanchez ne serait plus de ce monde.

Ce fut le Kid qui brisa le silence : « Où est Beth ? Qu'est-ce qui s'est passé ici, bordel ? » Il toisa Sanchez et ajouta : « Et qu'est-ce que tu fous dans ce déguisement de Village People ? »

Sanchez fut quelque peu décontenancé par toutes ces questions. Il semblait évident que le Kid savait encore mieux que lui ce qui s'était passé dans cet appartement. Après tout, c'était forcément lui, le responsable de cette boucherie, non ?

« Pourquoi tu me demandes ça ? rétorqua Sanchez. Enfin quoi, c'est bien toi qui as tué tous ces gens, pas vrai ? Et Jessica aussi, non ? Qu'est-ce que tu lui as fait ? »

À son tour, le Kid parut perplexe. « Quoi ?

— Jessica. Elle est où ? Elle est arrivée ici avant moi, et quand je suis entré, elle s'était volatilisée. Il ne restait plus que tous ces cadavres. Qu'est-ce que tu as fait d'elle ? Et pourquoi est-ce que tu t'entêtes à vouloir la tuer ? »

Le Kid abaissa son revolver. « Jessica est venue ici ? demanda-t-il.

— Ouais. Tu l'as pas vue ?

— Je l'ai tuée durant l'éclipse de l'année dernière. Elle est morte.

— Pas du tout. Je l'ai recueillie et je me suis occupé d'elle. Elle va très bien, maintenant. En tout cas, elle allait très bien. Je l'ai pas retrouvée ici. Elle a forcément dû aller quelque part. »

Le Kid releva son revolver, braquant le canon sur le bout du nez de Sanchez : « Où est Beth, putain de merde ?

— Beth la Schizo ?

— De quoi ?

— Beth Lansbury.

— Ouais, Beth Lansbury. Où est-elle ? »

Sanchez haussa les épaules. « J'en sais rien. Elle n'était plus là quand je suis arrivé. »

Le Kid abaissa à nouveau son arme, sortit de la salle de bains et se dirigea vers la chambre, au bout du couloir.

« Il n'y a rien, là-bas, lança Sanchez. Je viens de vérifier. »

Il entendit le Kid ouvrir la porte de la chambre afin de s'en assurer. Sanchez baissa les bras et se retourna vers la porte. Il passa la tête à travers le seuil afin de voir ce que fabriquait le Kid. Une seconde plus tard, celui-ci réapparut à l'entrée de la chambre : furieux, il se dirigea droit vers Sanchez. Celui-ci se replia dans la salle de bains et le Kid passa en trombe devant lui, en direction du salon. Fort heureusement, le meurtre de Sanchez ne semblait pas être une de ses priorités. Et apparemment, le Kid ignorait complètement ce qui était arrivé à Jessica. Sanchez se dit qu'elle avait dû voir arriver le Kid et s'était échappée par la fenêtre.

À pas de velours, il se dirigea lui aussi vers le salon, en veillant bien à ne faire aucun geste brusque. Le Bourbon Kid se tenait face à la fenêtre et contemplait les rues enneigées en contrebas. Il se retourna et planta son regard sur Sanchez.

« C'est toi qui as ouvert cette fenêtre ? demanda-t-il.

— Non, répondit Sanchez en levant à nouveau les bras. Elle était déjà ouverte quand je suis arrivé. Tu vois quelque chose, dehors ?

— Des traces de pas dans la neige. Rien d'autre.

— J'ai l'impression que Jessica t'a encore échappé. »

Le Kid hocha la tête. « Et cette fois, elle a emporté Beth.

— Elles se sont enfuies toutes les deux, tu crois ? »

Le Kid pointa du doigt les corps qui jonchaient le sol. « À ton avis, qui a tué tous ces abrutis ? » rétorqua-t-il.

Sanchez craignait qu'il s'agisse d'une question piège. « Ben… toi ? répondit-il timidement.

— Y a décidément aucune limite à ta connerie. C'est Jessica qui les a tous tués.

— C'est ridicule.

— Non.

— D'accord. »

Le Kid jeta à nouveau un coup d'œil par la fenêtre et enfonça sa main dans l'une des poches de son jean. Il en sortit un téléphone portable sur lequel il composa un numéro. C'était exactement l'occasion qu'attendait Sanchez. Il n'avait pas fouillé le deuxième flic mort : peut-être était-il lui aussi armé. Profitant du fait que le Kid avait le dos tourné, Sanchez s'approcha discrètement du cadavre et se pencha dans le but de sortir l'arme du flic de son holster, en tâchant de ne pas attirer l'attention du Kid.

Un coup de tonnerre d'une puissance considérable retentit dehors, le faisant violemment sursauter. La foudre éclaira un bref instant le petit salon, et l'escalier de service en métal fut bombardé de grêlons. Impassible, le Kid regardait toujours par la fenêtre, son téléphone vissé à l'oreille.

Sanchez tira doucement la crosse du revolver du deuxième flic et parvint à récupérer l'arme. C'était l'occasion ou jamais. Son cœur battait à tout rompre et ses mains tremblaient. Allait-il vraiment le faire ?

Allait-il vraiment tirer dans le dos du Bourbon Kid ? Et sauver Jessica de son courroux, une bonne fois pour toutes ? Il inspira profondément et releva le revolver pour le pointer en direction de la nuque du Kid. Avant qu'il ait pu appuyer sur la détente, il entendit un bip sonore derrière lui.

Le Kid se retourna pour voir d'où provenait le son. Ignorant Sanchez, il passa devant lui en trois enjambées. Par terre, à côté du sofa, se trouvait un portable. Le Kid le ramassa. Manifestement, il ne s'était pas encore rendu compte que Sanchez était armé. Le barman, policier suppléant rondelet, braqua à nouveau le canon de son revolver vers la nuque du Kid et s'apprêta à ouvrir le feu. De son côté, le Kid lisait un SMS. Quel que fût le contenu du message, il le mit dans une colère noire. Le Kid jeta à travers la pièce le téléphone qui explosa contre le mur. Sans même regarder Sanchez, il lui lança : « Lâche ce flingue, espèce de gros tas de merde. »

Sanchez abaissa le revolver, sans pour autant le lâcher. « Il est à qui, ce téléphone ? demanda-t-il au Kid.

— À Beth. Ils l'ont eue. Ils l'ont l'eue, putain. »

Il se retourna pour faire face à Sanchez, et son expression révéla son désespoir. « La prochaine fois que tu soignes quelqu'un, vérifie avant que c'est pas un vampire, espèce de gros con.

— Hein ?

— Donne-moi le flingue. »

Sanchez le lui tendit. Le Kid lui arracha l'arme et vérifia qu'elle était chargée, chose que Sanchez n'avait pas faite. Après s'être assuré que le barillet était plein, il reposa les yeux sur le policier. « Où habite Jessica ? » demanda-t-il.

Sanchez haussa les épaules. « J'en sais rien. »

Le Kid braqua le revolver sur sa tête.

« Elle habite Cinnamon Street.

— Dernière chance.

— Casa de Ville. Elle a dit qu'elle vivait à la Casa de Ville. »

Le Kid abaissa son revolver et poussa Sanchez, qui percuta violemment le mur. Puis il se dirigea droit vers la fenêtre et se mit à enjamber l'encadrement.

« Où est-ce que tu vas ? demanda Sanchez.

— À ton avis ? »

Le Kid franchit la fenêtre et disparut. Sanchez poussa un soupir de soulagement tout en considérant les cadavres qui l'entouraient. Jamais Jessica n'aurait pu tuer tous ces gens. Et il était impossible qu'elle soit un vampire, comme le Kid l'avait sous-entendu. Des témoins avaient vu un homme tuer Silvinho : la seule explication logique, c'était que ce même homme était également responsable des autres meurtres. Et à présent, il s'apprêtait à tuer Jessica.

Sanchez devait à tout prix la prévenir du danger qu'elle courait. Et retrouver *Le Livre de la mort* pour le lui donner.

21

Lorsqu'il aperçut les gyrophares bleus de l'ambulance en bas de l'immeuble Remington, Dante tourna le volant pour s'engager dans une ruelle adjacente. Il gara la voiture de police à côté d'énormes bennes à ordures et coupa le contact.

« Pourquoi tu te gares ici ? demanda Kacy.

— Par souci de discrétion. »

Kacy fut abasourdie. Elle saisit la main de Dante. « Oh mon Dieu. Tu es comme Skynet.

— Comment ça ?

— Ta conscience de toi vient de s'éveiller.

— Qu'est-ce que tu racontes ?

— Tu viens d'apprendre par toi-même à être discret. Tu ne peux pas imaginer à quel point je suis fière de toi.

— T'es en train de te payer ma tronche, c'est ça ?

— Un petit peu. »

Il éloigna sa main de la sienne et sortit de voiture. Lorsque Kacy fit de même, il était déjà au bout de la rue. Kacy le rejoignit et regarda par-dessus son épaule.

Une foule de personnes se pressait au pied de l'immeuble Remington, tout autour d'une ambulance.

Mais il n'y avait aucun signe de la présence d'ambulanciers.

« Qu'est-ce que t'en dis ? demanda Kacy. Ça vaut le coup d'aller jeter un œil ? »

Dante ne répondit pas. Il regarda de l'autre côté de la rue. Kacy suivit la direction de son regard, mais ne remarqua rien d'anormal.

« Qu'est-ce qu'il y a ? » demanda-t-elle.

Dante sortit de l'ombre de la ruelle et pointa du doigt une voiture garée sur le trottoir d'en face. « C'est la voiture du Bourbon Kid, dit-il. Il est dans le coin.

— Ça expliquerait la présence de l'ambulance, nota Kacy. Il a sans doute tué quelqu'un.

— J'espère bien. S'il est redevenu comme avant et qu'il s'est remis à tuer des innocents, ça nous fera un allié de poids. Allons voir sa caisse. Je vais voir si je peux l'ouvrir. »

Kacy ne saisissait pas trop l'utilité d'une telle effraction, mais elle savait que Dante adorait voler des voitures, tout simplement. Celui-ci alla droit vers le véhicule noir et saisit la poignée de la portière du conducteur. Kacy suivit à quelque distance, vérifiant que personne ne les voyait, sachant pertinemment que Dante viendrait à bout de la serrure en l'espace de quelques secondes. Et c'est bien ce qui arriva. Il grimpa à bord et se pencha en direction de la portière passager, qu'il déverrouilla. Kacy l'ouvrit et s'assit à sa droite : il était déjà en train de manipuler les câbles de démarrage.

« Pourquoi est-ce que tu veux démarrer ? demanda-t-elle.

— Si on cache sa voiture, il lui sera impossible de sauter dedans et de partir sans nous.

— Il serait capable de faire une chose pareille ?

— On va dire que ses antécédents sont pas fameux.

— Et s'il arrive et qu'il te surprend ?

— Il le prendra pas mal. Je pense. »

Dehors, la neige tombait toujours aussi dru. Kacy se dit que si elle n'avait pas été un vampire, elle serait en ce moment complètement congelée. « Presse-toi un peu, tu veux ? lui lança-t-elle. Je n'ai pas envie qu'on se fasse attraper. »

Une seconde plus tard, le moteur se réveilla dans un ronronnement sonore. « Écoute un peu ça, dit Dante. C'est vraiment de la putain de caisse. »

Une silhouette se profila alors devant la vitre de Dante. La portière s'ouvrit d'un coup. Kacy eut tout juste le temps de hurler : « ATTENTION ! »

Dante tourna la tête pour voir qui venait d'ouvrir la portière. Avant qu'il ait pu prononcer un mot, une main puissante lui attrapa les cheveux et le tira hors du véhicule. Kacy bondit à l'extérieur. Elle contourna la voiture à toute vitesse et aperçut Dante étalé sur le dos, aux pieds de l'homme qui l'avait brutalement extirpé du véhicule.

Dante leva les yeux en direction de Kacy. « Ma puce, je te présente le Bourbon Kid. »

Le Kid ignora Kacy et saisit la main de Dante. « À quoi tu joues, putain ? Tu voulais me voler ma caisse ? lança-t-il en le relevant.

— On te cherchait, mec, répondit ce dernier en s'époussetant.

— Pourquoi ? Vous voulez quoi ? »

Le Kid recula d'un pas et dévisagea Dante et Kacy d'un regard dur. « Et depuis quand vous êtes des vampires, bordel ? ajouta-t-il.

— Depuis hier soir, répondit Dante. Juste après que tu m'as laissé tomber en te cassant.

— Qu'est-ce qu'il s'est passé ?

— J'ai été mordu par un putain de vampire. T'étais censé m'aider à sauver Kacy de ces enculés des Services secrets, tu te souviens ? »

Le Kid haussa les épaules. « Désolé, mec. J'avais d'autres trucs à faire.

— Ouais, bah maintenant, on est des putains de vampires. Et on le restera si on arrive pas à arracher l'Œil de la Lune à Ramsès Gaïus.

— Ramsès Gaïus ?

— Ouais, une sorte de momie. C'est lui qui mène la danse, maintenant. Il a projeté de faire main basse sur la ville et, après ça, sur le monde entier. Il est en train de lever une immense armée de créatures du mal.

— Comment tu sais tout ça ?

— On a tous été convoqués à la Casa de Ville, ce matin. C'est de là qu'il dirige les opérations.

— La Casa de Ville ?

— Ouais.

— Merde. Et y a toute une armée de vampires là-bas ?

— Ouais. Et ils sont en train de convaincre les loups-garous de les rejoindre. »

Le Kid avait l'air un peu secoué. « J'ai pas tué tous les vampires de cette putain de ville, hier soir ?

— Apparemment, non. Tu as décimé la plupart des Shades, des Sales Porcs et des Dreads, mais il y a encore un sacré tas de Pandas et de mecs de la Peste Noire dans les environs.

— Putain, je déteste les pandas. »

Kacy revint dans le vif du sujet : « Alors est-ce que

vous pouvez nous aider à arracher l'Œil de la Lune à Gaïus ? »

Le Kid fronça les sourcils. « Comment est-ce qu'une saloperie de momie a réussi à mettre la main sur l'Œil de la Lune ?

— Ils l'ont prise à Peto, répondit Dante.

— Le moine.

— Ouais.

— Et il est où, maintenant ?

— Ils lui ont coupé la tête.

— Tant mieux, dit le Kid. Ce moine n'était qu'un sale con, de toute façon. »

Kacy insista : « Vous pouvez nous aider, oui ou non ?

— J'ai des problèmes à régler de mon côté. Ma petite amie est soit morte, soit sur le point de mourir. Si elle est encore en vie, elle se trouve à la Casa de Ville. »

Il s'approcha de sa voiture avant d'ajouter : « Et d'après ce que vous venez de me dire, cet endroit est à présent une putain de forteresse. »

Dante fit un pas de côté pour laisser le Kid entrer dans sa voiture. « C'est vraiment chiant, hein, de se faire kidnapper sa copine ? fit-il remarquer.

— Faut croire. »

Le Kid passa derrière le volant et tendit le bras pour rabattre la portière. Dante la bloqua.

« Attends, dit-il. Tu veux pas qu'on t'aide à sauver ta copine ?

— Non. »

Kacy s'avança et se pencha vers le Kid. « Si on vous aide, vous pourriez peut-être nous aider à récupérer l'Œil de la Lune, non ? »

Le Kid leva les yeux dans leur direction, pesant le pour et le contre de cette proposition. Au bout d'un instant, il finit par répondre : « Vous n'arriverez pas à récupérer l'Œil de la Lune. Ce Gaïus ne vous laissera même pas vous en approcher.

— Alors dans ce cas, il faudra le tuer, dit Dante.

— Bon courage », répliqua le Kid en tirant sur la poignée de la portière.

À sa grande contrariété, Dante la retenait fermement. « Lâche cette putain de portière, mec !

— Essaie de la refermer », lança Dante d'un ton de défi.

Le Kid tira de toutes ses forces. En vain. Dante était à présent bien plus fort que lui et le tenait en échec avec une facilité déconcertante.

« Tu vois, dit Dante. Tu as autant besoin de nous que nous de toi. T'es plus la menace que tu étais. Tu te rappelles, hier soir, quand tu t'es servi de l'Œil de la Lune pour redevenir un type normal ?

— Lâche cette portière.

— Je suis plus fort que toi. Et je parie que Kacy l'est aussi. Si tu veux récupérer ta copine, tu vas avoir besoin de notre aide. Et pour tuer Ramsès Gaïus, on va avoir besoin de la tienne. »

En entendant qu'il n'était plus que l'ombre de ce qu'il avait été, le Kid parut assez irrité. Il finit cependant par se faire à l'idée que Dante ne le laisserait pas partir. « Montez », dit-il.

Kacy n'attendit pas qu'il réitère son invitation. Elle fit le tour de la voiture pour passer du côté passager : « *Shotgun !* C'est moi qui me mets devant ! » cria-t-elle.

Le Kid se retourna brièvement vers Dante : « Plutôt vive, ta nana, hein ? »

Kacy se tint patiemment de côté, les cheveux recouverts de neige, attendant que Dante monte à l'arrière avant de s'installer à côté du Kid.

Ce dernier démarra et lança sa voiture au beau milieu de la chaussée verglacée. La neige, agrémentée de quelques grêlons, s'écrasait lourdement sur le pare-brise, rendant la visibilité quasiment nulle. Kacy décida en un rien de temps de mettre sa ceinture de sécurité.

Ils roulaient depuis déjà quelques minutes lorsqu'elle se permit une observation polie : « On prendrait pas la direction opposée à la Casa de Ville ?

— Si. Faut d'abord qu'on passe par un bar.

— Pourquoi ?

— J'ai besoin de boire un verre. »

22

Le métier de policier commençait à s'avérer assez fatigant. Sanchez venait de passer une heure dans l'appartement de Beth Lansbury à expliquer à un collègue ce qui, selon lui, s'était passé. Une équipe de la chaîne d'infos locale était également arrivée afin de couvrir l'événement. Sanchez s'était plié à une courte interview, au cours de laquelle il leur avait expliqué comment le Bourbon Kid avait tué tous ces gens et s'était enfui, pris de peur, en le voyant débouler sur les lieux du crime. Tout le monde avait l'air particulièrement impressionné et Sanchez avait hâte d'être érigé en héros lors du journal télévisé du soir. Il était grand temps que son statut de bienfaiteur local soit reconnu à sa juste valeur.

Il arriva en début de soirée au commissariat et trouva Flake seule à la réception. Assise à son bureau, elle lisait un livre. Elle ne remarqua tout d'abord pas sa présence et ne releva les yeux que lorsqu'il fut près d'elle.

« Hé, Sanchez ! Comment ça s'est passé ? » demanda-t-elle.

Il retira son Stetson et essuya les quelques flocons qui fondaient sur son front. Il avait beau faire assez sombre dans la réception, il garda ses lunettes de soleil, parce que, eh bien, parce que ça lui donnait un air cool. Il s'éventa un court instant avec son chapeau et s'humecta les lèvres afin de faire durer un peu le suspense. Étant convaincu que Flake désespérait d'entendre le récit de ses aventures, il commença à raconter son après-midi riche en rebondissements. « Eh bien, j'ai perdu Jessica, je suis tombé sur le Bourbon Kid et j'ai vu un sacré tas de cadavres. La routine, quoi. »

Flake parut étonnée. « Tu es sérieux ? Qui est mort ? Et qu'est-ce qu'il s'est passé avec le Bourbon Kid ? »

Sanchez posa ses larges fesses sur le bord du bureau. « En plus du mec à la crête rose, l'équipe d'ambulanciers et deux flics y sont passés.

— Oh ! mon Dieu. C'est vrai ?

— Ouais. J'ai dû rameuter une autre équipe paramédicale. Et puis j'ai été obligé de répondre aux questions des journalistes, tu vois un peu le tableau. Ils me prennent pour un héros, ces cons.

— Waouh. Alors tu vas passer au journal de ce soir ? »

Sanchez haussa les épaules. « Peut-être.

— Cool. J'espère que tu te souviens de tous les détails. Il faut que tu remettes ton rapport au capitaine.

— Tu crois ?

— C'est le protocole, non ?

— Un type de l'équipe scientifique a fini par arriver sur place et je l'ai laissé là-bas pour mettre de l'ordre dans tout ce bordel. Il se chargera sans doute du rapport. J'en ferai un si le capitaine Harker me le demande mais, franchement, l'affaire est simplissime. Le Bourbon Kid a tué tout le monde et s'est cassé quand je suis arrivé. Je crois que je lui ai fait peur.

— Waouh, lâcha à nouveau Flake. Ça te fait une sacrée journée, tout ça !

— Bah. C'est un peu mon quotidien », répliqua Sanchez d'un ton nonchalant.

Flake glissa un marque-page en cuir noir dans le livre qu'elle lisait et referma celui-ci afin de se concentrer exclusivement sur Sanchez. « Et qu'est-ce qui est arrivé à Jessica ? Comment l'as-tu perdue de vue ?

— Elle m'a précédé sur les lieux du crime. Elle a dû voir le Kid et s'enfuir, de peur qu'il essaie de la tuer, une fois de plus.

— Tu crois qu'elle s'en est tirée ?

— Elle est sans doute retournée chez elle, à la Casa de Ville.

— Tu ne comptes quand même pas y aller ce soir, dis-moi ? Avec le Bourbon Kid lâché dans la nature, et tous ces vampires en ville… »

Sanchez hocha la tête. « Non, pas ce soir. Je vais d'abord retrouver *Le Livre de la mort*. Ça lui fera sûrement plaisir si je me pointe demain avec le bouquin qu'elle recherche. »

Flake affichait une mine peu convaincue. « Tu crois que tu vas réussir à le retrouver ?

— Je l'avais ce matin. »

Flake éclata de rire. « T'es vraiment marrant.

— Non, je suis tout à fait sérieux. Je l'avais emprunté à la bibliothèque… »

Il marqua une pause, regardant autour de lui afin de s'assurer que personne n'était entré dans le commissariat, puis il ajouta : « … sans enregistrer mon prêt. »

Flake écarquilla les yeux : « Alors, c'est toi qui l'as volé !

— Chuuut, dit Sanchez en regardant à nouveau alentour. Je l'ai passé ce matin à Rick afin qu'il le remette à sa place, juste avant que tu prépares mon petit déjeuner.

— Pourquoi est-ce que tu l'as donné à Rick ?

— À ton avis ? Pour échapper à la colère de cette salope d'Ulrika.

— Ah ! Bien sûr. »

Flake inspira profondément, et serra les mâchoires, dubitative. « À ta place, j'aurais peur qu'on me sache en possession du *Livre de la mort*, l'avertit-elle.

— Comment ça ? »

Elle tapota la couverture de l'épais ouvrage dont la lecture l'avait tant captivée. « J'ai lu ce bouquin durant la journée, dit-elle. Et un passage traite d'un livre intitulé *Le Livre de la mort*.

— C'est vrai ? Et qu'est-ce qu'il raconte ? »

Elle rouvrit le livre et se mit à le feuilleter. « Le passage raconte que l'ouvrage date de l'Égypte ancienne et qu'il servait à enregistrer les noms des morts, répondit-elle, peinant à retrouver la page qui l'intéressait tout particulièrement. Il mentionne également l'existence d'un homme qui régna sur l'Égypte, un homme versé dans les arts de la magie noire. Apparemment, il aurait trouvé un moyen de consigner les noms des morts dans cet ouvrage *avant* qu'ils ne meurent. »

Sanchez glissa du bureau pour se placer à côté de Flake et jeter un coup d'œil au livre par-dessus l'épaule de celle-ci. « Comment est-ce qu'il a pu faire ça ? » demanda-t-il.

Flake trouva enfin le passage qu'elle recherchait. « Regarde, c'est ici, dit-elle en posant un index sur la page de gauche. Il est dit qu'il avait l'habitude d'écrire le nom de ses ennemis dans *Le Livre de la mort*. Ceux-là se trouvaient alors condamnés à mourir à la date spécifiée dans le livre. »

Sanchez se gratta le menton en réfléchissant à ce que Flake venait de dire. « *Le Livre de la mort* que j'ai passé à Rick était rempli de noms, et il y avait bien une date en haut de chaque page, mais elles étaient toutes en chiffres romains, ou un truc du genre. Impossible de les déchiffrer. »

Flake hocha la tête. « Tu ne penses pas qu'il vaudrait mieux détruire ce livre ?

— J'en sais rien », répondit Sanchez.

Il désigna le livre qu'elle tenait à la main. « Et c'est lequel, celui-ci ?

— Celui avec lequel j'ai tué la bibliothécaire.

— C'est quoi, son titre, déjà ?

— Il n'a pas de nom. »

Sanchez se recula subitement. « Oh, putain ! T'es en train de lire *Le Livre sans nom* ?

— Ben, ouais.

— Et merde ! Pourquoi tu m'as pas dit plus tôt que c'était *Le Livre sans nom* ?

— À quoi bon ? Quelle importance ça a ?

— Les infos en ont parlé il y a un certain temps. Tous ceux qui le lisaient mouraient. Les flics ont jamais compris pourquoi. Hier, j'espérais en trouver un exemplaire à la bibliothèque et j'ai fini par prendre *Le Livre de la mort* à la place.

— J'ai dû en lire une centaine de pages jusqu'à présent, dit Flake. Ça veut dire que je vais mourir ?

— Peut-être bien. J'en sais rien.

— C'est bizarre, non ?

— Quoi ?

— Deux livres qui apparemment ont le pouvoir de provoquer la mort. »

Sanchez réfléchit quelques instants. « Ouais, effectivement, finit-il par concéder.

— À ton avis, quel est le pire des deux ? demanda Flake.

— Je trouve qu'il y en a pas un qui rachète l'autre. »

Flake grimaça. Elle avait vraiment l'air inquiète. « Moi, je crois qu'il vaut mieux avoir lu les cent premières pages du *Livre sans nom* que d'avoir son nom dans *Le Livre de la mort* », finit-elle par dire, comme pour s'en convaincre elle-même.

Sanchez enleva ses lunettes et les glissa dans sa poche de poitrine afin de mieux examiner *Le Livre sans nom*. « Tu as parlé de tout ça au capitaine Harker ? demanda-t-il.

— Non. Il est en pleine enquête sur un tueur en série qui ne s'attaque qu'aux enfants, je crois. Il a passé sa journée à en parler sur la chaîne d'infos.

— Un tueur d'enfants, hein ?

— Ouais, quelqu'un qui empoisonne des gamins et les vide de leur sang.

— Encore un putain de vampire, j'en mettrais ma main à couper. »

Flake acquiesça. « Ouais. Selon Harker, il aurait déjà fait une centaine de victimes, principalement des orphelins.

— Eh ben, une chance qu'on soit vieux, hein ? » lança Sanchez, soucieux de tirer quelque chose de positif de toutes ces nouvelles déprimantes.

« Quand même, c'est horrible, non ?

— Carrément. Qu'est-ce qui se passera le jour où il ne trouvera plus de gamins à tuer ? Peut-être qu'il se rabattra sur les adultes. Et là, on sera bien dans la merde. »

Flake fronça les sourcils. « J'espère bien qu'il s'en prendra à nous. Rappelle-toi qu'on est en possession d'un bouquin qui tue les vampires.

— Ah ouais, bien vu », dit Sanchez.

Il y avait des fois où Flake était sacrément futée, pour une serveuse. Il consulta sa montre. « La bibliothèque est fermée à cette heure-ci. Je passerai demain rendre un autre livre que j'ai emprunté hier. J'en profiterai pour chercher *Le Livre de la mort*.

— Je t'accompagnerai, proposa Flake.

— Pas la peine. Franchement.

— Tu pourrais te pointer au Olé Au Lait et on prendrait le petit déjeuner ensemble », suggéra Flake.

Sanchez remit son chapeau en réfléchissant à la proposition. Manifestement, Flake tenait à partager la récompense que Jessica offrait pour *Le Livre de la mort*. Il renfila ses lunettes de soleil afin de dissimuler la fourberie qui se lisait dans son regard.

« OK, parfait. Je te retrouve là-bas à neuf heures du matin, ça te va ?

— Génial ! » s'exclama-t-elle, rayonnante.

Elle baragouina encore deux ou trois trucs alors que Sanchez se dirigeait vers la sortie. Il n'avait aucune intention de passer prendre son petit déjeuner au Olé Au Lait. Sa priorité absolue, c'était de passer à la bibliothèque.

23

Cela faisait bien longtemps que Kacy n'avait pas mis les pieds au Tapioca. Les lieux n'avaient pas beaucoup changé. C'était toujours un bar merdique. Les murs étaient toujours du même jaune dégueulasse, ça puait le tabac froid et l'endroit avait beau ne pas être bondé, les quelques clients qui s'y trouvaient avaient de vraies têtes de criminels. La seule différence, c'était l'absence de gros barman.

Elle suivit Dante et le Bourbon Kid jusqu'au comptoir. La barmaid posa un verre à whisky, saisit une bouteille marron sale de Jim Beam et remplit le verre à ras bord.

Dante donna un petit coup de coude à Kacy. « Tu vas voir ce qui va se passer quand il l'aura bu cul sec. Tu vois les quatre mecs, là-bas, dans la table du coin ? Ils vont se faire massacrer. »

Kacy regarda en direction de la table et vit quatre raclures aux cheveux gras buvant leur bière à même le goulot. Elle croisa le regard de l'un d'entre eux et se retourna aussitôt. Le Kid venait de lâcher un billet de cinq dollars à l'intention de la serveuse.

« Gardez la monnaie », marmonna-t-il.

Alors qu'elle encaissait l'argent, il prit le verre de bourbon et, d'un regard dur, inspecta son contenu. Le verre n'était pas particulièrement propre et le bourbon ne semblait pas spécialement remarquable, mais il allait bel et bien le vider. Il porta le verre à ses lèvres, avala cul sec et le cogna violemment contre le comptoir.

Conformément à tout ce qu'elle avait entendu dire à son sujet, Kacy s'attendait à le voir se transformer en un schizo de trois mètres de haut brandissant un véritable arsenal. Ce qui arriva fut rien de moins que décevant. Le Kid se contenta de baisser les yeux sur son verre, plongé dans ses pensées.

Il finit par tourner la tête dans la direction du jeune couple. « Je sens rien, dit-il. J'ai perdu le truc. Au moment précis où je vous parle, je devrais être en train de regarder les quatre mecs de la table du coin et me demander comment je pourrais les tuer.

— Et alors ? demanda Dante.

— Et alors j'arrive pas à trouver une seule raison de le faire.

— Depuis quand tu as besoin d'une raison ?

— Voilà le problème. »

Kacy désigna une table proche de l'entrée. « Et si on allait s'asseoir là-bas pour discuter de ça ? » proposa-t-elle.

Tous trois allèrent s'asseoir à la table, sur des chaises en bois qui craquèrent sous leur poids.

« Qu'est-ce qui a changé ? demanda Kacy d'un ton compatissant.

— J'ai plus les mêmes sensations, répondit le Kid, en proie à la plus grande confusion. Après un verre, j'avais l'habitude de me prendre un bon gros shoot d'adrénaline. Vous voyez, ce genre de sensation qu'on éprouve quand on a envie de tuer tout le monde autour de soi ?

— Pas vraiment, non, dit Kacy.

— Bref. Après un verre de bourbon, quelque chose me possédait. Quelque chose qui se réveillait quand je me souvenais de ce moment où j'ai tué ma mère.

— Vous avez tué votre mère ? »

Kacy ne put dissimuler l'horreur qui perçait dans son ton.

« Elle était devenue un vampire. Elle m'a supplié de la tuer. J'ai dû boire pour m'y résoudre. J'ai bu une bouteille entière de bourbon et je lui ai mis six balles dans le cœur. Après ça, les seules choses qui me donnaient l'impression d'être vivant, c'était de boire du bourbon et de tuer des gens. Surtout des vampires.

— Et vous n'éprouvez plus rien de tout ça ?

— Non. Plus depuis que… »

Il laissa sa phrase en suspens, et Dante la finit à sa place : « Plus depuis hier soir, quand il a utilisé l'Œil de la Lune pour récupérer son âme. Maintenant, c'est un type normal. Avec une conscience, comme n'importe qui. »

Le Kid sortit un paquet de cigarettes de la poche intérieure de son cuir. Il en tira une avec les dents et inspira fortement à travers le filtre. La cigarette s'alluma spontanément et il rangea le paquet dans sa poche intérieure. « Je suis encore capable de faire un certain nombre de trucs, dit-il. Allez pas croire que je suis complètement rincé. Je suis resté le même. J'ai juste un peu perdu de ma rage. »

Dante le dévisagea. Il avait l'air d'un type tout à fait normal. Quelque chose avait disparu, et ce n'était pas uniquement la capuche sombre. Il y avait quelque chose en moins dans son regard. Ces yeux, qui autrefois exprimaient une colère dirigée contre l'univers entier, ressemblaient à présent aux yeux de n'importe qui.

Sans même s'en rendre compte, Dante se mit à hocher la tête avec mépris. « Alors comment tu vas nous aider à tuer Ramsès Gaïus et récupérer l'Œil de la Lune ? demanda-t-il.

— Vous ne pouvez pas tuer Gaïus.

— Pourquoi pas ?

— Vous m'avez raconté qu'il avait l'Œil de la Lune enfoncé dans une de ses orbites. La pierre fait partie de lui, maintenant, c'est comme une sorte de symbiote qui lui donnerait toute sa force et sa puissance. Il est absolument immortel, à présent. Et en plus de ça, c'est une momie. Ces enculés ne peuvent pas mourir. Il n'y a qu'une façon de s'en débarrasser.

— Laquelle ? demanda Kacy.

— Vous le renvoyez d'où il vient. »

Kacy regarda Dante. Lui non plus ne semblait pas avoir la moindre idée de ce que racontait le Kid. « Et d'où il vient ? » demanda-t-elle.

Le Kid inspira une bouffée de tabac qu'il recracha par les narines. « Un sarcophage. Vous emmaillotez cet enfoiré dans des bandelettes et vous l'inhumez vivant.

— Vous plaisantez, pas vrai ? dit Kacy.

— Non. Et c'est pour ça que vous allez avoir besoin de mon aide.

— Et qu'est-ce que tu vas faire, alors ? demanda Dante avant que Kacy en ait eu le temps.

— Je vais devoir quitter la ville. Est-ce que vous pouvez retourner à la Casa de Ville, afin qu'on s'y retrouve demain ?

— Ouais, répondit Dante. On y était ce matin. C'est énorme. Bondé de vampires. Massivement gardé, aussi. Je vois pas trop comment tu vas t'y prendre pour entrer. C'est pas pour être désagréable, mais si tu retrouves pas tes mauvaises habitudes, tu n'arriveras même pas à passer le portail. Y a une nouvelle politique d'admission : c'est strictement réservé aux créatures du mal.

— Attends voir, intervint Kacy. Il peut rentrer s'il devient un vampire. »

Dante haussa un sourcil. « Tu veux le mordre ?

— Pas besoin, répondit-elle.

— Hein ? »

Elle tapota la cuisse de Dante. « Tu n'as qu'à lui passer le sérum que tu as ramené de l'hôtel. »

Les yeux de Dante s'illuminèrent. Il venait de comprendre où elle voulait en venir : « Bonne idée.

— Quel sérum ? » demanda le Kid.

Dante fit aussitôt glisser la seringue et le flacon sur la table, en direction du Kid.

Celui-ci considéra ces deux objets en fronçant les sourcils. « Qu'est-ce que c'est que ces conneries ?

— C'est ce qui te permettra de passer le portail.

— Ça t'emmerderait de développer un peu ? J'ai la flemme de lire dans tes pensées.

— C'est le sérum que je prenais pour abaisser la température de mon sang quand j'étais en mission d'infiltration parmi les vampires. C'est grâce à ça que je suis passé incognito. Injecte-toi ça avant de te rendre à la Casa de Ville et ils te prendront pour l'un des leurs. »

Le Kid saisit le flacon et examina de près le liquide qu'il contenait. « Ce truc marchait pas si bien que tu le dis. Je t'ai repéré direct.

— Peut-être bien, dit Dante. Mais tous ceux de mon clan sont tombés dans le panneau. Ça vaut le coup d'essayer.

— D'accord, concéda le Kid. T'as un portable ?

— Moi, j'en ai un », dit Kacy.

Le Kid fit disparaître seringue et flacon dans son cuir, et en sortit un téléphone portable qu'il tendit à Kacy. « Enregistrez votre numéro là-dessus, comme ça, je pourrai vous contacter si le besoin s'en fait sentir. »

Kacy prit le portable et s'exécuta.

Dante tapota l'avant-bras du Kid. « Qu'est-ce que tu veux qu'on fasse en t'attendant ?

— Essayez de découvrir ce qui est arrivé à ma femme. Si elle est toujours en vie, vous me mettez au courant. Si elle est morte, aussi. Envoyez-moi un SMS, OK ?

— Pas de problème, dit Kacy.

— Et pour Gaïus ? demanda Dante. Il est train de lever une putain d'armée à la Casa de Ville. Le temps que tu reviennes, il y aura peut-être un million de créatures du mal qui t'attendront.

— Ça, c'est moi que ça regarde.

— Et en temps normal, je te laisserais t'en occuper tout seul. Mais en ce moment, tu brilles pas particulièrement par tes talents d'*exterminateur*, excuse-moi de te le dire.

— Tu peux toujours courir pour que je t'excuse.

— Hé, désolé, je dis juste les choses comme elles sont.

— Demain, elles auront changé. »

Le Kid se leva de table. « Pour lors, j'ai une conscience. Je redeviendrai comme avant une fois que je m'en serai débarrassé. On se revoit plus tard. »

Alors qu'il se dirigeait vers la sortie, Kacy lui lança : « Et alors, où est-ce que vous allez, précisément ? »

Il s'arrêta sur le pas de la porte et se retourna. Il sortit de sous son cuir une paire de lunettes noires qu'il enfila. Puis il répondit à la question par des mots qui pour Kacy ne signifiaient rien :

« Au Cimetière du Diable. »

24

Gaïus entra comme une tornade dans son bureau et trouva Jessica assise dans son fauteuil en cuir, ses bottes sur son bloc-notes préféré. Comme à son habitude, elle portait une combinaison noire, avec un décolleté plongeant qui ne laissait plus grand-chose à l'imagination et soulevait l'indignation de son père.

« Tu as intérêt à avoir retrouvé *Le Livre de la mort* ! lui lança-t-il.

— Je ne l'ai pas retrouvé, dit-elle d'un ton nonchalant. Mais je suis tombée sur beaucoup mieux.

— Permets-moi d'en douter très sérieusement. »

Jessica désigna d'un geste le sofa crème, contre le mur qui se trouvait derrière Gaïus. Celui-ci se retourna et aperçut une femme allongée dessus. Elle était étendue sur le ventre, et portait un jean noir déchiré et un cardigan bleu. Pas vraiment le genre d'individus qu'il avait l'habitude de recevoir dans son bureau.

« Qui est sur mon sofa, bordel ? demanda-t-il.

— Beth Lansbury.

— Qui est Beth Lansbury ?

— C'est elle.

— Très amusant. Sérieusement, qui est Beth Lansbury

et pourquoi est-elle en train de faire la sieste sur mon sofa, dans mon bureau ? »

Jessica retira ses pieds du bureau et se leva. Elle pointa Beth du doigt et sourit : « Cette chère demoiselle n'est autre que la petite amie du Bourbon Kid. »

Gaïus haussa un sourcil en se fendant d'un demi-sourire. « Vraiment ?

— Ouaip.

— Tu l'as tuée ?

— Non. Ç'aurait été complètement idiot. Rappelle-toi ce qui est arrivé à ces trois cons de flics qui ont fait assassiner son frère.

— Soit. Alors pourquoi se trouve-t-elle dans mon bureau ?

— C'est un levier. S'il tient autant à elle que je le crois, il essayera très bientôt de la sauver. Et quand il apparaîtra, nous lui laisserons le choix : sa vie ou celle de sa bien-aimée. »

Gaïus ne semblait pas plus impressionné que ça. « J'ai quelque difficulté à voir en quoi c'est bien mieux que de retrouver *Le Livre de la mort*.

— Tu fais ton vieux grincheux, là.

— Non, pas du tout.

— Bien sûr que si. Et tu commences à t'inquiéter pour rien. Ça fait trop longtemps que tu portes l'Œil de la Lune. Il est en train de te rendre parano, comme la dernière fois. »

Gaïus plissa les yeux, l'air suspicieux : « Qui t'a dit que je devenais parano ? lança-t-il d'un ton sec.

— Personne. C'est mon avis, rien d'autre.

— Tu es sûre ? »

Jessica soupira. « Tu vois ? Encore ta parano. L'Œil a une très mauvaise influence sur toi. Il faut que tu l'enlèves de temps en temps, pendant une ou deux heures, sinon tu vas partir dans tes délires de vengeance et tu vas te mettre à enchaîner les mauvais choix, en te basant uniquement sur tes petites rancunes pathétiques. C'est précisément ça qui t'a mis dedans il y a tant d'années, et c'est précisément pour ça que tu t'es retrouvé momifié et enfermé dans un sarcophage pendant des siècles. Enlève ça et réfléchis par toi-même, putain !

— Je suis en pleine possession de mes putains de facultés mentales, merci bien. Bon, alors cette femme sur mon sofa, on la tue, oui ou non ? »

Jessica traversa la pièce jusqu'au sofa et remua un peu Beth. Celle-ci ne réagit pas. Jessica se retourna vers son père et sourit : « Du calme, père. Écoute-moi rien qu'une minute. Avant de la plonger dans le sommeil, je suis parvenue à lui soutirer une information. Elle ne savait même pas que son petit ami était le Bourbon Kid, jusqu'à aujourd'hui, lorsqu'il a tué Silvinho. Elle le connaissait sous un autre nom. Son vrai nom.

— Qui est ?

— Jack Daniels. Plutôt kitsch, hein ? »

Gaïus acquiesça. « Très. Nous savons à présent comment il s'appelle, mais nous avons perdu ce putain de livre. Est-ce qu'il arrive que tout se passe comme prévu, dans cette foutue ville ?

— Non, c'est pourquoi il est toujours bon d'avoir un plan de remplacement. »

Jessica se pencha et caressa les cheveux de Beth. « Tu te reposes beaucoup trop sur ce livre, père. Avec cet appât, nous sommes en mesure de le tuer sans avoir à nous inquiéter que son nom figure ou non dans ton livre adoré. »

Gaïus s'approcha de son bureau et, dans un profond soupir, s'assit dans son fauteuil en cuir noir. « Jessica, ma chère et tendre, si je veux récupérer *Le Livre de la mort*, ce n'est pas uniquement pour tuer le Bourbon Kid. Il ne représente en réalité qu'une brève contrariété. Je pourrais aisément le tuer de mes mains. J'ai besoin de ce livre pour des raisons autrement plus importantes.

— Telles que ?

— L'assurance de la victoire. Une fois mon armée constituée et mon plan de conquête mondiale lancé, les dirigeants du monde libre tenteront de nous éliminer grâce à des armes nucléaires et toutes sortes de conneries du genre. Mais lorsque je leur aurai démontré qu'il me suffit pour les tuer d'écrire leur nom dans mon livre, ces mêmes dirigeants s'empresseront de se ranger sous ma bannière. Je les aurai tous dans la poche. Il nous sera alors loisible de valser de conquête en conquête, un pays après l'autre, sans rencontrer de défense digne de ce nom. Notre armée n'aura ainsi plus de raison de se battre contre quiconque, et nous nous promènerons en toute liberté de par ce monde qui, avant même de le savoir, nous appartiendra de droit. »

Jessica parut surprise. « Waouh. J'ignorais que tu nourrissais des projets d'une telle ampleur. Je suis plutôt impressionnée.

— Et à raison. Néanmoins, jusqu'à présent, nous avons perdu toute trace du livre, ainsi que d'Ulrika Price. Ça me rappelle d'ailleurs qu'il faudra que je pense à faire un crochet par la bibliothèque pour la tuer. »

Jessica hocha la tête. « Tu vois : c'est reparti pour une crise de rancune et de vengeance personnelle.

— Oh ! arrête donc avec ça. De toute façon, tu n'aimes pas Ulrika. Moi qui croyais que tu serais heureuse d'en être débarrassée.

— Il n'est pas impossible que cette salope ait eu des rêves de grandeur et qu'elle ait décidé d'écrire nos noms dans le livre. Je suis très étonnée que tu le lui aies confié, en dépit de ta paranoïa. À moins qu'elle ne l'ait tout simplement vendu, avant de quitter la ville. »

Gaïus se surprit à grincer des dents d'impatience et de frustration. « Comme je ne cesse de le répéter, il est impératif de retrouver *Le Livre de la mort.* Nous en sommes à un point critique. Avec tous les meurtres dont cette ville a été le théâtre, le monde ne tardera pas à découvrir que Santa Mondega regorge de créatures du mal. Et à l'instant précis où notre existence sera révélée au grand jour, les gouvernements du monde entier s'empresseront de nous envoyer leurs armées. Nous partirons en confettis avant même d'avoir eu le temps de nous mettre au travail. Alors oui, même si le fait que tu aies kidnappé cette jeune femme est une excellente nouvelle, le fait de retrouver *Le Livre de la mort* avant que notre existence ne soit révélée est d'une importance sans commune mesure.

— Oups. »

L'expression de Jessica révélait une très nette inquiétude. « Dans ce cas, tu ne vas pas aimer ce que je vais t'apprendre.

— Quoi ?

— On parle un peu que de nous aux infos. »

Gaïus se sentit gagné par une extrême agitation. Il passa sa main droite sur son crâne glabre, d'avant en arrière, d'arrière en avant. S'il avait ne serait-ce qu'un cheveu, il l'aurait arraché séance tenante. « Qu'est-ce que tu veux dire au juste ? gronda-t-il.

— Ça fait une heure que la chaîne d'infos locale ressasse le même sujet. L'affaire commence à prendre de l'ampleur. De plus en plus de gens s'indignent. »

Gaïus inspira profondément par la bouche et expira lentement par le nez. « De quoi s'agit-il ? Allez, dis-moi !

— Il y a un tueur d'enfants dans la ville.

— Et qu'est-ce que j'en ai à foutre ?

— Apparemment, les victimes sont toutes empoisonnées et présentent des marques de morsure au cou. Pas mal de personnes commencent à murmurer que ça pourrait être l'œuvre des vampires. On n'a franchement pas été très discrets ces derniers temps, mais avec cette affaire ça va être difficile de rester inaperçus. »

Gaïus abattit son poing sur le bureau. « Putain de bordel de merde ! hurla-t-il. Ça pourrait tout foutre en l'air. Si cette affaire est relayée au niveau national, toutes les armées de la planète vont nous tomber dessus ! Qui est responsable de ces meurtres ?

— Eh bien, justement. D'après les journalistes, on aurait retrouvé des poils de chèvre sous les ongles de certaines victimes.

— Des poils de chèvre ?

— Ouais. »

Gaïus soupira. « Putain, j'aurais dû m'en douter. »

Jessica plongea une main dans son profond décolleté et en sortit un téléphone portable. Elle appuya sur quelques touches, puis s'approcha du bureau de son père et le lui tendit : « Tu n'as qu'à appuyer sur le bouton d'appel », dit-elle.

Gaïus lui arracha le téléphone des mains et s'exécuta. Deux sonneries retentirent, puis on décrocha.

« Allô, dit une voix à l'autre bout de la ligne.

— Bonjour bonjour ! Ici Ramsès Gaïus. Tu as quelque chose à me dire ? »

Pendant quelques secondes, il y eut un silence inconfortable. Puis la personne qui se trouvait à l'autre bout de la ligne répondit : « Non. Je crois pas. »

Gaïus ne put réprimer plus longtemps sa fureur : « ON NE PARLE QUE DE TOI AUX INFOS, ESPÈCE D'ABRUTI !

— Oh.

— Effectivement, "oh", c'est le cas de le dire. Tu m'avais promis de ne plus t'en prendre aux gamins. Pas pendant mon plan de domination mondiale. Tu m'as désobéi pour la dernière fois !

— Je suis désolé. Je pensais être discret.

— Tu as été aussi discret qu'un pet dans une bibliothèque.

— Hein ?

— Bordel de merde, dit Gaïus, au comble de l'exaspération. Quelle journée infernale. *Le Livre de la mort* a disparu, le Bourbon Kid est quelque part dans la nature et, par-dessus le marché, on ne parle que de tes meurtres aux infos.

— *Le Livre de la mort* a disparu ?

— Oui. Même si je vois mal en quoi ça te concerne. »

Le ton de l'interlocuteur de Gaïus se fit un peu moins contrit : « Je sais qui a *Le Livre de la mort*. Je peux te le ramener.

— Tu es sérieux ?

— Ouais. Si je te le ramène, je pourrai continuer à tuer des gamins ?

— Bien sûr. Qui a le livre ?

— Un abruti. En ce moment même, il est à un jet de pierre de moi. Ça va être un vrai jeu d'enfant. »

25

La journée de Rick avait été épuisante. Flake s'engageant dans la police, il avait dû fermer le Olé Au Lait pendant la majeure partie de la journée pour partir à la recherche d'une remplaçante, tâche qui ne lui avait laissé que peu de temps libre. Selon une loi locale complètement stupide, il lui était impossible d'empêcher Flake de se joindre aux forces de l'ordre, l'état d'urgence ayant été déclaré à Santa Mondega.

Après s'être acquitté des tâches ménagères, il verrouilla la porte du Olé Au Lait et sortit dans la rue enneigée.

Les nuages qui stagnaient au-dessus de la ville depuis vingt-quatre heures ne semblaient pas vouloir se dissiper. La pluie torrentielle et l'orage d'hier soir ne l'avaient pas gêné plus que cela. Mais la neige incessante de cette journée lui tapait vraiment sur le système. Clairement, ça cachait quelque chose de pas normal du tout. Des tas de gamins se plaignaient d'un chauffard qui s'amusait à rouler sur les bonhommes de neige dont ils avaient jalonné les rues. En outre, de nombreuses personnes âgées avaient été transportées à l'hôpital suite à des chutes sur le trottoir verglacé.

Il faisait nuit et les rues étaient désertes, ce qui n'avait rien de vraiment surprenant. Il était tard, l'atmosphère était lugubre, et, surtout, cette putain de ville était tout sauf sûre. Malgré les rumeurs qui voulaient qu'un tas de vampires se soit fait massacrer durant la nuit d'Halloween, Rick craignait qu'il en reste encore quelques-uns dans les parages. Le simple fait d'y penser le poussa à remonter son col afin de protéger son cou.

Son logement se trouvait à un pâté de maisons du Olé Au Lait, et, en temps normal, il n'aurait pas redouté une attaque de vampires. Les clients qui s'avisaient de quitter son café à la nuit tombée pouvaient s'attendre à servir de snacks aux suceurs de sang, mais en tant que patron de l'établissement, Rick n'avait en principe rien à craindre. Si un vampire le tuait, le Olé Au Lait fermerait. Pour les mêmes raisons qui poussaient les créatures du mal à ne pas s'en prendre à Sanchez, Rick savait qu'il ne courait aucun risque : les vampires avaient besoin du sang de ses clients. Pas de Olé Au Lait, plus d'insomniaques accros au café. Pas de Tapioca, et nettement moins de cons en état d'ébriété avancée.

En tournant au coin de la rue, il faillit glisser sur une bouche d'égout cachée sous le verglas. Fort heureusement, les rues étant désertes, personne ne le vit trébucher, à part peut-être le clochard ivre mort déguisé en Père Noël qui gisait sur le seuil d'une boutique, sur le trottoir d'en face. Il semblait néanmoins dormir profondément. Sa barbe blanche était d'un gris atroce, et le devant de sa veste était souillé par la pluie, la neige fondue et sans doute l'alcool provenant de la bouteille qui reposait sur ses cuisses, dans un sac en papier brun.

« Pauvre vieux », murmura Rick. La vie devait être tout particulièrement dure pour ce clochard. On n'était qu'au tout début du mois de novembre, ce qui impliquait qu'il lui faudrait encore attendre un mois et l'approche de Noël avant que les gens se mettent à le prendre en pitié.

Lorsqu'il arriva devant sa maison, Rick était déjà trempé de la tête aux pieds par la neige qui tombait sans discontinuer et frigorifié par le vent glacé. Il s'empressa de descendre les cinq marches de béton qui menaient à sa porte, en contrebas du trottoir, et sortit un trousseau de sa poche. Les doigts engourdis, il chercha tant bien que mal la bonne clef. Quand il l'eut trouvée, il la glissa dans la serrure et la tourna. Le verrou cliqueta et il poussa la porte. Il entra et s'arrêta sur le paillasson marron estampillé « bienvenue ». Il faisait bien plus chaud chez lui que dehors. Il posa la main sur le radiateur fixé au mur de gauche. Il était assez chaud, mais il faudrait certainement augmenter encore la température plus tard dans la nuit. Ses chaussures étaient détrempées et ses semelles étaient recouvertes de toutes sortes d'ordures semi-liquides. Il les frotta sur le paillasson et se retourna pour refermer la porte. C'est à ce moment précis que Rick constata qu'il avait de la visite. Et elle était tout sauf agréable. Il aperçut en effet un véritable géant habillé en rouge se jeter à travers le seuil, sa bouche grande ouverte révélant deux rangées de crocs de vampire.

« Meeeeeeeeerde ! »

Une main sale et surdimensionnée se plaqua sur la bouche de Rick afin d'empêcher tout appel à l'aide. Rick fixait à présent les yeux noirs et fous d'un vampire déguisé en Père Noël. Ce qui lui était apparu une minute auparavant comme un pauvre clochard alcoolique s'était métamorphosé en un suceur de sang psychotique. Et ce sale enculé avait sacrément soif. Avec une force herculéenne, le Père Noël poussa Rick dans le couloir en gardant son énorme main plaquée sur la bouche de celui-ci. Rick écarquilla les yeux en remarquant (de trop près) les fins filets de sang qui maculaient la barbe grise et broussailleuse de son agresseur.

Le Père Noël s'approcha, passa sa jambe derrière les genoux de Rick tout en le poussant, et Rick tomba à la renverse sur le plancher. Il entendit la porte claquer, fermée d'un coup de pied par le vampire assoiffé.

« Je suis le patron du Olé Au Lait, bredouilla Rick en espérant que cela lui vaudrait une grâce.

— Je sais, grogna le Père Noël. Mais c'est pas ça qui va te sauver. »

Rick leva les yeux vers son assaillant et, cette fois, l'examina véritablement. Ce Père Noël était vraiment terrifiant. Sous sa barbe grise et sale, sa peau était tachetée d'une horrible couperose rouge et pourpre. Et à moins qu'il ne porte trois polaires sous son déguisement, il était bel et bien en surpoids. Il avait des bras massifs et une tête de la taille d'une citrouille. Son bonnet rouge faisait un bon XXL et le pompon qui le coiffait tombait à hauteur de sa pommette gauche.

« Je vous en prie, dit Rick de sa voix la plus suppliante et la plus désespérée. Je suis quelqu'un de bon, je vous le jure. »

Le Père Noël se pencha vers lui. « Ces derniers temps, j'ai eu affaire à des tas d'enfants qui avaient été sages toute l'année, dit-il. Ça ne les a pas sauvés, et ça ne te sauvera pas non plus. »

Rick saisit la barbe du Père Noël. Mais cela ne provoqua pas la douleur escomptée. Il tira dessus et elle s'éloigna du visage de l'agresseur. C'était un postiche, fabriqué en poils d'animal et retenu par un élastique qui passait derrière ses oreilles. Il s'en dégageait une désagréable odeur de chèvre.

« Je vous en supplie, insista Rick. Je vous donnerai tout ce que vous voulez. Ne me faites pas de mal.

— Tu peux commencer par me dire où se trouve *Le Livre de la mort*.

— *Le Livre de la mort* ?

— C'est ça. Tu l'avais ce matin. Je t'ai vu avec au Olé Au Lait. Où est-il, maintenant ? »

Rick déglutit à grand-peine. « Je l'ai déposé à la bibliothèque », bafouilla-t-il en sentant la barbe grise frôler son visage.

Le Père Noël se pencha plus encore, s'approchant le plus possible du visage de Rick afin de voir s'il disait la vérité. Il répliqua, et l'odeur d'alcool qui imprégnait son haleine fit presque défaillir Rick : « Je suis déjà passé par la bibliothèque. On m'a dit que le livre avait disparu.

— Je n'ai pas enregistré le retour du livre. Je l'ai simplement déposé parmi les ouvrages de référence.

— Pourquoi ? Pourquoi ne pas l'avoir rendu à un bibliothécaire ?

— C'est mon ami Sanchez qui m'a chargé de le ramener. Il m'a dit qu'il l'avait emprunté sans permission, et qu'il fallait donc le remettre discrètement à sa place. »

Le Père Noël lui décocha une gifle. « Je te crois pas ! gronda-t-il.

— Je peux vous y emmener demain matin et vous montrer précisément où je l'ai mis. »

Le Père Noël s'assit sur la poitrine de Rick, l'immobilisant complètement. « Tu viens de me dire qu'il était dans la collection des ouvrages de référence. Je peux le retrouver tout seul.

— D'accord, parfait. On est quittes alors ? Vous pouvez me laisser, maintenant ? » dit Rick en espérant que tout était à présent résolu.

Le vampire plongea une main sous sa veste rouge et en sortit un sac en papier brun. Il en tira une petite flasque en argent. Il tendit ensuite sa main libre et saisit le nez de Rick, fermant ses narines et immobilisant sa tête contre le plancher. Puis il approcha la flasque des lèvres de Rick. « Ouvre grand, dit-il. Ça va te plaire. »

Rick n'avait plus d'air dans les poumons. Le nez ainsi bouché, il sentit une vague de panique et de désespoir s'emparer de lui. Sa seule chance était d'ouvrir la bouche en espérant inspirer un grand coup. Mais lorsqu'il s'y essaya, le vampire dodu déguisé en Père Noël renversa promptement la flasque, versant une petite quantité de liquide vert et tiède dans sa gorge. Le liquide avait un goût citronné, pas complètement désagréable. En tout cas bien meilleur que toute la pisse que Sanchez lui avait servie au long des ans.

Le Père Noël éloigna alors la flasque et lâcha son nez, lui permettant ainsi de respirer. Rick toussa et faillit s'étouffer. La saveur du liquide envahissait sa gorge.

À sa grande surprise, le Père Noël se releva et recula, soulageant la poitrine de Rick de son énorme poids. Le patron du Olé Au Lait put enfin inspirer amplement, mais sa poitrine se resserra aussitôt. Une sensation de chaleur le gagna. C'était une impression relativement agréable, en regard du froid qui régnait dehors et de la suffocation qui lui avait été infligée. Cependant, cette sensation ne dura que quelques instants. Elle fut remplacée par un engourdissement qui, de ses épaules, gagna tout son corps en une poignée de secondes à peine. Il essaya de parler et constata à son plus grand effroi que sa bouche et sa langue étaient dorénavant incapables d'articuler une phrase aussi simple que « Qu'est-ce qui m'arrive ? ».

Le Père Noël retira son bonnet, révélant une tignasse sombre, grasse et épaisse. En regardant droit dans les yeux du pauvre patron du café Olé Au Lait, il afficha un large sourire, dévoilant à nouveau ses puissants crocs de vampire.

« Ce que tu es en train de subir est une forme de paralysie causée par ce que tu viens de boire, dit-il. Je t'invite à rester allongé là et à profiter pleinement de ce que je m'apprête à te faire endurer. Normalement, je réserve exclusivement ce genre de traitement aux enfants mais, rien que pour toi, je vais faire une exception. Je vais te vider de ton sang et tu éprouveras parfaitement la plus infime nuance de douleur. La seule différence, c'est que tu seras incapable de la moindre réaction. Cela ne devrait prendre que quelques heures. » Son sourire se fit absolument maléfique et il ajouta : « Joyeux Noël. »

26

Kacy émergea d'un très profond sommeil. Elle était nue sous les draps, dans une chambre qu'elle ne reconnut pas dans un premier temps. Elle avait en outre la gueule de bois. À mesure que les événements de la nuit précédente lui revenaient en mémoire, elle comprit pourquoi. Après avoir quitté le Tapioca, Dante et elle avaient tenté de se procurer du sang frais. Cela s'était avéré encore plus difficile qu'ils ne se l'étaient imaginé. Ni l'un ni l'autre ne voulant assassiner un innocent pour boire son sang, ils n'avaient que mollement essayé de s'en prendre à des passants, pour finir par rentrer au Marécage les mains vides. Leurs inquiétudes s'étaient révélées tout à fait vaines, car Vanité gardait constamment des bouteilles de sang dans le bar de la salle de billard.

À leur arrivée, cette salle avait tout d'un bar de nuit en plein pic de fréquentation. Vanité avait invité les autres membres survivants du clan des Shades, ainsi que quelques autres vampires portés sur la bouteille. L'hôte généreux qu'il était avait gratuitement arrosé ses convives de bouteilles de Bloodweiser. Il s'agissait d'une boisson à base de sang, dont le logo et l'étiquette reprenaient l'identité graphique de la bière Budweiser.

Rien de comparable au sang d'Archie Somers, mais cela avait suffi à étancher la soif qui rongeait Dante et Kacy.

Kacy avait trouvé que Vanité était un type assez sensé, doublé d'un sacré charmeur. Ce mec savait à la perfection faire la fête et mettre à l'aise ses invités. Il était bien loin de correspondre à l'image terrifiante que Kacy s'était faite des vampires. En même temps, elle aussi était à présent un vampire, et elle ne se considérait pas pour autant comme un monstre.

À côté d'elle, dans le lit, Dante dormait toujours. Elle se leva et alla se doucher sans le réveiller. Il avait toujours été lève-tard, en particulier après une nuit de beuverie : elle put donc faire tout le bruit qu'elle voulut sans craindre de le réveiller.

La chambre que Vanité leur avait donnée se trouvait au dernier étage du Marécage. Elle était dépourvue de fenêtre, sans doute afin d'éviter aux vampires qui y dormaient de se réveiller transformés en toast par un rayon de soleil matinal.

Elle se sécha les cheveux, enfila un jean bleu et un sweat rouge confortables, et décida d'aller voir si la neige tombait encore plus dense que la veille.

Elle ouvrit la porte du salon et jeta un coup d'œil afin de voir si Vanité s'y trouvait. Il était effectivement assis dans son sofa, dos à Kacy, et regardait quelque chose sur l'écran de télévision géant encastré dans le mur du fond. Par chance, ça n'avait rien de pornographique, et il n'avait pas son pantalon aux chevilles. Il portait une robe de chambre cramoisie et une paire de pantoufles assorties, pas franchement la tenue typique d'un effroyable suceur de sang. L'écran diffusait la vidéo amateur d'une réception de mariage. Kacy adorait les mariages : elle entra donc dans le salon et referma discrètement la porte derrière elle. Vanité dut l'entendre, car il tourna soudainement la tête.

« Oh ! salut, dit-il, apparemment surpris. Bien dormi ?

— Ouais, super bien, merci.

— Et Dante ?

— Il dort toujours. Il en a encore sûrement pour une ou deux heures.

— Je me mets à sa place. Vous vous êtes bien éclatés, hier soir.

— Ouais, c'était vraiment génial. Où sont passés les autres ? »

Vanité eut un petit sourire finaud. « Eh bien, on vous a écoutés baiser pendant un certain temps, et puis tout le monde est rentré chez soi. »

Kacy sentit ses joues rougir. La consommation de sang de la veille avait éveillé en Dante et en elle un désir impérieux. Ils avaient perdu toute inhibition et, une fois dans la chambre d'amis de Vanité, ils s'étaient lancés dans une furieuse partie de jambes en l'air, bruyante et mouvementée. En se rappelant certaines des choses qu'elle avait criées dans le feu de la passion, Kacy se dit qu'il valait mieux changer de sujet.

Sur l'écran de télévision, elle reconnut un visage. « C'est toi, là ? demanda-t-elle.

— Ouais. »

Vanité saisit la télécommande dans le but d'éteindre la télévision.

« C'est ton mariage ?

— Hm hm.

— Ouah ! Ça te gêne si je regarde un peu ? »

Vanité parut étonné, et reposa la télécommande sur la table basse. « Non, si ça te fait plaisir. Mais ça n'a rien de bien exaltant. »

Kacy observa attentivement la jeune mariée. C'était une superbe brune d'environ 25 ans. Le jeune marié, Vanité, était tel qu'il était à présent, à la différence près qu'il était plus élégamment vêtu : costume et cravate noirs, chemise blanche.

« Ta femme est vraiment très jolie, dit Kacy en s'asseyant au bord du sofa.

— Ouais, c'est vrai.

— Vous êtes toujours ensemble ? »

Il hocha la tête. « Non. Elle n'a pas voulu devenir vampire. » Son ton trahissait une profonde tristesse.

« Pourquoi ? Qu'est-ce qu'il s'est passé ? »

Vanité appuya sur la touche « pause », juste au moment où son épouse et lui échangeaient un baiser pour la caméra. « À l'époque, je n'étais pas encore un vampire, expliqua-t-il. Un enfoiré m'a mordu pendant notre lune de miel. Emma, ma femme, a refusé de devenir comme moi : j'ai été forcé de la quitter afin de ne pas la mordre contre sa volonté. Je lui ai promis de revenir le jour où j'aurais trouvé un remède qui me permettrait de redevenir humain.

— Ça fait longtemps ?

— Quatre ans. »

Kacy essaya d'imaginer ce qu'elle éprouverait si elle était séparée de Dante pendant quatre ans. Rien de bien agréable, se dit-elle. Elle observa quelques secondes le couple heureux figé sur l'écran, avant de poser une autre question assez personnelle à Vanité. « Et Emma ? Qu'est-ce qu'elle est devenue ? »

Le regard rivé à l'écran, Vanité répondit : « Elle ne

s'est pas remariée et n'a pas eu d'aventures. Mais elle a 29 ans à présent. Dans quelques mois, elle en aura 30. Moi, j'en paraîtrai toujours 29. On aurait tellement aimé vieillir ensemble. Ce rêve s'est brisé le jour où je me suis fait mordre.

— Je suis vraiment désolée.

— Ouais, moi aussi. Dante a vraiment de la chance de t'avoir, mais tu t'es vraiment sacrifiée en devenant l'une d'entre nous.

— Je sais. J'ai fait ce choix sur un coup de tête. Mais je ne pourrais pas vivre sans Dante. On a toujours été ensemble.

— Je m'en doutais, dit Vanité en souriant. Quand il m'a dit qu'il venait de te rencontrer, l'autre soir, j'ai tout de suite su qu'il mentait. Vous êtes bien trop à l'aise entre vous. »

Kacy se rendit compte qu'elle s'était montrée un peu trop franche et ouverte avec Vanité. Mais c'était plus fort qu'elle. Elle sentait qu'un fort lien d'amitié la reliait au chef des Shades. Jusqu'ici, c'était son unique ami vampire, et il comprenait ce que Dante et elle étaient en train de vivre. Elle avait beau se douter qu'il avait dû tuer bon nombre de personnes pour survivre, Vanité semblait pourtant plein de regrets, pas forcément pour ces meurtres, mais pour l'existence qui avait été la sienne, et qui appartenait irrévocablement au passé.

Kacy s'avança un peu plus. « Si tu avais une chance de redevenir humain, est-ce que tu la saisirais ? demanda-t-elle très directement.

— Sans hésiter une seconde. Je déteste la vie de vampire. Je donnerais absolument tout pour que ça s'arrête. »

Kacy inspira profondément avant d'exprimer le fond de sa pensée : « Est-ce que tu savais que l'Œil de la Lune pouvait te rendre ton aspect humain ? »

Vanité sourit : « Ouais, mais Ramsès Gaïus ne nous laisserait jamais l'utiliser pour ça. Tu peux me croire, si je découvrais un moyen de retirer l'Œil de la Lune de sa tête, je le ferais. Le problème, c'est qu'il me tuerait avant même que j'aie une chance de le toucher du bout des doigts.

— Mais ce serait génial si on arrivait à le lui prendre, non ?

— Ouais, mais franchement, oublie ça.

— Pourquoi ?

— Ce serait du suicide.

— Mais si on y parvenait, tu redeviendrais humain et tu pourrais retrouver ta femme. »

Vanité fronça les sourcils et reposa le regard sur l'écran. Il contempla un instant l'image de son propre couple. Puis il saisit la télécommande et éteignit la télévision.

« Dante et toi seriez prêts à prendre ce risque ? » demanda-t-il.

Kacy haussa les épaules. « S'il y avait un moyen d'y arriver, je tenterais ma chance. Pas toi ? »

Vanité garda un moment les yeux rivés sur l'écran noir, plongé dans ses pensées. Il finit par inspirer profondément et se retourna vers Kacy. « Tu sais quoi ? lança-t-il. Je crois que je sais comment on pourrait tenter de mettre la main sur l'Œil. Mais c'est extrêmement dangereux. »

Kacy était tout ouïe. « Vraiment ? Comment ?

— J'ai entendu dire que Gaïus allait se rendre au musée, ce soir. Il a prévu de nettoyer l'Œil grâce à la polisseuse spéciale qui s'y trouve. Si nous arrivions à le surprendre au moment où il enlève l'Œil de son orbite, on pourrait tenter de le lui prendre. Tous les trois, toi, moi et Dante, on aurait peut-être une chance de réussir. Ce sera sans doute la seule occasion de tenter le coup, parce qu'il risque de ne pas l'enlever très souvent. »

Kacy était soudain surexcitée. « Tu crois vraiment qu'on peut y arriver ? »

Vanité acquiesça lentement, presque comme s'il était en train de s'en convaincre. « En fait, tu sais quoi ? Je pense vraiment que c'est à notre portée. Sans l'Œil, il n'est rien. Pour nous trois, il ne représentera plus aucune menace. Nous serons alors bien plus forts que lui. »

Kacy se leva dans un bond. « Oh, mon Dieu ! gloussa-t-elle. Je vais réveiller Dante tout de suite pour l'avertir !

— Cool. »

Et elle se précipita vers la chambre pour annoncer la grande nouvelle à Dante. Une fois seul dans le salon, Vanité tira son téléphone portable de sa poche. Il composa le numéro de Ramsès Gaïus. Celui-ci décrocha après la première sonnerie. Son ton était plus irrité que jamais.

« Qu'est-ce qu'il y a ? lança-t-il sèchement.

— C'est arrangé, dit Vanité. Ils seront au musée ce soir. Vous n'imaginez pas à quel point ça a été facile. »

27

Sanchez arriva à la bibliothèque juste après neuf heures et grimpa à toute vitesse les marches qui menaient à l'entrée. Josh, le jeune assistant d'Ulrika Price (à présent décédée), venait de déverrouiller le battant gauche, et s'apprêtait à en faire de même avec le droit lorsque Sanchez poussa la porte. L'air froid de l'extérieur pénétra dans le hall, et Josh grimaça. Son uniforme de bibliothécaire consistait simplement en un pantalon noir et une chemise blanche extrêmement fine : le vent glacial avait dû le geler jusqu'aux os. Il semblait surpris de voir quelqu'un arriver si tôt, et encore plus étonné qu'il s'agisse de Sanchez, qui n'avait rien d'un rat de bibliothèque.

« Bonjour, Sanchez, dit-il, les cheveux soulevés par une bourrasque de vent.

— Bonjour à vous, jeune homme, dit Sanchez d'un ton pour le moins officiel. Pour vous, ce sera inspecteur Garcia. Je suis ici dans le cadre d'une enquête. »

La surprise de Josh s'accrut et il considéra Sanchez de la tête aux pieds, sans doute pour admirer son uniforme. Puis il haussa les épaules. « D'accord, inspecteur. C'est à propos d'Ulrika Price ?

— Non. Pourquoi ?

— Ben, elle a disparu. À la base, j'étais même pas censé venir travailler : elle m'a viré hier matin.

— Quelle salope.

— Ouais. Apparemment, quelques minutes seulement après m'avoir jeté dehors, elle a complètement disparu de la surface de la Terre. Je me suis dit que si elle avait été portée disparue, ça ferait de moi une des premières personnes que vous souhaiteriez interroger. »

Sanchez réfléchit un moment à ce qu'il venait d'entendre et répondit : « Ça ira. Ce n'est pas pour ça que je suis ici. Par contre, s'il se trouve qu'elle a été assassinée, ça ferait de vous le suspect numéro un : par conséquent, je vous conseille de rester en ville ces prochains jours.

— Bien, inspecteur. Alors qu'est-ce que je peux faire pour vous ? »

Sanchez se dirigea vers la cage d'escalier qui se trouvait sur la gauche du hall d'entrée afin de se rendre au premier étage. « Rien du tout, merci bien, répondit-il. Je n'aurai pas besoin d'aide, en principe. Je dois simplement prendre un livre, dans le cadre d'une enquête.

— Lequel ?

— Ça ne vous regarde pas. »

Il s'empressa de monter les marches en laissant Josh fixer à la vitre de la porte une pancarte « ouvert ».

La salle de lecture du premier était plus intimidante que jamais. D'innombrables rayonnages ployaient sous les livres, et une infinité de tables et de chaises attendaient lecteurs et étudiants. Lors de sa dernière visite en ces lieux, Sanchez avait volé *Le Livre de la mort* en le coinçant dans son dos grâce à l'élastique de son jogging afin de leurrer Ulrika Price. Cette fois-ci, une telle ruse serait inutile. Il faisait à présent partie intégrante des forces de l'ordre, et Ulrika Price n'était pas à son poste.

La collection des ouvrages de référence était rangée sur une série d'étagères qui grimpaient jusqu'au plafond, remplies de bouquins à couverture rigide traitant de toutes sortes de sujets emmerdants. Par chance, les ouvrages étaient rangés par ordre alphabétique des noms d'auteur. Enfin, plus ou moins. Sanchez alla droit au premier rayonnage et se mit à passer en revue les dos des livres écrits par des auteurs dont les patronymes commençaient par la lettre « A ». Manifestement, la collection des ouvrages de référence servait de cimetière à tous les livres impossibles à classer, que Josh jetait là lorsqu'il ne savait pas vraiment où les ranger. En plus d'être classés dans un ordre alphabétique tout relatif, beaucoup n'étaient en rien des ouvrages de référence. Sanchez trouva un premier livre écrit par Anonyme, intitulé *Couleurs primaires*. Il longea l'étagère sur la droite, trouva d'autres ouvrages écrits par des inconnus, et d'autres encore sur lesquels ne figurait aucun nom d'auteur. Sanchez n'en revenait pas : il fallait vraiment être le dernier des abrutis pour s'embêter à écrire un bouquin et oublier de mettre son nom dessus.

Les titres étaient très variés. Certains de ces ouvrages faisaient partie de la collection des guides *À l'usage de l'homosexuel d'aujourd'hui*. Lors de son dernier passage à la bibliothèque, Sanchez avait par erreur mis la main sur *Le Plaisir anal à l'usage de l'homosexuel d'aujourd'hui* et avait dû l'emprunter afin qu'Ulrika Price ne remarque pas qu'il était en train de voler *Le Livre de la mort*. Il lui restait encore une semaine pour le rendre, aussi l'avait-il laissé au Tapioca. En fait, il se demandait comment il s'y prendrait pour le rendre, à cause de la honte qu'il risquait de se taper publiquement.

Après avoir passé en revue une bonne centaine de bouquins, Sanchez aperçut enfin la couverture noire et familière du *Livre de la mort*. Le titre s'affichait en caractères blancs quasiment effacés. Il sentit son pouls s'accélérer. Sous ses doigts se trouvait l'assurance de recevoir cinquante mille dollars et de trouver une place dans le cœur de Jessica. Si cet exploit ne finissait pas de la subjuguer, c'était à n'y rien comprendre.

Il retira le livre de l'emplacement auquel Rick l'avait rangé la veille, posa la couverture sur le bord d'une des étagères et l'ouvrit en plein milieu. C'était bel et bien le livre qu'il cherchait. Plein de noms, tel qu'il se le rappelait. Il feuilleta l'ouvrage jusqu'à la page où il avait écrit le nom complet de Jessica, ainsi que deux autres. Il s'assura d'un coup d'œil à gauche et à droite que personne ne se trouvait dans l'allée, et arracha la page aussi silencieusement qu'il put. Puis il en fit une boule qu'il enfonça dans l'une des poches de son pantalon moulant. Apparemment, personne ne l'avait remarqué. Il poussa un soupir de soulagement, coinça le livre sous son bras et s'avança dans l'allée d'un pas plein d'assurance, en direction du bureau de la réception où Josh avait pris place. Celui-ci lui adressa un mouvement de tête en le voyant approcher.

« Vous avez trouvé ce que vous cherchiez, inspecteur ? demanda-t-il.

— Oui, merci.

— Je peux vous demander ce que c'est, s'il vous plaît ? »

Sanchez réfléchit un instant. Cette fois, il n'avait rien à cacher. Et il voulait que le monde entier sache que c'était lui, et lui seul, qui avait réussi à retrouver ce livre. Si quelqu'un tentait de lui voler ses lauriers, Josh lui servirait de témoin. Sanchez se dit que, en définitive, mieux valait enregistrer le prêt à son propre nom afin que les choses soient parfaitement officielles.

« Il s'agit du *Livre de la mort*, par Anonyme, répondit-il. Veuillez inscrire le prêt à mon nom.

— Très certainement, inspecteur », dit Josh en se mettant à pianoter sur le clavier de l'ordinateur.

Sanchez attendit afin de s'assurer que le prêt soit enregistré en bonne et due forme.

Après quelques secondes, Josh releva les yeux. « Apparemment, vous avez emprunté un autre livre, dit-il en fronçant les sourcils. *Le Plaisir anal à l'usage de l'homosexuel d'aujourd'hui* ?

— C'est pour une enquête », se défendit Sanchez.

Josh haussa un sourcil. « L'affaire de la grande sodomie de 1984 ?

— En avons-nous fini ? demanda Sanchez d'un ton ferme.

— Ouaip. Quand comptez-vous ramener ces deux livres ?

— Quand j'aurai fini de les étudier. Bonne journée. »

Le Livre de la mort solidement coincé sous le bras, Sanchez sortit d'un pas impérieux et emprunta l'escalier. Tout s'était passé beaucoup plus facilement qu'il ne s'y était attendu (à l'exception de la fâcheuse découverte de son dernier emprunt par Josh). Tout en dévalant les marches, il imaginait déjà ce qu'il dirait à Jessica lorsqu'il se pointerait à la Casa de Ville avec le livre. Il était tellement accaparé par ses pensées qu'il remarqua à peine l'homme replet déguisé en Père Noël qui gravissait l'escalier. Tous deux se bousculèrent. La collision lui fit lâcher *Le Livre de la mort*, qui rebondit sur une marche derrière le Père Noël et glissa jusqu'au bas de l'escalier. Sanchez posa les yeux sur le Père Noël qui le regarda également, avec une expression de surprise sur son gros visage rougeaud. Les deux hommes s'exprimèrent simultanément et prononcèrent rigoureusement les mêmes mots :

« Regarde où tu vas, gros con ! »

Le Père Noël avait un air proprement terrifiant, et Sanchez remarqua les traces de sang qui maculaient discrètement sa barbe grise et sale. En outre, il puait l'alcool éventé, une odeur que Sanchez ne connaissait que trop bien. Les clients qui se pointaient dès l'ouverture du Tapioca avaient exactement la même. Étant donné la pestilence de son haleine, Sanchez s'étonna que le Père Noël soit debout à une heure si matinale. Manifestement, ce type n'était franchement pas du matin : il semblait en effet sur le point d'arracher la tête de Sanchez. Au « gros con » prononcé par le policier, la rage déforma ses traits. Quelle qu'en soit la forme, des excuses semblaient s'imposer.

« Euh, désolé, dit Sanchez. J'avais pas vu que vous étiez un homme d'Église et tout. »

Il fouilla dans la poche intérieure de son cuir et en sortit une flasque argentée, qu'il tendit au Père Noël fou furieux. « Tenez, un petit peu d'esprit-de-Noël, dit-il dans un sourire faux. C'est moi qui régale. »

Le Père Noël considéra la flasque, puis dévisagea Sanchez d'un air suspicieux. « Y a quoi, là-dedans ? gronda-t-il.

— Ça ressemble pas mal à du vin chaud. Le goût devrait vous être plutôt familier. Et puis gardez la flasque. Joyeux Noël. »

Le Père Noël prit la flasque, et son expression s'adoucit. « Joyeux Noël à vous aussi, monsieur l'agent », dit-il. Et il reprit son ascension.

Sanchez poussa un soupir de soulagement et se précipita au bas des marches, où *Le Livre de la mort* avait atterri, au milieu d'un petit tas de terre et de neige fondue, devant la porte à double battant. Cette gadoue provenait sans doute des bottes du Père Noël, qui, Sanchez en avait la certitude, serait encore plus furieux lorsqu'il avalerait une gorgée de sa flasque. Il ramassa le livre, essuya rapidement la couverture et s'empressa de sortir.

Au premier étage de la bibliothèque, Josh se demandait très sérieusement si Sanchez était un vrai flic ou simplement un homosexuel qui aimait se déguiser en Village People lorsqu'il vit entrer un Père Noël particulièrement en colère.

« En quoi puis-je vous aider, monsieur ? » demanda-t-il.

Le Père Noël se pencha au-dessus de son bureau. Il émanait de sa bouche une odeur très désagréable : « Je recherche les ouvrages de référence. C'est où ? demanda-t-il.

— Là-bas, répondit Josh en pointant une direction, au-dessus de l'épaule du Père Noël. Vous êtes inscrit, monsieur ?

— Non.

— Dans ce cas, je vais devoir vous demander de remplir un petit formulaire lorsque vous aurez trouvé votre livre… »

Le Père Noël retroussa sa lèvre supérieure, dévoilant une rangée de dents particulièrement acérées. Il dévissa le bouchon de la flasque argentée qu'il tenait à la main et jeta un regard terrible à Josh. « Je recherche *Le Livre de la mort*, dit-il alors d'une voix rauque très inappropriée chez un homme unanimement adoré par les enfants du monde entier. On m'a dit qu'il était rangé dans les ouvrages de référence. Tu l'as vu ? »

Josh savait parfaitement où il se trouvait. Sanchez venait tout juste de l'emprunter dans le cadre d'une enquête policière. Que voulait ce type au juste ? Était-ce un criminel ? Et qu'est-ce qu'il avait de si spécial, en fin de compte, ce *Livre de la mort* ? Tandis que Josh réfléchissait à sa réponse, le Père Noël avala une gorgée de sa flasque. À peine une seconde plus tard, ses yeux manquèrent de sortir de leurs orbites et il recracha sa gorgée sur la figure et la chemise de Josh.

Celui-ci se recula sur son siège en s'essuyant le visage. « Putain, mais c'est quoi, ce truc ? » grogna-t-il en reniflant le liquide qu'il avait sur les mains. Ça sentait la pisse. En principe, cela aurait entraîné chez lui une réaction violente mais, en considérant à nouveau l'individu qui lui faisait face, il décida de faire preuve d'une certaine retenue et répondit à sa question : « Sanchez Garcia est en possession du livre que vous recherchez. Il vient de partir. Vous avez dû le croiser dans l'escalier. Un petit gros en tenue de flic, super gay. »

Le Père Noël était encore secoué par de puissants haut-le-cœur. « Quoi ? gronda-t-il.

— Sanchez. C'est lui qui a le livre. »

Le Père Noël jeta la flasque sur Josh. Elle heurta son front de plein fouet et se vida d'une partie de son contenu sur lui. Une odeur de pisse envahit les lieux. La légendaire cuvée maison de Sanchez avait encore frappé.

« Je vais le tuer, cet enculé ! » tonna le Père Noël.

Josh avait à peine fini d'essuyer ses yeux que le Père Noël se trouvait déjà au bas de l'escalier, lancé à la poursuite de Sanchez.

28

JD ne savait plus vraiment depuis combien de temps il roulait. Il avait passé son voyage à imaginer toutes les fins possibles de cette histoire. Ainsi que tout ce qui avait pu arriver à Beth. Il n'avait aucun moyen de savoir si elle était encore vivante. Tout ce qu'il savait, c'était que lui, JD, était incapable de mener à bien une mission de sauvetage, pas plus qu'une mission de vengeance. C'était là un boulot pour le Bourbon Kid, l'homme qu'il avait été. Le monde entier continuait à ne voir en lui qu'un horrible tueur en série, mais il savait qu'il n'en était rien. Il était à présent un homme normal, avec une conscience et, plus important en l'occurrence, une âme. Et cette âme était la seule chose qu'il pourrait marchander au Cimetière du Diable.

Les paysages avaient défilé sans arrêt, jusqu'à ce qu'il se retrouve en terrain familier. Il avait déjà emprunté cette route, presque dix ans auparavant. Elle n'avait pas changé, et les plaines désertes qui l'encerclaient étaient toujours aussi nues et désolées. Le ciel était bleu clair, en opposition parfaite aux nuées sombres qui stagnaient au-dessus de Santa Mondega. Lancé à pleine vitesse au beau milieu de la route, JD n'entendait qu'un seul bruit, le rugissement du moteur de sa V8 Interceptor noire, recouverte de poussière.

En passant devant la carcasse calcinée d'une voiture de police sur le côté de la route, il sut qu'il approchait de son but. Cette masse de métal noirci lui rappela la course-poursuite policière dont il avait fait l'objet lors de sa dernière visite au Cimetière du Diable. Il avait envoyé dans le décor plusieurs voitures de patrouille et les avait copieusement arrosées de balles, touchant quasiment toujours sa cible, qu'il s'agisse d'un pneu ou d'une tête de flic.

Quelques kilomètres plus loin, il croisa une station-service abandonnée, qui portait le nom original de « Sleepy Joe ». Lorsque sa silhouette décrépite disparut dans son rétroviseur, JD ralentit. Un carrefour apparut.

La croisée des chemins.

Il leva le pied de l'accélérateur, se rangea sur le côté de la route juste avant le carrefour et coupa le contact. Il n'y avait personne en vue. Pas âme qui vive. Mais c'était bel et bien ici. Ici qu'il passerait un pacte. Le genre de pacte qu'avait passé Robert Johnson avec le diable, en 1931.

Il ouvrit sa portière et marcha le long de la route poussiéreuse. Il pesait sur le Cimetière du Diable un silence inquiétant. Rien à voir avec le silence qu'on trouvait dans tous les autres déserts de la planète. Le vent soufflait sans émettre le moindre son. Le seul bruit audible à des kilomètres à la ronde provenait de JD. Le crissement du gravier sous les semelles de ses bottines noires était le seul indice qu'il n'était pas en train de rêver.

Le carrefour était tel qu'il se le rappelait. Le poteau censé indiquer les différentes directions avait disparu, comme cela avait été le cas bien des années auparavant.

Mais où était donc l'homme qui connaissait les directions ?

JD se planta au milieu du carrefour et regarda autour de lui. Si sa mémoire était exacte, l'Hôtel Pasadena s'était jadis dressé à quelques kilomètres d'ici, vers la droite. Mais où menaient les autres routes ? Il regarda à gauche et ne vit rien d'autre que le désert infini, avec, au loin, toujours les mêmes montagnes orangées. Pareil dans toutes les directions. Il considérait ce paysage de désolation lorsqu'il entendit une voix. La voix de celui qu'il attendait.

« Je me demandais quand est-ce que tu reviendrais. »

C'était Jacko. Le bluesman.

Cette vieille connaissance venait de l'est et s'avançait vers lui, au beau milieu de la route, un étui à guitare noir au bout du bras.

Le jeune homme portait le même costume noir, le même borsalino et les mêmes lunettes noires que le Bourbon Kid lui avait jadis dégottées pour son imitation des Blues Brothers dans le cadre du concours « Back from the Dead ». Il n'avait pas pris la moindre ride depuis la dernière fois qu'ils s'étaient vus : il avait toujours le même visage frais et plein de santé d'un jeune musicien espérant percer dans le métier.

« Tu me dois une paire de lunettes, lui rappela JD.

— Moi aussi, ça me fait plaisir de te revoir.

— Tu sais pourquoi je suis là ?

— Bien sûr. »

JD était heureux de ne pas avoir à s'expliquer auprès de Jacko (qui, il s'en souvenait parfaitement, pouvait se montrer très énigmatique et très chiant). Le fait que Jacko connaisse la raison de son retour au Cimetière du Diable ne l'étonna pas. Il avait toujours eu le sentiment que leurs chemins se croiseraient à nouveau. Conviction partagée du reste par le musicien depuis leur première rencontre.

« Il se passe quoi, maintenant ? demanda JD.

— Je peux t'arranger une entrevue.

— Fais ça. »

Jacko hocha lentement la tête en souriant : « Tu veux vraiment finir comme moi ? À errer dans le Cimetière pour l'éternité ? »

JD haussa les épaules : « Le seul inconvénient que je vois à ça, c'est que t'y seras toi aussi.

— Tu ne changes pas, hein ?

— Ben en fait, il se trouve que si. Si je n'avais pas changé, je ne serais pas ici.

— Tu serais revenu de toute façon. Tu ne le savais tout simplement pas la dernière fois.

— Contente-toi de faire les présentations. »

Jacko posa son étui de guitare par terre. « À qui souhaites-tu parler ?

— À ton avis ?

— Ce n'est pas à moi de le dire.

— Je crois que je suis venu voir l'homme en rouge. »

Une voix se fit entendre derrière lui : « Je suis là. Il suffisait de m'appeler. »

JD passa la main sous son cuir et en sortit un revolver. Il fit volte-face et pointa le canon en direction de la voix. Appuyé contre sa V8 Interceptor noire, se tenait un homme à la peau noire, vêtu d'un costume rouge, coiffé d'un chapeau melon de même couleur et arborant un large sourire. Ses dents, illuminées par le soleil, renvoyaient un éclat aveuglant. Ses yeux étaient aussi jaunes que le sable du désert.

« Comment ça fonctionne, alors ? » demanda JD sans baisser son arme.

L'homme en rouge tendit la main et attendit que JD la serre.

De toute façon, quel autre choix avait-il ?

Aucun.

Il rangea son revolver sous son cuir. Il avait fait tout ce chemin dans un seul but : passer un marché avec cet homme. Le saluer, c'était bien le moins qu'il puisse faire. En regardant l'homme en rouge droit dans les yeux, il tendit le bras. Les deux hommes se serrèrent la main. Une poignée ferme que JD voulait cependant écourter. Dès que l'homme en rouge desserra légèrement son étreinte, JD éloigna sa main.

L'autre s'assit confortablement sur le capot de la V8. Le soleil brillait au-dessus de son épaule droite.

« Cela fait bien longtemps que j'attendais ce tête-à-tête, dit-il. La dernière fois que tu es passé par ici, tu n'es pas resté assez longtemps pour qu'on fasse véritablement connaissance.

— Et cette fois non plus, j'ai pas le temps de papoter. Vous pouvez m'aider, oui ou non ?

— Bien sûr que je peux t'aider. Mais mon aide, quelle qu'elle soit, aura un prix.

— Si c'est mon âme que vous voulez, elle est à vous. J'en ai plus besoin. »

Le sourire de l'homme en rouge s'élargit encore. Il n'avait pas son pareil dans ce genre de négociations, et c'était encore plus vrai lorsque toutes les cartes étaient entre ses mains. Il était évident que le marché qu'il proposerait serait complètement merdique. Il haussa un sourcil perplexe et dit : « JD, cela te surprendra certainement, mais ce n'est pas ton âme que je veux. Tu as quelque chose de bien plus précieux, et de très loin, à mes yeux. »

Ça, ce n'était pas prévu au programme. JD s'était attendu à ce qu'il accepte de prendre son âme en contrepartie. Néanmoins, il n'avait pas fait tout ce chemin pour refuser l'offre qu'on lui soumettrait. Il devait accepter, même si les termes du pacte n'avaient rien de raisonnable.

« Vous n'avez qu'à demander », dit JD.

L'homme en rouge hocha la tête. « Dis-moi d'abord ce que tu veux, toi. Ensuite, je te donnerai mon prix.

— Tout ce que je veux, c'est redevenir l'homme que j'étais.

— L'homme que tu étais la semaine dernière ?

— Ouais. Je veux redevenir un fils de pute de meurtrier. Alors vous allez me rendre mon ancienne nature ou vous allez continuer à baragouiner comme un trou du cul sentencieux ? »

L'homme en rouge éclata de rire. Un rire forcé, mais chaleureux. « Ha ! ha ! ha ! Moi aussi, je veux que tu redeviennes ce fils de pute de meurtrier. Tu étais alors beaucoup plus intéressant. Tu ne m'en voudras pas de te le dire franchement, mais maintenant tu es un peu chiant. Insignifiant, à bien des égards.

— C'est ce que ça fait d'avoir une âme et une conscience. C'est pas pour moi, ces conneries.

— Heureux de l'entendre.

— Alors ? C'est possible ? »

L'homme en rouge s'assit sur le capot de la voiture. Il croisa les jambes. Puis il ôta son chapeau melon rouge et le posa sur ses cuisses. Ses cheveux étaient denses, noirs et bouclés.

« Bien sûr que c'est possible, finit-il par répondre. Tu vois, toi et moi avons un centre d'intérêt commun.

— C'est-à-dire ?

— Les resquilleurs.

— Quoi ?

— Les resquilleurs.

— J'ai bien entendu. Vous parlez de quoi ?

— Des vampires. Ces créatures qui devraient brûler en enfer et qui font du rab sur terre, ça me débecte ! Les loups-garous aussi, et surtout, surtout, cette putain de momie ! Tu sais, ce Ramsès Gaïus a passé des siècles au purgatoire avant que tu le délivres de la malédiction qui pesait sur lui. J'étais convaincu qu'il me reviendrait un jour. Et je dois te l'avouer, l'envie de l'avoir à ma table me taraude toujours autant.

— Tant mieux pour vous.

— Et Jessica, alors elle, c'est le bouquet. »

L'homme en rouge s'anima considérablement. Manifestement, il nourrissait à son endroit une véritable passion, d'une nature qui n'était cependant pas très claire. « Elle m'a toujours échappé. Et pourtant, combien de fois t'es-tu retrouvé à deux doigts de me l'envoyer ? Très franchement, le fait qu'elle ait réussi à m'échapper depuis tout ce temps relève tout simplement du miracle. »

JD était à la fois surpris et ravi d'entendre ces révélations. « Alors vous allez m'aider à la tuer ? demanda-t-il.

— Je vais te rendre ton ancienne nature et j'équilibrerai un peu la partie, répondit l'homme en rouge. Mais je ne peux pas t'aider à la tuer. Seul le destin en décidera.

— C'est pas le destin qui la tuera. C'est moi. »

L'homme en rouge hocha la tête. « Si tu étais vraiment destiné à la tuer, tu l'aurais fait depuis longtemps.

— C'est censé vouloir dire quoi ?

— Souviens-toi simplement de ces mots la prochaine fois que tu l'affronteras.

— Allez, ras le cul de vos énigmes à la con. Qu'est-ce que vous voulez de moi, en échange ? »

Dans son dos, JD entendit la voix de Jacko : « Une chose est sûre : ça ne va pas te plaire. »

L'homme en rouge remit son chapeau melon et quitta le capot de la voiture pour s'avancer vers JD. « Bien au contraire, dit-il. Tu vas adorer.

— Alors, c'est quoi ? »

L'homme en rouge posa une main sur l'épaule de JD. « Chaque chose en son temps, dit-il. Tout d'abord, avant que je ne te donne ce que tu désires, j'aimerais recevoir un petit quelque chose de ta part. Un acompte, si tu veux. Non remboursable, bien sûr.

— OK.

— Ta caisse. »

JD le regarda d'un air soupçonneux : « Ma voiture ? Si je vous passe ma voiture, comment je vais faire pour retourner à Santa Mondega ?

— Oh, très cher, je t'y emmènerai plus rapidement que n'importe quel véhicule !

— D'accord. » JD tira ses clefs de sa poche et les passa à l'homme en rouge. « Faut juste que je prenne deux ou trois trucs qui sont restés dedans. »

L'homme en rouge secoua les clefs dans sa main sans cesser de sourire. « Tu n'as besoin de rien de ce qui se trouve dans la voiture. Tu trouveras tout ce qu'il te faut au bout de cette route », dit-il en pointant du doigt le poteau indicateur du carrefour. Il était réapparu au bord de la croisée des chemins, avec ses quatre panneaux de bois blancs. Sur celui pointé vers l'ouest était écrit en lettres noires un seul mot. Une seule destination : « PURGATOIRE ».

JD se retourna vers l'homme en rouge.

« Qu'est-ce qui m'attend au purgatoire ? demanda-t-il

— Une sorte de test, répondit l'homme en rouge sans se défaire de son sourire supérieur. Une épreuve que tu devras passer avec succès pendant que je préparerai ton contrat. »

JD reporta son regard sur l'autoroute déserte. « C'est quoi ce test ? » s'enquérit-il.

Pour toute réponse, il n'entendit que la portière de la voiture s'ouvrir. Il se retourna à nouveau et eut le déplaisir de voir l'homme en rouge derrière le volant de sa V8 Interceptor noire. Le moteur ne mit pas longtemps à rugir. L'homme en rouge lui décocha un clin d'œil, fit mugir le moteur au point mort, puis, dans un bruyant crissement de pneus, démarra en trombe, soulevant une nuée de sable et de poussière. Impuissant, JD vit la voiture s'éloigner, prenant la direction du coin de désert où s'était jadis dressé l'Hôtel Pasadena.

Il se retourna vers Jacko. Le bluesman avait sorti sa guitare de l'étui. Il l'avait déjà passée en bandoulière et tenait l'instrument noir et racé dans ses mains, prêt à en jouer. Il plaqua un accord et commença à chanter :

« Down to the crossroads... »

JD plongea sa main sous son cuir et en tira à nouveau son revolver, qu'il pointa droit sur la tête de Jacko. « Ferme. Ta. Gueule », grogna-t-il.

Jacko cessa de jouer et désigna le panneau indiquant la direction du purgatoire. « Marche jusqu'à ce que tu te sentes prêt à tout recommencer. »

29

Le Livre de la mort bien calé sous l'aisselle gauche, Sanchez marchait d'un pas lourdaud dans la neige, en direction de sa voiture de patrouille. Il l'avait garée sur une place réservée aux handicapés au coin de la rue, alors même qu'il en avait repéré d'autres plus près de la bibliothèque. Il y avait bien trop de gens dans cette ville qui possédaient des cartes handicapé sans l'être : à présent qu'il était policier et pouvait stationner où ça lui chantait, il n'avait pas hésité une seule seconde à choisir la place réservée aux personnes supposément invalides. Décision qu'il commençait du reste à regretter à cause du froid qui se faisait de plus en plus mordant. Aussi loin qu'il se souvienne, il n'avait jamais fait aussi froid à Santa Mondega. Sans parler de cette foutue obscurité qui régnait partout. Le seul bon côté, c'était que, avec l'éclairage public et la neige qui recouvrait tout, les rues avaient pour une fois un petit aspect festif. Ça ne voulait pas dire pour autant que Sanchez aimait bien Noël. De son point de vue, Noël ne représentait qu'une bonne excuse pour tout un tas de monde de lui demander de l'argent en pleine rue, au profit des sans-abri qui manifestement souffraient encore plus durant les fêtes de fin d'année. Sanchez ne saisissait pas bien ce dernier point : les sans-abri recevaient constamment des trucs gratuits, et durant la période de Noël on leur en donnait encore plus. Ce qui lui restait tout particulièrement en travers de la gorge, c'était le fait que les clodos aient de la soupe gratuite au foyer d'accueil, alors qu'il ne lui était permis à lui que de saliver en en reniflant le fumet dans la rue.

La soupe d'aujourd'hui devait être un bouillon de poule, à en juger par le parfum exquis qui se dégageait du verre en polystyrène dans lequel buvait un clochard, au coin de la rue. C'était un vieil homme vêtu d'un manteau vert usé et d'un pantalon gris déchiré. Il ne portait pas de chaussures, rien que d'épaisses chaussettes grises percées de trous, par lesquels dépassaient ses orteils. Sanchez fit semblant de ne pas le voir, espérant pouvoir passer sans se faire harceler. Quand il arriva à la hauteur du clochard, ce dernier releva pourtant les yeux.

« Une petite pièce, monsieur l'agent ? demanda-t-il. C'est pour un café.

— Désolé, j'ai rien sur moi. »

Le clochard tendit le bras et attrapa un pan du pantalon de Sanchez. Il tira dessus si fort qu'il faillit déséquilibrer Sanchez. Il avait une sacrée poigne, pour un vieux. Sanchez tenta de s'en débarrasser comme s'il s'agissait d'un chien se frottant contre son tibia, mais ce vieil enfoiré n'avait pas l'intention de lâcher prise aussi facilement.

« Écoute, vieux crado, lança sèchement Sanchez. Si tu ne me lâches pas la jambe, je te coffre pour vagabondage ! »

Le clochard ignora la menace. « J'ai juste besoin d'un petit café. Il caille, dehors. Vous laisseriez pas un vieux bonhomme crever de froid, quand même ? »

Sanchez soupira. Il fouilla dans l'une des poches de son pantalon afin de voir s'il lui restait de la monnaie. Il en avait pas mal, ainsi qu'un Zippo et la page qu'il avait arrachée du *Livre de la mort*. Il faudrait bien détruire cette page à un moment ou un autre. Sanchez eut alors une idée.

« J'ai quelque chose qui va te réchauffer », dit-il.

Les yeux gris et maussades du clochard s'illuminèrent et il lâcha le pantalon de Sanchez, levant les yeux dans sa direction comme un chiot attendant un biscuit. Sanchez tira de sa poche son Zippo qu'il tint au niveau du visage sale et plein d'espoir du vieil homme. Il l'ouvrit et l'alluma : la flamme d'une bonne taille sembla égayer un peu le décor sordide de cette rue. Le clochard semblait toujours aussi enthousiaste, pensant peut-être que le policier lui donnerait son briquet, qui devait valoir quelques dollars. Hélas, Sanchez tira de sa poche la page du *Livre de la mort*. Il la défroissa tant bien que mal, tout en gardant l'ouvrage bien serré sous son aisselle. Le clochard fronça les sourcils, se demandant ce qu'il pouvait bien fabriquer. Lorsqu'il eut fini de lisser autant que possible la feuille, Sanchez la saisit par un coin, plongeant le coin opposé dans la flamme du briquet. Les flammes se mirent aussitôt à dévorer le papier.

« Tiens, dit Sanchez en tendant la feuille enflammée. Ça te tiendra chaud. »

Le clochard éloigna sa main, regimbant devant ce faux cadeau.

« C'est tout ce que j'ai », dit Sanchez en déposant la feuille aux pieds du clochard. Celui-ci se renfrogna, mais tendit tout de même ses mains décharnées au-dessus de la flamme souffreteuse dans l'espoir d'avoir un peu moins froid.

« Sale radin, marmonna-t-il.

— Merci bien », répondit Sanchez, nullement vexé par l'insulte. Il referma le briquet, le rangea dans sa poche et poursuivit sa route, tournant à l'angle en direction de sa voiture, et se félicita intérieurement de s'être acquitté de sa B.A. annuelle.

Quelque chose frappa soudain sa joue de plein fouet. Ce quelque chose explosa dans ses cheveux et sur son visage en une multitude de gouttes glacées. Le froid engourdit instantanément son oreille.

Il s'arrêta pour s'essuyer le visage et se rendit compte que quelqu'un venait de lui envoyer une boule de neige avec une précision diabolique. Il regarda dans la direction du tir et aperçut sur le trottoir d'en face une vieille dame vêtue d'un long manteau bleu foncé, et tenant une canne à la main. Son visage lui rappela quelque chose. En fait, au moment où elle lui adressa un doigt d'honneur en criant « Connard ! », il la reconnut tout à fait : c'était la vieille bique qu'il avait fait tomber la veille en actionnant par surprise sa sirène, afin d'amuser Jessica. Apparemment, cette vieille sorcière n'avait aucun sens de l'humour. Sanchez n'avait cependant ni le temps ni la patience de s'occuper de son cas, ce qui ne l'empêcha pas de se jurer de lui administrer le même traitement à la sirène dès que l'occasion s'en présenterait.

Vu l'état du trottoir, recouvert de neige et de verglas, l'impact de la boule aurait pu lui faire perdre l'équilibre : Sanchez poursuivit donc son chemin d'un pas encore plus prudent qu'auparavant. En arrivant devant sa voiture, il posa *Le Livre de la mort* sur le toit, à côté de la sirène, et fouilla sa poche gauche. En sortant ses clefs, le Zippo tomba et glissa sur la chaussée.

« Putain de merde », marmonna-t-il.

Il s'accroupit afin de ramasser le briquet, en tentant tant bien que mal de ne pas mettre un genou dans la gadoue glacée : il faisait déjà bien assez froid comme ça pour ne pas en plus mouiller son uniforme. Le briquet s'était immobilisé dans un tas de neige sale sous la voiture, quasiment hors de portée. Tout en tâtant le verglas, Sanchez vit sur la neige une ombre se dresser. Malgré le faible éclairage public, l'ombre qui se profilait sur le sol était d'une taille imposante. Il se redressa légèrement et regarda par-dessus son épaule. Derrière lui, plus terrifiant que jamais, se dressait le Père Noël qu'il avait bousculé dans l'escalier de la bibliothèque.

« Vous voulez quoi ? » demanda Sanchez en se relevant.

Le Père Noël ouvrit alors la bouche. Sa mâchoire supérieure était hérissée de puissants crocs. Ce mec était un putain de vampire. Et un gros, en plus.

L'imposant Père Noël siffla entre ses dents, et un souffle méphitique venu du fond de ses entrailles fouetta le visage de Sanchez. En percevant cette puanteur qu'il apparenta à celle d'un kebab pourri, Sanchez recula instinctivement. Le Père Noël, quant à lui, tendit le bras par-dessus l'épaule du barman policier, en direction du livre resté sur le toit.

« Passe-moi ce bouquin ! grogna-t-il.

— Jamais de la vie ! » cria Sanchez en se retournant en un éclair.

Il parvint à mettre la main sur le livre avant le vampire. Ses doigts potelés et engourdis firent glisser l'ouvrage sur le toit pour le plaquer contre sa poitrine et, tous coudes dehors, Sanchez tenta de se protéger du sanguinaire Père Noël. Ce dernier sauta sur son dos et, l'enserrant de ses deux bras, tenta de lui arracher le livre.

Sanchez se débattit. S'il parvenait à faire lâcher prise au Père Noël, il aurait peut-être le temps de se réfugier à l'intérieur de la voiture. Mais obnubilé par la nécessité de tenir le livre de toutes ses forces, il lui était difficile de faire quoi que ce soit d'autre en même temps. Pour rien au monde il n'aurait abandonné ce bouquin (et la récompense de cinquante mille dollars) à ce gros Père Noël qui pesait un bon quintal de trop.

Malheureusement, en termes de force et d'expérience du corps à corps, Sanchez ne faisait pas le poids face à cet enfoiré de bestiau à barbe grise et à bonnet rouge. Le Père Noël parvint enfin à toucher le livre et, d'une seule main, se mit à le tirer à lui. Les deux hommes commencèrent alors à se le disputer, tels deux petits enfants s'arrachant un ours en peluche. Sanchez tirait toujours lorsque, par surprise, le Père Noël poussa dans sa direction. L'ouvrage heurta violemment l'abdomen de Sanchez. Déséquilibré, il glissa sur une plaque de verglas et tomba à la renverse. En refusant de lâcher le livre, il n'avait réussi qu'à se faire jeter à terre et chevaucher par un vampire obèse.

Ni l'un ni l'autre ne parvenaient cependant à s'imposer. À chaque seconde qui passait, les chances de remporter une victoire s'amenuisaient pour Sanchez. La soif de sang se lisait dans les yeux du vampire qui, après ne s'être exclusivement intéressé qu'au livre, lorgnait à présent le cou dodu de Sanchez. Il faisait si froid que la peau de celui-ci rougeoyait littéralement. Du point de vue du vampire, cela avait tout d'un steak juteux à souhait.

Le Père Noël se jeta en avant afin d'y planter ses crocs et, de toutes ses forces, Sanchez tira *Le Livre de la mort* afin de s'en servir comme d'un bouclier. D'un violent coup, il parvint à le relever. La couverture rigide percuta le menton du Père Noël, projetant sa tête en arrière à l'instant où il allait croquer une pleine bouchée de chair.

Pour se sortir de cette merde noire, un plan d'évasion drastique s'imposait. Par chance, Sanchez jouissait d'un instinct de survie dont une fouine aurait à peine pu rêver. De sa main gauche, il saisit la barbe du Père Noël et tira dessus. Comme il s'y attendait, le postiche était attaché par un élastique à la tête du vampire. Il tira la barbe aussi loin qu'il put avant de la relâcher soudainement, de sorte qu'elle fouetta le visage de son agresseur en recouvrant sa bouche et, plus important encore, ses crocs. Cela ne démonta pas le moins du monde le vampire qui profita de l'occasion pour tirer le livre à lui avec une force redoublée, en remettant à plus tard ses projets de snack sur le pouce. Il ne lui fallut qu'une ou deux secondes pour l'arracher complètement des mains de Sanchez. Triomphant, il s'assit alors sur le malheureux barman en affichant un large sourire dément. Il jeta le livre par terre, à côté de lui, et jeta un regard presque concupiscent à Sanchez en remettant en place sa fausse barbe.

« C'est l'heure de crever, gros tas ! » lança-t-il en plongeant la main sous sa veste rouge pour en ressortir une flasque argentée. « J'ai goûté à ton remontant, à toi de goûter le mien ! grogna-t-il.

— Sans façon », répliqua Sanchez en tâtonnant frénétiquement la neige qui se trouvait sous sa voiture de patrouille.

Le Père Noël dévissait le bouchon de la flasque lorsque Sanchez trouva le moyen de lancer l'opération « fouine furtive » : ses doigts venaient de se poser sur le métal froid du Zippo. Il attrapa le briquet, l'ouvrit et le passa sous la barbe du Père Noël. Celui-ci ne vit rien venir et Sanchez, avec un plaisir non dissimulé, observa la barbe grise de ce gros enfoiré s'enflammer.

« PUTAAAAAAAAAAIN ! » hurla le Père Noël alors que les flammes lui léchaient le visage. Il roula de côté pour s'étaler sur le trottoir recouvert de neige et laissa tomber sa flasque.

Tandis que le vampire se roulait face contre terre dans la neige pour tenter d'éteindre sa barbe, Sanchez saisit sa chance. Il se releva et empoigna la flasque argentée. Le bouchon s'était détaché et un liquide vert coulait du goulot. Sanchez se dit qu'il devait s'agir d'un alcool quelconque, sans aucun doute inflammable : il brandit la flasque au-dessus du Père Noël, dans l'espoir d'en verser sur la barbe en feu avant que sa victime ne réussisse à l'éteindre. Le timing fut parfait. Le Père Noël se retourna sur le dos au moment même où Sanchez renversait la flasque : le liquide vert coula sur la barbe et sur toute la partie inférieure du visage du vampire. Quelques gouttes glissèrent dans sa bouche, et il écarquilla les yeux d'horreur. Les flammes s'étaient éteintes, mais il s'en dégageait encore un petit nuage de fumée noire qui le faisait tousser et postillonner.

Sanchez abaissa la flasque et se prépara à exécuter sa prise de catch favorite, le splash. Il se jeta en l'air en direction du Père Noël, comme il avait vu Earthquake, son catcheur préféré, le faire à la télévision. Atterrissant à cheval sur sa victime, il ralluma son Zippo. Le Père Noël ne luttait plus. En fait, il gisait sur le dos, totalement immobile.

Sanchez se félicitait intérieurement de sa totale maîtrise du splash et de l'efficacité de ce coup lorsqu'un détail retint son attention : des traces verdâtres sur les lèvres de son adversaire terrassé. Il se rappela soudain les rumeurs concernant un tueur d'enfants paralysant ses victimes grâce à un poison vert. Était-ce ce vampire qui était derrière les assassinats de tous ces gamins sans défense ? En tout cas, c'était à présent lui qui était impuissant. Et l'heure était venue pour Sanchez de le gratifier de quelques répliques vengeresses à la Schwarzenegger.

« Tu devrais arrêter ce truc, ça te rend complètement amorphe », dit-il.

Le Père Noël ne répondit pas. Il en était incapable. La paralysie l'avait déjà gagné. Mais son regard était plus qu'éloquent. Il reflétait une terreur absolue à l'idée de ce qui l'attendait. Pour une fois, Sanchez avait l'opportunité de faire payer le prix fort à un monstrueux assassin, au nom de toutes ses malheureuses victimes. L'occasion d'agir en vrai héros en vengeant la mort de tant d'innocents. Enfin, la chance lui souriait, et rien n'aurait pu gâcher cet instant tant de fois rêvé.

Il considéra la flamme de son Zippo, puis baissa les yeux vers le vampire. « Eh ben ? Tu m'as l'air de plus trop péter le feu ! » dit-il dans un sourire satisfait (en se disant cependant qu'il était vraiment dommage que personne ne soit là pour profiter de ses cinglantes reparties). « Allez, quoi ! Sors-moi donc un de tes "ho, ho, ho" ! »

Le vampire avait l'air horrifié, mais il ne bougea pas d'un millimètre.

Sanchez décida d'éteindre le briquet pour l'instant et ramassa la flasque. Il répandit encore un peu de liquide vert inflammable sur les vêtements du Père Noël, puis se recula légèrement. Il revissa le bouchon de la flasque, et rangea celle-ci dans sa poche intérieure en se disant qu'elle remplacerait à merveille celle qu'il lui avait donnée. Puis il ralluma son briquet. Le fait de jouer avec les nerfs de ce gros enfoiré en faisant bouger la flamme du Zippo sous ses yeux conférait à Sanchez un sentiment de puissance incommensurable. Il n'avait qu'à laisser tomber le briquet sur la fausse barbe du vampire et, en l'espace de quelques secondes, ce schizo paralysé serait réduit à un petit tas de cendre. Mais avant cela, quelques fanfaronnades supplémentaires semblaient s'imposer.

« Pas très sympa d'être allongé sur le dos avec un type qui te regarde de haut en te menaçant de mort, hein ? » lança Sanchez en lui décochant un coup de pied dans les côtes pour faire bonne mesure.

La chose s'avéra être très divertissante. Sanchez envoya un autre coup de pied, plus fort cette fois-ci. Il brandit ensuite le Zippo, et s'apprêtait à le lâcher enfin lorsqu'il entendit quelqu'un crier dans son dos. C'était la voix d'une petite fille, 10 ans grand maximum.

« Hé, regardez, là-bas ! Ce mec est en train de tabasser le Père Noël ! »

Sanchez regarda par-dessus son épaule et aperçut à l'autre bout de la rue une troupe de Tournesols, le groupe de scoutisme pour petites filles de Santa Mondega, connues pour leurs sérieux problèmes de comportement. Toutes portaient un pull vert, une jupe bleue et un bonnet à pompon de la même couleur pour les protéger du froid. En soi, pas vraiment une vision d'horreur, mais il y en avait une bonne trentaine. Sanchez aperçut la responsable du groupe : c'était une dame plutôt forte d'une quarantaine d'années, avec une tête de girafe et une coupe au bol. Fort heureusement, elle se trouvait en queue de peloton. Celle qui inquiétait vraiment Sanchez, c'était la petite fille qui avait ameuté ses camarades. Elle était en tête de troupe et le pointait du doigt. Et cette petite fille était loin d'être effrayée : en fait, on lisait sur son visage une colère noire. Elle se pencha et tira quelque chose d'une de ses chaussettes. Quelque chose qu'elle brandit. Un couteau à cran d'arrêt. Elle l'ouvrit en un éclair et en pointa la lame vers Sanchez. Puis elle se retourna vers sa troupe.

« ATTRAPEZ-LE ! » cria-t-elle.

Instantanément, les trente Tournesols de 10 ans partirent à la charge. Celle qui tenait le couteau courait en tête, le visage déformé par un rictus digne d'un pitbull enragé. La responsable, quant à elle, suivait la meute en secouant furieusement son poing à l'intention de Sanchez. Manifestement, elle venait de se rendre compte des sévices qu'il faisait subir au Père Noël, et c'était loin de lui plaire.

« C'est pas du tout ce que vous croyez ! » hurla Sanchez à la horde sauvage.

En vain. Les petites filles criaient si fort qu'il lui était impossible de se faire entendre. Sanchez regarda une dernière fois le vampire paralysé, et lâcha son Zippo.

WHOOSH !

À peine la flamme eut-elle effleuré le liquide vert qui maculait l'habit du Père Noël que celui-ci explosa dans une gerbe de feu. Face à ce spectacle atroce, les petites filles s'immobilisèrent et restèrent bouche bée, le regard rivé au Père Noël qui partait en fumée. Cette image resterait sans doute à jamais gravée dans leur esprit, telle une balafre.

Fort malheureusement, une fois le premier choc passé, elles reprirent leurs esprits. Et elles étaient encore plus furieuses qu'avant : leurs cris confinèrent à la rage la plus pure.

Sanchez s'empressa de se pencher pour ramasser *Le Livre de la mort*. Le Père Noël n'était plus qu'une boule de feu d'un mètre cinquante de haut. Les flammes léchaient le flanc de la voiture, interdisant tout accès à Sanchez. Celui-ci ne perdit pas une seconde : il se retourna et se précipita dans la rue verglacée, en priant pour ne pas glisser.

Trente Tournesols hystériques le pourchassaient, mues par une soif de vengeance sanguinaire.

30

JD arpentait la route poussiéreuse, droit vers l'horizon. Le soleil brillait, aveuglant dans le ciel bleu, pourtant JD ne ressentait aucune chaleur. La température, au même titre que le vent, avait été totalement neutralisée. Il avait l'impression de marcher à contresens sur un tapis roulant depuis déjà une éternité. Le paysage ne changeait pas et l'horizon semblait toujours aussi lointain. JD n'était entouré que par l'étendue nue et aride du Cimetière du Diable. Tout paraissait recouvert du même lustre éblouissant. Le seul son audible était celui de ses bottes sur la route. Tout avait été réduit au silence. Même sa respiration ne produisait plus le moindre bruit.

Au bout d'un temps indéterminé, JD aperçut enfin quelque chose au loin, sur le côté gauche de la route. Il s'agissait d'un vaste bâtiment au toit de chaume. Il ne l'avait pas remarqué depuis deux secondes que le temps sembla soudain s'accélérer. L'horizon s'approcha à une vitesse hallucinante et les quelques filaments nuageux traversèrent le ciel aussi rapidement que des flèches, le tout en à peine deux pas. Quasiment d'un instant à l'autre, JD se retrouva au pied du bar de bord de route. Vu de dehors, cet établissement ressemblait assez à ceux qu'on trouvait à Santa Mondega. Ce lieu était-il une invention de son esprit ? On aurait dit un saloon de western. Une sorte de mélange du Tapioca et du Nightjar, mais en dix fois plus grand, et en cent fois moins engageant. Il était pourtant clair que c'était l'endroit qu'il cherchait. Il allait devoir y pénétrer.

Le nom du bar au néon rouge brillait au-dessus de l'entrée :

PURGATOIRE

Il emprunta un court sentier de gravier et de poussière jusqu'à la porte du saloon. À chaque pas, la rumeur des conversations qui provenaient du bar gagnait en puissance. Les murmures se changèrent bien vite en un véritable vacarme. Le bar était manifestement rempli de clients. À mesure qu'il approchait, l'appréhension de JD augmentait. Il ignorait totalement ce qui l'attendait à l'intérieur, mais, à en juger par le bruit et l'ambiance qui y régnaient, c'était le genre d'endroit où le Bourbon Kid avait toute sa place. Malheureusement, il avait toujours l'impression d'être JD. Peut-être le changement surviendrait-il une fois à l'intérieur ? Il avait le fort pressentiment que quelques mises à mort risquaient d'être requises. Selon toute probabilité, l'heure de mettre à l'épreuve ses bons vieux talents d'assassin était proche.

Il arriva à hauteur des deux battants de bois de la porte et marqua le pas. Il jeta un regard par-dessus et vit un énorme ventilateur suspendu au plafond du bar. Plusieurs mètres en dessous, il aperçut les têtes d'une foule de buveurs, des hommes pour la plupart, de tous âges, toutes corpulences et toutes tailles. Il posa les mains sur les battants, les poussa et pénétra dans le bar.

Au moment précis où il mit le pied sur le seuil, le bar tout entier fut plongé dans un silence de mort. Toutes les personnes présentes s'interrompirent pour se retourner vers le nouvel arrivant qui tenait encore les battants de la porte dans les mains. Ils semblaient tous s'être transformés en statues de sel. JD avança d'un pas supplémentaire en lâchant les battants qui tressaillirent dans son dos, jusqu'à s'immobiliser. Aucun des clients n'avait bougé.

Devant lui, la foule des buveurs s'était ouverte en un étroit passage qui menait jusqu'au comptoir, derrière lequel un barman solitaire attendait que son nouveau client vienne passer commande. JD s'avança lentement, non sans remarquer les expressions furieuses des hommes qui se tenaient à sa gauche et à sa droite. Une multitude de regards suivait fixement sa progression. Sans s'arrêter, JD examina les visages tournés vers lui. Il en reconnut certains.

C'étaient les visages de personnes qu'il avait tuées.

Il n'identifiait qu'une minorité des individus présents, mais cela ne voulait pas dire pour autant qu'il n'avait pas tué les autres. Le Bourbon Kid avait massacré tant de personnes qu'il ne se souvenait que des plus marquantes.

En arrivant au comptoir, JD sentait le regard des clients lui brûler la nuque. Le barman, un type à l'air franchement louche, le visage dissimulé par ses cheveux noirs filasse, finissait de donner un coup d'éponge. En apercevant JD, il jeta celle-ci sur une étagère qui se trouvait derrière lui. Le visage du barman était un de ceux que JD reconnaissait. Et à l'instar de toute sa clientèle, il n'avait pas l'air heureux de le voir. C'était Berkley, le barman du Nightjar, à Santa Mondega. Le Bourbon Kid lui avait logé une balle dans la tête après avoir vidé un verre de bourbon qu'il lui avait servi. Il se souvenait bien de l'épisode, car il avait vu le cadavre de Rodeo Rex, son malheureux adversaire de bras de fer, curieusement pendu au gros plafonnier du Nightjar. Rex s'était fait proprement terrasser par Jessica, ou Archibald Somers, voire par les deux. De toute façon, ça n'avait aucune importance.

Berkley posa sur le comptoir un verre à whisky vide, juste en face de JD, et sortit de sous le bar une bouteille de bourbon. Étant donné que la dernière fois qu'ils s'étaient vus, JD lui avait littéralement explosé le cerveau, le geste était pour le moins indulgent. L'impact de la balle avait totalement disparu du milieu de son front. Il était tel que JD se le rappelait. Ses cheveux étaient toujours aussi longs, noirs et sales, et il avait toujours le même air de clochard déguisé en barman. Sa chemise blanche malpropre était en grande partie dissimulée sous un gilet noir.

« Sers-moi un verre », dit JD, s'appuyant au bar et jetant un regard à la foule par-dessus son épaule. Tous épiaient le moindre de ses mouvements. Ils étaient des centaines. Et pas un ne semblait se réjouir de sa présence. Rien d'étonnant à cela, par ailleurs.

Berkley déboucha la bouteille de bourbon et se mit à verser le liquide. Il ne remplit que le quart du verre de dix centimètres de haut. JD baissa les yeux sur sa consommation alors que le barman enfonçait déjà le bouchon de liège dans le goulot.

« Il va me falloir un plus gros verre que ça », remarqua JD.

Berkley s'immobilisa : « Plus gros comment ? demanda-t-il.

— Faut vraiment que je réponde ?

— Non. »

Berkley remplit le verre à ras bord et s'éloigna du comptoir. JD considéra à nouveau son verre. C'était le moment de vérité. S'il buvait une gorgée de bourbon, son pacte avec le diable serait scellé. Il ne pourrait plus faire marche arrière. Il redeviendrait l'homme qu'il avait jadis été. Un homme sans âme. Un homme capable de tuer tous ceux qui se trouvaient dans ce bar merdique. Un homme qui les avait sans doute déjà tués auparavant. Et qui avait intérêt à réitérer s'il avait l'intention de sortir d'ici vivant.

Il saisit le verre et en examina le contenu. Une goutte de sueur glissait le long de la surface extérieure. Plongé dans sa contemplation, il entendit une voix dans son dos. Une voix rocailleuse qui disait : « Qu'est-ce que tu viens faire dans notre bar, l'étranger ? Qu'est-ce qui t'amène ici ? »

JD posa le verre sur le comptoir. Il reconnaissait cette voix. C'était celle de Ringo, un gros con qu'il avait buté il y avait quelque temps de cela au Tapioca. À grands coups de coude, Ringo sortit du côté gauche de la foule. Lui non plus n'avait pas changé d'un poil. C'était toujours la même raclure corpulente, huileuse et mal rasée, vêtue d'un pantalon marron sale et d'une chemise grise tachée de sueur. Il vint se camper au comptoir, à gauche de JD, et lui jeta un regard noir.

JD soupira. « Je ne cherche de problèmes à personne. »

Ringo afficha un large sourire menaçant et grogna : « Eh bien, tu vois, je suis un problème ambulant, et on dirait bien que tu m'as trouvé. »

Le barman s'éloigna du comptoir en rebouchant la bouteille. JD hocha la tête et se retourna vers Ringo pour le regarder droit dans les yeux.

« T'apprendras donc jamais rien, hein ? »

Ringo posa une main sur l'épaule de JD et serra fort. De son autre main, il sortit un pistolet du holster qui pendait sous son bras et le pointa en direction du visage de JD. « À en croire la rumeur, le Bourbon Kid serait dans le coin. C'est bien du bourbon que t'es en train de boire, non ? C'est toi, le Bourbon Kid ? »

JD inspira profondément. « Tu sais pourquoi on l'appelle le Bourbon Kid, pas vrai ? »

Une voix masculine haut perchée s'éleva de la foule des spectateurs : « Moi, je sais. Il paraît que quand le Kid boit du bourbon, il se transforme en un putain de colosse, un putain de malade, et il pète les plombs et tue tout ce qui bouge. On dit qu'il est invincible et que seul le diable en personne peut le tuer.

— Exact, confirma JD. Le Bourbon Kid tue tout le monde. Il suffit d'un verre, et il pète un câble. Il bute tous ceux qui se trouvent dans le même bar que lui, jusqu'au dernier. Et je sais de quoi je parle. C'est arrivé sous mes yeux. Un certain nombre de fois. »

Ringo arma son pistolet et lança à JD d'un ton menaçant : « On va voir ça. Avale ton bourbon. »

JD regarda le verre de bourbon et s'en saisit. Ç'avait l'air d'être du bon. Il jeta un coup d'œil à Berkley. « Barman, c'est du vrai bourbon ? » demanda-t-il.

Berkley parut perplexe. « Bien sûr que oui. Pourquoi ça en serait pas ?

— Pour rien. Simple vérification. »

JD porta le verre à ses lèvres. Le bar tout entier le fixait, attendant qu'il avale son bourbon, en proie à une tension à peine supportable. Comme pour les torturer plus encore, il n'avala pas tout de suite le contenu de son verre. Il observa une pause, plongé dans ses pensées. Voulait-il vraiment suivre cette route qu'il avait jadis arpentée ? Il se dit qu'il conviendrait peut-être de s'excuser pour ce qu'il s'apprêtait à faire. Mais cette pensée ne lui traversa l'esprit qu'une brève seconde et il se sourit à lui-même. Puis, comme un homme qui n'aurait pas bu depuis une semaine, il absorba d'un trait le contenu de son verre, avant de le reposer violemment sur le bar.

C'était bel et bien du bourbon.

31

Le fait d'échapper à une meute de gamines scouts en colère n'était en fin de compte pas aussi simple qu'on aurait pu le croire. Avec le très épais *Livre de la mort* sous le bras, Sanchez devait transporter un poids supérieur à d'habitude. Et la lutte qui l'avait opposé au vampire déguisé en Père Noël l'avait considérablement fatigué. En fait, il tenait grâce à l'adrénaline. Courant hors d'haleine sur le trottoir verglacé, il jeta un coup d'œil par-dessus son épaule pour voir si les Tournesols étaient aussi proches que leurs cris le laissaient entendre. Sans surprise, il se rendit compte qu'elles le rattrapaient peu à peu. L'une d'elles (une petite fille brune qui avait tout de la future médaille d'or du lancer de poids) menait la course et se rapprochait dangereusement de lui. En fait, elle était si près que Sanchez remarqua le duvet qui assombrissait sa lèvre supérieure.

Il lui fallait trouver une échappatoire au plus vite. Comment allait-il pouvoir semer cette troupe en furie ? Il était plus qu'évident que ce ne serait pas par la vitesse. Il lui fallait prendre la tangente. Son grand espoir était de repérer un taxi, de parvenir à l'arrêter et de sauter à bord avant que les scouts le rattrapent.

Les rues de Santa Mondega étaient habituellement pleines de taxis. Détachant son regard de la moustache naissante de la petite fille, il se mit à inspecter les environs sans ralentir. Aucun trafic. Pas le moindre véhicule en vue. La neige avait cloîtré l'ensemble des habitants chez eux.

En un éclair, il opta pour un plan B. Un peu plus loin, une rue partait à gauche, en direction d'un quartier plus animé. Incapable de ralentir alors qu'il abordait le virage, il glissa sur une plaque de verglas. Ses pieds quittèrent complètement le sol. Alors que la partie supérieure de son corps partait à la renverse et que ses pieds continuaient à s'élever dans les airs, il tendit instinctivement les bras vers le sol dans l'espoir de se réceptionner sur les mains. Il lâcha *Le Livre de la mort*, qui rebondit sur le sol gelé au moment même où sa croupe percutait une plaque de verglas particulièrement froide. Et particulièrement glissante. Avant même qu'il ait pu comprendre ce qui lui arrivait, il se mit à glisser sur le trottoir dans une sorte de course-poursuite à très grande vitesse contre *Le Livre de la mort*. Son gros cul était à moins d'un mètre cinquante de l'ouvrage qui le devançait. Le seul point positif de cette position plus que délicate était le fait que Sanchez se déplaçait à présent plus vite que lorsqu'il courait. Le gros problème en revanche, c'était de contrôler la direction dans laquelle il glissait. Il quitta le trottoir les fesses les premières et se retrouva au beau milieu de la chaussée. C'est alors qu'il entendit enfin le bruit d'un moteur qui approchait.

Le verglas de la route n'était pas aussi épais que sur le trottoir : Sanchez ralentit considérablement avant de s'arrêter complètement et vit avec horreur *Le Livre de la mort* rebondir en l'air, en plein dans la trajectoire de la voiture qui approchait. L'ouvrage percuta l'aile du véhicule dans un bruit impressionnant, rebondit à nouveau et retomba sur la route. Désemparé, Sanchez vit le livre s'ouvrir dans sa chute et atterrir dans une flaque de neige et de glace à moitié fondues. Le conducteur freina de toutes ses forces et la voiture s'immobilisa au milieu de la chaussée dans un crissement de pneus.

Sanchez se redressa en position assise. Il avait beau être tenté de rester là un moment afin de reprendre ses esprits et méditer sur la transformation probable de son cul en un énorme hématome, il savait pertinemment que la petite fille enragée qui devançait ses camarades serait bientôt sur lui (à supposer qu'elle était autorisée à traverser sans la permission d'un adulte). Alors qu'il se relevait, le fond de son pantalon complètement trempé, il entendit l'une des portières de la voiture s'ouvrir. Une voix l'interpella : « Sanchez, vite, monte ! »

C'était Flake. La voiture qui avait percuté le livre n'était autre que sa Coccinelle bleue. Elle était arrêtée juste en face de lui, portière passager ouverte, et, derrière le volant, Flake lui faisait signe d'entrer. Il ne lui en fallait pas plus pour bondir à l'intérieur de la voiture et refermer la portière juste à temps pour que la Tournesol moustachue s'y heurte. Il verrouilla et tira la langue à la disgracieuse petite fille tandis que Flake, pied au plancher, redémarrait.

« Attends, cria Sanchez. Arrête-toi à hauteur du livre. »

Flake roula sur quelques mètres en dérapant légèrement sur les plaques de verglas. Sanchez déverrouilla la portière, l'ouvrit et se pencha à l'extérieur afin d'attraper le livre. Flake ralentit et ils s'arrêtèrent exactement à hauteur de l'ouvrage. Malgré ses talents de conductrice plus que limités (c'était du moins l'avis de Sanchez), Flake avait immobilisé sa voiture au meilleur endroit possible. Sanchez tendit le bras, attrapa le livre et le tira à lui. Il le jeta sur ses cuisses et referma la portière, avant de se tourner vers Flake.

« C'est bon, cassons-nous ! » ordonna-t-il.

Flake ne se le fit pas dire deux fois. Elle démarra à nouveau en trombe et lança le véhicule en direction du centre-ville, laissant derrière eux les scouts enragées.

« Ça va ? demanda-t-elle à Sanchez sans quitter la route des yeux. Qu'est-ce qui s'est passé ? Ces petites filles étaient en train de te pourchasser, c'est ça ? »

Sanchez examina *Le Livre de la mort*. La couverture était abîmée, déchirée par endroits, mais le pire, c'était que la majorité des pages étaient complètement trempées.

« Nom de Dieu, Flake, grogna-t-il. Le bouquin est complètement foutu. Tu conduis tellement mal que je vais peut-être devoir tirer un trait sur la récompense. Et puis ça ne va pas plaire à Jessica.

— Je suis désolée, je l'ai pas fait exprès. J'ai vu que tu étais en danger, je n'ai pas vraiment eu le temps de faire attention.

— J'aurais très bien pu m'en sortir tout seul. »

Il souffla sur quelques pages dans l'espoir de les sécher, évidemment sans résultat. Flake ne répondit pas, et, après avoir feuilleté quelques secondes le livre dans des grondements désapprobateurs, Sanchez se rendit soudain compte qu'il y était peut-être allé un peu fort avec elle. Les reniflements qu'il entendit le lui confirmèrent. Discrètement, il lança un regard en direction de Flake. Celle-ci était au bord des larmes. Elle essayait de le cacher, ou de retenir ses pleurs, mais manifestement elle était sur le point de sangloter. Sanchez soupira.

« Qu'est-ce qu'il y a ? demanda-t-il.

— Rick est mort. Quelqu'un l'a tué pour mettre la main sur ce livre. »

Sanchez fut pris de court. La veille à peine, il avait donné une bouteille d'alcool fort à Rick. Quel gâchis ! Et qui pouvait bien être prêt à tuer pour faire main basse sur ce bouquin ? « Merde, lâcha-t-il. Tu sais qui l'a assassiné ? »

Flake hocha la tête. « Non, mais Annie la Folle, sa voisine, a dit qu'elle avait entendu quelque chose hier soir.

— Annie McFanny ?

— Ouais. J'ai parlé avec elle ce matin. Elle était complètement hystérique.

— Qu'est-ce qu'elle t'a raconté ?

— Elle dit avoir entendu Rick se faire torturer toute la nuit.

— Et ça a quoi de marrant ?

— Rien. Selon elle, l'assassin était à la recherche d'un livre.

— *Le Livre de la mort* ?

— J'en sais rien, mais c'est le seul bouquin que Rick avait. Je me suis dit que si l'assassin avait la mauvaise idée d'aller à la bibliothèque, tu risquais d'avoir de sérieux problèmes.

— Annie a vu l'assassin ?

— Je sais pas trop. Elle m'a dit que c'était le Père Noël et ses lutins.

— Ouah ! s'exclama Sanchez. Le Père Noël, tu dis ?

— Ouais. Elle est folle à lier. Il faut voir les choses en face : la moitié de ce qu'elle dit ne rime à rien et, des fois, c'est un peu dur de savoir quelle moitié.

— Je crois qu'elle a raison, pour le coup.

— Quoi ? À propos du Père Noël ?

— Ouais.

— Pour de vrai ?

— Ouaip. Un putain de gros vampire déguisé en Père Noël vient d'essayer de m'arracher *Le Livre de la mort*. Et il avait sur lui une flasque remplie de liquide vert. Un liquide vert qui provoque la paralysie de celle ou celui qui le boit. »

Flake écarquilla les yeux. « Oh mon Dieu, Rick avait les lèvres vertes quand je l'ai retrouvé. Où est passé ce Père Noël ?

— Je lui ai fait goûter son propre poison.

— Le truc vert ?

— Ouaip. Et après ça, j'ai incendié sa barbe. Le reste de son costume s'est enflammé. Mettrais ma main au feu qu'il est mort. »

Flake ralentit à l'approche d'un feu rouge flanqué d'un passage piéton. La voiture glissa sur le verglas, traversant purement et simplement l'intersection, manquant de peu de renverser un ado qui s'engageait sur les clous. Le véhicule finit par s'arrêter à l'autre bout du carrefour, et Flake reprit de la vitesse. « Ça aurait fait plaisir à Rick, dit-elle en essuyant une larme sur sa joue.

— Ouais. Par contre, ces petites filles se sont pas montrées super reconnaissantes.

— Oh ! c'est pour ça qu'elles te pourchassaient ?

— Ouais. Ces petites connes. »

Flake tourna à droite. « On fait une chouette équipe de flics, tous les deux, hein ? dit-elle.

— De quoi ?

— Ben, tu viens de retrouver le livre disparu. »

Sanchez acquiesça. « C'est vrai.

— Et tu viens de tuer le Père Noël qui est sans doute le tueur d'enfants qu'on recherche.

— Ouais. »

Sanchez se complimentait intérieurement. Il s'en était tiré comme un chef. « Par contre, toi, t'as fait quoi ? demanda-t-il.

— Je viens de te sauver d'une bastonnade de Tournesols.

— Prends à gauche, là-bas.

— Pourquoi ça ? On va pas au commissariat ? À mon avis, on devrait aller tout raconter au capitaine Harker. Je suis sûre qu'il sera très heureux d'apprendre toutes ces nouvelles. En plus, on est en retard sur nos heures de service.

— Il faut que je passe par le Tapioca pour essayer de remettre en état ce bouquin que tu as saccagé.

— Oh. Très bien. »

Dans un dérapage, Flake tourna à gauche, dans la direction indiquée par Sanchez. « Tu as besoin d'aide ?

— Non merci, répondit Sanchez en baissant à nouveau les yeux sur le livre. Je crois que tu l'as assez endommagé comme ça.

— J'ai dit que j'étais désolée.

— Je sais, soupira-t-il. Dépose-moi, ça ira. Je me débrouillerai pour aller au commissariat une fois que je me serai occupé du bouquin.

— D'accord.

— Et ne dis à personne que c'est moi qui l'ai, hein ? »

Flake fronça les sourcils. « Pourquoi pas ?

— Parce que j'ai pas envie d'avoir les putains de rennes du Père Noël sur le dos.

— Hein ?

— Apparemment, il y a des gens dans cette ville qui sont prêts à tuer pour mettre la main sur ce bouquin.

— Ça n'a rien d'étonnant, dit Flake. Après tout, ce livre est extrêmement dangereux. Surtout n'écris aucun nom dedans !

— Je crois que ce serait impossible même si je le voulais. Les pages sont complètement imbibées de flotte. Dès que j'arrive, je le mets sur le radiateur. Je peux pas le rendre à Jessica dans cet état. »

Flake inspira longuement. « Tu connais vraiment bien Jessica ? demanda-t-elle.

— Plutôt, oui, répondit Sanchez. J'ai veillé sur sa santé après que le Bourbon Kid a essayé de la tuer. À deux reprises.

— D'accord, mais qu'est-ce que tu sais à son sujet ?

— Pourquoi tu me poses cette question ?

— Parce que… est-ce que tu as déjà envisagé la possibilité qu'elle pourrait faire partie de ceux qui iraient jusqu'à tuer pour acquérir ce livre ? Quand elle est passée au commissariat, elle ne m'a rien dit qui vaille. Il y a quelque chose en elle qui ne me plaît pas du tout. »

Sanchez n'en croyait pas ses oreilles. « Quelque chose qui ne te plaît pas du tout ? C'est-à-dire ?

— Elle a un côté un peu salope, je trouve.

— Hé ! attention à ce que tu dis ! Tu ne la connais pas.

— Désolée, Sanchez. C'est juste qu'elle ne m'inspire aucune confiance. Tu ferais bien d'être prudent. Enfin quoi, son lieu de résidence s'appelle quand même la Casa de Ville. Rien qu'au nom, on sent que cet endroit doit être maléfique, non ? »

Sanchez secoua la tête. « Alors je résume ; tu ne l'aimes pas parce qu'elle habite une maison qui a un nom maléfique, c'est ça ? C'est ridicule. » Il tourna la tête et regarda à travers la vitre pendant le restant du trajet, afin de bien faire comprendre à Flake à quel point il était fâché.

Lorsqu'ils arrivèrent au Tapioca, Sanchez sortit de la voiture en remerciant Flake à contrecœur. Sa première priorité était à présent de retaper *Le Livre de la mort* afin de le remettre à Jessica, à la Casa de Ville, ce lieu au nom si maléfique.

« Maléfique », se répéta-t-il en riant. Flake était vraiment stupide. Sanchez avait hâte de s'y rendre, persuadé qu'il était qu'il ne pouvait s'agir que d'un lieu des plus accueillants.

32

Le sol du bar du Purgatoire était jonché de plus d'une centaine de cadavres fumants. Après la rasade de bourbon, JD avait disparu, remplacé par son alter ego, le Bourbon Kid. Le fait de massacrer tous ceux qui se trouvaient dans le bar s'était avéré aussi jouissif que facile. Le Kid était de retour, et il était fin prêt à retourner à Santa Mondega pour supprimer une bonne fois pour toutes les créatures du mal qui y grouillaient. Cette fois-ci, plus de travail bâclé : pas un ne survivrait.

Berkley, le barman, était le seul encore debout. Il servit au Kid un autre bourbon en remplissant le verre à ras bord sans que son unique client ait à le lui dire. Le Kid s'assit sur un tabouret de bar et s'épousseta. C'était vraiment bon de retrouver son ancienne nature. Alors que les cadavres qui gisaient finissaient de partir en fumée, il entendit quelqu'un entrer. Les battants allèrent et vinrent avant de s'immobiliser. Un bruit de pas crissa sur le sol de la salle, en direction du comptoir.

Une voix masculine, très profonde, résonna alors : « Barman, sers-moi une bouteille de Shitting Monkey. »

Le Kid reconnut cette voix. C'était celle d'un homme qui selon toute probabilité n'était pas très heureux de le voir ici. Ils ne s'étaient croisés qu'une fois, et ça ne s'était pas bien passé.

Berkley décapsula une bouteille de bière et la déposa sur le comptoir. L'homme s'assit sur le tabouret qui se trouvait à gauche du Bourbon Kid. Il saisit la bouteille de Shitting Monkey et en but une ample gorgée. Il lâcha un « Aaaah » satisfait, révélant que la saveur de la bière lui plaisait énormément. Au bout d'un long silence inconfortable, il s'adressa au Kid.

« On se retrouve enfin. »

Le Kid tourna la tête vers son nouveau voisin de comptoir. Signe particulier : sa main droite. Elle était entièrement composée de métal. Un seul homme au monde avait une main pareille.

Rodeo Rex.

Rex était un chasseur de primes qui prétendait travailler pour le compte de Dieu. En outre, c'était une putain de montagne humaine. Sous son large Stetson blanc, ses cheveux châtains lui tombaient aux épaules. Ses énormes biceps jaillissaient d'un gilet en jean, recouverts d'une multitude de tatouages où se chevauchaient des mots tels que « MORT » ou « ÉLU ». Il portait également un jean bleu extrêmement près du corps. N'importe qui aurait nagé dedans, mais quand on avait des jambes aussi larges que des troncs d'arbre, comme c'était le cas de Rex, n'importe quel pantalon s'avérait moulant.

« T'as l'air d'aller mieux », dit le Kid, faisant référence à la dernière fois qu'il avait vu le chasseur de primes : Rex avait été réduit au triste état de cadavre mutilé, attaché à l'imposant plafonnier du Nightjar.

« J'ai conclu un marché avec l'homme en rouge », dit Rex. Il but une autre gorgée de bière avant de poursuivre. « J'aimais tellement mon boulot de chasseur de créatures du mal que quand il m'a proposé de rempiler pour son compte, j'ai pas pu refuser.

— Il te fait beaucoup bosser ?

— Y a une quantité pas croyable de resquilleurs à éliminer. Ces enfoirés se multiplient constamment. En ce moment même, ton bled de Santa Mondega est en train de couver une vraie petite révolution.

— Sans déconner.

— L'homme en rouge m'a envoyé ici pour te guider. »

Rex but une autre gorgée de bière, puis tendit sa bouteille vers le Kid pour trinquer. « Un toast, dit-il. Aux tueurs de vampires ! »

Le Kid saisit son verre et le fit tinter contre la bouteille de Rex. « Aux tueurs de tout ce qui bouge », répondit-il. Puis il le vida d'un trait, et le reposa violemment sur le comptoir afin que Berkley le remplisse à nouveau.

Tandis que le barman s'exécutait, Rex pivota sur son tabouret pour faire face à l'entrée du bar. Il porta sa main de chair à sa bouche, plaça son index et son pouce entre ses lèvres, et siffla bruyamment. Une silhouette imposante apparut alors dans l'encadrement de la porte, celle d'un homme dont les cheveux noirs étaient coiffés en une impressionnante banane. Le Kid le reconnut, lui aussi. Ils s'étaient déjà croisés à plusieurs reprises, quoique très brièvement à chaque fois. C'était le tueur à gages le plus célèbre de Santa Mondega.

Le King. L'homme qu'on appelait Elvis.

Il portait une combinaison garnie de franges dorées, ainsi que de grosses lunettes de soleil en or. Au bout de son bras droit pendait un étui à guitare. Il traversa la salle d'un pas à la nonchalance étudiée, comme s'il déambulait sur une scène face à un public de groupies hystériques. Arrivé à hauteur des deux autres hommes, il posa l'étui sur le comptoir.

« Salut, messieurs, dit-il en l'ouvrant pour en sortir une feuille de papier qu'il déposa en face du Kid. Voilà ton contrat, ajouta-t-il. Lis-le, et signe sur la ligne en pointillé. »

Le Kid prit la feuille. Les conditions de son contrat avec le diable y étaient détaillées. En haut du document figurait tout ce qu'il requérait du diable, suivi de la liste exhaustive de ses obligations. Rodeo Rex lui tendit un stylo. Le Kid signa et rendit le stylo à Rex.

« Une bonne chose de faite, dit celui-ci en glissant le contrat sous son gilet.

— Où est mon matos ? » demanda le Kid.

Elvis lui tapota l'épaule : « Tu n'as que l'embarras du choix », répondit-il.

Il fit pivoter l'étui à guitare ouvert afin que le Kid puisse regarder à l'intérieur. L'étui était rempli d'armes et de munitions. « On a absolument tout ce dont tu peux rêver, plus deux ou trois trucs », ajouta Elvis.

Rex pointa du doigt une petite arbalète argentée, là où aurait dû se trouver la tête de la guitare. « Rabats-toi plutôt sur les armes les plus discrètes, suggéra-t-il. Ce sont les mieux indiquées pour ce que tu auras à faire. »

Le Kid releva les yeux. « J'ai pas besoin de tes conseils.

— Plutôt que t'en as besoin. T'es peut-être un putain de gros dur, mais si tu retournes à Santa Mondega pour t'attaquer à tous ces vampires et tous ces loups-garous comme t'en as l'habitude, tu te feras méchamment botter le cul.

— J'en doute.

— S'ils arrivent à mettre la main sur *Le Livre de la mort*, la situation va sérieusement se compliquer pour toi. Ils connaissent ton vrai nom, à présent. Si Gaïus récupère ce bouquin, c'est *game over* pour toi, fiston.

— *Le Livre de la mort*, hein. Tu sais où il se trouve, en ce moment ?

— Aux dernières nouvelles, on l'avait remis dans les ouvrages de référence de la bibliothèque de Santa Mondega, mais ce bouquin reste jamais bien longtemps au même endroit. Ta priorité doit être de le retrouver et, si tu peux, de le détruire.

— Ma priorité ? Je crois pas, non. »

Elvis intervint : « Écoute Rex, mec. Tout ce qu'il te dit, c'est pour t'aider à sauver ta femme.

— Vous savez quelque chose à son sujet ?

— On sait qu'elle est toujours en vie.

— Vous êtes sûrs de ça ?

— Ouais, mec. C'est vrai pour l'instant, en tout cas. Mais si tu t'avises de défoncer la porte d'entrée en tirant dans le tas, ils la tueront sous tes yeux. »

Le Kid réfléchit un instant à ce qu'Elvis venait de dire. « Tu serais étonné de ce dont je suis capable quand je suis d'humeur. »

Rex quitta son tabouret. « Écoute, c'est à toi de voir comment tu veux t'y prendre. Mais que ce soit discrètement ou bruyamment, tu n'as que jusqu'à minuit. Après ça, c'est fini. L'heure sera venue pour toi de payer ta dette envers l'homme en rouge. »

Berkley, qui avait rempli à ras bord le verre du Kid,

rangea la bouteille de bourbon dans le fond du bar. Le Kid saisit sa consommation et contempla un instant son reflet sur le verre avant d'en avaler le contenu cul sec. Puis il tendit la main vers l'étui pour y piocher une arme.

« Yo, barman, lança-t-il. C'est quoi, ta couleur préférée ? »

Berkley se retourna en un éclair et marmonna un mot, un seul : « Merde. »

Le Kid tira un pistolet de l'étui, un Desert Eagle doré avec viseur laser. L'arme pesait dans sa main. Un poids parfait. Il la braqua sur le malheureux barman et le point rouge du laser apparut au milieu de son front.

BANG !

La tête de Berkley explosa, sa cervelle giclant de l'arrière de son crâne pour s'écraser contre le mur qui se trouvait derrière lui. Son corps s'effondra.

Elvis considéra le cadavre par-dessus le comptoir. « Pourquoi est-ce qu'il a répondu "merde" ? demanda-t-il, perplexe. C'est pas vraiment une couleur, non ? »

Le Kid ignora sa question. « Armes discrètes, mon cul, dit-il en admirant le pistolet qu'il tenait. Passe-moi des cartouches pour cette saloperie.

— Il aurait dû répondre "marron", dit Elvis en secouant la tête. Marron, c'est une couleur. La merde, non. La merde, c'est une chose. Ou un état de fait. »

Rex posa une petite boîte de munitions sur le comptoir, à côté du verre vide du Kid. « Parfait, comme tu veux, lâcha-t-il. Mais viens pas dire que je t'avais pas prévenu. »

Elvis alla au bout du bar pendant que le Kid fouillait à pleines mains dans l'étui rempli d'armes, piochant tout ce qu'il trouvait à son goût. À chaque choix, Rex lui fournissait les munitions correspondantes. Ses poches étaient pleines d'une infinité de cartouches. Au bout de cinq minutes, le Kid avait devant lui un vrai arsenal. Le problème qui se posait à présent était celui du transport de toutes ses armes et de toutes ses munitions. Son cuir avait bien quelques poches et il avait pioché quelques holsters dans la housse de guitare, mais cela ne suffirait pas à tout emporter.

Elvis réapparut avec la solution au problème. Il jeta au Kid une cape à manches et capuche. « Il y a un putain d'orage de plomb qui va crever sur Santa Mondega. Vaudrait mieux que tu sortes couvert. »

Le Kid attrapa la cape et l'étala sur le comptoir. Puis il enleva son cuir et le lança à Elvis. Cette cape serait parfaite pour porter et dissimuler son artillerie. Il l'enfila, constatant avec plaisir qu'elle lui allait à merveille, et se mit à garnir les poches et holsters secrets qu'elle recélait.

Lorsqu'il en eut fini, il se tourna vers Rex : « Et maintenant ? »

Rex pointa la sortie : « Traverse ce seuil et tu te retrouveras automatiquement où tout a commencé. Bonne chance. »

Le Kid salua Rex et Elvis d'un bref mouvement de la tête. « Pas besoin de chance », dit-il.

Il s'avança vers la sortie, poussa les battants de la porte de saloon et traversa le seuil en rabattant la capuche sur sa tête.

33

Ramsès Gaïus arriva à la bibliothèque de Santa Mondega d'humeur assassine. Il n'avait reçu aucune nouvelle du Père Noël au sujet du *Livre de la mort* et, à présent, ce gros détraqué infanticide ne répondait même plus au téléphone. Selon toute vraisemblance, il avait eu la présence d'esprit de quitter la ville pour ne pas avoir à affronter la colère du Seigneur du Mal.

Gaïus grimpa les marches quatre à quatre et entra en trombe dans la réception du premier étage. Au bureau des prêts était assis un adolescent aux cheveux bruns en bataille et à la chemise blanche qui aurait eu bien besoin d'un lavage.

« Où est Ulrika Price ? » demanda Gaïus en faisant l'économie des politesses d'usage.

Le jeune homme releva la tête. « Elle n'est pas venue aujourd'hui. Je la remplace. »

Gaïus retira ses lunettes noires et les glissa dans la poche de poitrine de son costume argenté. « C'est vous, Josh ? demanda-t-il en couvant le jeune bibliothécaire d'un regard noir.

— Euh, ouais. Comment vous le savez ?

— C'est vous qui avez donné *Le Livre de la mort*

à un usager de la bibliothèque avant-hier soir, n'est-ce pas ?

— *Le Livre de la mort* ?

— Oui. Vous voyez de quel livre je veux parler ? »

Josh acquiesça et déglutit avec difficulté. « Mais je ne l'ai donné à personne, précisa-t-il nerveusement. Je l'ai simplement rangé, comme Mlle Price m'avait demandé de le faire. »

Gaïus se pencha au-dessus de son bureau, s'approchant dangereusement de lui. « Dans ce cas, montrez-moi où il est, grogna-t-il.

— Pas possible, répondit Josh. Les flics l'ont emprunté ce matin.

— Quoi ?

— Un flic est venu et l'a pris. Il a dit que c'était dans le cadre d'une enquête.

— Qui était-ce ?

— Sanchez Garcia. Le patron du Tapioca.

— Putain de bordel !

— Tout le monde court derrière ce bouquin aujourd'hui », dit Josh dans un haussement d'épaules.

Gaïus fronça les sourcils : « Qui d'autre est à sa recherche ?

— Un gros Père Noël voulait aussi l'emprunter, il est arrivé juste après le départ de Sanchez. Et il m'a craché de la pisse à la figure. »

Gaïus huma l'air. « Je vois ça. »

Josh rougit et baissa la tête pour renifler sa chemise. Il détourna aussitôt le nez, les narines pleines de la pestilence de l'urine. Il hasarda un regard circonspect en direction de Gaïus. « Je peux faire autre chose pour vous ? demanda-t-il.

— Il se trouve que oui, répondit Gaïus. Est-ce que vous pourriez me montrer l'étagère sur laquelle vous avez rangé le livre, l'autre soir ?

— Bien sûr, aucun problème. »

Josh souleva le panneau amovible du comptoir de la réception et s'avança vers la salle de lecture. « C'est par ici », dit-il en indiquant le chemin à Gaïus, tout en se dirigeant vers la collection des ouvrages de référence.

Gaïus le suivit, inspirant profondément par le nez, tentant désespérément de maîtriser sa rage, décuplée par le fait qu'il venait d'apprendre que *Le Livre de la mort* était à présent entre les mains de la police. Josh le mena jusqu'au bout d'une allée flanquée d'une multitude d'épais ouvrages et pointa du doigt une étagère qui se trouvait un peu en dessous du niveau de ses yeux.

« Je l'ai rangé là, dit-il non sans fierté. Sous la lettre “A”, comme “Anonyme”. »

À son tour, Gaïus désigna un épais volume au dos vert, sur l'étagère la plus basse. « Est-ce que vous pourriez prendre ce livre pour moi, je vous prie ? demanda-t-il fort courtoisement.

— Bien sûr. »

Au moment où le jeune bibliothécaire se penchait en tendant la main vers l'ouvrage, Gaïus le saisit violemment par les cheveux. Il le souleva de terre et, dans un mouvement d'une rapidité surprenante, écrasa son visage sur l'une des étagères de bois. Le nez de Josh se brisa dans un craquement répugnant. Le jeune homme eut à peine le temps de crier avant que Gaïus ne précipite sa tête contre la même étagère, une deuxième, puis une troisième fois. Il perdit plusieurs dents, et le sang se mit à couler abondamment de son nez et de sa bouche. Gaïus le jeta ensuite violemment sur le plancher, la tête la première, et se dressa de toute sa hauteur au-dessus de lui. Le jeune bibliothécaire tenta de s'agenouiller, mais Gaïus s'empressa de lui décocher un coup de pied dans les côtes, qui le retourna et le fit retomber sur le dos.

Les yeux de Josh étaient déjà gros de larmes. Son visage ensanglanté était déformé par la terreur. Ses mains tremblaient et il semblait sur le point d'éclater en sanglots d'un moment à l'autre. Gaïus se baissa et appuya son genou gauche sur la poitrine de sa victime pétrifiée par l'horreur.

« Voilà ce que ça coûte de passer mon livre à la police », dit-il en levant son énorme poing droit au-dessus de son crâne glabre. Josh grimaça et tourna la tête, redoutant l'impact du coup qu'il allait recevoir de plein fouet. Il n'eut le temps que d'émettre un seul sanglot avant que Gaïus enfonce son poing sur la moitié de son visage, brisant sa pommette comme du verre.

Durant presque une minute, Gaïus pilonna de ses poings le visage de Josh. Il y a fort à parier que le jeune homme était déjà mort au troisième ou quatrième coup, mais Gaïus se délectait bien trop de cette séance de violence gratuite pour l'écourter.

Une fois passée la première décharge d'adrénaline, Gaïus s'interrompit et regarda ses poings sanguinolents, émerveillé par sa puissance. La douleur qui enflait ses phalanges contusionnées se résorba. L'Œil de la Lune, fermement enfoncé dans son orbite droite, garantissait la guérison quasi instantanée de toute lésion dont il pouvait être victime.

Il sortit ses lunettes noires de sa poche de poitrine et les enfila. Puis il tira son téléphone portable de sa poche et appela sa fille.

Jessica décrocha presque instantanément. « Oui, père.

— *Le Livre de la mort* n'est plus là, dit Gaïus en reprenant son souffle. C'est cet abruti de Sanchez Garcia qui l'a.

— Sanchez ?

— C'est exactement ce que je viens de dire.

— Alors ne t'inquiète pas. Cet imbécile va s'empresser de me le rapporter. Il est probablement déjà en route.

— Tu crois ?

— Je n'en ai pas le moindre doute.

— Et pourquoi en es-tu si sûre ?

— Parce que ce raté est amoureux de moi. Ne t'inquiète pas, père, si Sanchez est en sa possession, il sera très bientôt entre nos mains. Tu peux mettre ton plan à exécution. J'aurais récupéré ton livre en un rien de temps.

— Enfin des bonnes nouvelles, dit Gaïus d'un ton triomphant. Dans ce cas, tu peux faire passer le mot dans nos rangs : l'heure est venue de s'emparer de cette ville. Dis à notre armée d'envahir les rues et de tuer tout le monde, y compris les enfants.

— Y compris les enfants ? répéta Jessica, très étonnée. Pourquoi ce soudain changement d'avis ? »

Gaïus essuya sa main libre sur la chemise blanche de Josh afin de se débarrasser du sang dont elle était recouverte. « Je viens de concasser la tête d'un adolescent, dit-il avant d'inspirer à fond. Et je dois te l'avouer, ça m'a fait un bien fou. À un moment, j'ai même cru qu'il appelait sa mère. »

Gaïus put presque entendre le sourire approbateur de Jessica. « Je fais passer le mot immédiatement, dit-elle. De toute façon, la plupart de nos fidèles sont déjà en route. Tu rentres à la Casa de Ville ?

— Non, pas tout de suite, répondit Gaïus. J'ai rendez-vous au musée. Deux autres personnes à tuer. »

34

« Ça sert à rien, dit Kacy. Il ne répond pas. »

Dante était assis sur le lit de leur chambre au Marécage, vêtu de son gilet de cuir Shades, d'un T-shirt blanc et d'un jean bleu. Il se frotta le front, impuissant. Kacy avait passé tout l'après-midi à tenter de joindre le Bourbon Kid. Cet enfoiré s'obstinait à ne pas décrocher.

« OK, dit Dante. Alors laisse-lui un message. Et envoie-lui aussi un SMS. On peut pas se permettre de le mettre sur la touche uniquement parce qu'il ne répond pas. »

Kacy vint s'asseoir sur le lit, à côté de lui. Elle avait son portable vissé à l'oreille. En entendant le bip sonore, elle balança son message : « Salut, c'est Kacy, la petite copine de Dante. Juste histoire de te mettre au courant, on va au musée, ce soir, avec Vanité. On ne sera pas à la Casa de Ville. Vanité nous a dit que Ramsès Gaïus allait se rendre au musée pour se faire polir l'œil, ou un truc comme ça. On va essayer de profiter du moment où il le retirera pour le lui prendre. Si tu veux nous rejoindre, rappelle-moi. Vanité est de notre côté, alors si tu te pointes au musée, ne le tue pas. Voilà. Merci. Salut. »

Dante lui caressa le dos. « Super message, dit-il. Mais envoie-lui quand même un SMS. Au cas où. »

Kacy lui tendit le portable. « C'est toi qui l'envoies, dit-elle. Il faut que je me change.

— C'est quoi le problème avec ce que t'as déjà sur le dos ? »

Kacy était vêtue d'un haut noir sans manches et d'un short en jean. « Si ton plan marche et qu'on redevient humains, ça risque de cailler, dehors. Et on devra probablement s'enfuir aussi vite que possible. Avec toute cette neige et toute cette grêle, il vaut mieux que j'aie une tenue plus appropriée.

— Mais t'es super sexy comme ça.

— La météo a dit qu'il faisait – 3, dehors.

— C'est pas la mort.

— Génial. J'ai qu'à te passer mon short, alors. »

Dante saisit son bras et l'attira à lui pour lui planter un baiser sur les lèvres. « T'as juste l'air super sexy comme ça, c'est tout. »

Elle lui rendit son baiser et se leva. Elle traversa la pièce et s'agenouilla afin de piocher de nouvelles affaires dans sa valise, qu'elle avait ouverte par terre. « Envoie-lui ce SMS », dit-elle.

Dante commença à composer le message sur le portable de Kacy. Ça allait lui prendre des siècles, et pas seulement parce qu'il ignorait l'orthographe de beaucoup de mots, y compris les plus basiques. Les téléphones et lui, ça faisait trois. Alors qu'il tentait d'apprivoiser le système de composition des mots, Kacy fouillait dans sa valise, brandissant parfois un vêtement afin d'avoir son approbation. Dante acquiesçait à tout habit dévoilant un maximum de peau et rejetait à peu près tout choix sensé. Mais ils s'amusaient quand même. Elle savait qu'il adorait la voir se déshabiller, et, de son côté, elle adorait essayer de nouveaux habits en sa présence. C'était là l'une des nombreuses raisons pour lesquelles ils formaient un couple uni. Et Kacy priait de tout son cœur pour qu'ils le restent après la nuit qui s'annonçait. Si quelque chose tournait mal, et il était hautement probable que ce soit le cas, elle ne pourrait supporter d'être séparée de Dante. Le moment où elle l'avait vu se faire mordre par un vampire ne quittait pas sa mémoire. Cet instant où elle avait tenu sa tête dans ses bras alors que le sang coulait de la plaie béante laissée par cette salope de vampire avait été le pire moment de toute son existence. Et Kacy aurait tout donné pour ne plus jamais revivre quelque chose de semblable.

Elle ne portait plus qu'un ensemble petite culotte et soutien-gorge (grâce auquel elle parvenait avec brio à retenir l'attention de Dante) lorsque Vanité entra soudain dans leur chambre. Il paraissait anxieux, mais la vue de Kacy à moitié nue l'interrompit dans son élan. Il haussa un sourcil intrigué derrière ses lunettes, et, après avoir maté un peu plus longtemps que nécessaire, révéla la raison de son intrusion.

« Y a du nouveau, jeunes gens, dit-il. Il semblerait que Gaïus ait donné l'ordre à tout le monde de se mettre au boulot. Les rues sont déjà pleines de vampires. Nous sommes officiellement entrés en guerre avec le reste du monde. Les vampires qui sont dehors sont en train de tuer tout humain qui ne s'est pas cadenassé chez lui. C'est un putain de carnage. Et tout le monde est en train de se diriger vers la Casa de Ville. »

Kacy grimaça : « C'est là que va se rendre le Bourbon Kid. »

Vanité acquiesça : « C'est pour ça que tout le monde s'y rend.

— Tu veux dire que c'est un piège ?

— Bien sûr. Et probablement aussi la raison pour laquelle Gaïus en est sorti pour se planquer au musée, au cas où les choses se passeraient mal.

— Comment ça ? » demanda Kacy.

Dante répondit à la place de Vanité : « Il y a pas mal de chances que le Kid arrive à tuer tout le monde. À mon avis, c'est tout à fait possible.

— Tu crois qu'il arriverait à tuer une armée entière de vampires ?

— Il en est bien capable. »

Vanité sourit : « C'est un bon, c'est clair, mais Gaïus a tout prévu. En plus des vampires, l'armée qui attendra le Kid sera aussi composée de loups-garous.

— Comment peux-tu en être aussi sûr ? demanda Kacy.

— Je connais du monde, je vous l'ai déjà dit. J'ai des relations. Des relations qui m'ont informé que Gaïus venait de sortir de la Casa de Ville. Il se dirige tout droit vers le musée, en ce moment même. C'est maintenant qu'on doit saisir notre chance. »

Un crissement assourdissant retentit soudain. Cela venait de dehors.

« Qu'est-ce que c'était, bon sang ? » demanda Dante.

Vanité haussa les épaules : « Je viens de vous le dire. Y a des vampires plein les rues. C'est un vrai massacre. »

Dante bondit du lit. « Putain. Allons voir ça. »

Kacy attrapa un jean et l'enfila sous le regard insistant de Vanité qui affichait un sourire goguenard.

Dante lui passa devant et traversa la salle de billard pour jeter un coup d'œil par la fenêtre. Il revint un instant plus tard, alors que Kacy enfilait un sweat noir. Son expression reflétait une grande inquiétude, ce qui, venant de lui, était extrêmement inhabituel.

« Vanité a raison, dit-il. Il a raison, putain. Y a des vampires à perte de vue. Je viens de voir une troupe de Tournesols se faire pourchasser par des vampires. Ils sont en train de les attraper une par une. C'est vraiment atroce, putain.

— Des Tournesols ? »

Kacy fut incapable de cacher l'horreur que lui inspirait l'image d'un groupe de petites filles scouts en proie à des vampires assoiffés de sang. « Il faut qu'on fasse quelque chose ! »

Elle se précipita dans la salle de billard et regarda à son tour par la fenêtre. Effectivement, les rues de Santa Mondega étaient plongées dans le chaos. Une troupe de guides terrifiées couraient de toutes leurs forces en hurlant. Des vampires attrapaient des gens et les traînaient jusque sous des porches ou dans des ruelles pour se repaître de leur sang. Les petites filles avaient réussi à rester en groupe, mais les vampires diminuaient peu à peu leurs effectifs, une scout après l'autre. Devant ce spectacle, Kacy se sentit prise de malaise. Elle se rua dans la chambre afin d'attraper ses baskets.

Dante n'eut qu'à croiser son regard pour savoir ce qu'elle avait en tête : « Tu veux essayer de les en empêcher ? »

Elle acquiesça. « On devrait y aller tous ensemble. Ce ne sont que des petites filles. »

Vanité saisit l'épaule de Dante. « On ne peut rien faire pour ces gamines. Gaïus est en route pour le musée. Il faut qu'on y aille maintenant, si on ne veut pas laisser filer notre unique chance. »

Kacy lança un regard implorant à Dante. « On va quand même pas les laisser seules face à ces vampires, non ? »

Dante hocha fermement la tête. « Non. Ramène-toi. Allons les sauver. »

Kacy enfila ses baskets et se précipita dans la salle de billard, sur les talons de Dante. Vanité n'avait pas l'air convaincu. En fait, il avait l'air exaspéré. Il donna de la voix afin de se faire entendre : « Vous ne pourrez pas sauver ces gamines. Vous êtes des vampires, vous aussi. Vous n'arriverez qu'à les terrifier encore plus. Et peut-être aussi à vous faire tuer. »

Mais ni Kacy ni Dante ne prêtèrent attention à ses paroles : tous deux enjambèrent d'un bond la rampe de l'escalier et atterrirent trois étages en contrebas.

35

Dan Harker avait passé le plus clair de sa matinée à son bureau, les yeux rivés sur l'écran de son ordinateur, à éplucher les fichiers secrets de son prédécesseur, le capitaine Michael De La Cruz. La quasi-totalité concernait ou bien le tueur d'enfants, ou bien le Bourbon Kid. L'enquête sur les meurtres d'enfants n'avait jamais été véritablement menée. Chaque cas de ce type avait été ajouté à la liste des victimes du Kid. Ce n'était pas de la paresse : c'était de la manipulation pure et simple. Archibald Somers en avait été l'initiateur, et De La Cruz avait repris le flambeau. Mais pourquoi avaient-ils mis systématiquement tous ces meurtres sur le dos du Bourbon Kid ? Était-ce parce qu'il était le coupable idéal ? Ou était-il en vérité leur ennemi ? L'ennemi des créatures du mal ?

Après une heure à étudier des fichiers sans nombre présentant des détails quasi identiques, Harker tomba sur celui qui concernait la mort d'Archie Somers. Enfin quelque chose d'intéressant. C'était la seule affaire dans laquelle on disposait d'une preuve irréfutable de la culpabilité du Kid. Le fichier contenait entre autres une vidéo de surveillance. Harker la lança et rapprocha son visage du moniteur afin de mieux discerner ce qui se passait, en dépit du gros grain grisâtre de l'image. On pouvait voir le Bourbon Kid entrer dans le commissariat et descendre tous les policiers en service, pour n'épargner que la réceptionniste, une jeune femme du nom d'Amy Webster. La caméra, placée derrière le Kid, saisit l'expression terrifiée de Mlle Webster tandis que celle-ci suivait les instructions qu'il lui soumettait. Il n'y avait malheureusement pas de son : Harker ne pouvait formuler que des hypothèses quant à la teneur de leur échange. On aurait dit que le Kid dictait à Amy ce qu'elle devait répéter au téléphone. Lorsqu'elle raccrocha, il lui ordonna une dernière chose. Amy ferma les yeux, et, une seconde plus tard, le Kid lui tirait une balle en pleine tête. Peut-être était-ce ce genre de comportement qui avait décidé Somers et De La Cruz à mettre tous les crimes non résolus sur le dos du Kid. Après tout, c'était un assassin dénué de pitié et de scrupules.

Harker passa en accéléré les vingt minutes qui suivaient, durant lesquelles rien ne se passait. Il réenclencha la vitesse de lecture normale lorsque Archie Somers arriva au commissariat pour affronter le Kid. La scène était proprement fascinante. Harker dut se la repasser plusieurs fois afin de s'assurer que ses yeux ne le trompaient pas. Au bout d'une minute de conversation assez tendue, Somers se transformait en vampire et se jetait sur le Bourbon Kid pour lui planter ses crocs dans le cou. Le Kid serrait lui-même Somers contre lui, de toute la force de ses bras, et c'était à ce moment que débutait le passage le plus étrange. Un panache de fumée apparaissait entre les deux hommes. Ils s'échangeaient alors quelques mots, et Somers reculait en titubant. La fumée provenait d'un gros livre enfoncé dans sa poitrine.

Somers tirait sur la couverture de l'ouvrage pour tenter de s'en défaire, mais en vain. L'objet ne bougeait pas d'un poil. Il restait collé à sa poitrine, fumant de plus en plus fort jusqu'à ce que Somers explose littéralement en une boule de feu, hurlant, les bras en l'air. En l'espace de quelques instants, il ne fut plus qu'un petit tas de cendres fumant. Bon. Somers le vampire avait donc connu une fin tout sauf ragoûtante, c'était évident. Mais qu'en était-il du Kid ? Était-il une sorte de chasseur de vampires ? Et si c'était le cas, pourquoi tuait-il également des innocents, comme Amy Webster ?

Alors qu'il se posait une multitude de questions dont les réponses lui échappaient toutes, Harker entendit quelqu'un frapper à la porte de son bureau. De l'autre côté de la vitre se tenait Bill Clay, l'expert scientifique. Harker lui fit signe d'entrer. Clay tenta d'ouvrir à plusieurs reprises, en vain, avant d'accompagner son geste d'un coup de pied au bas de la porte. Il entra dans le bureau d'Harker et referma la porte d'un autre coup de pied, avant de se retourner vers le capitaine.

« Salut, capitaine. Comment ça va ?

— Qu'est-ce que je peux faire pour vous, Bill ? demanda Harker.

— Le standard est en train d'exploser. Flake n'arrive pas à répondre à tous les appels.

— Appelez son pote Sanchez pour qu'il l'aide.

— Vous ne craignez pas qu'il se montre désagréable ?

— Je ne le crains pas, je l'espère. Comme ça plus personne n'appellera. C'est l'homme idéal pour ce boulot. »

Clay sourit : « Il y a un petit problème, néanmoins. Sanchez n'a pas montré le bout de son nez, aujourd'hui.

En fait, Flake est venue toute seule. En retard, mais toute seule.

— Quel duo de bras cassés.

— Peut-être, mais ils ont une excuse.

— Elle a intérêt à être bonne.

— Elle l'est. Flake dit qu'ils sont tombés sur votre tueur d'enfants ce matin.

— Quoi ?

— Apparemment, Sanchez l'a tué.

— Je vous demande pardon ?

— Selon Flake, Sanchez s'est battu contre un vampire déguisé en Père Noël, juste en sortant de la bibliothèque ce matin. Sanchez est censé avoir versé le poison vert du criminel sur celui-ci, avant de le brûler vif.

— Putain de merde. Où est Sanchez, en ce moment ?

— Dans la merde jusqu'au cou, semble-t-il.

— Hein ?

— Flake prétend qu'il a retrouvé *Le Livre de la mort*. Vous savez, ce livre prétendument volé. Il est sur le point de le rendre à son propriétaire. »

Harker se gratta la tête. « Eh bien, moi qui croyais que Sanchez était un abruti fini. On dirait qu'il vient de se transformer en Eliot Ness.

— En Frank Drebin, plutôt.

— N'empêche. Qui aurait pu croire qu'il avait ce talent caché ?

— Pas moi.

— Moi non plus. Eh bien, en fin de compte, c'est la journée des bonnes nouvelles. »

Clay fit la grimace : « Euh, en fait, les bonnes nouvelles s'arrêtent là. »

Harker soupira : « Bon. Quoi encore ?

— Le standard. Il est en train d'exploser à cause de centaines d'appels rapportant des attaques de vampires. La radio conseille d'ores et déjà à la population de rester enfermée chez elle. Je crois que l'époque où les vampires s'en prenaient aux humains uniquement la nuit et dans des ruelles sordides est définitivement révolue. Ces gros nuages noirs qui stagnent au-dessus de la ville ne sont pas naturels. On dirait qu'ils s'inscrivent dans un plan plus vaste. Au moment même où je vous parle, les vampires sont en train de sillonner la ville. Et ils se dirigent droit vers la Casa de Ville. Quelque chose est en train d'arriver. Quelque chose de très grave. C'est peut-être le début de la fin du monde.

— Dites-moi que vous en rajoutez pour ménager un effet dramatique.

— J'ai bien peur que non. Votre décision de révéler publiquement l'existence d'un tueur d'enfants a eu des conséquences désastreuses. Elle a tiré les vampires de l'obscurité.

— Merci. J'avais vraiment besoin d'entendre ça.

— Désolé, capitaine. Mais je crois que nous devrions faire évacuer la ville. Exigez de passer aux infos et dites à tout le monde de dégager au plus vite.

— Vous êtes sérieux ? Vous ne pensez pas que ça entraînera de dangereux mouvements de panique ? »

Clay désigna d'un mouvement de tête la fenêtre qui se trouvait derrière Harker. « La panique, on est en plein dedans. Jetez un coup d'œil dehors. »

Harker se leva et écarta deux lames du store. Au début, il ne remarqua rien de spécial. Mais lorsque ses yeux s'adaptèrent à l'obscurité, il constata que Clay disait vrai. Sur le trottoir d'en face, à côté de son étal de fruits et légumes, un jeune maraîcher était en train de se faire tailler en pièces par trois vampires vêtus de noir. Harker se retourna vers Clay.

« Bordel de merde. »

Clay acquiesça. « À première vue, je dirais qu'on va tous mourir.

— Conneries, rétorqua Harker d'un ton de défi. Nous sommes payés pour protéger la population de cette ville. Nous allons devoir investir les rues pour affronter ce problème.

— Et comment comptez-vous faire face à une armée entière de vampires ? Il reste tout juste assez de policiers pour sauver un chat coincé en haut d'un arbre.

— Et en plus, c'est le boulot des pompiers. Bande de bras cassés.

— Si comme vous le dites nous sommes responsables de la protection des habitants de cette ville, alors vous devriez les encourager à partir au plus vite pour sauver leur peau. Flake vient de recevoir un appel de la responsable d'une troupe de Tournesols. Elle disait que ses petites guides et elle-même étaient en train de traverser le plus furtivement possible la ville en tentant de ne pas se faire remarquer par les vampires.

— Une troupe de Tournesols ? » Harker plongea la tête dans ses mains. « Merde. Elles doivent être terrifiées.

— Et ce n'est pas la première atrocité à laquelle elles sont confrontées. La responsable de la troupe a confirmé l'histoire de Flake, selon laquelle Sanchez aurait brûlé vif le Père Noël.

— Il l'a brûlé vif sous les yeux du groupe de Tournesols ?

— Ouais.

— Quel con.

— Effectivement. Alors que Flake conseillait à la responsable de se diriger vers l'église, la ligne a été coupée. Il y a fort à parier que les vampires ont fini par les repérer. Toutes ces petites filles sont probablement mortes à l'heure qu'il est. »

Harker s'adossa à son siège et frissonna. « J'espère qu'elles s'en sont tirées. Si elles arrivent à rejoindre l'église, elles y seront sûrement en sécurité. Elles disposeront de croix, d'eau bénite et de toutes sortes de conneries susceptibles de leur servir d'armes. Je doute que les vampires osent s'aventurer dans un lieu saint.

— On ne devrait pas dépêcher quelqu'un afin de nous assurer que tout va bien ?

— On pourrait envoyer Sanchez ?

— Le type qui a brûlé vif le Père Noël devant elles ? »

C'était assez bien vu de la part de Clay. Sanchez était sans doute la dernière personne au monde que les petites filles traumatisées avaient envie de voir. « Et merde. Nous n'avons plus qu'à espérer que l'église suffira pour les protéger. Je vais devoir me rendre au studio de la chaîne d'infos pour conseiller à tout le monde de se cloîtrer chez soi ou de quitter la ville au plus vite. »

Clay avait l'air profondément troublé. « Cette ville est complètement tarée. Quand ce n'est pas ce putain de Bourbon Kid qui tue tout le monde, ce sont ces saloperies de vampires. Qu'est-ce qui peut bien pousser les gens à vivre ici ? »

Harker fronça les sourcils. « Moins d'impôts. Plus de jobs. Et habituellement, une météo très agréable.

— Il n'empêche. Je me demande vraiment ce que je fous encore ici.

— Vous êtes encore ici parce que vous adorez votre boulot et que vous êtes un type bien dont la fierté est de protéger les habitants de cette ville. »

Clay sourit. « Vous êtes en train de citer le manuel de formation de la police ?

— Je le connais par cœur.

— Mais ce n'est pas ce qui va nous sauver.

— C'est vrai. En revanche, j'ai peut-être quelque chose qui pourrait nous tirer d'affaire. Regardez un peu ça. »

Harker pointa son moniteur. Clay fit le tour de son bureau et regarda par-dessus son épaule. « Qu'est-ce que c'est ? » demanda-t-il.

De la pointe de son curseur, Harker lança la vidéo de surveillance au moment du corps à corps opposant Somers et le Kid. Les deux policiers, muets, avaient les yeux rivés au moniteur, sur lequel on pouvait voir le Kid envoyer Somers en enfer dans une gerbe de flammes. Le combat achevé, Harker appuya sur « pause » et posa le regard sur Clay afin de voir sa réaction.

« C'est bizarre, commenta Clay.

— Plutôt flippante, hein, cette combustion spontanée ? »

Clay avait l'air perplexe. « Ce n'est pas à ça que je faisais référence.

— Ah bon ? À quoi, alors ?

— Au Bourbon Kid. Ce n'est pas le type qui a tué Bertram Cromwell. »

Harker examina de plus près l'arrêt sur image de l'homme encapuchonné. « Vous êtes sûr ? À quoi vous voyez ça ?

— Lancez l'enregistrement de vidéosurveillance du musée. Vous verrez, ce n'est pas le même homme. »

Harker chercha dans ses répertoires informatiques et finit par trouver la vidéo de l'assassinat de Bertram Cromwell. Clay et lui revirent l'ancien directeur du musée se faire charcuter. L'agresseur portait bel et bien cape et capuche, mais ce schizo à machette qui découpait le professeur Cromwell en petits morceaux avait une constitution totalement différente de celle de l'homme qui avait brûlé vif Archie Somers. L'assassin du professeur était grand et maigre, alors que le Bourbon Kid qui s'était occupé de Somers était large d'épaules et un peu plus petit.

« Alors, qu'est-ce que vous en dites ? » demanda Clay.

Harker réfléchit un instant à ce qu'il venait de voir. C'était bel et bien deux assassins différents. « Vous avez raison, finit-il par répondre. On a deux Bourbon Kid.

— Vous pensez que ça a toujours été le cas ? demanda Clay.

— Je n'en sais rien. Mais voilà ce que je sais : un de ces deux types tue des vampires. Et c'est un putain de champion dans sa catégorie. Je ne vois pas trop qui peut être le deuxième, celui qui a tué Cromwell. Mais celui qui a tué Somers pourrait être un allié de poids.

— Vous projetez de demander l'aide du Bourbon Kid ?

— Et pourquoi pas ? Il est sans doute le seul à pouvoir empêcher les vampires de faire main basse sur cette ville. Le seul problème, c'est qu'il va falloir le trouver. »

Clay ne semblait pas convaincu. « Même si vous y parvenez, il vous tuera avant que vous ayez le temps de lui soumettre votre offre.

— Je n'en suis pas si sûr. Suivez un peu mon raisonnement. Somers était un vampire. Mon prédécesseur au poste de capitaine, De La Cruz, était également un vampire, de même que ses seconds. Et le Bourbon Kid les a tous tués. Je pense qu'il est le héros dont cette ville a tant besoin.

— Ce type est un cancer ambulant. On a autant besoin de lui que d'une invasion de grenouilles.

— Peut-être bien, mais je vais vous dire une chose : le Bourbon Kid est capable de tuer tous les vampires de cette ville avant même qu'ils se rendent compte qu'ils sont morts. »

Clay fronça les sourcils : « Ça ne veut absolument rien dire.

— Peut-être, mais je trouvais que ça sonnait bien.

— Capitaine, vous êtes en train de me dire que… »

Harker se leva subitement. « Écoutez, c'est très simple : si j'arrive à l'appeler à l'aide sur la chaîne d'infos, je crois qu'on tient une chance de le mettre de notre côté.

— Vous plaisantez, pas vrai ? »

Harker attrapa son manteau marron pendu à une patère et l'enfila.

Clay lui fit signe de ralentir un peu : « Capitaine, si vous avez réellement l'intention d'en appeler au Bourbon Kid sur un plateau télé, vous allez devenir l'ennemi public numéro un de cette ville. Politiquement, ce serait de la folie. Tous les habitants ont perdu au moins un parent proche à cause de lui. »

Harker releva le col de son manteau. « Quand les habitants de cette ville découvriront qu'en réalité le Bourbon Kid les a protégés tout au long de ces années, ils s'empresseront de me soutenir dans mon action. »

Clay hocha la tête. « Il ne s'agit pas que des habitants de cette ville. Il y a aussi les vampires. Si vous révélez tout cela, ils vous tueront. »

Harker ouvrit la porte de son bureau. « Dans ce cas, il faut espérer que le Bourbon Kid me retrouve avant eux. »

Alors qu'Harker sortait de son bureau, Clay donna de la voix derrière lui : « Et dans ce cas, je suppose qu'on se reverra en enfer ! »

36

La troupe de Tournesols terrifiées couraient dans les rues enneigées de Santa Mondega en criant de toutes leurs forces. Rien d'étonnant à cela : des clowns vampires les attrapaient une par une, pour les traîner dans des ruelles sombres malgré leurs coups de pied et leurs hurlements. En début de journée, le groupe avait compté trente petites filles, mais elles n'étaient à présent plus que la moitié. Après avoir assisté à l'horrible spectacle du Père Noël brûlé par un gros flic, elles avaient été confrontées à plus atroce encore. La responsable de leur troupe avait été l'une des premières à se faire attraper, alors qu'elle tentait en vain de les protéger.

Les petites survivantes approchaient de l'église où elles espéraient trouver un abri contre les clowns vampires lorsque l'un d'eux, particulièrement ignoble avec sa combinaison à rayures rouges et blanches et sa perruque rouge fluo, se lança dans les airs et fondit sur l'une des fuyardes. La petite fille, qui ne devait pas avoir plus de 10 ans, s'écroula sous le poids du vampire. Son visage s'enfonça dans la neige : elle ne pouvait même pas crier à l'aide.

Le clown la chevaucha, tandis que deux de ses camarades les dépassaient, pourchassant le reste de la troupe de guides. Le clown ne leur prêta aucune attention, et retourna la petite fille afin de se délecter de son expression terrifiée. Il fit courir un long doigt osseux sur sa joue, sentant la chaleur du sang qui coulait en dessous.

« Bonsoir, ma jolie, croassa-t-il. Tu as une très jolie peau. » Il retira l'élastique qui retenait ses cheveux et écarta quelques mèches blondes de son visage. « Ça ne durera qu'une minute. »

Il ouvrit grand la bouche, révélant deux rangées de crocs terrifiants. La petite fille ferma les yeux et hurla.

BAM !

Dante arriva juste à temps. À l'instant où le clown se penchait pour croquer une bouchée du cou de la petite scout, Dante le percuta avec la puissance d'un train express lancé à toute vitesse. Les deux vampires roulèrent dans la neige. Dante, qui bénéficiait de l'effet de surprise, prit aussitôt le dessus. Derrière lui, Kacy attrapa la petite fille blonde et la remit sur ses pieds. Puis, comme sorti de nulle part, Vanité fit son apparition. Courant à perdre haleine, il dépassa Dante, à la poursuite des autres clowns qui pourchassaient le reste de la troupe.

Dante grimpa sur celui qu'il avait frappé de plein fouet. Sa perruque rouge avait glissé, révélant des cheveux bruns coupés court. Malheureusement, Dante n'avait pas poussé très loin la réflexion quant à la meilleure façon de sauver les Tournesols. Comme à son habitude, il avait agi par impulsion. Il savait qu'il avait bien fait : le seul souci, c'est qu'il ignorait ce qu'il devait faire à présent. Lisant de la peur dans les yeux du clown, encore sous le choc, Dante leva son poing droit et l'abattit de toutes ses forces sur le visage de sa victime. Un craquement retentit et Dante grimaça, les phalanges endolories par l'impact.

Il entendit Kacy crier quelque chose au loin. Il releva les yeux et la vit faire entrer les petites filles par la grande porte de l'église. Derrière elle, Vanité était parvenu à mettre deux clowns au tapis et faisait de son mieux pour qu'ils y restent.

Celui qui était étalé sur le dos sous Dante poussa un gémissement : « Aïe ! T'as cassé mon nez ! »

Dante baissa les yeux et constata que le nez rouge en plastique s'était brisé en deux, faisant apparaître un gros nez truffé de bubons. Il n'y avait qu'une chose à faire au vu des circonstances : balancer un deuxième coup de poing afin de briser le véritable nez du clown. Mais alors que Dante levait à nouveau le poing, le clown brandit sa main droite dans sa direction. Elle tenait un pistolet. Braqué droit sur le visage de Dante.

Les yeux écarquillés d'effroi, Dante vit le clown appuyer sur la détente. Il y eut un petit cliquetis, et Dante reçut un jet d'eau tiède en plein dans les yeux. C'était les clowns tout crachés : ne jamais sortir sans un pistolet à eau, uniquement pour l'effet comique. Sans attendre une autre blague foireuse, Dante asséna un deuxième coup de poing, bien plus puissant que le premier. Cette fois-ci, le véritable nez du clown se brisa en un craquement nettement plus bruyant. Le sang gicla sur la partie inférieure de son visage, et le clown parut particulièrement commotionné. Il était manifestement hors d'état de nuire. Dante se releva pour se précipiter en direction de Vanité et des deux autres clowns.

Vanité avait réussi à mettre l'un d'eux KO. L'autre se redressait péniblement, prêt à se défendre. Dante se rua sur lui et le percuta, comme il l'avait fait avec le précédent, le projetant à terre, où sa tête heurta violemment une plaque de verglas.

« Vite, cria Vanité en attrapant Dante par le bras. Entrons, les renforts arrivent ! »

Tout en courant vers l'église, Dante jeta un coup d'œil par-dessus son épaule. Un groupe de clowns vampires avait aperçu la rixe de loin et se précipitait à leur poursuite. Certains étaient armés de machettes, d'autres de pistolets à eau. Mieux valait ne pas s'éterniser dans le coin.

Dante et Vanité refermèrent derrière eux les deux battants en bois de l'église, juste à temps. Les deux clowns les plus rapides percutèrent la tête la première la porte close à l'instant où Vanité poussait le puissant verrou de métal.

Dante regarda tout autour de lui, à la recherche de Kacy. Elle se tenait au milieu de l'allée centrale. De part et d'autre, derrière les bancs, on voyait dépasser les têtes des Tournesols, dont les yeux reflétaient une terreur indicible.

« Ils sont combien, dehors ? demanda Kacy.

— Cinq, à vue d'œil, dit Vanité en se dirigeant vers elle. S'ils décident d'entrer, on se fera baiser. Je vais voir derrière s'il y a une autre issue par laquelle ils pourraient passer. »

Vanité passa devant Kacy et les petites filles à une vitesse prodigieuse. À hauteur de l'autel, il regarda des deux côtés, avant de disparaître dans l'aile gauche de l'église.

Bien conscient de la peur panique qui avait saisi les petites guides, Dante tenta de les rassurer. « N'ayez pas peur de lui, dit-il. Il ne vous fera aucun mal. »

La petite fille blonde que Dante avait sauvée du clown à la perruque rouge posa la question que toutes ses camarades avaient au bord des lèvres. Sa voix n'était plus qu'un couinement tremblotant : « Vous êtes des vampires, vous aussi ? »

Dante regarda Kacy. « Tu te charges de répondre pendant que je vais aider Vanité à vérifier les autres issues ?

— D'accord. »

À son tour, Dante passa devant Kacy et les petites scouts à toute vitesse. Il entendit Kacy tâcher de leur expliquer : « Nous ne sommes pas vraiment des vampires, dit-elle. Nous sommes de gentils vampires. Nous protégeons les petites filles des vrais, qui sont méchants : les clowns vampires. »

Admiratif face au talent dont faisait preuve Kacy avec les enfants, Dante atteignit le bout de l'allée. Vanité semblait avoir complètement disparu.

L'église était plongée dans une obscurité glaciale. La seule source de lumière (et de chaleur, du reste) était les quelques cierges allumés ici et là. Alors qu'il regardait autour de lui, en quête du moindre signe de Vanité ou de la moindre issue susceptible de tenter d'indésirables intrus, il entendit un terrible fracas derrière lui.

Un vitrail venait de voler en éclats, et les petites filles se remirent aussitôt à hurler. Dante se retourna à temps pour voir cinq clowns traverser le vitrail qui coiffait l'entrée principale de l'église. Les tessons multicolores se brisèrent en minuscules morceaux sur le sol en pierre.

Quatre clowns atterrirent parmi les bancs derrière lesquels se cachaient les petites Tournesols. Le cinquième se posa derrière Kacy et la saisit violemment. Il la souleva et recula ainsi dans l'allée en direction de la sortie. Les quatre autres attrapèrent chacun une petite fille et les traînèrent hors des rangées de bancs, où leurs petites camarades se recroquevillèrent, criant et pleurant.

La réaction instinctive de Dante fut de se précipiter vers Kacy, mais il avait à peine fait un pas que le clown qui la retenait prisonnière, un détraqué à la perruque verte et au sourire maléfique, sortit une machette de sa manche et en pressa la lame sur la gorge de Kacy. Il lui lécha la joue et murmura à son oreille.

« Pourquoi est-ce que vous aidez ces gamines ? demanda-t-il d'un ton répugnant.

— Parce que ce sont des gamines », répondit nerveusement Kacy.

Dante sentit son estomac se nouer. La lame de la machette appuyait dangereusement sur le cou de Kacy. Une seule mauvaise décision et le clown la couperait en deux. Dante se sentait impuissant. Kacy semblait à présent aussi terrifiée que les enfants qu'elle essayait d'apaiser un instant auparavant. Et où est-ce que Vanité était allé se fourrer ?

Le clown qui retenait Kacy était apparemment leur chef. Les autres, qui lévitaient à présent au-dessus des bancs, leur otage dans les bras, attendaient manifestement qu'il leur donne le signal de massacrer les innocentes.

« Vous avez enfreint le code des vampires en prenant le parti de ces gamines ! cria le chef, aussi bien à l'intention de Dante que de Kacy. Et vous n'auriez pas dû les emmener dans une église. Cette putain d'église ne sauvera aucun d'entre vous ! »

Dante ne savait pas quoi répondre. Fort heureusement, il n'eut pas à le faire. Provenant du coin de ténèbres qui se trouvait derrière lui, une voix s'en chargea. Une voix dont le ton rocailleux lui était familier : « Cette putain d'église ne sauvera aucun d'entre vous non plus. »

Le clown fronça les sourcils et tenta tant bien que mal de discerner quelque chose dans les ténèbres d'où sourdait la voix. « Qui est là ? » cria-t-il.

Dante gardait les yeux rivés sur la machette pressée contre la gorge de Kacy. Un point rouge lumineux venait tout juste d'y apparaître. Il se mit à remonter lentement le long du cou du clown, puis sur son visage. Alors qu'il passait par son menton, le clown le remarqua également et se mit à le suivre des yeux. C'était un viseur laser. Le point rouge finit par s'immobiliser entre ses yeux, forçant le clown à loucher stupidement. Et le carnage commença.

BANG !

La tête du clown explosa. Une balle traversa son front, dévastant son crâne. Le sang et la cervelle giclèrent dans tous les sens. La moitié du visage de Kacy fut instantanément recouverte d'une bouillie sanguinolente. Elle se baissa aussitôt, probablement en criant, bien qu'il eût été difficile d'en avoir la certitude, étant donné que tout le monde s'était mis simultanément à hurler. Tous ces cris furent eux-mêmes couverts par quatre autres coups de feu extrêmement puissants, tirés en un temps record. À chaque déflagration, une tête de clown explosa et une petite Tournesol tomba au sol en hurlant, recouverte de sang et de bouts de cerveau.

Dante regarda par-dessus son épaule et vit la silhouette du Bourbon Kid s'extraire des ténèbres. Son visage était dissimulé par une capuche sombre, comme c'était souvent le cas lorsqu'il tuait des gens. Il tenait dans sa main droite un énorme pistolet, qu'il glissa dans l'un des holsters cachés sous sa cape.

Dante poussa un profond soupir de soulagement. « Tu tombes vraiment à pic. Merci, mec. »

Le Kid s'engagea dans l'allée et lui passa devant. « Pas de problème », marmonna-t-il.

Dante lui emboîta le pas. « Gaïus n'est plus à la Casa de Ville, dit-il.

— Où est-il ?

— Il est en chemin pour le musée, en centre-ville. C'est là qu'on va devoir aller si on veut récupérer l'Œil. »

Le Kid marqua le pas et se retourna. « J'ai d'autres escales de prévues avant ça. Restez ici un petit moment. Je vous retrouve au musée plus tard.

— Je suis pas sûr qu'on puisse attendre. Gaïus est censé aller se faire nettoyer l'Œil, ou un truc comme ça. »

Un peu plus loin, Kacy venait d'improviser une séance d'embrassade générale avec les petites guides afin de les rassurer, et de les nettoyer quelque peu du sang dont elles étaient souillées. Le Kid jeta un coup d'œil dans sa direction.

« Ta copine va vouloir rester un moment avec les gamines. Dans à peu près une heure, il n'y aura plus un seul vampire dans les rues. Vous pourrez alors laisser les petites et vous rendre au musée. Je vous y retrouverai une fois que j'aurai réglé deux ou trois trucs.

— Où est-ce que tu dois aller, en plus de la Casa de Ville ? demanda Dante.

— Tout d'abord, il faut que je nettoie les rues pour vous. Après ça, je dois faire un saut à la bibliothèque et au commissariat.

— Pour quoi faire ?

— Trouver quelques bouquins et buter quelques flics. »

Kacy se gratta la tête. « Pourquoi buter des flics ?

— Tradition personnelle. »

Sans un mot de plus, le Kid reprit son chemin en passant devant Kacy et les Tournesols tétanisées d'horreur. Elles se reculèrent toutes à son passage. Les clowns les avaient proprement terrorisées, mais ce type leur semblait encore plus dangereux. Il arriva face à la porte de l'église, fit glisser le verrou massif et ouvrit le battant gauche. Dans l'encadrement, il se retourna pour considérer le carnage qu'il venait de faire.

« Seriez avisés de pousser le verrou derrière moi », dit-il.

Kacy s'arracha des bras des petites filles et se précipita dans l'allée. « Je m'en charge », dit-elle.

Le Kid passa le seuil pour s'engager dans les rues enneigées, laissant à Kacy le soin de refermer la porte.

Dans ce chaos, Dante avait complètement oublié Vanité. Son pote vampire réapparut, sortant d'un pas tranquille de l'aile gauche. Il fit un signe à Dante en approchant. « J'ai verrouillé la porte de la crypte, lui lança-t-il de loin. Les lieux devraient être sûrs, à présent. » En s'avançant en direction de Dante, il regarda tout autour de lui. L'intérieur de l'église avait énormément changé. Des cadavres de clowns fumants gisaient un peu partout, et tout le monde était recouvert de sang. Sans oublier le fait que le grand vitrail qui surplombait la porte avait été fracassé. « Qu'est-ce qui s'est passé, bordel ? » demanda-t-il.

Dante haussa les épaules. « Les clowns ont traversé le vitrail, ont attrapé Kacy et plusieurs gamines. Le Bourbon Kid est arrivé, les a tous butés et s'est cassé. »

Vanité semblait particulièrement surpris. « Je me suis à peine absenté une minute, lâcha-t-il. T'es sérieux ? Le Bourbon Kid était ici ?

— Ouais. Faut croire qu'il est déjà revenu du Cimetière du Diable.

— Qu'est-ce qu'il était allé faire là-bas ?

— J'en sais rien mais, apparemment, il a retrouvé son ancienne nature. »

Vanité fronça les sourcils. « Qu'est-ce que tu veux dire ? »

Il était inutile de répondre à cette question. Les coups de feu et les hurlements qui provenaient de dehors parlaient d'eux-mêmes. Tout au fond de l'église, Kacy était en train de fermer le battant gauche. Vanité marcha dans sa direction, suivi de près par Dante. Kacy laissa la porte légèrement entrebâillée. Elle avait les yeux rivés à l'extérieur.

« Est-ce que l'homme à la capuche est en train de tuer tous les vampires ? » lui demanda l'une des petites filles.

Kacy se retourna vers elle, puis considéra Dante et Vanité. Son visage à moitié recouvert de sang coagulé exprimait la plus grande inquiétude. Elle referma le battant et reposa les yeux sur la petite Tournesol qui venait de lui poser une question.

« On va rester un peu ici, ma chérie, lui dit Kacy. C'est plus sûr. »

Dehors, les coups de feu se succédaient de plus en plus rapidement, et les hurlements désespérés des victimes du Bourbon Kid se firent plus bruyants encore. Des voix suppliaient qu'on les épargne, avant d'être réduites au silence par de puissantes déflagrations.

Vanité répéta la question de la petite fille : « Il est en train de tuer tous les vampires ? »

Kacy poussa le verrou de métal. Ses mains tremblaient. « Non, dit-elle en se retournant vers Dante et Vanité. Il est en train de tuer *tout le monde.* »

37

Beth avait repris connaissance en fin d'après-midi. Elle se trouvait dans une pièce assez exiguë, en compagnie de deux robustes soldats qui s'étaient présentés sous les noms de Tex et Razor. Elle les avait déjà vus lorsqu'elle s'était arrêtée un bref moment au Tapioca, la nuit d'Halloween. Elle ne se souvenait que très vaguement de la succession d'événements qui l'avait fait atterrir dans cette pièce. Et elle avait un mal de tête de tous les diables, comme si on l'avait assommée à coups de batte de base-ball.

Ils ne lui avaient pas expliqué en détail les raisons pour lesquelles elle était retenue prisonnière, mais cela avait quelque chose à voir avec JD, ou, comme ils l'appelaient, le Bourbon Kid. Ils se servaient d'elle comme d'un appât, dans l'espoir de le tuer. Elle avait tenté de leur expliquer que JD et elle n'étaient plus ensemble, mais ils avaient fait la sourde oreille. Les soldats s'en moquaient éperdument et continuaient à se montrer extrêmement évasifs quant au sort qui serait réservé à Beth.

Elle était assise sur un sofa, regardant les infos sur le grand écran plat fixé en hauteur sur le mur qui lui faisait face. Sous la télé se trouvaient plusieurs moniteurs de vidéosurveillance. Tex, le plus grand des deux soldats, était assis à un bureau, face aux écrans, qu'il épiait sans répit. Ses cheveux étaient presque rasés à blanc derrière son crâne et sur les côtés : Beth pouvait voir une répugnante colonie de boutons rouges sur toute la surface de sa nuque. L'autre type, Razor (dont la cicatrice faciale était deux fois plus grande que celle de Beth), était assis à côté d'elle sur le sofa et regardait également les infos.

En début de soirée, une nouvelle retint l'attention de Beth et des deux hommes : « Du nouveau dans l'affaire du Bourbon Kid. Retrouvons dès à présent Sally Feldman, qui est en compagnie du capitaine Dan Harker, chef de la police de Santa Mondega. »

Sur l'écran apparut alors l'image de Dan Harker, assis à une table dans l'un des studios de la chaîne, en compagnie de Sally Feldman, une journaliste blonde d'âge moyen vêtue d'un élégant tailleur rouge. L'interview était sur le point de débuter lorsque la porte de la pièce s'ouvrit, laissant entrer Bull, le chef du petit groupe de soldats.

« Ça se passe bien, les gars ? demanda-t-il.

— Attends, regarde ça, dit Tex en pointant du doigt l'écran télé. Y a du nouveau à propos du Bourbon Kid. »

Dan Harker répondait à la première question de Sally Feldman : « De nouveaux éléments d'enquête ont été mis au jour dans l'affaire du Bourbon Kid, dit-il en plongeant les yeux dans l'objectif, d'un air on ne peut plus sérieux. Je crois que nous sommes en mesure d'affirmer que le Kid n'est pas responsable de l'assassinat de Bertram Cromwell. En fait, il est même probable qu'en réalité il ne soit pas coupable de la majeure partie des meurtres dont on l'a accusé. J'ai des raisons de penser que, ces derniers temps, le Bourbon Kid a voulu protéger notre ville d'un groupe de policiers corrompus et haut gradés, ainsi que d'une véritable armée de vampires. »

Bull en resta bouche bée : « C'est quoi, ce bordel ? »

Tex, toujours assis, ricana : « Alors lui, il a envie de crever ! »

Bull eut un sourire supérieur. « Cet imbécile se fera traîner par les gentils messieurs en blouse blanche avant même la pause pub », dit-il.

À l'écran, Harker poursuivait ses terribles révélations. « Voilà, je l'ai dit, continua-t-il. Notre ville abrite des vampires. Ce n'est pas qu'une simple rumeur. C'est tout sauf une blague. Et à présent que les ténèbres ont envahi Santa Mondega, ces créatures sont en train de s'en emparer. Ce sont les vampires qui sont responsables des rixes et des agressions dont la population est en ce moment même témoin, voire victime. Je recommande à chacun de s'enfermer chez soi jusqu'à nouvel ordre. Les nuages noirs qui stagnent au-dessus de nos têtes sont le fait de quelqu'un ou quelque chose, ils n'ont rien de naturel. Enfin, j'ai une dernière supplique. Elle s'adresse au Bourbon Kid. Si vous regardez ce flash informations, cette ville a besoin de vous. Je vous prie de venir me trouver au plus vite. Je suis dans votre camp. Ou si vous préférez, contentez-vous simplement de tuer les vampires comme vous savez si bien le faire. Je ne dépêcherai aucun policier pour vous en empêcher. Vous avez notre bénédiction pour les éliminer jusqu'au dernier. Je vous en conjure, où que vous soyez, revenez et sauvez notre ville. »

L'image passa au présentateur du flash infos qui, yeux et sourcils écarquillés, fixait la caméra, interdit.

« Eh bien, voilà qui était vraiment très intéressant », lâcha-t-il.

Après cette déclaration fracassante du capitaine Harker, Beth resta frappée de stupéfaction. Était-il possible que le Bourbon Kid soit en définitive un héros ? Peut-être pas, mais au moins il tuait des vampires. Elle avait jugé JD un peu promptement, révoltée par le meurtre qu'il avait commis sous ses yeux. Mais à présent, il semblait être le seul espoir auquel Santa Mondega pouvait se raccrocher face aux attaques des vampires qui déferlaient dans ses rues. Beth regrettait amèrement d'avoir jeté le bout de tissu de son frère Casper devant lui.

Bull posa les yeux sur elle, comme s'il avait lu dans ses pensées. « Va pas croire toutes ces conneries, dit-il. Ton petit copain a pas tué que des vampires : il a aussi massacré des centaines d'innocents. Ce con de flic a pas la moindre idée de quoi il parle.

— Je crois que vous avez raison, répondit Beth en acquiesçant. Mais regardez-vous un peu. Vous me retenez en otage, conformément aux ordres d'un gang de vampires qui a l'intention de me tuer lorsque j'aurai rempli ma fonction d'appât. Ça ne fait pas vraiment de vous un héros, vous ne pensez pas ? »

Bull parut décontenancé par cette attaque directe et totalement inattendue. Manifestement, il n'avait pas l'habitude qu'on s'adresse à lui d'une façon aussi irrespectueuse. « Écoute-moi bien, espèce de pauvre conne, lança-t-il d'un ton sec. Mes gars et moi, ça fait des années qu'on protège les gens comme toi. On a mené des guerres afin de protéger cette liberté que tu considères comme un dû. On s'est toujours jetés dans le feu de la bataille sans penser aux balles qui fusaient de tous les côtés. On a rempli des missions derrière les lignes ennemies. Et qu'est-ce qu'on reçoit en échange ? Un pays plein de gens comme toi, qui ne se donneraient même pas la peine de nous remercier. Si t'es en vie, c'est uniquement grâce à des gens comme nous. Ton petit copain a tué un héros de guerre. Silvinho est mort dans un couloir pourri, dans un immeuble merdique. C'est pas une façon de mourir pour un soldat. Pas après tout ce qu'il a fait pour son pays. Alors si tu t'avises de me juger, de nous juger… (il pointa Tex et Razor)… souviens-toi bien d'un truc : c'est ton petit copain qui tue des gens pour le plaisir, pas nous, pas plus que les vampires. Les vampires ne massacrent pas des innocents juste parce que ça les fait marrer. Ils tuent pour survivre. Ils ont besoin de sang pour vivre, comme toi et moi on a besoin d'eau et de nourriture. Ils nous paient très généreusement pour que nous les aidions à ne pas disparaître. Et ils ne nous jugent pas sur nos méthodes. Alors si tu dois être sacrifiée pour le bien du plus grand nombre, ça ne me pose aucun problème. En t'utilisant comme appât, on sera en mesure de tuer le Bourbon Kid et, du coup, de sauver la vie de milliers de gens destinés à mourir de ses mains.

— Les vampires assassineront beaucoup plus de personnes qu'il ne pourra jamais en tuer, rétorqua Beth.

— C'est vrai, concéda Bull. Mais ceux qui se font tuer par des vampires meurent pour une bonne raison. C'est la dure loi de la chaîne alimentaire. Quand ton petit chéri de Bourbon Kid a assassiné mon père, il l'a fait par pure méchanceté. Il a massacré des milliers d'innocents sans la moindre raison. Il n'y a aucun honneur là-dedans. Les vampires tuent pour survivre. Il y a un certain honneur à cela.

— Un certain honneur à cela ? C'est ce que vous vous dites pour alléger votre conscience ? »

Bull fronça les sourcils. « Tu sais, tu devrais faire un peu attention à la façon dont tu me parles. »

Beth reporta son regard sur l'écran de la télévision. Sur un moniteur qui se trouvait derrière le présentateur, on pouvait voir un portrait de JD. Elle fixa quelques secondes cette image, avant de répondre à Bull : « Je n'ai pas peur de ce que vous pourriez me faire. »

Bull sourit : « Et il n'y a aucune inquiétude à avoir de ce côté-là. Je te promets que quand je te tuerai, ce sera vite fait bien fait.

— J'aimerais pouvoir en dire autant à votre sujet.

— Je te demande pardon ? » Le ton de Bull se fit soudain plus bourru, signe que la remarque l'avait vraiment blessé. « Et je peux savoir d'où vient toute cette assurance, tout d'un coup ?

— Du fait que je viens de comprendre que mon petit ami est le Bourbon Kid.

— Je vois mal en quoi c'est une raison de se donner des airs.

— Je vais vous expliquer en quoi : il y a très fort à parier que je vais m'en sortir vivante. Cela fait des années que mon petit ami tue des vampires, et il est toujours vivant. Il passe même à la télé. Vous autres, j'attends encore de vous voir sur l'écran. Personne ne parle de toutes les personnes que vous avez tuées, à part vous. Vous feriez bien d'ouvrir les yeux sur une évidence toute simple, tous autant que vous êtes. »

Les narines de Bull se dilatèrent. Elle commençait sérieusement à lui taper sur le système : « Ah ouais ? grogna-t-il. Laquelle ?

— Vous allez tous mourir. »

Pendant quelques instants, Bull fit peser sur elle un regard terrible, estomaqué par ses bravades soudaines, et pas mal ébranlé. Il adressa à Razor un bref mouvement de tête. Ce simple geste déclencha une réaction immédiate. La prenant par surprise, Razor décocha une légère droite remarquablement bien placée sur la partie latérale du crâne de Beth, qui perdit instantanément connaissance.

38

« Flake, vous avez fait un boulot prodigieux », dit Bill Clay en tapotant son épaule.

Le standard de la police avait failli sombrer sous les appels paniqués des habitants de Santa Mondega, et Flake avait tâché de son mieux de les calmer et de les conseiller. Il y avait eu dans le tas un grand nombre d'appels curieux, comme celui d'une jeune fille du nom de Caroline, qui prétendait s'être réfugiée à la bibliothèque, pourchassée par un vampire que le Bourbon Kid en personne avait tué. Flake avait quelques difficultés à dissocier les canulars téléphoniques des vrais appels au secours, aussi avait-elle été grandement soulagée lorsque Clay était venu lui soumettre un message de boîte vocale. Ils l'avaient enregistré et avaient dirigé les appels sur ce message automatique.

« Un café me ferait le plus grand bien, après tout ça, dit Flake.

— Vous l'avez bien mérité. À votre place, je rentrerais chez moi. »

À travers la porte d'entrée en verre, Flake jeta un regard dans la rue sombre. « Je crois que je préfère rester ici, si ça ne pose pas de problème, dit-elle.

— Ce n'est pas moi qui vous jetterai la pierre. Il y

a des canapés assez confortables aux étages supérieurs. Je vais tâcher de vous trouver des couvertures.

— Et vous ? Vous restez aussi ? »

Clay hocha la tête. « Non. Je dois retrouver le capitaine au musée, tout à l'heure.

— Où est-il, en ce moment ?

— Parti s'adresser à la population dans les studios de la chaîne d'infos. Ce qui signifie que, selon toute probabilité, il est déjà mort. Des nouvelles de Sanchez ?

— Non, il n'est pas venu.

— Quel dommage. Venez avec moi, on va vous chercher des couvertures. »

Flake devait s'occuper d'autre chose dans l'immédiat. Des choses dont Clay ne devait pas avoir connaissance. « Je vous rejoins tout à l'heure. J'ai deux ou trois trucs à faire avant, dit-elle.

— Comme vous le sentez. À tout de suite. »

Clay se rendit à l'étage en empruntant l'ascenseur qui puait toujours un peu. Flake alla chercher un café à la machine automatique, puis revint s'asseoir à son bureau. Seule dans ce silence inquiétant, elle aurait aimé que Sanchez se décide enfin à apparaître. Il avait promis de passer au commissariat avant de se rendre à la Casa de Ville avec *Le Livre de la mort*. Flake avait l'horrible pressentiment qu'il allait se rendre seul à la Casa de Ville et s'exposer à un grand danger. Il semblait tenir Jessica en très haute estime, sans aucune raison valable. Flake n'avait aucune confiance en cette femme. Elle se comportait constamment en véritable garce, et pourtant, quoi qu'elle fasse, Sanchez paraissait l'excuser à chaque fois.

À présent qu'elle avait un peu de temps pour elle, Flake ouvrit le tiroir du bas de son bureau et y plongea une main. Tout au fond, sous la masse de fouillis, se trouvait *Le Livre sans nom*. Elle s'en saisit et le déposa sur le bureau. Elle ne mit pas longtemps à retrouver la page à laquelle elle avait suspendu sa lecture, la veille. Elle but une gorgée de café et se mit à feuilleter l'ouvrage dans l'espoir de trouver d'autres informations concernant vampires et livres maudits.

Très vite, elle tomba sur un passage assez laconique au sujet du *Livre de la mort*. Il y était décrit comme un ouvrage épais à la couverture noire, en tout point semblable à celui qu'elle avait percuté avec sa voiture, un peu plus tôt dans la journée. Le passage faisait également mention du propriétaire de ce livre, un homme très puissant du nom de Ramsès Gaïus. Ce nom lui était familier, mais Flake était incapable de se rappeler où elle l'avait entendu auparavant.

Durant près d'une demi-heure, elle survola paragraphe après paragraphe, jusqu'à tomber sur quelque chose qui accéléra considérablement ses pulsations cardiaques. Il s'agissait d'un dessin représentant quatre hommes et une femme. Malgré l'ancienneté du croquis, les visages des cinq personnes étaient restés très précis. Et Flake reconnut immédiatement la femme. C'était Jessica. Elle lut la légende qui se trouvait en dessous :

Xavier, Seigneur des Ténèbres, et sa famille – résidant, pense-t-on, à Santa Mondega, une ville du Nouveau Monde.

Flake connaissait également le visage de ce Xavier, Seigneur des Ténèbres. Elle l'avait connu sous le nom d'Archibald Somers, un flic qui avait consacré quasiment toute sa carrière à tenter de coincer le Bourbon Kid. Le texte qui se trouvait sur la page voisine précisait que les personnes représentées étaient toutes versées dans les arts de la magie noire. Rien de vraiment surprenant quand on savait que l'une d'elles portait le titre de Seigneur des Ténèbres. Au fil de sa lecture furtive, Flake commençait à comprendre pourquoi tous ceux qui avaient lu *Le Livre sans nom* avaient été retrouvés morts. Ce livre révélait l'identité et l'histoire de tout un tas de vampires appartenant au sommet de la hiérarchie de leur espèce. Et Jessica était du nombre. Sans se douter de rien, Sanchez était sans doute déjà en route pour la Casa de Ville avec *Le Livre de la mort*. Flake devait absolument l'en empêcher.

Elle tira précipitamment son portable de la poche de son pantalon et composa le numéro de Sanchez. Il y eut deux sonneries et elle tomba sur sa boîte vocale :

« Bonjour. Vous êtes sur la boîte vocale de l'inspecteur Sanchez Garcia, police de Santa Mondega. Je suis sûrement en train de coffrer des méchants, merci de laisser un message après le bip. »

Flake attendit le bip sonore et s'empressa de débiter à toute vitesse son message : « Sanchez, c'est Flake. Ne te rends pas à la Casa de Ville. Ton amie Jessica est un vampire. C'est écrit noir sur blanc dans *Le Livre sans nom*. Je suis convaincue qu'elle te tuera dès qu'elle aura *Le Livre de la mort* entre les mains. Rappelle-moi dès que tu auras entendu ce message ! »

Flake avait bon espoir qu'il entendrait ce message avant qu'il ne soit trop tard et qu'il en tiendrait compte malgré son apparente absurdité. Elle rangea son portable dans sa poche et se demanda ce qu'il convenait de faire à présent. Elle avait l'estomac noué, et une multitude de questions se bousculaient dans son cerveau. Et si Sanchez ne rappelait pas ? Et s'il ne tombait même pas sur le message ?

Afin de s'occuper l'esprit, elle feuilleta quelques pages supplémentaires du *Livre sans nom*. Sans succès. Elle était incapable de penser à autre chose qu'au pétrin dans lequel Sanchez se précipitait. Il fallait trouver un plan pour le sortir de là. Si c'était elle qui s'était trouvée dans sa position, Sanchez aurait fait de même, elle en était tout à fait certaine.

Flake referma *Le Livre sans nom* et considéra sa couverture marron et usée. Elle se rappela comment elle avait tué Ulrika Price. Bien sûr ! Elle avait à sa disposition une arme capable de tuer les vampires : *Le Livre sans nom*.

Elle n'avait qu'à se rendre elle-même à la Casa de Ville et, d'une façon ou d'une autre, trouver un moyen d'asséner à Jessica un coup de bouquin, comme elle l'avait fait pour Ulrika Price. Au moins, cela prouverait une bonne fois pour toutes à Sanchez que Jessica était un vampire. Mais comment s'approcher suffisamment de Jessica pour y parvenir ?

Elle se mit à réfléchir à voix basse : « Allez, Flake, réfléchis ! Qu'est-ce que Sanchez ferait s'il était à ma place, et moi à la sienne, à la Casa de Ville, entouré de tous ces vampires ? »

Elle eut soudain une idée. Elle plongea à nouveau la main dans le fatras du tiroir du bas et trouva quelque chose de potentiellement fort utile : une bombe de peinture noire. Elle s'en saisit et la secoua. Le son suggéra qu'il restait assez de peinture pour l'usage qu'elle souhaitait en faire.

Elle ferma *Le Livre sans nom* et retira le couvercle de la bombe. Non sans une certaine anxiété, elle appuya, noircissant une petite partie de la couverture. La couche de peinture se déposa étonnamment bien : à première vue, elle ne mettrait pas longtemps à sécher. Flake souffla dessus, puis effleura la surface du bout du doigt. La peinture était encore humide, mais elle ne laissait pas trop de trace. La pulpe de son doigt était légèrement noircie, mais la majeure partie de la peinture semblait s'être incrustée dans la couverture, telle l'encre d'un tatouage dans l'épiderme. En prenant soin de protéger la tranche des pages, elle était en mesure de camoufler *Le Livre sans nom* en *Livre de la mort*. Le subterfuge semblait viable. De loin, en tout cas. Il restait un espoir de sauver Sanchez. Ce plan était bancal et désespéré, d'aucuns l'auraient même qualifié de merdique, mais c'était le seul dont elle disposait : il devait à tout prix réussir.

Pendant les vingt minutes qui suivirent, Flake parvint avec brio à travestir le livre. La couverture jadis brunâtre et irrégulière était à présent d'un noir de jais uni, méconnaissable. S'étant assurée qu'il ne subsistait plus le moindre bout de couverture marron, elle installa le livre devant un petit ventilateur de bureau poussiéreux dans l'espoir que la peinture sèche plus vite. En observant les petites pales tourner, Flake passa mentalement en revue les risques que comportait une confrontation directe avec Jessica. À tout bien considérer, le plus sage, bien que le plus difficile, était d'éviter à tout prix une telle rencontre.

Flake consulta le menu de son téléphone portable. Elle n'avait aucun appel en absence et n'avait reçu aucun SMS. Elle inspira profondément et composa à nouveau le numéro de Sanchez, en espérant de tout son cœur que rien ne lui soit arrivé. Cette fois, il n'y eut même pas de sonnerie. Rien qu'un message enregistré. Une voix féminine annonça :

« Le numéro que vous avez composé n'est pas en service actuellement. Merci de rappeler ultérieurement. »

Flake raccrocha avant que le message se répète. « Bon, se dit-elle à haute voix en rangeant son portable dans sa poche. C'est parti pour la Casa de Ville. »

Elle avait été si absorbée par les préparatifs de sa mission de sauvetage qu'elle n'avait pas remarqué la présence d'un nouvel arrivé dans le hall de réception. Un homme avait poussé la porte à double battant de verre sans faire de bruit, et son ombre imposante se dessinait à présent sur le bureau de Flake. Elle releva lentement les yeux et vit en face d'elle un individu vêtu de noir, une capuche rabattue sur la tête, qui laissait à peine apparaître son visage. Elle avala sa salive avec une certaine difficulté. Elle savait qui était cet homme. Il s'agissait du Bourbon Kid, l'homme qui passait régulièrement au commissariat pour massacrer des flics, y compris, la plupart du temps, le ou la réceptionniste. Les plaques commémoratives au nom d'Amy Webster et de Francis Bloem, fixées au mur de la salle commune des policiers, en témoignaient.

« En quoi puis-je vous aider ? » demanda-t-elle d'un ton particulièrement nerveux.

Le Kid répondit d'une voix rocailleuse qui semblait venir tout droit du tréfonds de l'enfer : « Je cherche un bouquin marron qui doit se trouver dans le vestiaire du sous-sol. Vous savez s'il y est toujours ? »

Flake se sentait extrêmement fébrile. Le livre dont il parlait se trouvait sur le bureau, juste sous ses yeux.

La seule différence, c'est que sa couverture était à présent noire. Alors qu'elle réfléchissait à sa réponse, le Kid sortit de sous sa cape un fusil de chasse à canon scié et le pointa droit sur son front.

« Je saurai si vous mentez, dit-il. Choisissez bien vos mots. »

Flake savait qu'il n'hésiterait pas un instant à la tuer. Elle devait simplement lui donner une bonne raison de ne pas le faire.

Elle inspira à nouveau profondément : « Je me suis servi du livre pour tuer un vampire dans le vestiaire, hier matin.

— Il est où, maintenant ?

— J'étais sur le point de l'emmener à…

— IL EST OÙ MAINTENANT ? »

Flake sentit ses jambes flageoler. Ce type ne se laisserait pas fléchir tant qu'elle ne lui aurait pas dit où se trouvait *Le Livre sans nom*. Elle pointa du doigt le livre noir posé devant le petit ventilateur.

« Il est là », marmonna-t-elle nerveusement, redoutant que sa réponse soit ponctuée d'un coup de feu.

Le Bourbon Kid abaissa son arme et posa le regard sur le livre. De sa main libre, il le prit et l'ouvrit sur le bureau afin d'en vérifier le contenu. Il feuilleta quelques pages avant de le refermer pour examiner de plus près la nouvelle couverture noire. Il passa délicatement le bout de son index sur la surface peinte puis inspecta sa pulpe. Flake redoutait sa réaction. Pendant un moment, il considéra les autres objets posés sur le bureau. Le petit ventilateur bourdonnait tranquillement à côté de la bombe de peinture noire. Puis il reporta son regard sur Flake. Son visage, noyé dans les ténèbres de sa capuche, reflétait sa perplexité.

« Pourquoi est-ce que vous l'avez peint en noir ? demanda-t-il.

— Je voulais le faire passer pour *Le Livre de la mort*. Je comptais l'emporter à la Casa de Ville et m'en servir pour tuer Jessica.

— Pourquoi ça ?

— Pour sauver mon ami Sanchez. Il va se rendre à la Casa de Ville avec le vrai *Livre de la mort*, s'il n'y est pas déjà. Mais il ne sait pas que Jessica est un vampire. »

Le visage du Kid était à présent impassible. « À votre place, je ne m'inquiéterais pas pour Sanchez, dit-il. Il est probablement déjà mort.

— Mais peut-être que non », répliqua Flake, d'un ton qui laissait percer son désespoir.

Le Kid releva son fusil à canon scié et le pointa en direction du nez de Flake. « Fermez les yeux, grogna-t-il.

— Pourquoi ?

— Parce que ça risque de piquer un peu. »

Flake obéit. Peut-être n'était-ce qu'une plaisanterie de mauvais goût ?

BANG !

Peut-être pas.

39

Sur le perron de la Casa de Ville, Jessica observait le jardin de la cour d'entrée. Tout était prêt. Vampires et loups-garous étaient dissimulés derrière chaque fourré, chaque arbre et chaque statue. Si le Bourbon Kid passait le portail qui se trouvait au bout de l'allée (et Jessica le suspectait d'être assez idiot pour entrer aussi téméraire-ment), il ne ferait pas deux pas avant qu'une armée entière de créatures du mal lui tombe dessus.

Les seuls vampires visibles étaient Lionel et Nate, du clan des Pandas. Ils se tenaient de part et d'autre du portail, afin de faire croire que la Casa de Ville était sous protection minimale. Mais derrière eux se terrait une armée de plus d'un millier de créatures maléfiques, toutes dissimulées dans l'obscurité.

Jessica entra à l'intérieur du bâtiment et referma la grande porte derrière elle. Le bureau de la réception était occupé par un membre du clan des Pandas. À vrai dire, Jessica n'avait que mépris pour elle. Elle avait l'air totalement inepte, assise là avec sa casquette de base-ball rouge et ses yeux cernés de larges taches noires. Beaucoup de vampires femelles se refusaient à rejoindre le clan des Pandas uniquement à cause de cet horrible maquillage.

Jessica l'appela : « Hé ! Panda Girl.

— Oui, m'dame.

— Si on a besoin de moi, je suis dans le bureau de mon père.

— Bien, m'dame. »

Panda Girl vit Jessica s'envoler dans l'escalier qui se trouvait sur la droite et disparaître en moins d'une seconde. Elle non plus n'aimait pas Jessica. Le fait de se faire appeler « Panda Girl » avait été suffisamment désagréable la première fois, mais Jessica avait réitéré tant de fois que tout le monde à la Casa de Ville l'appelait désormais par ce sobriquet.

Jessica était montée à l'étage depuis à peine une minute lorsque le téléphone qui se trouvait sur le bureau de Panda Girl retentit. Plutôt que de décrocher le combiné, elle appuya sur un bouton et le haut-parleur s'enclencha.

« Réception, dit-elle.

— C'est Lionel, au portail. On a un flic du nom de Sanchez Garcia qui souhaite voir Jessica.

— Elle ne reçoit personne aujourd'hui. Dis-lui de revenir demain.

— Une seconde. »

Panda Girl patienta, saisissant quelques bribes inintelligibles d'une conversation entre Lionel et quelqu'un d'autre. Le gardien du portail s'adressa à nouveau à la réceptionniste :

« Ce Sanchez en question prétend avoir amené un bouquin que Jessica est censée rechercher.

— *Le Livre de la mort* ?

— Il refuse de dire ce que c'est.

— À quoi il ressemble, ce type ?

— Au mec de “CHiPs”, version surpoids, avec une voiture à la place de la moto. »

Panda Girl soupira. « D’accord, tu peux le laisser passer. Dis-lui de se garer derrière et d’entrer par-devant. Je m’en occupe.

— OK. »

Lionel raccrocha et Panda Girl contacta le bureau de Ramsès Gaïus. Elle tomba sur la boîte vocale et laissa un message : « Jessica, c’est Panda Girl, à la réception. J’ai ici un certain Sanchez qui aurait un livre pour vous. Rappelez-moi dès que possible. »

Quelques minutes passèrent avant que quelqu’un frappe à la porte de la Casa de Ville. Panda Girl se leva de son siège et se dirigea droit vers le judas afin de voir qui se trouvait dehors. Elle vit un type franchement rondelet dans un uniforme de la patrouille autoroutière. À son épaule droite pendait un sac noir. Il correspondait à la description que Lionel lui en avait faite. Elle ouvrit la porte.

« Sanchez Garcia ? demanda-t-elle.

— Tout à fait, répondit-il.

— Vous avez quelque chose pour moi ?

— Non. J’ai quelque chose pour Jessica.

— Qu’est-ce que c’est ?

— *Le Livre de la mort*, dit-il en brandissant son sac.

— Dans ce cas, vous pouvez me le donner. »

Sanchez hocha la tête. « Je suis un ami de Jessica. Ça lui fera plaisir de me voir. En plus, elle m’a dit qu’il y avait une récompense de cinquante mille dollars pour qui retrouverait le bouquin. »

Panda Girl soupira à nouveau. « D’accord. Entrez.

— Merci bien, mon brave », dit Sanchez en entrant.

Elle referma la porte derrière lui. « Hé, je suis une femme, pas un homme ! lança-t-elle.

— Mais bien sûr. Où est-ce que je peux trouver Jessica ? »

Panda Girl pointa un sofa cramoisi au bout du hall, à côté d'une porte qui donnait sur l'une des salles à manger. « Vous pouvez l'attendre là, dit-elle. Je lui ai laissé un message l'informant de votre arrivée. Elle appellera quand elle sera prête à vous recevoir.

— Parfait. »

Sanchez se dirigea d'un pas nonchalant vers le sofa, admirant les tableaux accrochés aux murs. « Jolie baraque que vous avez là », fit-il remarquer.

Panda Girl l'ignora et se rassit à son bureau, lui tournant le dos. Le téléphone sonna au moment même où elle prenait place. Elle appuya de nouveau sur le bouton du haut-parleur. « Allô, réception.

— Panda Girl, c'est Jessica. Je viens d'écouter ton message. Sanchez est ici ?

— Oui. Et il vous a apporté *Le Livre de la mort*.

— Vraiment ? »

Jessica paraissait très étonnée.

« Je ne l'ai pas vu, mais il prétend l'avoir dans son sac.

— Eh bien, qui l'aurait cru ? dit Jessica dans un ricanement. Cet abruti n'a toujours pas deviné que j'étais un vampire, et pourtant il a réussi à retrouver *Le Livre de la mort*. Quel talent ! Je parie qu'il n'a même pas remarqué les centaines de vampires et de loups-garous dans le jardin. »

Panda Girl baissa la voix, sachant que Sanchez était à portée de voix : « Il est passé devant sans rien voir, dit-elle.

— Quel putain de loser…

— Vous voulez que je vous l'envoie ? »

Jessica observa une courte pause pour réfléchir, puis finit par répondre : « Non. Tout seul, il se perdrait. Accompagne-le. Une fois que j'aurai le livre entre les mains, tu en feras ce que tu voudras.

— Très bien, à tout de suite, Jessica », dit Panda Girl en raccrochant.

Elle avait déjà hâte de planter ses crocs dans le cou juteux de Sanchez. Il y avait de quoi nourrir un régiment, sous ce menton. Elle se leva et se retourna. Le sofa cramoisi était vide. Sanchez avait disparu. Panda Girl renifla l'air. Son odeur, mêlée d'un parfum d'ailes de poulet sauce barbecue, flottait toujours dans la vaste salle. Elle ne mettrait pas longtemps à le retrouver.

« Sanchez ! appela-t-elle. Ouhouh ! Sanchez ! Sortez de votre cachette ! »

40

« Putain, on se croirait au pôle Nord, ici ! cria Lionel pour se faire entendre malgré les mugissements du vent.

— T'es déjà allé au pôle Nord, toi ? répliqua Nate en criant également.

— Hein ? »

Monter la garde au portail de la Casa de Ville était déjà un boulot de merde en temps normal, mais, dans le blizzard qui venait de s'abattre, c'était encore pire. Nate ne raffolait pas de la neige. Le froid en revanche ne lui posait aucun problème. Le fait d'être un vampire permettait de supporter des températures extrêmement basses. Mais le vent qui lui soufflait aux oreilles et les dix centimètres de neige qu'il avait sous les pieds lui tapaient sur le système. De plus, à cause des bourrasques, il était extrêmement difficile d'entendre ce que son pote Lionel lui disait. Il faut dire qu'il n'était pas plus aisé de le voir à travers les rafales de neige qui tombaient. Jusqu'à présent, le seul point fort de leur soirée avait été l'ouverture du portail pour laisser passer Sanchez, venu voir Jessica. À part ça, absolument rien ne s'était passé. Leur tâche consistait uniquement à guetter l'éventuelle arrivée du Bourbon Kid, si, bien entendu, il s'avérait être assez con pour se présenter devant le portail.

« Je t'ai demandé si t'étais déjà allé au pôle Nord ? » répéta Nate, un peu plus fort que la première fois.

Son camarade Panda, Lionel, était connu pour le manque d'enthousiasme qu'il mettait à accomplir quelque tâche que ce soit. Si Nate en avait marre, on pouvait en déduire très logiquement que, de son côté, Lionel devait en avoir ras le cul.

Dans leur dos, l'ensemble des créatures du mal ayant survécu à la nuit de l'avant-veille se cachaient qui derrière un arbre, qui derrière une haie, qui derrière une statue, prêtes à prendre le Bourbon Kid en embuscade s'il se décidait à se pointer.

« Non, je ne suis jamais allé au pôle Nord », cria Lionel. Il enleva sa casquette et la secoua pour se débarrasser de la neige qui la recouvrait avant de la remettre. « Mais j'ai vu des images à la télé. Et y a un putain de paquet de neige, là-bas ! »

Suivant les consignes soumises à l'armée entière, tous deux s'étaient vêtus de noir afin de pouvoir se camoufler dans l'obscurité, camouflage que le paysage enneigé rendait parfaitement inefficace. Nate sortit un paquet de cigarettes de la poche intérieure de son manteau sombre. « Tu veux une clope ? lança-t-il à son ami.

— Nan, ça va. Merci. »

Nate fouilla dans sa poche et en sortit un briquet qu'il porta à hauteur de son visage, sous la visière de sa casquette de base-ball, à l'abri de la neige. Il avait taxé ce briquet jetable merdique à l'une de ses victimes, quelques jours auparavant. Il dut s'y prendre à trois fois avant de réussir à allumer cette saloperie. La taille de la flamme était tout bonnement pathétique.

Après avoir tiré quatre ou cinq fois sur sa cigarette, elle finit enfin par s'allumer. La flamme du briquet vacilla et s'éteignit pour de bon.

En inspirant une bouffée de fumée, il vit Lionel passer la tête à travers les barreaux du portail pour jeter un coup d'œil à la route.

« Tu vois quelque chose ? » lui cria-t-il.

Lionel se retourna et hocha la tête. « De la neige et encore de la neige. Rien d'autre. »

Nate sentit un mouvement derrière lui. Il tourna la tête, et entendit quelques vampires et loups-garous remuer à leur poste et échanger des murmures.

« Au moins nous, on est sur l'allée, cria-t-il à Lionel. Apparemment, tous les autres sont enfoncés jusqu'aux genoux dans cette gadoue à la con ! »

Lionel s'écarta du portail en haussant les épaules. « Les loups-garous aiment sûrement ça.

— Ouais, par contre, je suis sûr que ça doit rendre fous les clowns.

— Pourquoi les clowns ?

— À cause de leurs énormes chaussures. Elles vont se remplir d'eau boueuse, et leurs chaussettes seront foutues. »

Lionel parut surpris. « Je savais pas que les clowns portaient des chaussettes.

— Il y en a forcément quelques-uns qui en portent. Moi qui en ai enfilé une paire toute neuve aujourd'hui, je peux te dire que je suis bien content d'être là où on est. C'est sans doute le poste le plus sûr, en plus.

— Comment ça ?

— Réfléchis un peu. Si le Kid a vraiment l'intention de se pointer ici, ce serait vraiment trop con de sa part d'essayer d'entrer par le portail, non ?

— C'est clair. On le verrait venir de loin avant même qu'il arrive à hauteur de la grille, dit Lionel en jetant un nouveau coup d'œil à la route à travers les barreaux.

— Cinq dollars qu'il se pointe pas, lança Nate.

— Le pari qui sert à rien, répondit Lionel. Bien sûr qu'il se pointera pas. Si comme lui j'avais le choix, tu penses bien qu'avec ce temps pourri je resterais bien au chaud. »

Nate tira à fond sur sa cigarette et recracha une énorme bouffée de fumée. Elle disparut presque instantanément dans les rafales de flocons. Lionel avait raison. Le seul truc, c'est que s'il était vrai que les gens normaux restaient bien sagement chez eux par un temps aussi apocalyptique, il était également vrai que le Bourbon Kid était tout sauf quelqu'un de normal. C'était un putain de schizo qui n'avait peur de rien ni de personne. S'il était résolu à pénétrer dans l'enceinte de la Casa de Ville, ce n'était pas quelques malheureux flocons qui l'en empêcheraient.

« T'as entendu ça ? lui cria soudain Lionel.

— Non. C'était quoi ?

— Je crois que je viens d'entendre quelque chose. »

Nate inspira une bouffée de cigarette. « J'ai rien entendu du tout. Ça ressemblait à quoi ?

— On aurait dit que quelque chose remuait dans les fourrés, là-bas. » Lionel désigna une rangée de buissons qui courait le long du mur de la propriété, sur sa droite, du côté intérieur. Il fit un pas dans cette direction, tournant le dos à Nate.

« Holà, pas si vite ! cria Nate. Reste ici. On n'est pas à la colonie de Crystal Lake, putain. Pas question que t'ailles t'aventurer tout seul sous prétexte que t'as entendu un bruit. Reste là où je peux te voir. Et reste dans le champ des caméras de vidéosurveillance, aussi. Personne pourra venir à ton secours si tu commences à te balader tout seul comme un con ! »

Tournant toujours le dos à Nate, Lionel tendit le cou pour voir s'il arrivait à distinguer quoi que ce soit derrière les fourrés.

« On y voit que dalle dans ces putains de buissons, mec, se plaignit-il. Cette zone est pas censée être éclairée ?

— Arrête de pleurnicher. Si quelqu'un arrive à s'introduire dans le périmètre, le mec chargé de la vidéosurveillance allumera ces putains de gros projecteurs. Mais si tu t'aventures derrière ces fourrés, je te le dis tout de suite, ce sera sans moi. »

Lionel se retourna vers lui. « Et si j'ai envie de pisser un coup ?

— T'as qu'à pisser à travers les barreaux du portail, putain ! » Il inspira une nouvelle taffe. « T'as pas envie de pisser, quand même ?

— Non, c'était juste une question. »

Nate bascula la tête en arrière et recracha sa bouffée de fumée au ciel. Cette fois, les volutes s'élevèrent longuement, semblables à des serpents grisâtres. La neige tombait de moins en moins fort. Le vent s'était également légèrement apaisé, bien qu'il sifflât encore un peu. Les épais nuages commençaient à se disperser, et un mince rayon de lune perça à travers les nuées. Nate tira une dernière fois sur sa cigarette et jeta le mégot dans la neige. En entendant la braise s'éteindre dans un crépitement, il releva la tête et constata avec plaisir que la neige avait complètement cessé de tomber. Le vent soulevait encore quelques flocons épars, mais le blizzard s'était dissipé. Dieu merci, c'est pas trop tôt, pensa-t-il.

« On dirait que Gaïus est en train de faire apparaître la lune pour les loups-garous », lança-t-il à Lionel, sans pousser autant sa voix que lorsque le vent rugissait.

Lionel ne répondit pas. Il restait figé sur place, les yeux rivés au portail.

Nate insista : « J'ai dit, on dirait que Gaïus est en train de faire apparaître la lune pour les loups-garous. »

Toujours pas de réponse.

De là où il était, Nate ne voyait qu'une infime partie du visage de son camarade. Il était impossible de savoir s'il l'avait entendu ou non. « Lionel ? T'as entendu ou… »

Avant que Nate ait pu finir sa phrase, les jambes de Lionel fléchirent, et il tomba à genoux, comme au ralenti. Nate se rappela la scène finale de *La Planète des singes*, lorsque Charlton Heston tombe à genoux face à la statue de la Liberté. Alors qu'il se faisait la remarque que ce souvenir était pour le moins déplacé, il fut saisi d'horreur.

La tête de Lionel bascula vers l'avant. Et se décrocha de ses épaules, pour tomber à terre dans un impact sourd, en plein sur le visage. Le reste du corps demeurait agenouillé, immobile. Une fontaine de sang épais se mit à jaillir dans tous les sens du cou sectionné, comme un arroseur automatique. Derrière sa tête tranchée, la neige était tachetée de rouge, et une flaque sombre grossissait à vue d'œil, s'approchant peu à peu de Nate. Le corps de Lionel finit par s'écrouler de tout son long, tombant non loin de sa tête. Nate avait assisté à la scène figé par la terreur, mais il reprit vite ses esprits et s'empressa de réagir.

« Oh putain ! » Il attrapa son talkie-walkie et le porta à sa bouche. Il appuya sur le bouton pour parler, mais, avant qu'il eût prononcé un mot, il sentit une lame aiguisée comme un rasoir se poser sur sa pomme d'Adam. Il s'empêcha de déglutir, de peur de sentir la lame s'enfoncer dans sa gorge par sa propre faute. Quelqu'un se colla à son dos, et il sentit sur son oreille droite le souffle chaud d'un homme. Une main sortit des ténèbres derrière lui et s'empara du talkie-walkie qu'il tenait. Puis il entendit une voix. Un murmure rocailleux.

« Combien de vampires dans la cour ? »

Nate inspira brièvement avant de répondre : « Des centaines. » La lame pressa un peu plus sa glotte. « Probablement des milliers, corrigea-t-il.

— Et combien de loups-garous ?

— Pareil. »

La lame s'écarta alors lentement de sa gorge pour disparaître complètement de son champ visuel. Nate poussa un soupir de soulagement.

« Il se passe quoi maintenant ? » demanda-t-il.

L'inconnu ne répondit pas.

Sans trop savoir si son agresseur était toujours derrière lui, Nate tenta de lui faire entendre raison. « Je ne dirai à personne que je vous ai v… »

Un bruit de déchirement horrible trancha dans sa phrase. Il éprouva une douleur atroce au bas du dos. Elle se propagea rapidement à son ventre. En voulant respirer, il ne parvint qu'à s'étouffer plus encore. Son menton s'affaissa soudain : les muscles de son cou n'étaient plus en mesure de soutenir le poids de sa propre tête. Le regard ainsi baissé, il vit la lame acérée du poignard sortir de son abdomen, au niveau de son estomac.

Elle était recouverte de sang.

Son sang.

Ses jambes fléchirent, comme celles de Lionel quelques instants auparavant. Alors qu'il allait tomber le visage le premier dans la neige, une main l'attrapa par les cheveux pour retenir sa chute. Le sang qui emplissait ses poumons coulait à présent de sa bouche. Le liquide, où surnageaient des bouts de matière organique, roulait sur sa langue pour se déverser entre ses lèvres. Nate voyait la neige s'empourprer.

La lame se mit alors à bouger. L'agresseur fit remonter le couteau à travers l'estomac, le long de son abdomen. La lame trancha en deux le cœur du vampire, fendant sa poitrine. En poussant son dernier souffle, il vit ses propres tripes tomber dans la neige.

41

Après une journée particulièrement chargée et stressante, Elijah Simmonds était enfin en mesure de se détendre un peu. Le musée venant tout juste de fermer, il pouvait à présent déambuler tout à loisir dans les salles afin de voir quels changements s'imposaient. Il décida d'emblée qu'il y avait beaucoup trop de tableaux chiants. Il fallait décidément plus de nus. Beaucoup trop de toiles d'expressionnistes étaient exposées. Le seul point qui les sauvait était leur valeur marchande considérable : il pourrait toujours en vendre quelques-unes et amasser ainsi quelques centaines de milliers de dollars, peut-être plus.

En fait, à tout bien considérer, la salle des expressionnistes tout entière pouvait être remplacée par quelque chose de bien plus divertissant, comme une salle de projection, par exemple. En présentant des films sur le mouvement expressionniste plutôt que de montrer ces œuvres plus que barbantes, il y avait moyen de se faire encore plus d'argent, ce dont l'institution avait grand besoin. Elijah Simmonds déambulait ainsi dans le musée et éprouvait une excitation croissante en pensant à tous les grands projets qui l'attendaient. En modernisant radicalement l'établissement, il serait salué par la foule comme un visionnaire. La plupart des habitants de Santa Mondega ne visitaient plus le musée parce que la direction de feu Bertram Cromwell avait rendu les lieux ennuyeux au possible. Une restructuration complète les ferait assurément revenir.

En traversant la plus grande salle du rez-de-chaussée, il tomba sur la pièce préférée de Cromwell, le tombeau de la momie. Le dispositif d'exposition, protégé par une énorme vitre, prenait une place conséquente. Un an auparavant, le sarcophage avait été profané, et la momie volée. Cromwell avait consacré une partie considérable des fonds du musée pour tout remettre en état, contre l'avis sensé de Simmonds. Mais à présent que Simmonds dirigeait cet établissement, il projetait d'en faire une attraction digne de ce nom, une sorte de maison des horreurs en forme de pyramide, tout en plastique. On pouvait même envisager l'installation d'un train fantôme avec des momies et toutes sortes de créatures effrayantes.

Alors qu'il contemplait le sarcophage, la soirée de Simmonds prit soudain un tour inattendu. Il entendit des pas provenant de l'autre bout de la salle, sur sa droite. Il tourna la tête et aperçut James, le vigile, qui venait à sa rencontre. Un groupe d'hommes le suivait. L'un d'eux se distinguait particulièrement des autres. C'était un individu très imposant, au crâne complètement glabre. Il portait un élégant costume argenté et une paire de lunettes noires. Les quatre autres qui marchaient à ses côtés étaient totalement vêtus de noir et, à l'exception de leurs yeux, leur visage était dissimulé par une sorte de foulard de la même couleur qui les faisait ressembler à des ninjas.

James adressa un geste de la main à Simmonds. « Monsieur Simmonds, ce monsieur souhaiterait vous voir. »

Simmonds réprima un soupir. Manifestement, sa journée de travail n'était pas encore tout à fait finie. Le groupe arriva à sa hauteur, et James présenta le colosse en costume argenté à son supérieur hiérarchique.

« Monsieur Gaïus », marmonna-t-il.

Puis il se retourna vers Gaïus et désigna Simmonds. « Et voici Elijah Simmonds. »

Simmonds tendit la main. « Bonsoir, je suis le directeur du musée », dit-il. C'était toujours aussi bon de le dire à voix haute.

Gaïus lui serra fermement la main. « Je suis le nouveau propriétaire du musée, dit-il.

— Pardon ?

— Je suis le nouveau propriétaire du musée. C'est un réel plaisir de faire votre connaissance, monsieur Simmonds. Je suis un de vos fervents admirateurs. »

Simmonds fut incapable de dissimuler sa consternation. « Comment est-ce que… je, enfin, est-ce que je vais conserver le poste de directeur ? »

Gaïus passa son bras droit autour des épaules de Simmonds et le conduisit à l'écart du reste du groupe, jusqu'à un coin de la salle où se trouvait un piano à queue devant lequel était assis un mannequin représentant Beethoven.

— Vous avez déjà vu jouer Beethoven ? demanda Gaïus.

— Euh, non. »

Gaïus leva la main gauche. Ses doigts semblaient nimbés d'une faible lueur. Il les remua doucement, comme l'aurait fait un marionnettiste, et ces simples mouvements firent réagir le mannequin de bois assis au piano, avec sa veste pourpre et sa perruque grise. Beethoven prit soudain vie. Le mannequin s'anima maladroitement. Il redressa la tête et se mit à jouer sur le clavier.

« Vous reconnaissez l'air ? » s'enquit Gaïus.

La mélodie ne lui était pas totalement étrangère, mais Simmonds ne se rappelait plus à quelle occasion il l'avait entendue. « C'est *Thank you for the Music* d'Abba ? proposa-t-il.

— Non, c'est le *Concerto numéro cinq*, espèce de connard ignorant. »

Gaïus resserra l'étau de son bras autour des épaules de Simmonds en écoutant le mannequin. Au bout de trente secondes, Simmonds perçut un léger craquement cristallin derrière lui. Il tourna la tête en direction du bruit et vit que les quatre ninjas se relayaient, donnant chacun à leur tour des coups de pied à la grande vitre qui protégeait le tombeau de la momie. Aucun ne portait de chaussures. La vitre était épaisse de plusieurs centimètres, elle avait été spécialement conçue pour résister aux chocs. Pourtant, sous les yeux médusés de Simmonds, que Gaïus immobilisait toujours, les quatre ninjas parvinrent au bout de quatre ou cinq secondes d'assauts répétés et méthodiques à briser complètement la vitre. James restait planté là, impuissant, le regard tendu vers Simmonds, attendant les ordres.

« Eh, qu'est-ce que c'est que ça ? s'exclama Simmonds. Vous ne pouvez pas faire ça. »

D'un mouvement brusque, Gaïus le tourna de nouveau vers le Beethoven en bois qui continuait à jouer. Il se pencha légèrement et chuchota à l'oreille de Simmonds : « Bertram Cromwell n'a pas opposé trop de résistance ?

— Quoi ?

— Qu'est-ce que vous avez ressenti en assassinant Bertram Cromwell ?

— Mais de quoi parlez-vous ? »

Gaïus sourit. Ce n'était pas un sourire chaleureux, vraiment pas, mais c'était tout de même un sourire. « Je sais que vous l'avez tué, dit-il. Mais je ne vous en veux pas. Il se trouve que, sans le savoir, vous m'avez rendu service. Cromwell ne m'aurait jamais permis de venir ici pour utiliser son précieux sarcophage, pas vrai ? En revanche vous, monsieur Simmonds, êtes bien plus sage que votre âge ne le laisserait supposer. Cela ne vous dérange pas si mes hommes passent un peu de temps à modifier l'arrangement de cette pièce d'exposition, n'est-ce pas ?

— Euh, eh bien…

— Je savais que vous accepteriez. Vous voyez, nous avons besoin de ces lieux, ce soir. Je vais momifier deux jeunes gens pour les vouer à une éternité en enfer. Il me semble que vous les connaissez. Dante Vittori et Kacy Fellangi.

— Effectivement, je les connais, répondit Simmonds en se souvenant de la courte période durant laquelle Dante avait travaillé au musée. Cet enfoiré de Dante a même brisé un vase sur mon crâne, un jour.

— À la bonne heure, dit Gaïus en lui tapotant fortement le dos. Nous sommes donc d'accord ?

— Hm. On va dire que oui. »

Gaïus enroula à nouveau son bras autour des épaules de Simmonds et le poussa à se retourner vers le centre de la salle. Puis il se dirigea vers l'escalier principal en l'entraînant avec lui.

« Alors dites-moi un peu, avez-vous réussi à trouver ce que vous recherchiez ? demanda Gaïus.

— C'est-à-dire ?

— La combinaison du coffre-fort de Bertram Cromwell, bien entendu. C'est sans doute en grande partie pour cela que vous l'avez tué. Il y a amoncelé un bon gros paquet de billets, n'est-ce pas ?

— Comment est-ce que je pourrais le savoir ?

— Elijah, très cher. Si vous tenez à rester en vie et à diriger ce musée pour mon compte, vous allez devoir faire preuve d'un peu plus d'honnêteté à mon endroit. Votre présence au poste de directeur n'est censée être que purement temporaire. Mais si vous arriviez à faire main basse sur le magot que recèle ce coffre-fort, cela n'aurait plus grande importance, n'est-ce pas ? »

Simmonds sourit. Manifestement, Gaïus avait fait un excellent boulot de renseignement. « Ce coffre est impossible à ouvrir, dit-il. Cromwell a emporté le secret de sa combinaison dans sa tombe. »

Gaïus rit de bon cœur à ces mots. « Mon cher Elijah, permettez-moi de vous donner un aperçu de mes talents. Pendant que mes amis prépareront le sarcophage, je me ferai un plaisir de vous montrer comment on ouvre un coffre-fort. »

42

Dans la salle de commandement de la tour est de la Casa de Ville, Bull regardait attentivement la cour à travers la fenêtre haute et étroite. La neige tombait avec moins de vigueur, mais les flocons fondus qui recouvraient la face extérieure du verre rendaient sa tâche de guetteur peu aisée. Même s'il était assez difficile de discerner quoi que ce soit dans l'obscurité à cause de la neige qui tombait, Bull était bien obligé de reconnaître que les vampires et les loups-garous s'étaient camouflés à merveille. Ces créatures étaient de vrais caméléons quand il s'agissait de se dissimuler dans les ténèbres. De temps à autre, il croyait surprendre un mouvement, mais à peine posait-il le regard sur ce qu'il prenait pour une créature du mal que le tressaillement cessait subitement, comme si elle avait senti qu'il l'épiait. Cependant, Bull ne savait que trop bien que le Bourbon Kid, lui aussi, savait se mouvoir dans les ténèbres avec une redoutable efficacité. Il pouvait se fondre dans le décor aussi bien que n'importe quelle créature de la nuit.

Derrière lui, Beth venait de reprendre connaissance. Elle la ramenait beaucoup moins à présent qu'elle avait une bosse grosse comme un œuf sur la tempe. Razor était assis à côté d'elle, son bras gauche posé sur le dossier du sofa, prêt à lui décocher un autre coup bien senti si elle s'avisait de bouger sans demander la permission.

Tex était toujours campé devant les écrans de vidéosurveillance à l'autre bout de la pièce, les yeux rivés sur les images qu'ils retransmettaient, à l'affût du moindre signe d'effraction de la propriété. L'ensemble des caméras étaient opérationnelles. Il semblait impossible d'entrer dans la Casa de Ville sans se faire repérer.

Par la fenêtre, Bull aperçut un rayon bleuté percer à travers les nuages. La lune faisait enfin son apparition. C'était un signal. La nuit était arrivée. Et à Santa Mondega, la tombée de la nuit allait généralement de pair avec le début du carnage.

Très vite, la neige cessa tout bonnement de tomber. Alors que Bull constatait que la visibilité s'améliorait sensiblement, Tex s'adressa à lui : « J'ai quelque chose, boss.

— C'est quoi ?

— Un message de Jessica. »

Bull se retourna pour voir Tex en train de lire un e-mail sur l'un des écrans. « Elle dit que le Bourbon Kid est en chemin. L'une de ses sources vient de l'informer qu'il revient tout juste du Cimetière du Diable.

— Le Cimetière du Diable ?

— Ouais. Déjà entendu parler de ce coin ?

— Uniquement à titre de légende. C'est censé être un coin où les gens vont passer des pactes avec le diable. Tu vois le genre. Je te donne mon âme, tu me donnes l'immortalité, ce genre de conneries.

— Tu crois que c'est ce qu'il a fait ? »

Bull haussa les épaules. « Ça fera aucune différence. On a une armée d'immortels. Autre chose ?

— Ouais, il y a un autre truc que tu dois savoir, dit Tex.

— Quoi donc ?

— Il s'est arrêté de neiger.

— Ouais, j'ai vu.

— Et c'est vachement plus facile de voir ce qui se passe dehors, maintenant, dit Tex. Comment est la visibilité, à la fenêtre ?

— J'ai déjà vu mieux. Mais j'arrive à discerner le portail.

— Il va quand même pas essayer d'entrer par le portail ? »

Bull fixait la cour en contrebas. « Au contraire, je suis convaincu que c'est bien ce qu'il fera.

— Ce serait complètement con, dit Tex. Il est plus intelligent que ça, non ?

— Oh, ça, c'est un petit malin, approuva Bull. Mais il est aussi téméraire, et il adore se la jouer. Bien du genre à se mesurer de front à une armée tout entière. Quitte pas ces moniteurs des yeux. Moi, je lâche pas la cour. »

Tex regarda l'écran de la caméra braquée sur le portail. « Il se passe que dalle autour du portail, boss, dit-il. Je vois que les deux Pandas de service. Un des deux est en train de s'en griller une.

— En train de fumer, hein ? Pas étonnant que ce soit une espèce en voie de disparition », lâcha Bull.

Tex n'éclata pas de rire. Il hurla : « PUTAIN ! Un homme à terre ! »

Bull se retourna en un éclair. « Quoi ? Où ça ? » lança-t-il.

Tex pointait le portail sur le moniteur. « On a un Panda à terre, précisa-t-il. Non, attends. » Il plissa les yeux afin de reconstituer le puzzle de pixels, et ajouta au bout de quelques secondes : « On a maintenant deux Pandas à terre. Les deux gardiens du portail sont tombés. »

Bull jeta un coup d'œil par la fenêtre. Il était extrêmement difficile de voir ce qui se passait au juste. « Qu'est-ce qui est arrivé, bordel ? demanda-t-il, espérant que Tex puisse l'éclairer.

— Ils sont à terre. Pour de bon.

— Morts ?

— Oui, chef.

— Ça veut dire que le moment est arrivé. Il est ici. »

Tex approcha un peu plus son visage de l'écran afin de mieux y voir. « Un des types s'est fait décapiter, dit-il. L'autre s'est fait couper en deux dans le sens de la longueur.

— Coupé en quoi ?

— En deux. À partir du bas de l'abdomen. Dans le sens de la longueur, tu vois ? Comme une tartine.

— Putain !

— Tu m'étonnes. Ça doit pas être agréable. »

En regardant par la fenêtre, Bull était incapable de valider ou d'infirmer ce que Tex venait de lui dire. Mais il lui faisait entièrement confiance, et il savait qu'il fallait réagir au plus vite. « OK, Tex, allume les projos centraux. Fais-moi voir à quoi on a affaire ! »

Tex obéit immédiatement. Il appuya sur un interrupteur fixé sur un panneau, en dessous des écrans de vidéosurveillance, et, à l'extérieur, le ciel s'illumina soudainement de la lueur d'un projecteur. À l'aide d'une manette, il dirigea le faisceau vers le portail en observant sa progression sur les écrans.

Par la fenêtre, Bull suivit également des yeux l'énorme faisceau de plus de six mètres de diamètre qui, fouillant les lieux à la recherche de l'assassin des deux gardes, révélait des silhouettes de vampires et de loups-garous dissimulés.

Bull et Tex s'écrièrent soudain à l'unisson : « IL EST LÀ ! »

Tex avait immobilisé le faisceau sur un homme vêtu de noir qui se tenait au beau milieu de l'allée. Il portait une longue cape sombre dont la capuche était rabattue sur sa tête. Tex l'avait vu apparaître sur l'un des écrans, et Bull, au même moment, l'avait vu de ses propres yeux, par la fenêtre.

L'intérêt de Razor sembla se réveiller : « C'est le Bourbon Kid ? »

Bull acquiesça : « Qui est-ce que ça pourrait être d'autre ?

— J'en sais rien. Je me disais que peut-être il se pointerait pas.

— Surveille bien cette petite demoiselle, ordonna Bull. C'est pour elle qu'il est venu. »

Dans la cour, le Bourbon Kid restait immobile, au milieu du disque de lumière. Le portail et les deux Pandas morts se trouvaient à environ six mètres derrière lui. En jetant un bref coup d'œil aux deux gardes gisant sur la neige gorgée de sang, Bull remarqua que quelque chose bougeait derrière eux. « Il est en train d'ouvrir le portail », marmonna-t-il comme pour lui-même en essayant de trouver une raison à cet acte. Il ne tarda pas à s'en avouer incapable et éleva la voix afin d'alerter les autres : « Le portail est en train de s'ouvrir ! Mais qu'est-ce qu'il fout ? »

Tex semblait déconcerté : « Je pige pas. Pourquoi est-ce qu'il ouvre le portail alors qu'il est déjà à l'intérieur ? »

Razor proposa une explication : « Peut-être que maintenant qu'il se sait repéré, il préfère s'enfuir ? »

Bull hocha la tête négativement. « Pas sans la fille. Il ne partira pas sans elle. À quoi il joue, bordel ?

— Je dois faire retentir la sirène ? demanda Tex.

— Ouais. Dès que les vampires l'entendront, ils lui sauteront tous dessus. » Bull se retourna vers Beth. « J'ai comme l'impression que ton petit copain n'a plus que dix secondes à vivre. Tu veux venir voir ? »

Beth à son tour hocha la tête : « Je vois très bien ce qui se passe sur les moniteurs, merci », répondit-elle.

Tex appuya sur un bouton de son panneau de commandes et une puissante sirène retentit dans la cour. Sur les écrans, Beth put voir une multitude de vampires et de loups-garous réagir instantanément. Tous sortirent de leur cachette, des fourrés et des arbres. Et il y en avait un sacré paquet. Un sacré putain de paquet. Et tous se dirigeaient vers le Bourbon Kid.

« OK, allume tous les projos, maintenant », ordonna Bull à Tex d'un ton sec.

Tex appuya sur plusieurs interrupteurs et, en un clin d'œil, toute la cour s'embrasa. Beth assistait à la scène sur les écrans. Des centaines de vampires et de loups-garous s'avançaient en direction du Bourbon Kid, qui n'était plus le seul à être éclairé. Il restait immobile face à cette armée de créatures du mal dont les rangs se resserraient autour de lui.

« Tenez-vous prêts, dit Bull. D'un instant à l'autre, il va faire quelque chose.

— Genre quoi ? demanda Razor.

— J'en sais rien, mais tenez-vous prêts, parce que dès qu'il lèvera le petit doigt, ils vont le déchirer. »

Les vampires et les loups-garous continuaient à s'approcher du Kid. Il les avait bien évidemment vus, mais il ne réagissait toujours pas. Les vampires qui se trouvaient en première ligne s'immobilisèrent à quelques mètres de lui. L'ensemble de l'armée fit de même, occupant toute la surface de la cour, attendant soit un geste du Kid, soit un signal de Bull, quel qu'il soit.

« On a au moins trois mille combattants de notre côté, dit Bull dans un sourire suffisant. C'est presque dommage que ce soit aussi peu équilibré. »

Les yeux rivés aux moniteurs, Beth se permit un demi-sourire. « Vous avez raison, dit-elle. Il en aurait fallu beaucoup plus que trois mille pour que le combat soit équitable. »

Bull l'ignora et continua d'observer la scène par la fenêtre.

Beth ne comprit pas trop ce qui se passa sur les moniteurs, mais Tex s'écria soudain : « GRENADES ! »

Sur l'un des écrans, une énorme masse de fumée s'éleva soudain du sol, tout autour du Bourbon Kid, qu'elle dissimula entièrement.

« Merde ! hurla Bull. Des fumigènes ! »

Beth ne lâchait pas l'écran des yeux, impatiente de voir ce qu'il adviendrait de JD. L'armée de vampires et de loups-garous encercla aussitôt la boule de fumée.

« Qu'est-ce qu'il fout ? demanda Bull d'un ton qui trahissait sa perplexité. Pourquoi est-ce qu'il ne leur tire pas dessus, ou un truc du genre ? Qu'est-ce qu'il attend, bordel de merde ?

— Vous n'avez toujours pas deviné ? » demanda Beth avec mépris.

Bull se retourna en un éclair. Tex et Razor avaient les yeux braqués sur l'un des moniteurs de gauche. On y voyait la gigantesque boule de fumée, mais toujours aucun signe du Kid, qui semblait décidé à ne pas en sortir.

« Il est toujours dedans ? lança Bull.

— Ouaip », répondit Tex, les yeux plissés.

Beth s'éclaircit la gorge pour attirer leur attention. « Vous ne regardez pas le bon écran », dit-elle.

Bull lui jeta un regard, incapable de dissimuler son mécontentement. « Quoi ? » lança-t-il sèchement.

Beth pointa du doigt celui qui se trouvait tout à droite. « C'est là qu'il faut regarder », dit-elle.

Les trois militaires qui la retenaient prisonnière posèrent alors les yeux sur le moniteur qu'elle venait de désigner. C'était une vue du périmètre extérieur, juste devant le portail, dont les trois hommes s'étaient désintéressés depuis que le Kid était apparu dans l'enceinte de la propriété.

« Qu'est-ce que c'est que ce bordel ? » dit Tex, exprimant à la perfection l'opinion de ses camarades. Assis devant les moniteurs, il bénéficiait d'une meilleure vue que les autres. Bull accourut à ses côtés, et Razor bondit du sofa pour les rejoindre. Sur l'écran, il apparaissait très clairement que quelque chose de massif se dirigeait droit vers le portail. En fait, c'était une énorme masse constituée d'une multitude de mouvements. C'était comme un tsunami qui fondait sur la Casa de Ville depuis le bois qui se trouvait de l'autre côté de la route. Les trois hommes observaient la chose d'un regard fixe, totalement atterrés.

Lorsqu'il prit pleinement conscience de ce qui était en train de se passer, Bull murmura les mots que tous trois avaient en tête : « Que Dieu nous vienne en aide. »

43

En s'échappant de la réception de la Casa de Ville, Sanchez s'était retrouvé dans une énorme salle à manger. La pièce était très impressionnante, et autrement plus belle que sa salle à manger à lui. On avait dû y donner de nombreux banquets mémorables au fil des années, voire des siècles. Au centre se trouvait une très longue table en chêne massif et verni, avec deux rangées de chaises à haut dossier de part et d'autre, et une à chaque bout. Les murs étaient garnis d'étagères où reposaient des objets de très grande valeur. Sanchez se dit qu'il en piquerait bien un s'il arrivait à sortir d'ici vivant. Mais pour l'heure, l'élément le plus positif de cette salle (en tout cas du point de vue de Sanchez), c'était qu'elle était vide. En apprenant que Jessica était un vampire et qu'elle avait une armée entière de créatures du mal dans la cour, Sanchez avait senti son monde s'écrouler. Et la façon dont elle avait parlé de lui au téléphone indiquait qu'elle ne nourrissait aucun intérêt pour lui, si ce n'était, à la rigueur, à titre d'amuse-gueule. Plus que jamais, il avait besoin d'aide. Il tira son téléphone portable de sa poche et l'alluma. Il avait deux appels en absence de Flake. Elle lui avait également laissé un message. Il composa le numéro de sa boîte vocale et l'écouta :

« Sanchez, c'est Flake. Ne te rends pas à la Casa de Ville. Ton amie Jessica est un vampire. C'est écrit noir sur blanc dans Le Livre sans nom. Je suis convaincue qu'elle te tuera dès qu'elle aura *Le Livre de la mort* entre les mains. Rappelle-moi dès que tu auras entendu ce message ! »

Merde !

Il aurait dû l'écouter plus tôt. Flake était intelligente, et lui le dernier des abrutis, pas l'inverse, comme il l'avait cru. Des excuses s'imposeraient, si toutefois il lui était donné de la revoir un jour. À cet instant précis, Flake était sans le moindre doute son seul espoir de se sortir de ce bourbier. Il fallait tenter de la joindre, et vite. Il rappela le numéro et porta le téléphone à son oreille. Les sonneries se succédèrent pendant ce qui lui sembla une éternité avant que la voix de Flake se fasse enfin entendre :

« Salut, c'est Flake. Je peux pas répondre à votre appel pour l'instant. Merci de laisser un message après la sonnerie. Ou après le bip. Je ne sais pas trop si c'est une sonnerie ou un bip. Est-ce qu'un bip est considéré comme une sonnerie ? Euh, bref, laissez un message. Après la sonnerie. »

D'accord. Tout compte fait, peut-être qu'elle était un peu bête. Sanchez laissa quand même un message. Il chuchota, de crainte qu'on entende sa voix à travers les cloisons : « Salut, Flake, c'est Sanchez. Je viens d'écouter ton message. C'est toi qui avais raison, sur toute la ligne. Je suis vraiment désolé d'avoir douté de toi. Voilà, le truc, c'est que je suis coincé dans une salle à manger de la Casa de Ville. Il y a des vampires et des loups-garous partout. J'ai toujours *Le Livre de la mort*, mais il m'est impossible de sortir d'ici. Essaie de voir si tu peux m'envoyer des renforts. Quelque chose de terrible est en train de se préparer. Si tu entends ce message, rappelle-moi, ou alors essaie de voir si tu peux trouver un moyen de me sortir d'ici. Euh… » Il se rendit compte qu'il enchaînait les phrases sans trop savoir ce qu'il disait, mais quelque chose le poussait à continuer. « Si tu viens à la Casa de Ville, fais attention aux vampires et aux loups-garous qui sont dans la cour. Je crois qu'ils en ont après le Bourbon Kid. Lui aussi est dans les parages. Si tu le vois, ne t'approche pas de lui. Il est extrêmement dangereux. Il pourrait te tuer juste pour s'amuser. J'espère vraiment que tu auras ce message. Tu me manques. À plus. »

Sanchez réfléchit à ce qu'il venait de dire. Non seulement il s'était excusé pour avoir douté de Flake, mais il lui avait également conseillé de rester à l'écart de la cour, avant de lui dire qu'elle lui manquait. Cette dernière partie de son message était particulièrement alarmante. Principalement parce qu'elle était vraie. Passer du temps en sa compagnie lui manquait vraiment. Comment en était-il arrivé là ? Alors qu'il ne pensait qu'à Jessica, Flake avait toujours été là pour lui, au moment où il en avait le plus besoin. Nom de dieu, cette femme lui avait sauvé la peau des fesses lorsque Ulrika Price avait tenté de le tuer, et était arrivée à la rescousse alors que les Tournesols le pourchassaient la bave aux lèvres. Et plus important encore, elle savait de quelle façon Sanchez aimait qu'on prépare sa saucisse matinale. Si on lui donnait le choix entre passer du temps avec Jessica et passer du temps avec Flake, il choisirait Flake les yeux fermés. Bien entendu, rien n'assurait qu'elle ait envie de traîner avec lui. Il s'était comporté comme un vrai salaud avec elle, en lui reprochant d'avoir abîmé *Le Livre de la mort* en le percutant avec sa voiture. Sanchez se promit que si elle parvenait à le tirer de ce pétrin, il se ferait même un point d'honneur à ne plus jamais lui laisser des faux billets de un dollar en guise de pourboire.

Il rangea son portable dans sa poche et réfléchit à la marche à suivre. Il fallait absolument qu'il trouve une cachette.

Mais où ?

La salle à manger ne s'y prêtait pas du tout, à moins peut-être de se cacher sous la table. À l'autre bout de la salle se trouvait une grande porte noire où brillait un bouton en laiton. Avec un peu de chance, peut-être qu'en la poussant il finirait par trouver une sortie, ou tout du moins une salle de bains qu'il était possible de verrouiller de l'intérieur. Dans ce cas, il n'aurait qu'à s'y enfermer et attendre que Flake le rappelle.

Il s'empressa d'aller tourner le bouton de laiton. La porte s'ouvrit sur un long couloir étroit. Par chance, lui aussi était vide. Sur toute la longueur du couloir, deux portes se faisaient face tous les dix mètres. Donnaient-elles sur des chambres ? Des salles de bains ? Il n'y avait qu'une façon de le savoir. Il courut vers la première porte à droite et l'ouvrit. Il y avait un lit double au milieu de la pièce, flanqué d'une table de chevet, et pas grand-chose d'autre, juste une penderie et une petite porte dans un coin. Sanchez regarda à nouveau dans le couloir afin de s'assurer que personne ne l'avait surpris, puis se glissa dans la chambre en refermant la porte derrière lui. Il alla droit à la petite porte. Elle devait forcément donner sur une salle de bains. Il passa la tête par l'entrebâillement et eut le plaisir de constater que, pour une fois, il avait vu juste. Contre le mur du fond se trouvait une grande baignoire bleu roi, ainsi que des toilettes et un lavabo assortis. Il entra et verrouilla la porte derrière lui.

Il repensa à la conversation téléphonique entre Panda Girl et Jessica. Cette dernière avait précisé que Sanchez deviendrait inutile lorsqu'elle aurait le livre entre les mains. Quelle salope ! Après tout ce qu'il avait fait pour elle. Ce bouquin était sa seule garantie de survie. À l'instant même où il s'en déferait, il ne serait plus qu'un en-cas pour immortels.

Afin de se prémunir contre ce sort peu enviable, il prit soudain une décision.

Il fallait cacher *Le Livre de la mort*.

Il posa son sac par terre et en sortit le livre. La couverture était encore un peu humide, et les tranches étaient assez sales. Il le déposa très précautionneusement dans la baignoire afin de ne produire aucun son susceptible de le démasquer, et afin qu'il soit encore plus difficile de le retrouver, il tira le rideau de douche bleu clair de sorte qu'il reste invisible à toute personne passant par là pour chier un coup. Ce n'était pas le meilleur plan de tous les temps, mais c'était un plan. Si Jessica finissait par retrouver Sanchez, celui-ci pourrait toujours lui dire qu'il avait oublié le livre dans le coffre-fort du Tapioca et profiter de ce prétexte pour s'enfuir loin d'ici.

Alors qu'il se félicitait d'avoir élaboré un plan à moitié potable, Sanchez entendit la porte de la chambre s'ouvrir. Est-ce qu'on l'avait déjà retrouvé ? Des pas résonnèrent, se rapprochant de la salle de bains. Puis la poignée bougea. Quelqu'un essayait d'ouvrir la porte.

Une voix étouffée par la cloison se fit entendre : « Qui est là ? »

Sanchez paniqua. « Une seconde ! » lança-t-il pour gagner un peu de temps.

La meilleure attitude à adopter était de donner l'impression de n'avoir rien à cacher : à pas de loup, il s'approcha donc des toilettes et tira la chasse. Puis il ramassa son sac laissé par terre et le passa à son épaule. Il déverrouilla la porte et sortit aussi calmement qu'il lui était possible compte tenu des circonstances.

Sur le seuil de la salle de bains, Panda Girl, avec son stupide maquillage noir et sa casquette de base-ball, darda sur lui un regard féroce.

« Une bonne chose de faite », dit Sanchez. Il remua sa main devant son nez et ajouta : « À votre place, j'attendrais un peu avant d'entrer. »

Le regard de Panda Girl se posa sur son sac, puis sur lui. « Ton sac est vide, lança-t-elle d'un ton menaçant. Où est le bouquin ? Qu'est-ce que tu en as fait ? »

44

Bull sortit de sa contemplation horrifiée et se rua vers la fenêtre afin de voir ce qui se passait dans la cour. Le spectacle qu'il avait sous les yeux confirmait pleinement ce qu'il venait d'apercevoir sur les moniteurs de vidéosurveillance. Dans la cour, à travers l'énorme portail de fer, se déversait une horde de zombies affamés. Et manifestement, il en sortait toujours une masse discontinue du bois qui se trouvait face à la Casa de Ville.

Tex confirma cette observation. « Des putains de zombies ! dit-il, les yeux toujours rivés aux écrans. Des milliers d'enculés de zombies. Mais d'où est-ce qu'ils sortent, bordel ?

— Du Cimetière du Diable, je suppose », répondit Bull.

Les zombies s'étaient engouffrés dans la propriété, et la cour était à présent le théâtre d'un pandémonium absolu. Vampires et loups-garous étaient en infériorité numérique, et la charge soudaine des morts-vivants les avait complètement pris par surprise.

Bull avait une expérience de la violence dont peu de personnes pouvaient se vanter. À de nombreuses reprises, il s'était retrouvé dans le vif de l'action, dans des zones de guerre particulièrement dangereuses, aux côtés de ses camarades. Mais en contemplant le carnage qui faisait rage dans la cour, il avait pleinement conscience d'assister à quelque chose qui dépassait tout ce qu'il avait connu, et de très loin. Les bruits qui parvenaient jusqu'à la salle de commandement étaient atroces. Ce n'était que craquements d'os, déchirements de chair et hurlements bestiaux. La Casa de Ville était soudain devenue un véritable enfer sur terre. Bull était toujours aussi déterminé à faire la peau au Bourbon Kid, mais, après les fumigènes et l'arrivée de milliers de zombies, il était à présent impossible de savoir où était passé le sinistre tueur en série. La vengeance de Bull ne se déroulait pas comme prévu.

Tex restait assis, collé aux écrans, observant et commentant en direct les événements. Razor se rapprocha de Beth afin de la surveiller. Il avait tiré son pistolet de son holster et le pointait sur elle, au cas où elle aurait eu la moindre velléité de fuite. Des trois hommes, il était le plus nerveux. Il était habitué à obéir aux ordres, et quand personne ne lui aboyait quoi faire, l'anxiété le gagnait.

« Qu'est-ce qu'on fait, boss ? demanda-t-il.

— J'essaie de repérer le Kid dans la foule, répondit Bull en tendant le cou afin de mieux voir à travers la fenêtre. Attendez, je crois voir quelque chose.

— Quoi ? lança Razor. C'est lui ?

— C'est une putain de voiture, dit Bull. Quelqu'un est en train de traverser en caisse la foule de zombies et de vampires, et se dirige droit vers la porte du bâtiment.

— C'est le Kid ? demanda à nouveau Razor.

— Impossible à dire. »

Tex intervint à cet instant : « Le Kid est déjà à l'intérieur du bâtiment, dit-il. Regardez ! » Il pointa du doigt l'un des moniteurs qui se trouvaient tout en haut, qui correspondait à une caméra braquée sur l'un des couloirs de la Casa de Ville.

Bull s'approcha afin de mieux y voir. Il reconnut aussitôt la silhouette qui se dressait au milieu du couloir. « Comment est-ce qu'il a fait pour entrer, bon sang ?

— Il a dû briser une fenêtre, ou un truc du genre », dit Tex en appuyant sur une série d'interrupteurs de son panneau de contrôle.

L'image changea, présentant un nouvel angle du couloir. Le Kid apparaissait à présent de dos et il marchait droit vers une grande porte noire au bout du couloir.

« Il est où, précisément ? demanda Bull.

— C'est un couloir de l'aile est, répondit Tex. Il est en train de se diriger vers la réception. »

Bull sortit son revolver de son holster et vérifia l'état de ses cartouches. Il l'avait déjà vérifié moins d'une heure auparavant et n'avait pas fait usage de son arme depuis, mais il tenait absolument à savoir combien de balles étaient à sa disposition. Aucune cartouche ne manquait. Il tapota l'épaule de Tex. « C'est parti pour le hall principal. En principe, des gardes du corps de Jessica y sont de faction. On les enverra à la réception pour qu'ils s'occupent de lui. »

Tex n'avait pas l'air très convaincu. « Ils sont combien ?

— Une dizaine, en majorité des loups-garous, je crois.

— Dans ce cas, il a toutes les chances de les tuer sans la moindre égratignure, non ? »

Bull acquiesça. « C'est plus que probable, mais ils le ralentiront. Ça nous laissera le temps de nous cacher dans le hall principal et de l'attendre armés jusqu'aux dents. Il sentira rien venir. »

À côté de Beth, Razor avait toujours l'air aussi nerveux. « Et moi ? » demanda-t-il.

Bull pointa Beth. « Toi, tu restes ici avec elle. Garde-la bien en joue. Et regarde ce qui se passe sur les moniteurs. Si je me fais buter, tu lui mets une balle dans la tête. Compris ?

— Compris, boss. »

45

Kacy avait fait de son mieux pour rassurer le groupe de petites scouts. Après que le Bourbon Kid eut tué à peu près tout le monde dehors, elle avait pu leur dire en toute honnêteté qu'il se passerait pas mal de temps avant que d'autres vampires n'entrent dans l'église en brisant un vitrail. Elle avait fait asseoir les petites filles sur les premiers bancs de la nef et, au pied levé, était en train de leur faire une espèce de sermon sur le bon Dieu qui, sans le moindre doute, épargnerait leur vie. Elle racontait tout simplement ce qui lui passait par la tête : pour dire franchement les choses, Kacy était tout sauf croyante. À mesure que son inspiration se tarissait, l'attention des petites filles faiblissait, et l'une d'elles finit par l'interrompre pour lui poser une question.

« Pourquoi est-ce que le Bourbon Kid tue des gens ? »

Kacy grimaça. C'était une question difficile, à laquelle il s'agissait de répondre avec le plus de précaution possible. « Eh bien, dit-elle, le Bourbon Kid a été envoyé par Dieu pour nous protéger, toutes et tous. Quand nous sommes arrivés dans cette église et que nous avons supplié Dieu de nous aider, il nous a envoyé le Bourbon Kid, et il faut avouer que ça a plutôt bien marché, vous ne pensez pas ?

— Ça veut dire que le Bourbon Kid est comme Jésus ? demanda une autre petite fille.

— Oui, répondit Kacy. Il est exactement comme Jésus. »

C'était bien évidemment un gros mensonge. Mais il rassura considérablement les petites guides. Certaines semblaient même y croire. Depuis que le Kid avait cessé de buter tout ce qui bougeait dehors, il régnait un silence et une paix inimaginables quelques minutes seulement auparavant.

Dante aida Kacy en leur expliquant que tant que le Bourbon Kid serait en vie, il ne leur arriverait rien. Il les gratifia même d'une histoire dans laquelle le Kid enfonçait un fusil dans le cul d'un vampire accroché au plafond d'un ascenseur. Les petites filles rirent beaucoup, sans doute parce qu'elles n'imaginaient pas un seul instant que l'histoire était véridique.

Vanité paraissait le plus nerveux de tous. Il passait la plupart du temps au téléphone, tantôt envoyant des SMS, tantôt parlant à l'autre bout de l'église, là où personne ne pouvait l'entendre. Après une énième conversation téléphonique, particulièrement longue, il alla retrouver Dante et Kacy. Il avait l'air sérieusement inquiet.

« Qu'est-ce qu'il y a, mec ? demanda Dante.

— Je viens d'avoir Orignal au téléphone. Elle m'a dit que Gaïus avait quitté la Casa de Ville il y a de ça une demi-heure. Il est sans doute déjà au musée. Il faut qu'on y aille tout de suite si on veut avoir une chance de l'attraper sans son œil. Il faut qu'on laisse les petites ici. »

Kacy s'opposa à la proposition : « On ne peut pas faire ça. Elles se retrouveraient toutes seules. Ça pourrait être dangereux. »

Vanité se tourna vers Dante. « Il faut qu'on fasse quelque chose. Si vous êtes vraiment déterminés à redevenir humains, tous les deux, c'est maintenant ou jamais. »

Dante expira fortement. « Il a raison, dit-il en caressant le dos de Kacy. Qu'est-ce que tu veux qu'on fasse, ma puce ? »

Kacy considéra les visages inquiets des petites Tournesols. Il lui avait fallu presque une heure pour les calmer. Si elle leur annonçait à présent qu'elle devait les quitter, elles fondraient toutes en larmes, dans l'instant.

« Je vais rester ici, répondit Kacy. Vous n'avez qu'à y aller tous les deux. Si vous arrivez à lui prendre l'Œil, vous n'aurez qu'à le ramener.

— C'est pas une mauvaise idée, dit Dante. Vous serez en sécurité dans cette église. Si les choses tournent mal au musée, je préfère autant te savoir ici. Vanité et moi, on peut s'en charger tout seuls. Pas vrai, Vanité ? »

Vanité n'avait pas l'air convaincu. « Il vaudrait mieux qu'on y aille tous les trois. On sera plus forts.

— Je ne peux pas laisser les petites », dit Kacy.

Vanité haussa les épaules. « Tu n'as qu'à les emmener.

— C'est vraiment une idée à la con, répliqua aussitôt Dante. Ce sont des Tournesols, pas des Ewoks !

— OK, dit Vanité. On y va que tous les deux, alors. Mais il faut qu'on parte maintenant. »

Kacy sentit que Dante n'était pas vraiment rassuré à l'idée de la laisser seule. Elle glissa un bras autour de sa taille et appuya sa tête contre son épaule.

« Va faire ce que tu dois faire avec Vanité, dit-elle. Vous n'avez pas besoin de moi. Je vais envoyer un

SMS au Bourbon Kid pour l'en informer. Avec un peu de chance, il se rendra au musée pour vous prêter main-forte. »

Dante l'embrassa et caressa ses longs cheveux noirs. « On va s'en sortir les doigts dans le nez, dit-il. On va torcher ça vite fait et revenir ici avant même que tu te rendes compte qu'on est partis.

— T'as intérêt. »

Vanité interrompit leur moment de tendresse. « Allez, cassons-nous », dit-il en désignant la porte de l'église d'un mouvement de la tête.

Dante embrassa le front de Kacy et s'éloigna. « À tout', ma puce », dit-il.

Vanité se mit en route au pas de course, suivi de près par Dante. Kacy les regarda enfiler l'allée centrale et, un bref et douloureux instant, se demanda si elle le reverrait. Elle avait gardé son sang-froid afin que Dante ne s'inquiète pas, mais, au fond d'elle, elle était terrifiée à l'idée de ce qui lui arriverait lorsqu'il serait confronté à Gaïus. De plus, elle commençait à douter de la loyauté de Vanité. Pourquoi s'était-il montré si secret avec ses communications téléphoniques ? Avait-il vraiment parlé à son amie Orignal ? Et si c'était le cas, pourquoi ne pas l'avoir fait à portée de voix ?

Alors que Dante traversait le seuil de l'église, Kacy fit porter sa voix : « Je t'aime. »

Dante s'arrêta et regarda derrière lui. « Moi aussi je t'aime, ma puce. »

Il referma la porte derrière lui, et Kacy formula une dernière prière qu'il n'entendit probablement pas : « Essaie de ne pas te faire tuer, cette fois ! »

46

Bull avait les mains moites. Il s'était déjà retrouvé dans des situations bien plus désespérées que celle-ci, sans pour autant éprouver la moindre nervosité. Mais ce qu'il vivait à présent n'avait rien à voir avec ce qu'il avait pu connaître auparavant. Il se tenait dans l'énorme hall de la Casa de Ville et attendait le dénouement de ce qui avait été son rêve le plus cher durant la deuxième moitié de son existence : venger la mort de son père. Par le passé, il avait été à deux doigts de réaliser ce rêve. Deux jours plus tôt, il avait décapité un homme, pour apprendre peu de temps après qu'il s'était fait rouler et que sa victime n'était pas celui qu'il recherchait. Cette fois, ce serait différent. Avec le chaos et le carnage qui faisaient rage dehors, il régnait une atmosphère de fin du monde. Tout s'achèverait ce soir. Malheureusement, l'issue demeurait toujours aussi floue. Seule l'alternative était claire : ou bien il arriverait à tuer le Bourbon Kid, ou bien il périrait de ses mains.

Ses yeux étaient rivés à la porte à double battant qui se trouvait au bout du hall. D'une seconde à l'autre, le Kid pouvait la franchir. Raison pour laquelle Bull se félicitait d'avoir Tex pour le seconder. Tex était un spécialiste des missions d'infiltration : il avait le plan détaillé du bâtiment gravé dans le cerveau et en connaissait toutes les issues. Des plus évidentes, comme par exemple les portes, aux plus recherchées, comme le système de ventilation, s'il en existait un. Et Tex avait lui aussi une excellente raison de tuer le Kid : il voulait venger la mort de Silvinho.

Bull se cacha derrière une large colonne blanche du côté gauche du gigantesque hall. Tex se trouvait à quelques mètres derrière lui, dissimulé derrière une grosse et laide statue de centaure, au pied de l'escalier qui menait à la salle de commandement où Razor retenait Beth en otage.

Bull braquait son revolver sur la porte. Chaque seconde paraissait une minute. Il ne quitta qu'une fois la porte des yeux, pour observer brièvement Tex. Tex surveillait les alentours, la tête sans cesse en mouvement. Si quelque chose ou quelqu'un tentait de s'approcher furtivement d'eux, il le repérerait aussitôt. Les regards des deux hommes se croisèrent une fraction de seconde. Ils s'étaient échangé ce regard un nombre incalculable de fois au long de leur carrière. C'était un regard de confiance et de respect mutuels. Bull reporta son attention sur les deux battants clos, assuré qu'il avait à ses côtés son meilleur camarade pour le couvrir.

C'est alors que le scénario tourna au cauchemar. Le hall tout entier fut plongé dans l'obscurité la plus totale.

Bull analysa immédiatement la situation. Soit le courant avait été coupé, soit quelqu'un avait appuyé sur les interrupteurs qui se trouvaient dans le hall. Malheureusement, les seuls sons audibles provenaient de dehors. La guerre des créatures du mal faisait toujours rage. À l'intérieur du hall, c'était tout le contraire. Rien ne bougeait. Rien ne faisait le moindre bruit.

Les lumières étaient éteintes depuis presque trente secondes lorsque Bull entendit enfin quelque chose. Derrière lui, un froissement brusque, suivi d'un glapissement étouffé. Il se retourna lentement en pivotant sur la pointe des pieds, sans le moindre bruit. Il ne voyait absolument rien, mais il connaissait parfaitement son environnement immédiat. Il savait précisément à quelle distance se trouvaient chaque colonne, chaque statue et chaque mur. La question était de savoir si Tex était toujours avec lui.

« Tex, chuchota-t-il. Ça va ? »

Tex ne répondit pas. Bull n'était pas né de la dernière pluie. Il savait ce que cela signifiait. Selon toute probabilité, Tex était mort. Ce qui expliquait le glapissement étouffé. Le Bourbon Kid était ici, dans le hall. Au cœur des ténèbres.

Un autre bruit brisa le silence. Il provenait du plafond, à l'autre bout de la salle. On aurait dit un bris de verre. Deux autres bruits similaires se succédèrent, dans différentes parties du gigantesque hall. Bull n'avait pas le choix. Il lui fallait absolument rallumer la lumière. Sur le mur situé derrière lui se trouvait un interrupteur. Il devait arriver à sa hauteur avant que le Kid lui tombe dessus. En mettant à profit toute l'expérience qu'il avait acquise derrière les lignes ennemies, il se déplaça silencieusement, sa main libre tendue devant lui, jusqu'à ce que ses doigts touchent le mur. Il en palpa la surface lisse, dans l'espoir de trouver l'interrupteur. De son autre main, il braquait toujours son arme vers le centre du hall, l'index prêt à appuyer sur la détente au moindre bruit.

Dès qu'il sentit l'interrupteur sous ses doigts, il appuya dessus. Le hall s'illumina, et la clarté soudaine l'aveugla un bref instant. Alors que ses yeux s'adaptaient à la nouvelle luminosité, il parcourut la salle du regard, à l'affût de l'ennemi. La première chose qu'il vit fut le corps de Tex, gisant en un tas derrière la statue du centaure. Sa nuque avait été brisée : Bull le comprit en une milliseconde. Mais il n'avait pas le temps de s'éterniser sur ce triste constat. Il poursuivit son inspection en dardant son regard à toute vitesse. Il vit les statues, les escaliers, les colonnes et toutes les autres choses que contenait le hall. Mais pas de Bourbon Kid.

Bull expira fortement, se rendant soudain compte qu'il avait retenu sa respiration pendant un temps inhabituellement long. Alors qu'il inspirait à nouveau, une ombre passa sous ses yeux.

Elle venait d'en haut.

Le visage du Bourbon Kid apparut juste en face de lui, comme sorti de nulle part. En une fraction de seconde, tous deux se retrouvèrent nez à nez, séparés par quelques malheureux centimètres à peine. Avant que Bull ait pu réagir, sa main qui tenait son revolver fut plaquée contre le mur. Son nez craqua bruyamment sous l'impact d'un coup de tête de son ennemi. Son crâne heurta violemment le mur qui se trouvait derrière lui et son revolver lui glissa des mains. La vitesse inconcevable de l'attaque le subjugua littéralement. Lorsqu'il tenta de se jeter sur l'assaillant, la main du Bourbon Kid enserrait déjà sa gorge.

Bull se mit aussitôt en position afin d'envoyer un coup de poing dans les côtes du Kid. Mais c'est alors qu'il aperçut une petite arbalète argentée pointée droit sur lui, dans la main droite du Kid. Celui-ci la leva lentement en direction du visage de Bull pour s'arrêter juste sous son nez, la flèche d'argent braquée sur sa narine gauche.

Bull avait déjà vu ce genre d'arme. C'était une arbalète semi-automatique ultralégère, du sur-mesure, le genre d'arme qui ne produisait aucun son quand on s'en servait, facilement dissimulable dans une manche un peu bouffante. L'arme idéale dans les ténèbres, ou lorsqu'on voulait être aussi silencieux qu'une ombre.

Et dans l'homme qui lui faisait face, il reconnut l'assassin de son père. La capuche tirée sur sa tête cachait en grande partie son visage, mais il en voyait assez pour savoir que c'était bien lui. Une voix rocailleuse gronda sous la capuche.

« Comment t'as pu te rallier à ces connards de vampires ? »

Tentant de respirer malgré la poigne de fer du Kid, Bull parvint à émettre une réponse étouffée : « Entre toi et eux, je choisirai toujours les vampires. »

Le Kid désigna d'un bref mouvement de tête le cadavre de Tex qui se trouvait derrière lui. « Et maintenant tes hommes sont morts. Ça t'a plu, la façon dont j'ai brisé le cou de ce mec ? Très symbolique, tu trouves pas ? »

Il décontracta quelque peu sa main sur la gorge de Bull afin de lui permettre d'inspirer une bouffée d'air digne de ce nom. Bull remplit ses poumons et répondit, sans quitter des yeux l'arbalète braquée sous son nez. « T'es qu'un putain de déchet, mec. Je ne t'ai jamais rien fait, dit-il dans un sifflement. C'est toi qui as tué mon père. C'est moi qui devrais te tuer, et pas le contraire. J'ai pas mérité ça.

— Arrête de pleurnicher sur ce que t'as mérité ou pas, dit le Kid. Dis-moi où est la fille. »

Bull jeta un regard en direction de l'escalier. « Elle est en haut, dans une chambre. Tu devrais entendre un coup de feu d'un moment à l'autre. Dès que mon pote qui se trouve dans la salle de commandement t'aura vu en train de me tuer, il la liquidera. Et il n'hésitera pas une seconde. Il lui a déjà mis une beigne, aujourd'hui. »

Le Kid retroussa ses lèvres en un demi-sourire. « Tu penses peut-être qu'en me disant ça tu vas me dissuader de te tuer, par peur que ton pote me voie sur l'un de ses moniteurs, dit-il.

— Ouais. Ce serait vraiment stupide de me tuer. S'il te voit, il la bute. Tu veux vraiment prendre ce risque ? »

La main du Kid se resserra à nouveau sur la gorge de Bull. « Étant donné que je viens de détruire toutes les caméras de cette salle, tu m'étonnes, que je veux. »

Bull comprit soudain ce que signifiaient les bris de verre qu'il avait entendus tout à l'heure. Les trois caméras de vidéosurveillance avaient été mises hors d'usage. « Et si t'en as loupé une ? répliqua-t-il, avec dans la voix un soupçon de désespoir.

— Je ne loupe jamais. »

Sur ces mots, le Kid enfonça la pointe de la flèche dans la narine gauche de Bull et appuya sur la détente. La flèche disparut en un éclair dans le nez de Bull, transperça le fond de son œil, ainsi que son cerveau. L'extrémité de la pointe apparut au sommet de son crâne, et le sang se mit à gicler à cet endroit, tel un volcan en éruption.

Avant de laisser le corps sans vie de Bull s'écrouler à terre, le Kid tendit le bras et appuya sur l'interrupteur, replongeant le hall dans les ténèbres. Fort de la certitude que le meurtre était passé inaperçu, il lâcha enfin la gorge de Bull, et le cadavre glissa au sol.

Hors de sa vue sur l'un des balcons qui dominaient le parquet, Jessica la Reine Vampire avait assisté avec intérêt à la scène. Jusqu'ici, tout se déroulait comme elle l'avait prévu. Elle avait emmené le Kid à l'endroit précis où elle le souhaitait. À présent, elle allait enfin pouvoir lui faire payer les souffrances qu'il avait fait subir à tant de vampires qu'elle avait aimés. Il était temps de mettre la touche ultime à sa vengeance : exécuter Beth sous les yeux du Bourbon Kid.

47

Cela faisait maintenant trente minutes que Dan Harker était garé devant le musée, attendant que William Clay le rappelle. Il avait laissé trois messages sur la boîte vocale du portable de Clay, et il avait essayé de joindre le commissariat à plusieurs reprises. Mais Flake ne tenait plus le standard. Peut-être son passage à la télévision avait-il vraiment entraîné des conséquences terribles ? Peut-être les vampires avaient-ils pris le commissariat ? Dan Harker n'avait aucun moyen de le savoir.

Trente minutes à réfléchir sur la marche à suivre, c'était bien assez. Il n'y avait qu'une chose à faire. Il allait devoir entrer seul dans le musée et arrêter Elijah Simmonds, suspecté du meurtre de Bertram Cromwell. Arrêter seul un suspect dans une affaire d'homicide allait à l'encontre des pratiques, et pour cause. C'était extrêmement dangereux. Surtout lorsque le suspect était accusé d'un assassinat aussi brutal que celui-ci.

Il n'y avait pas âme qui vive dehors. Dan Harker sortit de sa voiture et s'avança dans la neige en direction de l'entrée du musée. Il appuya trois fois sur le bouton de la sonnerie et attendit qu'on lui réponde. Alors qu'il s'apprêtait à trouver un autre moyen de s'introduire à l'intérieur, les portes s'ouvrirent sur James, le vigile qu'il avait vu lors de sa dernière visite.

« Bonsoir, dit Harker. Je peux entrer ? J'aimerais voir M. Simmonds à propos de quelque chose.

— Bien sûr. Je vous en prie. »

James laissa Harker entrer et referma la porte derrière lui. « Il fait aussi froid que ça en a l'air ? demanda-t-il.

— Plus froid que jamais dans cette ville.

— Vous voulez que je prenne votre manteau ?

— Non, ça ira. Dites-moi simplement où je peux trouver M. Simmonds, je vous prie.

— Il est dans son bureau. Vous voulez que je vous accompagne ? »

Harker hocha la tête. « Ce ne sera pas la peine.

— Très bien. Je vais l'appeler pour lui dire que vous arrivez. »

Harker fit un pas en direction du couloir qui menait au bureau de Simmonds. Il hésita un moment et se retourna vers l'agent de sécurité. « Justement, est-ce que vous pourriez ne pas l'appeler ? J'ai de bonnes nouvelles à lui annoncer et j'aimerais lui faire la surprise.

— Vous êtes sûr que ce sont des bonnes nouvelles ?

— Tout à fait.

— Alors bonne chance, capitaine. »

Harker reprit son chemin vers le bureau de Simmonds. Aussitôt hors de vue du vigile, il accéléra le pas. Si James décidait finalement d'avertir Simmonds, Harker ne bénéficierait plus de l'effet de surprise. En approchant de la porte noire au bout du couloir souterrain, flanquée de la plaque au nom de Simmonds, le capitaine dégaina son pistolet de son holster.

Il s'arrêta face à la porte et eut le réflexe de taper, mais, juste avant que ses phalanges ne cognent contre le panneau, il jugea bon de ne rien en faire. L'effet de surprise devait être maximal. Il posa la main sur la poignée et l'abaissa soudainement. Il poussa la porte aussi grand qu'il le put, prêt à appuyer sur la détente si besoin était. Devant lui, Elijah Simmonds était assis à son bureau dans son imposant fauteuil de cuir noir, occupé à compter des billets. Sur le bureau, sous ses yeux, se dressait une véritable montagne de billets. Des paquets de coupures de cinquante dollars étaient empilés les uns sur les autres, sur une hauteur de plus de trente centimètres. À la vue d'Harker, il se figea, comme en état de choc.

« Capitaine Harker, bafouilla-t-il. Que puis-je faire pour vous ? »

Harker braqua son pistolet sur Simmonds et pénétra dans le bureau. « Je vais vous demander de vous lever et de mettre les mains sur la tête », dit-il.

Simmonds leva les mains en signe de défense, dans un sourire nerveux. « Ne tirez pas, dit-il. Ce n'est pas du tout ce que vous croyez.

— Debout, insista Harker en faisant un pas de plus vers le bureau.

— D'accord, d'accord », dit Simmonds.

Il se leva doucement de son siège en veillant bien à ne faire aucun geste brusque. Harker jeta un coup d'œil aux paquets de billets. Il n'avait jamais vu autant d'argent liquide. « C'est quoi, tout ce fric ? » demanda-t-il.

Simmonds ne répondit pas. Harker entendit la porte se refermer brusquement derrière lui. Il fit volte-face en un éclair. Sur le seuil de la pièce se tenait un véritable géant vêtu d'un costume argenté. Son crâne était parfaitement glabre, et il portait des lunettes noires.

« C'est donc vous, le capitaine Dan Harker, dit l'homme. C'est vous le petit malin qui est passé à la télévision pour prévenir tout le monde que les vampires allaient probablement s'emparer de la ville.

— C'est moi-même. Et vous, qui êtes-vous ?

— Je suis Ramsès Gaïus, le chef de l'armée du mal dont vous essayez de foutre en l'air les plans. »

Harker sentit son index trembler d'impatience sur la détente. « Dans ce cas, monsieur Gaïus, je vais devoir vous demander de vous mettre à genoux. Vous êtes en état d'arrestation.

— Je ne crois pas, non. »

Gaïus leva la main droite. Sa paume se mit à luire d'un éclat bleuté. Une source d'énergie se matérialisa au centre de sa main, et, derrière le verre droit de ses lunettes noires, la même lueur bleutée étincela. Harker décida de jouer le tout pour le tout et appuya sur la détente.

BANG !

Dans l'espace confiné du bureau de Simmonds, le coup de feu fut tout bonnement assourdissant. La balle traversa la poitrine de Ramsès Gaïus. Mais il ne tomba pas. Il resta au même endroit, souriant, la main toujours brillante.

BANG !

Harker tira à nouveau dans sa poitrine. Et à nouveau, cela ne parut avoir aucun effet sur Gaïus, si ce n'est d'élargir son sourire.

« À mon tour », gronda Gaïus.

Harker écarquilla les yeux de peur : dans le creux de la main de Gaïus, la lumière bleue grossit en une sphère de la taille d'une boule de bowling. D'un mouvement sec du poignet, Gaïus lança la boule d'énergie qui frappa de plein fouet la poitrine d'Harker, le soulevant de terre pour le précipiter contre le mur qui se trouvait derrière lui. Le mur en question était garni d'étagères remplies de livres, dont certains, sous l'impact, tombèrent d'une bonne hauteur sur la tête du capitaine.

Aussi interdit qu'assommé, Harker tâcha de respirer. Il avait l'impression que ses poumons s'étaient littéralement effondrés, et il venait de perdre momentanément la vue. Il cligna furieusement des yeux dans l'espoir d'y voir rapidement plus clair. Il avait lâché son pistolet et, tâtonnant de la main droite, essayait de le retrouver.

Lorsque sa vue se rétablit tout à fait, il aperçut le visage d'Elijah Simmonds penché vers lui. Le nouveau directeur du musée arborait un sourire supérieur. Il s'était saisi du pistolet d'Harker et le secouait sous son nez, narguant le capitaine. Alors que quelques instants plus tôt Simmonds avait paru terrifié, il affichait à présent un air suffisant, et terriblement dangereux. « C'est ça que vous cherchez ? » demanda-t-il en souriant de toutes ses dents.

Harker ouvrit la bouche pour répondre, et ses poumons se gonflèrent subitement. Simmonds profita de l'occasion pour saisir Harker à la gorge et enfoncer le canon de l'arme dans sa bouche.

« On joue moins les gros durs, tout d'un coup, hein, capitaine ? » railla-t-il.

Harker le regarda dans les yeux d'un air suppliant, priant pour que Simmonds n'ait pas le cran de passer à l'acte. Malgré le canon qu'il avait dans la bouche, il parvint à articuler un « S'il vous plaît, ne tirez pas » à peine audible. La supplique fut vaine. Simmonds appuya sur la détente et lui explosa la cervelle.

48

Depuis que Dante et Vanité étaient partis pour le musée, il était de plus en plus difficile pour Kacy de rester en compagnie des petites scouts. Ses instincts de vampire devenaient de plus en plus durs à maîtriser. Chaque petite fille commençait à ressembler à un délicieux casse-croûte et, à chaque instant qui passait, la faim de Kacy ne faisait qu'augmenter.

L'une des gamines, un petit bout de chou dont les longues nattes noires dépassaient de son bonnet à pompon bleu, était partie en quête de toilettes. Kacy était restée avec les autres et avait tâché de les occuper avec des devinettes. Lucy, la petite cheftaine aux nattes blondes, mimait le titre d'un film. Assise parmi les autres gamines sur les bancs de devant, Kacy les encourageait. Depuis cinq minutes, elles séchaient sur un mot : c'était Butch quelque chose et le Kid. Kacy n'avait qu'une envie, celle de crier : « C'est "Cassidy", putain ! », mais la détermination des petites filles à trouver seules le mot manquant leur occupait l'esprit et leur évitait de repenser aux choses horribles qu'elles avaient vues.

Un autre problème survint alors. Veronica, la petite qui était allée chercher des toilettes, revint avec un air inquiet. Elle sautillait d'un pied sur l'autre, ce qui laissait entendre qu'elle ne s'était toujours pas soulagée.

« Qu'est-ce qu'il y a, ma chérie ? lui demanda Kacy.

— Il y a un monsieur dans les toilettes, répondit Veronica. Il s'est enfermé dedans et il veut pas sortir.

— Quoi ? »

Kacy se leva et s'approcha de la petite fille. Elle posa les mains sur ses épaules et la regarda droit dans les yeux. « Il t'a dit qui il était ? »

Veronica hocha la tête. « Non.

— D'accord. Attends-moi ici. Je reviens dans une minute. »

Kacy se dirigea vers les toilettes. C'était la zone dans laquelle Vanité était censé avoir cherché des issues afin de les sécuriser. Sur la droite se trouvait une porte où étaient écrites les lettres « W-C ». Elle alla dans cette direction, non sans tourner brièvement la tête vers les petites filles pour leur adresser un sourire rassurant. Les petites scouts venaient de se cacher derrière les bancs et jetaient des regards apeurés au-dessus des dossiers.

Kacy frappa à la porte des toilettes. « Il y a quelqu'un ? » demanda-t-elle.

Une voix masculine répondit : « Qui est-ce ?

— Je m'appelle Kacy. Et vous, qui êtes-vous ?

— Je suis le curé de cette paroisse, père Papshmir.

— Pourquoi est-ce que vous vous êtes enfermé dans les toilettes ?

— Je me suis réfugié ici quand les vampires sont arrivés. Ils sont partis ?

— Ils sont tous morts.

— Vous en êtes sûre ?

— Complètement. Il n'y a plus que moi et un groupe de guides Tournesols.

— Est-ce que Vanité est parti ? »

Kacy fronça les sourcils. « Vous connaissez Vanité ?

— Est-ce qu'il est parti ?

— Oui, il est parti. »

Kacy entendit le cliquetis du verrou. La porte s'ouvrit vers l'intérieur, et la tête d'un prêtre d'un certain âge apparut dans l'entrebâillement. « Dieu soit loué, dit-il.

— Salut, dit Kacy en se reculant afin de le laisser sortir. J'ai grand besoin de votre aide. J'ai un groupe de petites filles complètement terrorisées. Je crois qu'elles se sentiraient beaucoup mieux si elles savaient que Dieu veillait sur elles. »

Le curé la regarda droit dans les yeux, avec une expression dure. « Êtes-vous un vampire ? » demanda-t-il.

Kacy se sentit rougir. Il l'avait démasquée au premier coup d'œil. En sa qualité de prêtre, il avait sûrement un crucifix sur lui : Kacy se dit que mieux valait ne pas lui mentir, au cas où il déciderait de s'en servir. « Oui, mais je n'ai pas l'intention de faire du mal à qui que ce soit. Mon petit ami Dante est allé chercher avec Vanité un remède qui nous permettra de redevenir humains. »

Papshmir sortit des W-C et referma la porte derrière lui. Il était vêtu de sa soutane noire, comme s'il s'apprêtait à donner un sermon. Il considéra Kacy de la tête aux pieds. « *Vous*, vous m'avez l'air totalement inoffensive, dit-il. Mais je refuse de croire un seul instant que Vanité ait envie de redevenir humain.

— Vous le connaissez ? redemanda Kacy, curieuse de savoir comment un homme d'Église pouvait être à ce point versé dans le milieu des vampires de Santa Mondega.

— Si je le connais ? » Le père Papshmir faillit éclater de rire. « Putain, ce sale enculé… » Il leva les yeux au ciel et murmura un rapide : « Pardonnez-moi, Seigneur », avant de poursuivre. « Je l'ai marié dans cette église à pas moins de six occasions. C'est un tueur en série spécialisé dans les jeunes mariées. En plus d'être un sale enculé. *Pardonnez-moi, Seigneur.* »

Kacy était choquée d'apprendre que Vanité s'était marié tant de fois (tout autant que d'entendre un prêtre utiliser le mot « enculé »). « J'ai regardé la vidéo de son mariage cet après-midi, dit-elle. Avec sa femme Emma. Il l'aimait vraiment. »

Papshmir pouffa. « Vous avez vu toute la cérémonie ?

— Non, une minute à peine. Je ne vous ai pas vu officier.

— Eh bien, pourtant c'est moi qui les ai mariés, dit Papshmir. Et si mes souvenirs sont bons, Emma était l'épouse numéro cinq.

— Mais il l'aimait vraiment, non ? C'est l'impression que ça donnait, en tout cas, sur la vidéo.

— Oh oui ! Ça, pour l'aimer, il l'aimait. Il l'aimait tellement que ses amis vampires et lui les ont massacrés, elle, sa famille entière et tous ses amis, pendant la réception.

— Quoi ?

— C'est à chaque fois pour cela qu'il se marie. Il vient ici au moins une fois par an et menace de me tuer, moi et toutes mes ouailles, si je refuse de diriger une cérémonie de mariage pour lui et la personne qu'il aura décidé d'éliminer avec tous ses proches. »

Kacy déglutit avec difficulté. Vanité lui avait menti. Si Emma était morte, de ses propres mains qui plus est, il était évident qu'il n'avait aucune envie de redevenir humain pour la retrouver. Et s'il avait menti à ce titre, il était plus que probable qu'il ait également menti à propos de Gaïus et de son supposé récurage oculaire au musée. Dante était en train de courir droit dans un piège.

Kacy saisit le bras de Papshmir. « Est-ce que vous pouvez vous occuper des petites ? Je dois retrouver mon copain au plus vite. Il se pourrait qu'il soit en grand danger.

— Bien sûr, répondit Papshmir. De ce que j'ai entendu d'ici, ça fait une demi-heure que vous les faites jouer aux devinettes. Je n'aurai qu'à continuer. Vous, allez faire ce que vous devez faire.

— Merci. »

Papshmir se dirigea vers la nef, où les petites filles, toujours cachées derrière les bancs, continuaient à épier le moindre mouvement. Kacy se saisit de son téléphone et composa frénétiquement un SMS à l'intention de Dante, lui disant qu'il était en grand danger, lui conseillant de s'éloigner le plus possible de Vanité et lui demandant de la rappeler aussi vite que possible. Elle avait pensé à lui téléphoner, mais s'était dit qu'un SMS serait plus discret. Tout en pianotant sur les touches de son portable, elle pouvait entendre Papshmir s'adresser aux Tournesols.

« Bien, mes chères petites, beugla-t-il. C'est Butch Cassidy, bordel de merde ! »

Les Tournesols poussèrent un « Ooooh » unanime, et Papshmir reprit d'une voix plus douce : « Qu'est-ce que c'est que cette odeur ? »

L'une des petites filles répondit : « Veronica s'est fait caca dessus.

— Où ça ?

— Dans votre confessionnal.

— Sainte Marie Mère de Dieu ! Encore ? »

Kacy envoya son SMS et réfléchit à la marche à suivre. Une réaction rapide s'imposait. Il serait peut-être avisé d'envoyer également un message au Bourbon Kid. Mais entre Dante qui se trouvait probablement en danger de mort et le confessionnal qui était vraisemblablement rempli de merde, Kacy se dit que le mieux à faire était de sortir de l'église et de se rendre au musée le plus vite possible.

49

En temps normal, le musée fermait ses portes à dix-sept heures. Et au vu des meurtres qui se multipliaient dans la ville, il semblait d'autant plus logique que les portes soient closes. Mais alors qu'il gravissait les marches qui menaient à l'entrée du musée au côté de Vanité, Dante eut la surprise de constater qu'elles étaient grandes ouvertes.

« C'est bizarre, tu trouves pas ? fit-il remarquer.

— Moi je dirais plutôt que c'est un sacré coup de chance, répondit froidement Vanité.

— On se serait plutôt attendu à tomber sur une porte verrouillée, non ? Quand je bossais dans ce musée, on fermait toujours à l'heure. Ils étaient super à cheval sur ce genre de trucs.

— Mais la direction a changé, pas vrai ?

— Ouais, ça doit être ça. Ça craint vraiment, que le professeur Cromwell se soit fait tuer. Je l'aimais bien. J'ai même pas eu l'occasion de lui demander pardon pour l'avoir traité de vieil enculé, la dernière fois que je l'ai vu.

— Tu as traité le professeur de vieil enculé ?

— Ouais. Mais pour ma défense, il venait juste de me poignarder. »

Vanité avait l'air assez perplexe. « S'il m'avait fait un truc pareil, j'aurais fait bien pire que de le traiter de vieil enculé. »

Arrivé devant la porte à double battant, Dante regarda à l'intérieur. Le hall de réception était vide. « Ça me dit rien qui vaille, lâcha-t-il. Il y a quelque chose qui cloche. »

Vanité lui passa nonchalamment devant pour pénétrer dans la réception. « Fais pas ta mauviette, dit-il. C'est un signe de la providence. On va vite s'occuper de Gaïus et rentrer bien tranquillement chez nous. Les choses pourraient pas mieux se présenter. »

Dante fronça les sourcils. « Je suis tout sauf un génie, mais ça me semble assez suspect. Tu trouves pas que c'est un peu bizarre ? Et si Gaïus était au courant de notre arrivée ? Enfin je veux dire, si ça se trouve, on est en train de se précipiter droit dans un piège. »

Vanité sourit. « Tu as raison sur un point.

— Ah ouais ? Lequel ?

— T'es tout sauf un génie.

— Merci. En même temps, c'est pas comme si t'étais Alfred Einstein, toi non plus.

— Albert.

— Hein ? »

Vanité hocha la tête. « Écoute, mec, t'es juste parano. Allons voir plutôt au sous-sol s'il est dans le coin. On ferait bien de se presser. Histoire de pas laisser passer notre chance. »

Vanité semblait très impatient de se rendre dans la salle principale du musée. Il faut préciser ici que Dante avait relativement conscience que la plupart des gens le prenaient pour un con. Kacy le mettait souvent en garde contre son réflexe systématique consistant à foncer tête baissée vers les ennuis. Et en l'occurrence, son instinct lui disait que c'était bel et bien des ennuis qui l'attendaient. Pourquoi faisait-il confiance à Vanité, après tout ? Kacy s'était convaincue qu'il voulait vraiment redevenir humain parce qu'elle avait vu la vidéo de son mariage. Mais Dante ne l'avait pas vue, lui. Tout ce qu'il avait vu, c'était le plaisir que prenait Vanité à tuer des gens et à sucer leur sang. Ainsi que le talent certain qu'il avait pour casser du clown. Mais Dante n'avait jamais surpris le moindre soupçon de remords ou de regret chez ce type. De toute évidence, la vie de vampire lui convenait à merveille. Il était grand temps de clarifier deux ou trois choses.

« Vanité.

— Allez, mec, ramène-toi », dit Vanité en lui faisant signe de le suivre dans le couloir à l'autre bout de la réception.

« Tu me jures que t'es réglo ?

— Hein ?

— T'es en train de me la faire à l'envers, c'est ça ? »

Vanité parut décontenancé. « Tu veux dire quoi par là ?

— Je veux dire que je sens une embrouille. J'ai du mal à imaginer que tu veuilles redevenir humain. Par contre, j'ai aucun mal à t'imaginer en train de me pousser dans les griffes de Gaïus. Et puis explique-moi un truc : selon toi, il est venu ici pour se faire nettoyer l'Œil, c'est ça ?

— Pour se le faire polir. »

Dante prit un moment pour analyser tout ça. Kacy s'était tellement enthousiasmée à l'idée de pouvoir retrouver l'Œil qu'il s'était laissé entraîner dans toute cette histoire sans vraiment y réfléchir.

« Mais il a pas besoin de venir ici pour se le faire polir ? Putain, ça doit être aussi simple que de nettoyer ses verres de lunettes, non ? Il a qu'à se trouver une connerie de chiffon, c'est pas plus compliqué que ça. »

Vanité fronça les sourcils. « T'es en train de me traiter de balance ?

— Non. Je suis juste en train de dire que quelque chose ne tourne pas rond. Toute cette histoire tient pas la route. »

Vanité s'approcha de lui d'un pas agressif. « T'es en train de me traiter de balance. T'es en train de m'accuser de te tendre un piège. Après tout ce que j'ai fait pour toi, bordel. Espèce d'enfoiré ! »

Dante répondit à cette agressivité de son mieux, c'est-à-dire par de l'agressivité. Il se précipita à la rencontre de Vanité, et tous deux s'arrêtèrent à quelques centimètres l'un de l'autre pour se fixer dans le blanc des yeux.

« Ouais, je suis bien en train de te traiter de balance, grogna Dante. Qu'est-ce qui se passe, bordel ? T'es mon putain de pote ou quoi ? Parce que là, j'ai juste l'impression que t'es la salope de Ramsès Gaïus et que t'es en train de te servir de moi pour être dans ses petits papiers. »

Dante attendit la réponse de Vanité dans un silence inconfortable. Tous deux se regardèrent férocement pendant quelques secondes jusqu'à ce que, prenant Dante par surprise, le visage de Vanité se fende d'un large sourire. Il éclata de rire et tapota l'épaule de Dante.

« Ah ! ah ! elle était pas mal, celle-là, dit-il. T'as failli m'avoir. J'ai cru une seconde que tu étais sérieux.

Allez, viens. On a plus le temps de déconner. Il faut qu'on aille casser de la momie avant qu'il ne soit trop tard. »

Il tapota une dernière fois l'épaule de Dante et se précipita à nouveau vers le couloir au bout de la réception. Dante ne savait pas trop comment prendre cette réaction. Vanité croyait manifestement qu'il l'avait accusé de trahison pour rigoler. Mais son accusation était on ne peut plus sérieuse. Il emboîta le pas de son ami qui riait encore, sans trop savoir s'il faisait là une terrible erreur.

Alors qu'il atteignait le couloir, Dante sentit son portable vibrer dans sa poche. Quelqu'un venait de lui envoyer un SMS. Il prit son téléphone et consulta le message. Il était de Kacy :

« VANITÉ NOUS A MENTI. ÉLOIGNE-TOI DE LUI. JE CROIS QUE C'EST UN PIÈGE ! RAPPELLE-MOI ! »

Dante lut deux fois le message afin de s'assurer qu'il avait bien compris. Il avait donc vu juste. Vanité était bel et bien une balance. Et un sale connard, qui plus est. Dante marqua le pas, les yeux rivés au dos de Vanité qui, à grands pas, enfilait le couloir. C'était le moment ou jamais de tourner les talons et de s'enfuir sans que Vanité s'en rende compte. Il rangea son portable dans sa poche et s'apprêta à regagner l'entrée principale du musée.

Il entendit les deux battants se refermer bruyamment. En tournant la tête, ses yeux lui confirmèrent ce que ses oreilles avaient perçu. Devant la porte close, vêtu d'un costume argenté, se dressait Ramsès Gaïus. Sa précieuse pierre bleue fermement logée dans son orbite droite.

« Monsieur Vittori, dit-il en s'approchant. Quel plaisir de vous revoir !

— Pardon ? » dit Dante, faisant semblant de ne pas l'avoir entendu.

Cela irrita Gaïus : « J'ai dit, monsieur Vittori, quel plaisir de vous revoir.

— Désolé, j'entends toujours pas, dit Dante, cherchant désespérément du regard une issue tandis que Gaïus s'avançait droit sur lui.

— J'ai dit, quel plaisir de vous revoir ! répéta Gaïus en élevant la voix, presque au point de crier.

— De quoi ? »

Gaïus s'immobilisa au milieu du hall de réception, à une dizaine de mètres de Dante. « Permettez-moi de vous le reformuler autrement », lança-t-il.

La momie géante éleva alors le bras droit. La paume de sa main luisait d'un éclat bleuté. Dante scruta la lueur, incapable de savoir ce dont il s'agissait : il n'avait jamais rien vu de semblable. Soudain, Gaïus tendit son bras, et la lueur bleutée se transforma en un arc électrique jaillissant de sa paume pour frapper de plein fouet la poitrine de Dante. La puissance de l'impact le souleva de terre, et, au terme d'un vol plané, il heurta le mur qui se trouvait derrière lui, la tête la première, dans un fracas sinistre. Sa vision s'obscurcit et il perdit connaissance, glissant par terre pour s'effondrer. Juste avant de s'évanouir, il eut le temps d'espérer que Kacy ne viendrait pas le sauver sans l'aide du Bourbon Kid.

De retour dans le hall de réception, Vanité vit Gaïus qui considérait Dante, inconscient, gisant à ses pieds. Le Seigneur du Mal semblait très content de lui-même, ce qui signifiait que, selon toute probabilité, il était également très content de Vanité.

« Trop facile, hein ? » dit Vanité dans un large sourire.

Gaïus sembla confirmer ses dires : « Rien de plus simple que de triompher des crédules, n'est-ce pas ?

— Ouais, ouais. Alors, il se passe quoi maintenant ? Vous avez encore besoin de moi ? »

Le regard de Gaïus fixa un point derrière Vanité. « Non, répondit-il froidement. Nous n'avons plus besoin de vous. »

Vanité n'apprécia pas le ton de Gaïus. Il jeta un coup d'œil derrière lui afin de voir ce que son chef fixait. Quatre vampires de la Peste Noire se dirigeaient vers lui. Il se retourna alors vers Gaïus.

« Je croyais qu'on avait conclu un marché », dit-il sans parvenir à dissimuler l'inquiétude qui perçait dans son ton.

Gaïus dressa à nouveau sa main droite. Et de nouveau, sa paume se mit à luire d'un éclat bleuté : « Je ne fais jamais de marché avec ceux qui trahissent leurs amis, dit-il.

— Et merde. »

50

Beth sentait le canon de l'arme de Razor contre le bas de son dos. Devant elle marchait Jessica. La Reine Vampire les guidait vers le hall de réception plongé dans l'obscurité.

Lorsqu'ils arrivèrent à hauteur de l'escalier, les yeux de Beth s'étaient déjà un peu accoutumés aux ténèbres. Elle arrivait à distinguer le contour de plusieurs statues et piliers en contrebas. Aucun signe de JD, mais elle savait qu'il n'était pas loin. Comme si elle avait lu dans ses pensées, Jessica lança : « Il est ici. Je sens son haleine imbibée de bourbon. » Puis elle éleva la voix : « Montre-toi ! Tu ne peux pas te cacher à mes yeux dans l'obscurité. »

Une porte s'ouvrit alors à l'autre bout du hall, à une bonne distance de l'endroit où ils se trouvaient. Il y eut un échange de murmures, et la lumière s'alluma tout d'un coup. Un peu éblouie, Beth regarda partout dans la vaste salle, à la recherche de JD. Mais elle ne vit que Sanchez, le barman, à l'autre bout de la pièce, poussé dans le dos par un Panda. Celle-ci était toute vêtue de noir, à l'exception de la casquette de base-ball rouge vissée sur sa tête. Elle avait coincé sous son bras un ouvrage épais à la reliure sombre.

Jessica s'adressa à elle : « C'est bien *Le Livre de la mort* que tu as là ? »

Panda Girl acquiesça. « Ouais. C'est ce mec qui l'a apporté. »

Jessica atteignit le bas des marches et s'avança sur les dalles de marbre. « Ainsi tu as retrouvé mon livre, siffla-t-elle. Comme c'est gentil de ta part, Sanchez. »

Celui-ci haussa les épaules. « C'était un jeu d'enfant. T'as qu'à me passer la récompense et je rentre chez moi.

— Pourquoi cet empressement ? demanda Jessica en affichant un sourire malveillant. Pourquoi ne pas plutôt rester un peu ? Il va y avoir une fête. Notre ami le Bourbon Kid est venu, lui aussi. Il va se montrer d'un instant à l'autre. »

Sanchez n'avait pas l'air emballé par l'invitation. « Non mais ça ira. J'ai un tas de trucs à faire », dit-il en se retournant vers la porte par laquelle il était entré. Panda Girl n'avait pas l'intention de le laisser filer aussi facilement. Elle lui attrapa le bras et le tira vers elle. Puis elle le poussa de nouveau dans le dos, violemment, en direction du centre du hall.

Jessica s'avança vers lui en regardant tout autour d'elle, guettant l'apparition du Kid. Razor pressa un peu plus son pistolet contre le dos de Beth et la poussa légèrement pour lui indiquer qu'elle devait suivre Jessica.

Panda Girl fit avancer Sanchez, encore plus brusquement. S'adressant à Jessica, elle désigna Sanchez d'un mouvement de la tête : « Il n'avait pas l'intention de vous passer le bouquin. Quand il a compris que vous étiez un vampire, il a tout d'un coup changé d'avis. Je l'ai retrouvé dans une salle de bains, où il essayait de cacher le livre.

— Ça, c'est du Sanchez tout craché, commenta

Jessica d'un ton méprisant. Nous nous occuperons de son cas plus tard. Pour lors, je crois qu'il est grand temps d'appeler notre invité mystère. »

Elle regarda de nouveau autour d'elle, cherchant le moindre indice de la présence du Kid, puis fit porter sa voix dans le moindre recoin du hall. « Très bien. Razor, tue la fille. »

Beth sentit une boule se former dans sa gorge. Le canon enfoncé dans son dos se recula. Bien que Razor fût derrière elle, elle devina du coin de l'œil que son bras se relevait. Il allait lui tirer une balle dans la tête. Elle ferma les yeux et attendit le moment de vérité. JD apparaîtrait-il avant que Razor ait le temps d'appuyer sur la détente ?

Elle entendit cliqueter la sécurité du pistolet. Razor était prêt à tirer.

« ATTENDS ! » cria une voix rocailleuse derrière eux.

Beth regarda par-dessus son épaule. Razor fit de même, pointant son arme dans la direction d'où provenait la voix. De l'ombre d'une des nombreuses statues du hall sortit le Bourbon Kid, reconnaissable par toutes et tous à sa longue cape noire et sa capuche rabattue sur sa tête.

Razor braqua son pistolet sur lui.

Le Kid leva les mains pour se rendre. « Hé ! tire pas, dit-il calmement. Je suis venu passer un marché. »

Jessica apparut soudain à côté de Beth : la vitesse de mouvement fut telle qu'on eût cru à de la téléportation. Cette salope était vraiment très rapide.

« Lâche tes armes ! » cria-t-elle au Kid.

Le Kid l'ignora et pointa Razor du doigt. « Lâche ton flingue », lui dit-il.

Mais Razor avait d'autres projets en tête. Ses trois meilleurs amis s'étaient fait tuer par le Kid : il était hors de question qu'il laisse passer cette occasion de venger leur mort. « Plutôt crever », grogna-t-il. Et sans attendre la permission de qui que ce soit, il appuya sur la détente de son pistolet. La déflagration fut assourdissante. Beth plaqua ses mains sur ses oreilles en grimaçant.

JD s'écarta de la trajectoire de la balle avant même que celle-ci ne sorte du canon. Sa riposte fut foudroyante. En roulant par terre, il tendit le bras droit en direction de Beth. Une flèche argentée jaillit de sa manche. Avant qu'elle ait eu le temps de bouger, la flèche fila devant elle, à hauteur de sa hanche, ne la manquant que d'un centimètre, pour se planter entre les cuisses de Razor. Celui-ci se recroquevilla et tomba au sol dans des cris d'agonie, les mains sur la flèche.

Derrière elle, Beth entendit Sanchez résumer la scène par une phrase assez superflue : « *PUUUUUTAIN* ! Il lui a tiré dans les couilles ! »

Se rendant soudain compte qu'elle n'avait plus rien à redouter de Razor, Beth se retourna pour prendre la fuite. Elle n'avait pas la moindre idée de la direction à prendre, mais le simple fait de s'éloigner le plus possible de Jessica lui semblait déjà un bon début. Malheureusement, cette dernière s'était parfaitement attendue à cette réaction. Elle se positionna derrière Beth et, lui saisissant les cheveux, tira violemment sa tête en arrière. Beth sentit alors sur sa gorge les ongles de la Reine Vampire, aiguisés comme des rasoirs.

« Grave erreur ! » lança Jessica au Kid.

Ce dernier se releva et s'adressa à elle d'une voix toujours aussi posée : « Lâche-la. C'est entre toi et moi. Laisse-la en dehors de tout ça.

— Lâche cette putain d'arbalète que tu as dans la manche ! exigea Jessica.

— Très bien. »

Le Kid baissa les bras. De sa manche droite tomba alors la miniarbalète argentée, qui cliqueta sur le sol de marbre, pour rebondir un peu plus loin.

« Tu as d'autres armes ? demanda Jessica. Parce que le moment est venu de t'en défaire. »

Le Kid ouvrit sa cape. Il ne portait en dessous qu'un simple T-shirt noir et un pantalon treillis de la même couleur. « Rien d'autre. Maintenant lâche-la.

— Enlève ta cape et mets-toi à genoux, dit Jessica.

— Tu laisseras partir Beth ?

— À genoux. »

Le Kid enleva sa cape et la jeta par terre. Mais au lieu de s'agenouiller, il attrapa en un éclair un pistolet accroché dans son dos et en braqua le canon sur la tête de Jessica : un point rouge brilla au milieu de son visage. La rapidité de Jessica n'était cependant plus à prouver. Alors que le Kid s'apprêtait à appuyer sur la détente, Jessica tira Beth de sorte que sa tête se retrouve en plein dans la ligne de mire. Pendant plusieurs secondes, le Kid rajusta la position de son arme, cherchant à viser Jessica. Mais à chaque fois, celle-ci se protégeait en utilisant Beth comme bouclier humain.

Derrière elle, Beth entendit les grognements de Razor. Le Kid se laissa lui aussi distraire un bref instant par ces sons. Il quitta Jessica des yeux, pointa son canon sur Razor et tira.

BANG !

Beth ne vit rien, mais entendit parfaitement le bruit désagréable du sang éclaboussant les dalles de marbre. Le viseur laser se reposa alors sur Jessica, et la danse de mort reprit. Le Kid essayait en vain de prendre la Reine Vampire dans sa ligne de mire, et Jessica se délectait de ce petit jeu macabre.

Après de nombreuses tentatives infructueuses, il abandonna. De toute évidence, elle était bien trop rapide. Un tir aurait été trop dangereux. Il cessa de viser et abaissa son pistolet.

« Tu n'as aucune intention de la relâcher, pas vrai ? » demanda-t-il.

Jessica sourit. « Je veux que tu regardes bien ce qui va se passer, dit-elle. Je vais faire de ta petite chérie un vampire. Elle sera ma chienne. Et tu seras sa première victime, à moins que tu préfères la tuer, bien entendu. Tu sais, comme pour ta mère.

— Et comme pour Archie Somers. T'aurais dû l'entendre crier. Une vraie petite salope. »

Beth sentit la main de Jessica se resserrer sur sa gorge. Ses griffes étaient sur le point de la faire saigner. « Je vais vraiment prendre un pied pas possible », siffla Jessica.

Le Kid demeurait imperturbable. « Je savais qu'on en viendrait à ça. Arrête de gagner du temps et fais-le. Qu'est-ce que t'attends ?

— Fort bien. Tu l'auras voulu. »

Jessica ouvrit grand la bouche, révélant d'énormes crocs de vampire. Beth posa les yeux sur JD, l'implorant du regard de la sauver. Et c'est alors que l'évidence la frappa. Ce n'était pas JD qui était venu la sauver. C'était le Bourbon Kid, un homme pour qui personne n'avait la moindre importance.

Alors que cette pensée traversait l'esprit de Beth, les crocs de Jessica déchirèrent la peau à la base de son cou, plongeant profondément dans sa chair.

51

Le Kid releva son fusil à canon scié et le pointa en direction du nez de Flake. « Fermez les yeux, grogna-t-il.

— Pourquoi ?

— Parce que ça risque de piquer un peu. »

Flake obéit. Peut-être n'était-ce qu'une plaisanterie de mauvais goût ?

BANG !

Peut-être pas.

Le Kid avait bel et bien tiré, exactement comme elle s'y était attendue. Mais elle était toujours en vie. Tout du moins, elle avait l'impression d'être toujours en vie. Elle entendit un corps s'écrouler à terre, quelque part derrière elle, près de l'ascenseur. Le Kid venait de tuer quelqu'un, mais elle ignorait qui. Peut-être la prochaine balle lui était-elle réservée ? Les yeux toujours clos, elle grimaça, attendant de voir ce qui se passerait à présent.

Et elle attendit.

Le Kid prenait-il un plaisir pervers à prolonger cette horrible attente ? Au bout de ce qui lui parut une éternité, mais qui plus vraisemblablement devait s'approcher des cinq secondes, elle entendit un autre bruit. Un cliquetis que Flake reconnut aussitôt. Trois ou quatre secondes après, le cliquetis cessa, pour laisser place à une sorte de sifflement, accompagné d'une sensation humide sur ses paupières et la base de son nez. À quel petit jeu de détraqué jouait-il ? La partie supérieure de son visage fut presque totalement recouverte de liquide, du bas du front jusqu'au bout du nez. Le Bourbon Kid, ce psychopathe notoire, était en train de lui peindre le visage avec la bombe qu'elle avait laissée sur le bureau de la réception.

Lorsqu'elle l'entendit reposer la bombe de peinture, elle couina une question du coin de la bouche : « Vous faites quoi ?

— Je vous maquille en vampire », répondit-il.

Elle rouvrit les yeux et battit quelque peu des paupières.

« Gardez les yeux fermés », dit le Kid.

Elle les referma aussitôt, aussi fort qu'elle put. Il émanait de la peinture de fortes vapeurs qui lui avaient piqué les yeux dès qu'elle les avait ouverts.

« C'est un de vos petits plaisirs tordus ? demanda-t-elle.

— Vous voulez aider votre ami Sanchez, non ?

— Oui.

— Pour entrer dans la Casa de Ville, vous devez ressembler à un vampire. L'un des clans s'appelle les Pandas. Ils se maquillent partiellement le visage en noir. Vous serez en mesure de vous faire passer pour l'un d'entre eux. »

Les yeux toujours clos, Flake refit la grimace. « Il y avait sûrement un meilleur moyen que de me bomber le visage, non ? lança-t-elle.

— Pas le temps d'y réfléchir, répliqua le Kid. C'était soit ça, soit deux yeux au beurre noir.

— C'est parfait comme ça. »

Flake entendit le Kid chercher quelque chose dans ses poches, avant qu'il saisisse son bras gauche pour retrousser la manche de sa chemise. Forte de la relative assurance qu'il ne projetait pas de la tuer, elle écarta son bras. « Qu'est-ce que vous faites ? demanda-t-elle.

— Je vais vous injecter un sérum qui abaissera votre température corporelle afin que vous puissiez vous fondre parmi les créatures du mal sans vous faire repérer. Une entrée gratuite pour la Casa de Ville, si vous voulez. »

Flake n'était pas une inconditionnelle des piqûres. « Oh, soupira-t-elle. Est-ce que c'est absolument nécessaire ? Mon docteur a toujours du mal à trouver une veine quand il doit me faire une injection, et j'ai très facilement des bleus aux bras.

— Ouvrez les yeux. »

Elle obéit, lentement, battant un peu des paupières afin que les effluves de la peinture ne lui piquent pas les yeux. Le visage du Kid était juste en face du sien. Il tenait une longue seringue dans sa main droite, et son expression était terriblement sérieuse.

« C'est absolument nécessaire, répondit-il enfin. Sans quoi les vampires verront immédiatement que vous n'êtes pas des leurs. Et ils vous mangeront vivante. »

Flake fit une moue boudeuse digne d'une ado. « Sérieux, j'ai facilement des bleus aux bras. Il y a sûrement une autre façon de s'y prendre, non ? marmonna-t-elle.

— Il y en a une, dit le Kid. Baissez votre pantalon, penchez-vous sur le bureau, et je vous fais cette piqûre au cul. »

À son expression, Flake comprit qu'il ne plaisantait pas. Elle retroussa un peu plus sa manche. « Juste en dessous du creux, je crois que ce sera mieux », indiqua-t-elle.

Alors que le Kid serrait son bras afin de trouver le meilleur endroit où planter l'aiguille, Flake se prépara mentalement à la douleur et à l'ecchymose qui, immanquablement, s'ensuivraient. Regardant par-dessus son épaule afin de ne pas voir l'aiguille pénétrer sa peau, elle aperçut le cadavre de William Clay. Il était littéralement étalé par terre, devant l'ascenseur, gisant dans une mare de son propre sang, qui coulait d'un trou béant perforant son crâne. Manifestement, Clay était arrivé au mauvais moment. C'était lui, le pauvre type qui s'était retrouvé dans la ligne de mire du Kid alors qu'elle fermait les yeux. Avec un peu de recul, elle se dit que finalement, de la part du Bourbon Kid, deux yeux peints en noir et un bleu au creux du bras, ce n'était pas si mal que ça. En fait, beaucoup se seraient accordés à dire qu'elle s'en sortait incroyablement bien.

52

Le trajet jusqu'à la Casa de Ville ne fut pas spécialement allègre. Flake occupait la place passager, heureuse d'être toujours en vie. Le Bourbon Kid était au volant d'une Ford Mustang noire, que, selon Flake, il avait sûrement volée. Sa capuche était toujours rabattue sur sa tête, dissimulant son visage durant tout le voyage, tandis qu'il lui expliquait de façon succincte ce qui déterminait leur destination, et ce qu'il attendait qu'elle fasse lorsqu'ils l'auraient atteinte. Elle acquiesça à presque tous les points du plan, ajoutant de temps à autre un « OK ». Le reste du trajet fut agrémenté de silences inconfortables qu'elle meubla en regardant son reflet dans le miroir de son pare-soleil. Cette peinture noire lui faisait vraiment une drôle de tête.

Le Kid finit par se ranger sur le côté de la route, non loin de l'entrée de la monumentale Casa de Ville. Il coupa le contact et se tourna vers Flake. « Ça va ? demanda-t-il.

— Je crois que oui. »

Avant qu'elle ait pu ajouter quoi que ce soit, son téléphone sonna.

« Éteignez ça », ordonna le Kid.

Flake fouilla fébrilement dans sa poche, en tira son portable et jeta un coup d'œil à l'écran. « C'est Sanchez, dit-elle.

— Rien à foutre. Éteignez ça.

— Mais peut-être qu'il…

— Éteignez ça. »

La sonnerie cessa, et Sanchez fut transféré sur la boîte vocale. Flake éteignit aussitôt son portable et le rangea dans sa poche.

« Bien, dit le Kid en tapotant son volant. La clef est sur le contact. Quand vous verrez le portail s'ouvrir, attendez que les zombies déferlent à l'intérieur de la propriété, puis roulez jusqu'à l'entrée du bâtiment principal.

— Et ils sont *où*, au juste, ces zombies ?

— Ils se montreront dès que le portail s'ouvrira. Ils attendent dans les bois, de l'autre côté de la route. Une fois arrivée devant l'entrée du bâtiment, sortez de la voiture et, surtout, n'oubliez pas de prendre ce bouquin avec vous. C'est la seule arme dont vous disposerez pour combattre les vampires.

— Et comment je fais pour entrer dans le bâtiment, une fois que je suis devant ?

— Sonnez.

— Et vous ? Vous serez où ?

— Là où il faudra que je sois.

— Et si vous vous faites tuer ? Qu'est-ce que je fais ? »

Le Kid laissa échapper un profond soupir. « Si je me fais tuer, moi ? Franchement, inquiétez-vous plutôt de votre sort. Quand vous roulerez jusqu'à l'entrée, ne vous arrêtez sous aucun prétexte. Si un vampire ou un zombie se trouve en travers de votre chemin, ratissez-lui la gueule.

— Ça, ça devrait pas me poser de problème », dit Flake avec une certaine assurance.

Ses talents de conductrice étaient loin de la faire rougir, et elle ne craignait pas d'appuyer sur le champignon quand les circonstances l'imposaient.

Le Kid ouvrit sa portière et sortit. « Bonne chance, dit-il. On se voit de l'autre côté.

— Bonne chance à vous aussi ! » répondit Flake.

Il avait déjà refermé la portière alors qu'elle n'avait pas encore fini sa phrase : selon toute probabilité, il ne l'avait pas entendue.

Il disparut dans les ténèbres et Flake passa derrière le volant. *Le Livre sans nom* reposait par terre, du côté passager. Elle se pencha pour l'attraper, le posa sur le siège qu'elle venait de quitter et réfléchit à la situation, somme toute assez désespérée. Elle s'apprêtait à foncer au beau milieu d'une guerre opposant un nombre improbable de vampires, loups-garous, zombies et Dieu sait quoi d'autre, avec pour seules armes un livre, de la peinture sur le visage et une Ford Mustang. « Je dois être complètement folle, se dit-elle. Mais Sanchez est là-dedans, quelque part. »

Comme l'avait prédit le Kid, l'énorme portail de la propriété finit par s'ouvrir. Des projecteurs illuminèrent soudain la cour de la Casa de Ville d'un éclat éblouissant et, en moins d'une seconde, Flake assista à la charge des zombies. De l'autre côté de la route, où se dressait l'ombre épaisse d'un bois, ils se mirent à déferler.

Par milliers.

Flake vérifia que toutes les portières de la voiture étaient verrouillées et, incrédule, observa les hordes d'abominables créatures lui passer devant pour se ruer vers le portail. Conformément aux prédictions du Kid, leur arrivée dans la propriété provoqua un chaos inimaginable. Hurlements et cris emplirent l'air alors que la bataille commençait.

Lorsque la majeure partie des morts-vivants eut franchi le portail, Flake mit le contact.

« Bon. À la guerre comme à la guerre », murmura-t-elle.

Elle appuya sur l'accélérateur et fonça entre les grilles ouvertes, percutant au passage quelques zombies retardataires. Un ou deux rebondirent sur le capot et volèrent sur le toit. Arrivée sur le sentier intérieur de la propriété, Flake était en train de prendre un pied incroyable. Écraser des piétons était le genre de chose que le commun des mortels ne pouvait faire que dans des jeux vidéo. C'était pourtant ce qu'elle faisait, avec de véritables victimes, dans la légalité la plus stricte et, qui plus est, dans un but hautement moral.

À hauteur de la porte du bâtiment principal, Flake freina brusquement. Un loup-garou qui s'accrochait jusque-là au toit de la voiture fut projeté droit dans un buisson, tout près de l'entrée. Dans un bruit retentissant, sa tête frappa le mur qui se dissimulait derrière.

Flake n'avait pas de temps à perdre : sans prêter la moindre attention à ce qui se passait autour d'elle, elle coupa le contact et retira la clef du Neiman. Elle se saisit du livre qui reposait sur le siège passager et ouvrit sa portière. Un certain nombre de vampires se pressaient devant la porte, la plupart tout vêtus de noir. Ils reculaient tous face à la poussée irrésistible des zombies, dont la majorité n'avait pas encore atteint le bâtiment. En sortant de la voiture, Flake fut assourdie par le vacarme démoniaque de la bataille qui faisait rage. Cris suraigus de vampires, hurlements de loups-garous et grognements de zombies emplissaient l'air, ponctués par le craquement des os brisés et le déchirement des chairs. Serrant *Le Livre sans nom* contre sa poitrine, Flake ferma la portière d'un coup de pied et gravit à toute vitesse les marches du perron. Personne ne semblait lui prêter la moindre attention. C'était loin d'être surprenant quand on considérait que tous étaient guidés par une seule et même priorité, celle de leur propre survie. En outre, elle ressemblait à un vampire, en grande partie grâce au sérum que le Kid lui avait injecté (dans le bras, merci bien). En posant le pied sur la dernière marche, elle appuya sur le bouton de la sonnerie. En fait de sonnerie, ce fut la chanson *Saturday Night* de Whigfield qui retentit à l'intérieur de la Casa de Ville. Un choix assez naze en l'espèce, mais Flake avait bien mieux à faire que de s'en préoccuper. Elle se retourna, plaquant son dos à la porte, afin de s'assurer que rien ne rampait subrepticement derrière elle tandis qu'elle attendait qu'on lui ouvre.

Les projecteurs installés au-dessus d'elle illuminaient la foule improbable de créatures du mal qui combattaient dans la cour. Le sang giclait dans tous les sens. Bras et jambes étaient arrachés à chaque seconde. Sa conduite avait elle-même occasionné quelques pertes dans les rangs des deux armées : une jambe reposait toujours sur le toit de la Mustang. Alors qu'elle considérait toutes ces horreurs en grimaçant, elle entendit la porte s'ouvrir derrière elle. Elle se retourna, espérant voir quelqu'un lui faire signe d'entrer au plus vite. Sur le seuil se tenait une femme au look identique au sien. C'était l'un des Pandas vampires. Elle portait une casquette de base-ball rouge et une tenue entièrement noire. Elle ouvrit grand la porte et considéra Flake en fronçant les sourcils.

« T'es qui, putain ? demanda-t-elle.

— L'une des vôtres, répondit nerveusement Flake.

— Mon cul, répliqua Panda Girl. Je connais tous les Pandas. Et t'en fais pas partie. Et pourquoi t'es déguisée en flic ?

— Je suis nouvelle, dit Flake en tentant de mettre un pied à l'intérieur, le livre toujours plaqué contre sa poitrine. Et j'ai piqué cet uniforme à un flic que je viens de tuer. »

Panda Girl hocha la tête. « Pas moyen que tu entres », lança-t-elle d'un ton définitif.

Flake s'apprêtait à tenter d'entrer en force lorsque, juste à temps, elle aperçut une silhouette derrière Panda Girl : celle du Bourbon Kid. Celui-ci attrapa le vampire par surprise. L'une de ses mains se plaqua sur sa taille, l'autre sur son cou. Il la tira hors du seuil et, d'un geste brusque, lui brisa les cervicales dans un craquement sonore.

Flake se précipita à l'intérieur et claqua la porte derrière elle. On n'entendait que la rumeur sauvage du carnage à l'extérieur, et, à l'intérieur, la voix très irritante de Whigfield. Flake se tourna vers le Bourbon Kid. Celui-ci était en train de traîner le cadavre de Panda Girl jusqu'à une porte qui se trouvait au bout de la réception. Il l'ouvrit d'un coup de pied et tourna le dos au seuil.

« Par ici », lança-t-il à Flake.

Elle s'empressa de le suivre et se retrouva dans une vaste salle à manger. Le Kid lâcha le cadavre de Panda

Girl par terre. Flake referma la porte. Personne ne les avait vus. En tout cas, elle l'espérait.

« Et maintenant ? demanda-t-elle.

— Déshabillez-vous, répondit le Kid.

— Quoi ?

— Déshabillez-vous.

— Dites, vous tenez absolument à voir mon cul ou quoi ?

— Déshabillez-vous, répéta-t-il encore en pointant du doigt la Panda morte. Et enfilez ses fringues. Vous devez vous faire passer pour elle.

— Oh ! d'accord, dit Flake. Désolée.

— On se revoit à l'étage une fois que vous aurez fini. Ne traînez pas.

— Comment est-ce que je saurai où vous trouver ?

— Je tuerai tous ceux que je croiserai. Vous n'aurez qu'à suivre la piste de cadavres. »

Et sur ces mots, le Kid se dirigea vers une porte à l'autre bout de la pièce, par laquelle il disparut.

Flake posa *Le Livre sans nom* par terre et se mit à retirer les habits de la Panda morte. Puis elle se déshabilla aussi vite que possible, en espérant ne pas se faire surprendre à cet instant par quelque vampire passant par là.

Les vêtements de la Panda lui allaient quasiment à la perfection. Elle vissa la casquette rouge sur sa tête et coinça ses cheveux en dessous, comme l'avait fait le vampire. Elle se demanda cependant si le déguisement serait assez convaincant. Le fait de ne pas savoir à quoi elle ressemblait costumée de la sorte la rendait très nerveuse. Elle aurait aimé pouvoir se regarder dans un miroir, mais le Kid lui avait ordonné de le suivre.

Elle ramassa donc *Le Livre sans nom* et se rua vers

la porte par laquelle le Bourbon Kid avait disparu. Celle-ci donnait sur un long couloir flanqué d'une dizaine de portes de part et d'autre. Elle saisit la poignée de la première à droite et l'ouvrit avec la plus grande facilité. De tout son cœur, Flake espérait y trouver un miroir, et non un groupe de vampires.

Elle jeta un coup d'œil dans l'entrebâillement. C'était une chambre relativement petite, dans un coin de laquelle se trouvait une autre porte, donnant sans aucun doute sur une salle de bains. En l'absence de glace dans la chambre, la salle de bains semblait être la meilleure option, à supposer toutefois que les vampires aient l'habitude d'installer des miroirs chez eux. Elle lança *Le Livre sans nom* sur le lit et se précipita vers la porte, qu'elle essaya d'ouvrir. Elle était verrouillée. Il y avait forcément quelqu'un à l'intérieur. Peut-être s'agissait-il de Sanchez ?

Le bruit d'une chasse d'eau qu'on tirait lui confirma qu'il s'agissait d'une salle de bains. Flake recula d'un pas, ne sachant pas trop à quoi elle allait être confrontée. Elle s'efforça de se dire qu'elle ressemblait à un vampire et n'avait donc rien à craindre.

« Qui est là ? » demanda-t-elle.

Quelques secondes passèrent avant que la porte ne s'ouvre sur Sanchez, qui sortit d'un pas nonchalant.

« Une bonne chose de faite », dit-il. Flake le considéra, stupéfaite. Il semblait parfaitement calme. Avant qu'elle ait pu dire un mot, il remua sa main devant son nez et ajouta : « À votre place, j'attendrais un peu avant d'entrer. »

Flake était soulagée de le voir vivant, mais elle remarqua que le sac qu'il portait à l'épaule était manifestement vide. Avait-il déjà donné *Le Livre de la mort* à Jessica ?

« Ton sac est vide, lança-t-elle. Où est le bouquin ? Qu'est-ce que tu en as fait ? »

Sanchez la dévisagea attentivement, avec un air particulièrement perplexe. « Flake ? C'est toi ?

— Ouais.

— Tu es devenue un vampire ?

— Non, espèce de couillon. Je suis venue sauver ta peau ! »

Sanchez fronça les sourcils. « Oh ! Merci. » Il pointa du doigt l'intérieur de la salle de bains. « *Le Livre de la mort* est là-dedans », dit-il. En jetant un coup d'œil par-dessus l'épaule de Flake, il aperçut sur le lit un livre qui ressemblait à s'y méprendre à celui qu'il avait apporté. « Et c'est quoi, ce bouquin-là ? » demanda-t-il.

Flake lui prit la main. « Il faut qu'on aille aider le Bourbon Kid, dit-elle en se saisissant du *Livre sans nom* de l'autre main. Viens, je t'expliquerai en chemin. »

Sanchez recula d'un pas. « Tu veux pas plutôt m'expliquer ça ici ? »

53

Sanchez suivit Flake dans le couloir. Il avait beau avoir extrêmement envie de rentrer chez lui, ou faute de mieux de rester enfermé dans la salle de bains, quelque chose lui disait qu'il valait mieux rester auprès d'elle. Avant de quitter la chambre, elle lui avait brièvement exposé son plan, plan qui selon elle avait été concocté avec le Bourbon Kid, qu'elle avait présenté comme « un mec cool », en dépit du fait qu'il avait tiré une balle dans la tête de William Clay lors de son passage au commissariat. Sanchez avait prêté attention à chaque phase du plan, ainsi qu'au rôle qui lui était attribué. Il réfléchit un instant au stratagème avant d'émettre son opinion.

« C'est un plan merdique », déclara-t-il enfin alors qu'il emboîtait le pas de Flake dans le couloir.

Celle-ci enjamba le cadavre en pleine décomposition d'un clown récemment assassiné et se retourna vers Sanchez. « Tu en as un meilleur ? répliqua-t-elle sèchement.

— Ouais. Cassons-nous d'ici au plus vite ! »

Flake enjamba à nouveau le clown mort pour décocher une claque à Sanchez. Une grosse claque, au demeurant. Et du point de vue de Sanchez, complètement imméritée.

« Nom de Dieu, Sanchez, arrête de faire ta mauviette, aboya-t-elle. On a une chance de tuer Jessica. C'est un vampire et, apparemment, c'est sans doute la plus dangereuse de tous. Nous sommes en mesure d'aider le Bourbon Kid à venir à bout de cette créature : il est hors de question qu'on se défile.

— Mais c'est quand même assez dangereux, non ? dit Sanchez. C'est plutôt un boulot pour la police.

— Nous sommes la police, espèce d'imbécile !

— Merde, c'est vrai. »

Flake se retourna et poursuivit son chemin. « Allez, presse-toi un peu, lança-t-elle à Sanchez. Soit tu restes avec moi, soit tu tentes ta chance face aux milliers de vampires et de zombies qui se trouvent dehors. »

C'était effectivement l'alternative qui se présentait à Sanchez, et le point le plus important dans l'affaire était que Flake se trouvait en possession du *Livre sans nom*. Un livre capable de tuer ces putains de vampires. Sanchez était fermement décidé à suivre ce bouquin où qu'il aille.

Il suivit donc Flake dans le couloir, enjambant de temps à autre la dépouille de quelque vampire ou loup-garou. Manifestement, Flake suivait la piste des cadavres. Elle s'engagea dans un escalier qui menait à l'étage supérieur. L'état des lieux était similaire à celui du rez-de-chaussée : des couloirs éclaboussés de sang et jonchés de cadavres. Pas vraiment le genre d'endroit où il faisait bon traîner. Flake poursuivait sa route, ouvrant parfois des portes, jetant un coup d'œil par l'entrebâillement, puis les refermant. Elle ne semblait pas vraiment savoir où elle allait, et Sanchez, bien qu'il eût envie de le lui faire remarquer, se gardait d'ouvrir la bouche : il avait le sentiment qu'au moindre mot potentiellement désobligeant elle lui répondrait à nouveau sèchement ou, pire encore, le giflerait une deuxième fois.

Après avoir inspecté toutes les chambres de l'étage, ils empruntèrent une autre volée de marches, jonchée elle aussi de cadavres. Sanchez était déjà essoufflé. Fouiner partout à toute vitesse était déjà assez difficile, mais le fait de devoir éviter cadavres et tas de cendres fumants rendait la chose encore plus épuisante. Il n'était pas habitué à tant d'exercice physique. Fort heureusement, l'étage supérieur ne ressemblait en rien aux précédents. Pour commencer, il n'y avait pas de couloirs. Tout en haut de l'escalier se trouvait une sorte de vestibule, avec au fond une imposante porte à double battant de bois, flanquée de part et d'autre d'une ignoble statue d'homme nu.

« Ça doit être ici, dit Flake en pointant la porte.

— Comment tu peux en être aussi sûre ? demanda Sanchez.

— Il n'y a plus de cadavres. Et apparemment, cette porte est la seule issue de cet étage. C'est forcément la fin de la piste. Suis-moi. Et rappelle-toi : tu es mon prisonnier. »

Sanchez soupira. « Ça marchera jamais, c'est pas du tout crédible, marmonna-t-il. Personne ne croira un seul instant que tu as réussi à me faire prisonnier.

— Une Tournesol en serait capable, rétorqua Flake. Et tu oublies que je ressemble en tout point à un vampire. Maintenant, ferme-la et joue simplement ton rôle ! »

Elle fit précautionneusement tourner la poignée de l'un des battants et le tira. La porte grinça légèrement. Par-dessus l'épaule de Flake, Sanchez jeta un coup d'œil à l'intérieur. Il devina un énorme hall plongé dans l'obscurité. Manifestement, quelqu'un avait éteint la lumière.

« Apparemment, il y a personne là-dedans, dit Sanchez. On ferait peut-être mieux de rentrer chez nous ? »

Flake saisit son bras et le tira à l'intérieur. Elle referma la porte derrière eux, et les ténèbres devinrent encore plus profondes. Sanchez tâta le pan de mur le plus proche, pour trouver assez rapidement une série d'interrupteurs sur lesquels il s'empressa d'appuyer. La vaste salle s'illumina soudain. Les lustres qui pendaient du plafond embrasèrent le hall. Et il devint soudain évident qu'ils n'étaient pas seuls. À l'autre bout de la pièce se trouvait un escalier, que descendaient Jessica et un robuste soldat. Sanchez le reconnut : il s'agissait de Razor, l'un des quatre militaires qui étaient passés au Tapioca la nuit d'Halloween. Razor tenait fermement par le bras une jeune femme à l'air distant. Sanchez l'identifia elle aussi. Il s'agissait de Beth la Schizo.

Flake poussa Sanchez vers le centre du hall. Elle le traitait vraiment comme un prisonnier. C'est très dégradant, pensa-t-il. Il était sur le point de lui dire de se calmer un peu lorsque Jessica prit la parole :

« C'est bien *Le Livre de la mort* que tu as là ? »

Flake acquiesça. « Ouais. C'est ce mec qui l'a apporté. »

Jessica atteignit le bas des marches et s'avança sur les dalles de marbre. « Ainsi tu as retrouvé mon livre, siffla-t-elle. Comme c'est gentil de ta part, Sanchez. »

Celui-ci haussa les épaules. « C'était un jeu d'enfant. T'as qu'à me passer la récompense et je rentre chez moi.

— Pourquoi cet empressement ? demanda Jessica en affichant un sourire malveillant. Pourquoi ne pas plutôt rester un peu ? Il va y avoir une fête. Notre ami le Bourbon Kid est venu, lui aussi. Il va se montrer d'un instant à l'autre. »

Il devint soudain évident aux yeux de Sanchez que Jessica était une grosse salope de vampire. Il se demanda comment il avait fait pour ne pas s'en rendre compte plus tôt. Peut-être son tendre penchant envers elle l'avait-il tout simplement aveuglé. « Non mais ça ira. J'ai un tas de trucs à faire », dit-il en se retournant vers la porte par laquelle il était entré. Flake l'attrapa et le poussa à nouveau dans le dos, violemment, en direction du centre du hall.

Jessica s'avança vers lui en regardant tout autour d'elle, guettant l'apparition du Kid. Derrière elle, Razor et son otage Beth suivaient.

Flake poussa encore une fois Sanchez, avec une brusquerie redoublée et absolument gratuite. S'adressant à Jessica, elle désigna Sanchez d'un mouvement de la tête. « Il n'avait pas l'intention de vous passer le bouquin. Quand il a compris que vous étiez un vampire, il a tout d'un coup changé d'avis. Je l'ai retrouvé dans une salle de bains, où il essayait de cacher le livre.

— Ça, c'est du Sanchez tout craché, commenta Jessica d'un ton méprisant. Nous nous occuperons de son cas plus tard. Pour lors, je crois qu'il est grand temps d'appeler notre invité mystère. »

Elle regarda à nouveau autour d'elle, cherchant le moindre indice de la présence du Kid, puis fit porter sa voix dans le moindre recoin du hall. « Très bien. Razor, tue la fille. »

Mais quelle salope, c'est pas vrai, pensa Sanchez, assez inutilement.

« ATTENDS ! » C'était le Bourbon Kid. Sanchez reconnut instantanément son ton rocailleux. Il aperçut le tueur en série sortir des ténèbres de l'imposant escalier.

Pendant les vingt secondes qui suivirent, le Kid fit mine de se rendre. Sanchez poussa discrètement le bras de Flake et, d'un petit geste de la tête, indiqua *Le Livre sans nom* qu'elle tenait sous le bras.

« Tu tentes le coup maintenant ? » chuchota-t-il.

Flake fit la grimace. « Je sais pas trop. J'attends un signe.

— Comme quoi ?

— J'en sais rien. Le Kid m'a dit que je saurais quand le moment serait venu. »

Sanchez écarquilla les yeux en remarquant un nouveau développement des événements.

« *PUUUUUTAIN* ! s'écria-t-il instinctivement. Il lui a tiré dans les couilles ! »

À l'aide d'une miniarbalète, le Bourbon Kid venait de tirer une flèche argentée dans l'entrejambe de Razor, mettant celui-ci définitivement sur la touche.

Profitant de ce bref instant de confusion, Beth tenta de s'enfuir. En vain, car Jessica l'attrapa vigoureusement avant qu'elle n'ait pu faire trois pas vers la sortie. La Reine Vampire enserra sa gorge dans sa grande main décharnée : ses ongles s'étaient transformés en longues griffes, affûtées comme des rasoirs et assez peu ragoûtantes.

« Tu crois que c'est le signal qu'on attend ? murmura Flake.

— Peut-être bien. Vaut mieux vite réagir avant qu'elle tue Beth la Schizo. »

Jessica somma le Kid de lâcher son arme, et celui-ci finit par se défaire de son arbalète, qui tomba de la manche de sa cape et cliqueta sur le sol de marbre, pour rebondir un peu plus loin. Était-il vraiment en train de se rendre ?

« Tu as d'autres armes ? demanda Jessica. Parce que le moment est venu de t'en défaire. »

Le Kid ouvrit sa cape. Il ne portait en dessous qu'un simple T-shirt noir et un pantalon treillis de la même couleur. « Rien d'autre. Maintenant lâche-la.

— Enlève ta cape et mets-toi à genoux, dit Jessica.

— Tu laisseras partir Beth ?

— À genoux. »

Le Kid enleva sa cape et la jeta par terre. Mais au lieu de s'agenouiller, il attrapa en un éclair un pistolet accroché dans son dos et en braqua le canon sur la tête de Jessica : un point rouge brilla au milieu de son visage. La rapidité de Jessica n'était cependant plus à prouver. Alors que le Kid s'apprêtait à appuyer sur la détente, Jessica tira Beth de sorte que sa tête se retrouve en plein dans la ligne de mire. Pendant plusieurs secondes, le Kid rajusta la position de son arme, cherchant à viser Jessica. Mais à chaque fois, celle-ci se protégeait en utilisant Beth comme bouclier humain.

Au milieu de tout cela, le type qui gisait par terre avec une flèche dans les bourses poussa un faible grognement. Le Kid se laissa distraire un bref instant par ces sons. Il quitta Jessica des yeux et pointa son canon sur Razor.

BANG !

La tête du soldat explosa sous l'impact de la balle qui lui traversa le front. Sang et cervelle éclaboussèrent les dalles de marbre derrière lui. Ça risque de s'incruster si personne ne nettoie ça rapidement, pensa Sanchez en se souvenant d'un incident similaire survenu un soir au Tapioca.

Le Kid reporta son attention sur Jessica et tenta à nouveau de l'avoir dans sa ligne de mire. Mais en vain. Jessica était bien trop rapide. Cette diversion permit cependant à Flake de se rapprocher de la Reine Vampire dans son dos, en brandissant *Le Livre sans nom*. Alors que Flake arrivait quasiment à sa portée, le Kid baissa son pistolet et s'adressa à Jessica : « Tu n'as aucune intention de la relâcher, pas vrai ? » demanda-t-il.

Jessica sourit. « Je veux que tu regardes bien ce qui va se passer, dit-elle. Je vais faire de ta petite chérie un vampire. Elle sera ma chienne. Et tu seras sa première victime, à moins que tu préfères la tuer, bien entendu. Tu sais, comme pour ta mère.

— Et comme pour Archie Somers. T'aurais dû l'entendre crier. Une vraie petite salope. »

Jessica resserra sa main sur sa gorge. Ses griffes étaient sur le point de la faire saigner. « Je vais vraiment prendre un pied pas possible », siffla Jessica.

Le Kid demeurait imperturbable. « Je savais qu'on en viendrait à ça. Arrête de gagner du temps et fais-le. Qu'est-ce que t'attends ? »

À ces mots, Flake se précipita sur Jessica.

Sanchez vit alors avec horreur Jessica, cette femme dont il avait été amoureux durant ces six dernières années, ouvrir grand la bouche pour révéler d'énormes crocs de vampire. Elle les planta profondément dans le cou de Beth au moment précis où Flake enfonçait *Le Livre sans nom* dans son dos.

Jessica et Beth hurlèrent simultanément de douleur. Il était assez difficile de dire à quelle profondeur Jessica était parvenue à enfoncer ses crocs, mais aussitôt que Flake la frappa avec le livre, elle recula. Au milieu de son dos, à l'endroit où Flake pressait l'ouvrage, des flammes s'élevèrent. Des putains de grosses flammes, du reste. De là où il était, Sanchez sentait leur chaleur extrême. En l'espace de quelques secondes, Jessica se retrouva prisonnière d'une véritable boule de feu. Flake, elle aussi, était prise dans le brasier.

Sanchez sentit son sang se glacer en entendant Flake se joindre au duo de hurlements. Il se précipita sur elle et la saisit par la taille. Il la tira fortement à lui, la libérant des flammes et du livre qui était à présent collé au dos de Jessica. L'effort fut considérable, et le recul fit tomber Sanchez à la renverse, Flake atterrissant sur lui.

De son côté, le Bourbon Kid tira Beth des flammes mais, contrairement à Sanchez, il ne perdit pas l'équilibre. Il allongea Beth par terre et braqua à nouveau son pistolet. Cette fois-ci, il avait Jessica dans sa ligne de mire : elle n'avait plus rien pour se protéger. Il tira à plusieurs reprises. Les déflagrations furent si bruyantes que Sanchez ne put déterminer le nombre exact de coups de feu. Mais chaque balle frappa de plein fouet la poitrine de Jessica, qui se contorsionnait de douleur dans les flammes. La dernière balle s'enfonça dans sa tête. Elle cessa de hurler, et son corps tout entier sembla imploser. En un violent éclair, elle se vit dépouillée de toute chair. Le Kid s'écarta des flammes et Sanchez, stupéfait, vit ce qui restait de Jessica s'écrouler à terre, chaque os se réduisant en poussière en touchant le sol de marbre.

Jessica avait disparu de la surface de la Terre. Et cette fois-ci, pour de bon.

Les flammèches qui subsistaient dansèrent quelques instants au sol avant de s'éteindre complètement, ne laissant derrière elles qu'un tas de cendres grises. Derrière le petit rideau de fumée qui s'en élevait, Sanchez distingua le Bourbon Kid, accroupi à côté de Beth, étendue au pied de l'escalier. Du sang coulait de la profonde morsure de son cou.

Flake se libéra de l'étreinte de Sanchez et se précipita aux côtés du Kid. Lentement, Sanchez se releva.

« Comment va Beth ? demanda Flake. Je m'y suis prise trop tard ? »

De l'endroit où il se tenait, Sanchez ne voyait pas assez bien Beth pour se faire une idée sur son état. Le Kid émit son pronostic : « Elle est soit sur le point de mourir, soit sur le point de devenir un vampire.

— Oh, mon Dieu ! dit Flake. Est-ce que je peux faire quelque chose ? »

Le Kid se pencha, plaça l'un de ses bras sous les genoux de Beth, l'autre sous ses épaules, et se redressa. La tête de Beth bascula doucement en arrière. Sanchez se dit qu'elle devait être inconsciente, ou bien déjà morte.

Le Kid regarda alors Beth d'un air réellement inquiet. « Il faut qu'on l'amène au musée, dit-il.

— Qu'est-ce qu'il y a au musée ? demanda Flake.

— Pas grand-chose, répondit Sanchez. Je l'ai visité une fois. Rien que des tableaux et des vieilles statues. Des conneries, quoi. »

Sans prêter la moindre attention à Sanchez, le Bourbon Kid se dirigea vers la porte à double battant à l'autre bout du hall, avec Beth dans les bras. « L'Œil de la Lune se trouve au musée, dit-il. Je vais avoir besoin de tes talents de conductrice, Flake. Tu viens ? »

Flake ramassa *Le Livre sans nom* tombé par terre et en essuya la couverture recouverte de cendres. « Bien sûr », répondit-elle en lui emboîtant le pas.

« Moi aussi ! » s'écria Sanchez afin de s'assurer qu'ils ne l'avaient pas oublié.

Il jeta un dernier regard au tas de poussière qui avait jadis été Jessica. Comment en était-on arrivé là ? Jessica venait de mourir, et il était sur le point de se rendre au musée en compagnie du Bourbon Kid.

54

Il ne fallut que vingt minutes à Kacy pour traverser la ville. Arrivée au musée, elle était dans un état de panique véritable. Dante n'avait toujours pas répondu à son SMS. Elle avait même tenté de l'appeler alors qu'elle sillonnait les rues désertes, mais sans résultat : le portable de Dante avait été débranché. Mue par le désespoir, elle avait également essayé de joindre le Bourbon Kid. Lui non plus n'avait pas décroché, et elle lui avait laissé un message embrouillé, assez stupide et pour le moins incompréhensible, en espérant que, malgré tout, il arriverait à comprendre en gros ce qu'elle avait voulu lui dire, si toutefois il consultait sa boîte vocale. En substance : il fallait absolument qu'il ramène son cul au musée, et ce au plus vite.

Face au bâtiment, elle inspecta des yeux les alentours afin de voir si la voiture du Kid n'était pas garée quelque part. Le véhicule n'était pas là, et le fait qu'aucune piste de cadavres ne menait à l'entrée du musée semblait fortement indiquer qu'il n'était pas encore arrivé. Kacy était donc seule.

Les jambes cotonneuses, elle gravit les marches qui menaient à la porte de l'établissement. Le double battant était ouvert. Elle jeta un coup d'œil à l'intérieur et constata que le hall de réception était vide, ou paraissait l'être. À peine eut-elle mis un pied dans l'entrée qu'elle aperçut un corps étendu sur le dos à l'autre bout de la salle. Elle reconnut immédiatement l'individu. Il s'agissait de Vanité.

Après s'être assurée qu'aucun ennemi ne la guettait, elle courut jusqu'à lui. Quelqu'un s'était sérieusement occupé de son cas. Son visage était salement contusionné et totalement recouvert de sang : sa beauté n'était plus qu'un lointain souvenir. Ses yeux clos se réduisaient à deux poches bleutées, méchamment enflées. Kacy se surprit à espérer que Dante fût responsable de l'état du chef des Shades. Mais elle doutait que ce soit le cas. Son intuition lui disait que, en dépit de ce qui était arrivé à Vanité, Dante était en ce moment même en grand danger. S'il n'était pas déjà mort.

Kacy se pencha et posa sa main sur la poitrine de Vanité afin de voir s'il était toujours en vie. Il lui sembla qu'il venait d'inspirer, quoique très faiblement.

« Vanité, chuchota-t-elle prudemment. Tu es vivant ? »

En l'absence de réponse, elle le secoua un peu. Vanité parvint à ouvrir légèrement ses yeux enflés et attrapa la main de Kacy, pour la serrer relativement fort. Elle en sursauta presque mais, une fois passée la surprise, elle se dit qu'il était à l'article de la mort et qu'il ne représentait plus la moindre menace.

« Qu'est-ce qu'il s'est passé ? demanda-t-elle. Où est Dante ? »

Vanité ouvrit faiblement la bouche. Ses dents étaient rouges de sang, manifestement le sien, de même que son bouc. Il posa sur elle un regard presque mort.

« Kacy ? croassa-t-il.

— Oui, c'est moi. Où est Dante ? »

Vanité toussa du sang, et celui-ci coula sur son menton. « Je suis désolé, dit-il. Gaïus l'a capturé.

— Où sont-ils allés ?

— En bas. »

Vanité avala une gorgée de son propre sang, avant de prononcer quelques mots à peine audibles. « Ils vont l'enfermer dans un sarcophage. »

Kacy voulut se relever afin d'aller retrouver Dante, mais Vanité, faisant usage des ultimes forces qui lui restaient, la retint par la main et la tira à lui.

« Attends, grogna-t-il. Ils sont trop nombreux. Tu auras besoin de ça. » Il posa alors dans la main de Kacy un petit objet. Puis il relâcha son étreinte et ses bras retombèrent le long de son corps.

« Je suis censée faire quoi avec ça ? » demanda Kacy.

Vanité déglutit à nouveau douloureusement. Son existence touchait à son terme. Il inspira une brève bouffée d'air et murmura : « Sers-t'en…

— Pour quoi faire ? »

Il inspira à nouveau et toussa ces quelques mots : « Sers-t'en pour…

— Pour quoi ? Sers-t'en pour quoi ?

— Sers-t'en pour… »

Vanité ne parvint pas à finir sa phrase. Il expira une dernière fois et sa tête s'affaissa sur le côté.

Kacy serra les joues du vampire dans sa main et fit pivoter sa tête afin que son visage lui fasse face. « Sers-t'en pour quoi faire ? demanda-t-elle d'un ton suppliant. À quoi ça sert ? »

Vanité ne répondit pas.

« À quoi ça sert ? répéta-t-elle. Vanité ! Vanité ! À quoi ça sert ? »

Mais en vain. Vanité ne respirait plus. Il était mort. Kacy n'était pas certaine de l'identité de son assassin, mais elle n'avait ni le temps ni la patience d'y réfléchir. Elle se releva d'un bond et se précipita vers l'escalier qui menait au sous-sol, où se trouvait le sarcophage de la momie égyptienne.

Alors qu'elle descendait les marches, elle sentit son portable vibrer. Elle le sortit aussitôt de sa poche et consulta l'écran.

« Nouveau message. »

Elle l'ouvrit. C'était un message du Bourbon Kid. Il ne s'agissait que de quatre mots, mais c'était précisément les quatre mots que Kacy avait le plus besoin de lire à cet instant.

« Je suis en chemin. »

Elle poussa un soupir de soulagement. Cette sensation ne dura cependant que quelques instants. Arrivée au pied de l'escalier, elle aperçut Ramsès Gaïus. Il lui tournait le dos, se dressant au milieu de la gigantesque salle d'exposition. Face à lui se trouvaient trois vampires du clan de la Peste Noire, vêtus de tenues complètes de ninja. Par terre, au milieu d'eux, gisait Dante. Il semblait inconscient, à moins qu'il ne soit mort. Les ninjas l'avaient enveloppé de bandelettes blanches, des pieds jusqu'à la taille. Ils l'avaient déshabillé au préalable et avaient jeté ses vêtements un peu plus loin. Vanité avait dit juste : ils s'apprêtaient à l'enfermer dans le sarcophage, emmailloté comme une momie.

Aucun d'eux ne l'avait vue arriver : Kacy s'empressa de se cacher derrière une grosse statue de Napoléon Bonaparte. Elle devait décider au plus vite de la marche à suivre. Pouvait-elle se permettre d'attendre le Bourbon Kid ? Que pouvait-elle tenter seule ? Alors qu'elle se posait toutes ces questions, elle entendit la voix de Ramsès Gaïus. Celui-ci, sans même se retourner, avait senti sa présence.

« Mademoiselle Fellangi, s'écria-t-il. Quelle riche idée que de nous avoir rejoints ! »

Elle fit semblant de ne pas l'avoir entendu et resta cachée derrière la statue. Les quatre vampires ninjas regardèrent autour d'eux. Aucun ne parvint à repérer Kacy, qui de son côté observait le moindre de leurs gestes.

« Veuillez sortir de derrière Napoléon », lança Gaïus.

Il n'y avait plus d'échappatoire. Kacy quitta sa cachette. Son seul espoir était de gagner du temps, jusqu'à ce que le Bourbon Kid arrive et, avec un peu de chance, arrange tout.

« Est-ce que Dante est toujours en vie ? » demanda-t-elle.

Gaïus se retourna pour lui faire face. Il retira ses lunettes noires et les rangea dans la poche de poitrine de sa veste argentée. Kacy regarda fixement son œil droit : dans son orbite étincelait l'Œil de la Lune. Et il n'avait visiblement pas besoin d'être poli. Gaïus leva alors le bras droit. La paume de sa main, tendue vers elle, brillait d'un éclat bleuté. Sentant qu'un danger immédiat la guettait, Kacy se jeta derrière la statue.

Un laser bleu jaillit de la paume de Gaïus, frappant le sol à l'endroit précis où elle s'était trouvée. Le jet d'énergie ricocha et alla se perdre en haut de l'escalier qui se trouvait derrière Kacy. L'expression de Gaïus trahit son mécontentement. Il tendit la main vers la statue de Napoléon. Un autre jet d'énergie frappa la tête de pierre et arracha de son socle la statue, qui tomba en direction de Kacy. Celle-ci tenta de s'échapper, mais le bicorne de Napoléon heurta son crâne, brisant net sa fuite.

Alors qu'elle gisait sous la statue, complètement désorientée, elle entendit la voix de Gaïus. Cette fois-ci, il ne s'adressait pas à elle, mais aux quatre vampires qui le secondaient.

« Allez la chercher, ordonna-t-il. Emmaillotez-la et fourrez-la dans le sarcophage avec son petit ami.

— Bien, seigneur », répondit l'un des vampires.

Elle sentit deux mains froides la soulever du sol. Son téléphone portable glissa de sa poche et tomba par terre. Alors qu'un des ninjas la traînait, elle entendit l'un de ses acolytes s'adresser à Gaïus :

« Seigneur, à en croire le portable de cette conne, le Bourbon Kid ne va pas tarder à arriver. »

55

Sanchez ouvrit la porte de la Casa de Ville et jeta un coup d'œil à la cour. Comme il le craignait, il s'y trouvait encore des vampires, des zombies et des loups-garous, occupés à se déchirer mutuellement et à répandre sang et entrailles dans la neige. Détail plus inquiétant encore, certains s'affrontaient dans l'espace qui les séparait de la voiture de police, que Flake avait garée non loin du bas des marches menant à l'entrée du bâtiment. Le fait d'entrer dans la voiture s'annonçait aussi délicat que dangereux.

Sanchez se retourna afin de voir où en étaient les autres. À l'autre bout de la réception, Flake tenait une porte à l'intention du Bourbon Kid, qui en passait le seuil avec Beth. Il la portait toujours dans ses bras, et la tête de Beth reposait à présent sur son biceps gauche, position bien plus confortable qu'auparavant. Les minutes de la jeune femme étaient comptées : Sanchez le voyait bien. Elle était tout juste consciente et semblait ne pas se rendre compte de ce qui se passait autour d'elle. La petite chanceuse.

Flake lâcha la porte et se précipita vers Sanchez. « Alors, ça se présente comment, dehors ? demanda-t-elle.

— Pas trop mal, répondit-il. Tiens, je vais tenir la porte pour laisser passer les autres pendant que tu iras démarrer la bagnole.

— OK, dit Flake. Bien vu. »

Sanchez ouvrit la porte et laissa passer Flake. Elle avait *Le Livre sans nom* coincé sous le bras, ce qui du point de vue de Sanchez était un gage de sécurité. Tout en dévalant les marches en direction de la voiture, elle le brandit devant elle, au cas où une créature du mal se ruerait sur elle.

Sanchez se retourna à nouveau et vit le Bourbon Kid et Beth approcher. « Flake est en train de faire démarrer la caisse, dit-il. Passe devant. Je couvre vos arrières. »

Le Kid considéra le carnage qui régnait dans la cour. Puis il se tourna vers Sanchez : « T'es sûr que tu veux pas que je te porte, toi aussi ? » demanda-t-il.

La proposition était plutôt tentante, mais Sanchez sentit qu'il s'agissait d'un sarcasme. « Ça ira. Allez, c'est parti. »

Le Kid passa le seuil de la Casa de Ville, en veillant à ne pas cogner la tête de Beth contre l'encadrement. Sanchez sortit son tonfa et lui emboîta le pas.

Flake avait déjà démarré et elle entamait une marche arrière afin de réduire le plus possible la distance comprise entre la porte du bâtiment et la voiture. Elle alluma également les phares, ce qui attira l'attention de certaines créatures les plus proches. Sanchez poussa le Bourbon Kid dans le dos afin de le presser un peu, par peur que vampires ou loups-garous ne s'attaquent à lui. Le Kid descendit rapidement les marches. Sachant qui il était, la plupart des créatures du mal se tenaient à l'écart. Le fait n'avait pas échappé à Sanchez, qui veillait à bien rester dans le sillon du Kid, ne s'arrêtant brièvement que pour balancer un coup de tonfa dans la tête d'un zombie sans jambes.

Ils arrivèrent à la voiture sans être menacés. Sanchez s'empressa de contourner le Kid pour lui ouvrir la portière arrière la plus proche, tout en espérant que lui aussi aurait le temps de se réfugier à l'intérieur avant qu'un vampire surgisse. En tirant la portière, il glissa sur le verglas du sentier et tomba sur le cul. Le Kid allongea précautionneusement Beth sur la banquette arrière, puis s'assit à ses côtés et referma la portière derrière lui.

Sanchez se releva maladroitement et vit un gigantesque loup-garou se ruer dans sa direction. C'était une grosse bête au poil dru qui avait pris la forme d'un loup démesuré. Probablement un pur-sang, né loup-garou par une nuit de pleine lune. La pire espèce qui soit. Il avait d'énormes crocs, et ses yeux, assoiffés de sang, étaient rivés à Sanchez. Inutile de rester planté là à attendre cet enfoiré. Alors que Sanchez se penchait vers la portière avant, la bête bondit en l'air et décrivit un piqué droit sur lui, gueule béante, prête à lui arracher le visage d'une bouchée.

Par chance, Flake avait vu le loup-garou. Elle se pencha au-dessus du siège passager et ouvrit brutalement la portière, qui frappa de plein fouet la gueule du monstre dans un craquement ignoble. Le choc envoya bouler le loup-garou en lui arrachant un glapissement d'agonie.

Il n'en fallut pas plus à Sanchez pour plonger sur le siège passager, claquer la portière et hurler à Flake : « Sors-nous de là, putain de merde ! »

Précision dont Flake n'avait pas vraiment besoin. Elle appuya sur l'accélérateur et la voiture démarra en trombe. Vampires, zombies et loups-garous rebondirent sur le capot tandis que le véhicule, les pneus crissant sur le verglas, fonçait droit vers le portail ouvert.

« T'essaies de tous les percuter ou quoi ? demanda Sanchez alors que le visage d'un Panda s'écrasait contre le pare-brise, juste en face de lui.

— C'est un peu dur de les éviter », dit Flake en bataillant avec le volant.

Sanchez regarda par-dessus son épaule. La tête de Beth reposait sur les cuisses du Bourbon Kid qui écartait les mèches de cheveux de son visage et pressait un chiffon blanc contre son cou afin de juguler l'hémorragie provoquée par la morsure de Jessica.

« Comment ça se présente, mec ? demanda Sanchez.

— Pas très bien. C'est une affaire de minutes. Si on veut avoir une chance de la sauver, il faut qu'on rejoigne le musée au plus vite.

— Il est déjà onze heures et demie ! cria Flake.

— Alors il ne me reste plus qu'une demi-heure, répondit le Kid. Appuie autant que tu peux sur ce putain d'accélérateur, Flake.

— C'est comme si c'était fait. »

Sanchez se retourna maladroitement vers le pare-brise au moment où ils passaient le portail. Dans un vertigineux dérapage contrôlé, Flake braqua à gauche et s'engagea sur la route. « Nom de Dieu, Flake, Stevie Wonder conduit mieux que toi !

— Et il joue mieux du piano que toi, alors ferme-la », fut la réplique cinglante de l'intéressée.

Sanchez ignora son insulte. Il était soulagé de constater qu'aucune créature du mal ne se trouvait sur la route qui menait au centre-ville. Les rares fois où il s'était retrouvé dans une voiture conduite par Flake lui avaient suffi à se forger une opinion assez négative sur ses talents de conductrice. Manifestement, elle avait la fâcheuse manie de percuter quelque chose toutes les trente secondes, que ce soit un vampire, un loup-garou, un zombie ou, plus simplement, un livre. Au moins, quand Sanchez percutait quelque chose, comme un bonhomme de neige par exemple, c'était intentionnel. Flake se trouvant à nouveau au volant, il fut contraint d'adopter sa position de sécurité, les deux mains agrippant fermement le tableau de bord, en espérant que tout se passerait pour le mieux. Du point de vue de Sanchez, ce fut un vrai petit miracle que Flake ne percute absolument rien pendant le reste du trajet, en dépit de leur vitesse et du verglas qui recouvrait la route.

Après une traversée de la ville en dix minutes chrono, Flake gara la voiture juste devant l'entrée du musée.

« On y est », cria-t-elle au Kid.

Celui-ci était déjà en train de sortir. Il referma la portière et, plutôt que de se précipiter vers les portes du musée, tapa à la vitre de Sanchez. Celui-ci l'abaissa de quelques centimètres.

« Qu'est-ce qu'y a ? » demanda-t-il.

Le Kid s'avança autant que l'espace laissé par Sanchez le lui permettait : « Flake, prends soin de Beth. Je reviens aussi vite que je peux.

— Pas de problème, répondit Flake. Bonne chance ! »

Et le Kid grimpa quatre à quatre les marches qui menaient au musée. Sanchez remonta la vitre et regarda derrière lui. Sur la banquette arrière, Beth gisait, inconsciente. Elle respirait à peine. D'un instant à l'autre, elle pouvait mourir, ou se transformer en vampire. « On ferait mieux de rester devant », suggéra Sanchez.

Flake le regarda de travers : « Elle est en train de

mourir, bon sang. Je vais m'asseoir sur la banquette arrière pour veiller sur elle.

— Comme tu veux », dit Sanchez.

Il se pencha et ramassa *Le Livre sans nom* que Flake avait jeté à ses pieds en entrant dans la voiture. « Je garde le bouquin en main, au cas où elle se transformerait et qu'il faudrait la tuer. »

Flake venait d'ouvrir sa portière et s'apprêtait à sortir. Elle hésita et son regard se porta sur *Le Livre sans nom* que Sanchez avait entre les mains. « Merde ! s'exclama-t-elle soudain, les yeux écarquillés. Le Kid est parti sans prendre le bouquin ! Il faut que tu coures le lui donner !

— Hein ?

— Je lui ai promis de rester ici aux côtés de Beth. Toi, cours rattraper le Kid et passe-lui le livre. Sans lui, il lui sera impossible de mettre la main sur l'Œil de la Lune ! »

Sanchez regarda à travers la vitre. Les portes du musée étaient ouvertes. Le Kid était déjà entré. Pour le rattraper avant qu'il affronte Ramsès Gaïus, Sanchez allait devoir très sérieusement se dépêcher. Il coinça *Le Livre sans nom* sous son bras et ouvrit sa portière. Alors qu'il sortait, Flake fit le tour de la voiture à toute vitesse afin de monter à l'arrière, du côté de la tête de Beth. Avant de s'asseoir sur la banquette, elle hésita à nouveau. Puis elle saisit Sanchez par le bras et le tira vers elle.

« Qu'est-ce qu'il y a encore ? demanda-t-il.

— Je voulais te remercier de m'avoir tirée des flammes, tout à l'heure.

— Oh ! Ouais. » En se rappelant l'instant où il l'avait tirée du feu, il se surprit à rougir. « Bah, tu sais, marmonna-t-il, t'es la seule qui soit prête à me raccompagner chez moi en voiture. »

Flake lui pinça le ventre pour le taquiner. « Pressetoi, dit-elle en pointant le musée. Ils ont besoin d'un autre héros. Bonne chance. »

56

Kacy était à moitié KO. Elle se sentait toujours nauséeuse et désorientée, suite à l'impact du bicorne de pierre sur sa tête. En outre, elle avait momentanément perdu la vue. Mais elle entendait des voix : c'était celles des vampires ninjas qui l'avaient traînée jusqu'au pied du sarcophage, à côté de Dante, qui gisait par terre dans un état bien pire que le sien.

« Yo ! Gardez-nous des bandelettes. Faut qu'on s'occupe de cette fille.

— Désapez-la. Je me charge de l'emmailloter.

— Et pourquoi ce serait toi ?

— Parce que c'est moi qui ai les bandes, ducon. »

Une troisième voix s'en mêla. « Je vais t'aider à la déshabiller.

— OK. Tiens-la pendant que je lui enlève son jean.

— Fais vite, j'ai l'impression qu'elle est en train de revenir à elle. »

Et en apprenant qu'elle était sur le point de se faire déculotter, Kacy tentait effectivement de toutes ses forces de revenir à elle. Elle sentit deux mains la saisir sous les aisselles pour la soulever du sol. Une silhouette se pencha devant elle et se mit à déboutonner son jean. Très rapidement. En un rien de temps, son pantalon fut baissé au niveau de ses genoux.

« Putain de merde, mate-moi un peu ces jambes. »

Kacy cligna des yeux et recouvrit quelque peu la vue, même si tout paraissait un peu trouble. Son jean était à présent retroussé sur ses chevilles. Le ninja penché devant elle tentait frénétiquement de retirer ses baskets.

Celui qui se trouvait derrière elle attrapa soudain le bas de son sweat-shirt. Il tira vers le haut, mais le col resta coincé au niveau de la tête de Kacy : le sweat recouvrit entièrement son visage, l'aveuglant à nouveau. Les deux vampires étaient en train de la secouer dans tous les sens pour la déshabiller, sans s'inquiéter une seconde de leur rudesse. Vu leur force, même si elle n'avait pas été assommée, il lui aurait été assez difficile de se défendre contre eux.

Elle sentit que le vampire venait de réussir à lui enlever ses baskets et l'entendit les jeter plus loin. Puis il tira une dernière fois sur son jean, dénudant complètement les jambes de Kacy. Elle sentit les mains froides et osseuses du vampire remonter le long de ses cuisses, en direction de sa minuscule culotte rose, cadeau de Dante, avec les mots « ENTRÉE LIBRE » brodés en noir sur la partie postérieure. Derrière elle, l'autre ninja luttait de toutes ses forces pour lui enlever son sweat.

Alors que les doigts glaciaux du vampire effleuraient sa petite culotte, elle entendit un puissant craquement. L'étreinte des doigts du ninja se desserra, avant de s'écarter totalement, laissant de justesse sa culotte en place.

Celui qui se trouvait derrière elle cessa de tirer sur son sweat. « C'est quoi, ce bordel ? » demanda-t-il d'un ton perplexe.

BANG !

Kacy sentit une balle siffler tout près de sa tête. Le vampire lâcha subitement son sweat, et Kacy retomba, sa tête heurtant lourdement le sol. Elle se retrouvait à nouveau allongée par terre, encore plus hébétée qu'auparavant, se demandant ce qui venait de se passer. Au bout de quelques instants de douleur, elle reprit le fil de ses pensées et se souvint de la situation dans laquelle elle se trouvait. Elle attrapa son sweat et tenta de le rabattre sur sa poitrine afin de retrouver un semblant de pudeur.

Le coup de feu résonnait toujours à ses oreilles. Tout en se débattant avec son sweat, elle entendit deux autres déflagrations, suivies de l'impact sourd de deux corps tombant au sol. Le silence s'installa un bref instant, avant d'être brisé par la voix tonitruante de Ramsès Gaïus.

« Montre-toi, espèce de putain de lâche ! » aboya-t-il.

Kacy parvint enfin à pointer le nez hors de son col. Elle inspira profondément et regarda autour d'elle. Elle voyait toujours un peu flou, mais c'était bien assez pour se faire une idée de ce qui l'entourait. Dante gisait par terre, à quelques mètres seulement, et Kacy savait que le Kid ne tarderait pas à se montrer. À n'en pas douter, il se trouvait dans la grande salle d'exposition : les résultats de son sinistre ouvrage étaient des preuves indéniables de sa présence. Deux cadavres de vampires étaient affalés de part et d'autre de Dante. Leur tête était percée de l'impact mortel d'une balle, tout droit sortie du pistolet du Kid. Non loin de Kacy gisaient deux autres ninjas morts. L'un s'était fait rompre le cou, et il ne restait plus à l'autre qu'une moitié de crâne.

Alors que Kacy inspectait encore les lieux du regard, un flash de lumière bleue l'éblouit soudain. Elle se retourna aussitôt vers sa source. Gaïus était en train de jeter des gerbes d'énergie bleutée de ses deux mains, visant au hasard, tous azimuts. Où pouvait donc se cacher le Bourbon Kid ? Les œuvres colossales abondaient dans cette salle et, manifestement, Gaïus était incapable de déterminer derrière laquelle il s'était dissimulé.

Comme si laser et balles ne suffisaient pas, l'une des attaques de Gaïus engendra un nouveau péril : frappés par une gerbe d'énergie, des rideaux rouges venaient de s'enflammer. Déjà aux prises avec une momie furieuse, un tueur en série et un petit ami inconscient, Kacy devait à présent faire face à un incendie imminent.

Elle se redressa tant bien que mal et regarda à nouveau autour d'elle. Son jean et ses baskets avaient été jetés plus loin, à côté du piano où était assis le mannequin de Ludwig van Beethoven. Elle inspira une nouvelle fois profondément et, à quatre pattes, se mit à avancer dans cette direction.

Elle entendait derrière elle Ramsès Gaïus jurer et lancer des rafales d'énergie dans tous les sens. De temps à autre, un coup de feu lui répondait. Gaïus et le Kid se tiraient mutuellement dessus : le Seigneur des Ténèbres était à découvert, et le Bourbon Kid se cachait dans l'ombre des œuvres exposées.

Alors que Kacy tendait le bras pour attraper son jean, une boule d'énergie bleutée frappa le sol tout près d'elle et rebondit aussitôt, passant à quelques centimètres à peine de son nez. La plus grande rapidité était de mise. Elle se saisit de son jean, complètement retourné par le vampire, et quelque chose tomba d'une des poches. Il s'agissait du petit objet que Vanité lui avait donné avant de mourir. Elle se souvint du moment où il l'avait glissé dans sa main. « Sers-t'en… » avait-il dit.

57

Sanchez descendit l'escalier menant à la salle d'exposition principale d'un pas des plus prudent. Le son de coups de feu et de bris divers lui parvenait. C'était un signe indubitable que le Bourbon Kid affrontait d'ores et déjà Ramsès Gaïus, et ce sans *Le Livre sans nom*. Sanchez espéra qu'il n'était pas trop tard.

Arrivé au bas des marches, Sanchez put enfin voir ce qu'il se passait. Des rideaux avaient pris feu, et les flammes se propageaient au reste de la salle. Des cadavres jonchaient les lieux, ce qui, en toute franchise, n'avait rien d'inhabituel. À côté d'une vaste vitrine brisée, Sanchez vit Dante, inconscient, enturbanné de bandelettes jusqu'aux épaules. Il y avait également une petite brune d'une vingtaine d'années particulièrement attirante qui avançait à quatre pattes par terre, tout juste vêtue d'un sweat noir et d'une petite culotte rose sur laquelle on lisait, en travers des fesses, « ENTRÉE LIBRE ». En temps normal, Sanchez se serait fait un point d'honneur à vérifier l'orthographe, mais le moment ne s'y prêtait vraiment pas. Ramsès Gaïus, le crâne luisant, se dressait de toute sa taille au milieu de la salle, tournant le dos à Sanchez. De ses mains jaillissaient des éclairs bleutés qui frappaient tout et n'importe quoi. Ils rebondissaient aux murs comme au plafond, détruisant une à une les œuvres exposées, tantôt les brisant en deux, tantôt les enflammant. Les pouvoirs de cet enfoiré dépassaient vraiment l'imagination.

Du coin de l'œil, Sanchez aperçut le Bourbon Kid. Il se cachait derrière un rideau noir recouvrant la statue d'un gros type à poil. Et il avait un putain d'énorme flingue à la main. Il aperçut Sanchez à son tour et lui adressa un bref acquiescement. Puis il disparut dans les ténèbres du rideau. S'ensuivit un violent coup de feu qui attira l'attention et les foudres de Gaïus. L'imposante momie projeta une gerbe d'énergie sur le rideau derrière lequel se dissimulait le Kid.

Sanchez n'avait pas la moindre putain d'idée de la signification de cet acquiescement, mais quelque chose lui disait qu'il s'agissait certainement d'une sorte de signal. Peut-être était-ce le signe qu'il devait accomplir quelque chose d'important. Quelque chose d'audacieux. Le Kid venait de détourner l'attention de Gaïus afin que Sanchez puisse approcher sans se faire remarquer. Gaïus n'était qu'à une vingtaine de mètres. De toute évidence, le moment était venu pour lui d'être un héros, pour reprendre le mot de Flake.

Sanchez s'avança sur la pointe des pieds, aussi vite qu'il put, ne quittant des yeux le dos de la momie qu'un bref instant, afin de jeter un regard au cul de la fille en petite culotte rose, au cas où il n'en aurait plus jamais l'occasion.

Arrivé à moins d'un mètre de Gaïus, il brandit *Le Livre sans nom* au-dessus de sa tête et l'abattit de toutes ses forces en direction du crâne glabre de la momie. Malheureusement, Gaïus se retourna à cet instant précis.

Sanchez n'eut pas le temps de retenir ses bras, et Gaïus n'eut pas le temps d'éviter le coup. Le livre percuta violemment son visage, en plein sur le nez.

Sanchez repensa alors au moment où Flake avait enfoncé le livre dans le dos de Jessica. La Reine Vampire s'était presque instantanément enflammée. On ne pouvait en dire autant de Ramsès Gaïus. Pendant ce qui parut une véritable éternité, Sanchez demeura immobile, pressant la couverture du *Livre sans nom* sur le visage de la momie. Mais Gaïus s'obstina à ne pas s'enflammer. Au lieu de ça, il posa ses deux énormes mains sur *Le Livre sans nom* et le lui arracha. Puis, à son tour, il l'abattit sur le visage de Sanchez. L'impact fut terrible. Sanchez fut projeté en arrière et roula par terre jusqu'à s'immobiliser, cul par-dessus tête. Il se redressa et vit Gaïus lui jeter *Le Livre sans nom*. L'ouvrage magique n'avait pas même égratigné le Seigneur du Mal. Sanchez évita le bouquin de justesse et leva instinctivement les mains, redoutant la boule d'énergie qui nimbait la main droite de Gaïus.

C'est alors qu'il vit derrière son agresseur une lueur d'espoir. Le Bourbon Kid venait de sortir des ténèbres, braquant son pistolet sur le crâne de Gaïus. Le point rouge de son viseur laser se trouvait précisément derrière l'orbite oculaire sertie de l'Œil de la Lune. Alors que Gaïus s'apprêtait à foudroyer Sanchez, le Kid tira.

BANG !

Le tir fut d'une précision diabolique. Sanchez en eut le souffle coupé. Il eut l'impression d'assister à la scène au ralenti. La balle pénétra l'arrière du crâne de Gaïus dans un giclement de gouttes de sang, heurta l'Œil de la Lune dans un bref tintement cristallin, et, comme dans un rêve, la pierre bleue sortit de l'orbite dans une fontaine de sang.

La joie qu'éprouva alors Sanchez fut de très courte durée.

Les réflexes de Ramsès Gaïus étaient aussi rapides que les gerbes d'énergie qui fusaient de ses paumes. Sa main gauche partit en un éclair, saisissant au vol la pierre magique. Celle-ci avait tout juste eu le temps de parcourir une quarantaine de centimètres en l'air.

Gaïus baissa son œil sain sur la pierre. Sanchez crut surprendre un sourire sur le visage de la momie. Mais cette impression passa bien vite. Gaïus se retourna vers le Bourbon Kid. Sanchez vit alors le trou percé par la balle dans son crâne : la plaie noircie se refermait à vue d'œil, jusqu'à disparaître totalement, grâce aux pouvoirs de guérison de l'Œil de la Lune.

Putain de merde, pensa Sanchez. Cet enculé est tout simplement invincible.

Gaïus grogna à l'intention du Kid : « Tu as eu ta chance. À mon tour, maintenant ! »

Il leva la main droite, et une gerbe d'énergie bleutée jaillit de sa paume, frappant de plein fouet le Kid, qui parcourut six mètres en vol plané avant de s'écraser dans ce qui restait du présentoir du tombeau de la momie.

Putain de putain !

Sanchez restait bouche bée face à la puissance de Ramsès Gaïus. Ce mec était une armée à lui tout seul, une sorte de fils caché d'Iron Man, du général Zod et de Hulk.

Par chance, Gaïus semblait avoir complètement oublié Sanchez : à grandes enjambées, il se dirigeait droit vers le Bourbon Kid afin de lui régler son compte.

Si Gaïus parvenait à achever le Kid, il s'occuperait très vite du cas de Sanchez et de la fille à moitié nue. L'un d'eux serait le prochain cadavre sur la liste de ses victimes. Au moins, Sanchez avait toujours son pantalon : à cet égard, il était moins susceptible d'attirer le regard de la momie.

Tout espoir de survie reposait sur le Bourbon Kid et ses légendaires talents de combattant. Sanchez devait absolument attirer l'attention de Gaïus avant qu'il ne tue le Kid, afin que celui-ci reprenne ses esprits et se relève des décombres du tombeau de la momie.

Sanchez vit la fille ramasser quelque chose qui venait de tomber d'un jean retourné. Il s'agissait d'un petit objet sombre, qu'elle s'apprêtait à jeter. Balancer des trucs à Gaïus était une idée assez nulle, mais c'était sans doute la seule option qui leur restait. Flake lui avait dit qu'ils avaient besoin d'un héros : le problème, c'est que Sanchez ne voyait pas très bien comment agir en tant que tel, au vu des circonstances désastreuses. Aussi, faute de trouver une meilleure idée, Sanchez décida d'imiter la jeune femme. Il plongea la main dans sa poche de poitrine et en sortit sa flasque. En dévissant un peu le bouchon, il pouvait espérer recouvrir Gaïus de pisse. Ça pourrait toujours faire diversion et, qui sait, peut-être même l'électrocuter ?

La jeune femme lança son bras en arrière et Sanchez vit enfin clairement son visage. C'était Kacy, la copine de Dante, anciennement femme de chambre à l'Hôtel International de Santa Mondega. Il se dit qu'il valait mieux laisser l'honneur aux dames avant de jeter quoi que ce soit lui-même. Il pourrait ainsi voir comment réagirait Gaïus. De tout son cœur, Sanchez espérait que ses talents de lanceuse s'avéreraient aussi impressionnants que son cul. En son for intérieur, il lui souhaita bonne chance. Elle se concentra un bref instant et, de toute la force de son bras, jeta le petit objet sombre qu'elle tenait dans la main.

Par le passé, Sanchez avait déjà vu pas mal de filles lancer des trucs sans jamais être particulièrement impressionné. Mais les qualités de Kacy en la matière atteignaient des profondeurs de nullité absolument abyssales. Elle rata complètement Gaïus. En fait, elle ne parvint qu'à lancer le petit objet en direction de la tête du Bourbon Kid. Nul à chier, pensa Sanchez.

Le Bourbon Kid était à genoux lorsque Kacy lui jeta l'objet. En un éclair, il l'attrapa de la main droite. Il était rectangulaire, de la taille d'une carte à jouer. Peut-être le Kid pourrait-il le jeter à la figure de Gaïus plus efficacement et plus fort que Kacy – si toutefois il en avait le temps.

Gaïus s'immobilisa à quelques mètres du Kid et leva une énième fois son bras droit. Sa paume brilla d'un éclat bleuté. Le moment de vérité était enfin arrivé. De toutes ses forces, il projeta son bras en direction du Kid, envoyant une gigantesque gerbe d'énergie sur son ennemi.

Tout se passa alors très vite. Alors que la foudre surgissait de la main de Gaïus, le Kid releva au niveau de sa tête le petit objet que Kacy lui avait lancé.

Et le retourna en un clin d'œil. L'un de ses côtés était noir, l'autre argenté.

C'était un miroir de poche.

La colonne d'énergie en frappa la surface, et un flash de lumière bleutée baigna une fraction de seconde la totalité de la salle d'exposition. Le miroir renvoya la foudre, droit en direction du visage de Ramsès Gaïus.

Celui-ci fut pris au dépourvu, et la puissance de sa propre fureur le frappa de plein fouet, le soulevant de terre. Il lâcha l'Œil de la Lune, qui tomba au sol durant son vol plané. Les yeux écarquillés, Sanchez vit le gros cul de Gaïus foncer droit sur lui. Par chance, le Seigneur du Mal atterrit sur le dos avant de le percuter. Il glissa sur le sol admirablement poli jusqu'à s'arrêter, la tête sur les cuisses de Sanchez.

De toute évidence, Gaïus était sonné. Il clignait de son œil valide, complètement désorienté, même si cet état n'était probablement que temporaire. La suite le prouva : les battements de paupières cessèrent et il se mit à fixer Sanchez.

Oups, pensa Sanchez. Il va se relever.

Il n'avait pas d'autre choix : la seule arme dont Sanchez disposait, c'était sa flasque. Il en dévissa le bouchon et la retourna au-dessus du visage de Gaïus, faisant en sorte que son contenu coule principalement dans l'orbite vide de la momie.

Sanchez eut alors la surprise de sa vie : la pisse qui sortit de la flasque était verte. C'était pour le moins inhabituel. En temps normal, sa pisse était jaune foncé, à l'occasion un peu brunie, parfois assez claire, mais jamais verte.

Il se rappela soudain avoir pris la flasque du Père Noël durant la lutte qui les avait opposés le matin même. Il s'agissait en réalité du liquide vert qui paralysait quiconque en absorbait. Sanchez en versa autant qu'il put sur le visage de Gaïus, tant dans son orbite vide que dans la bouche. Quelques gouttes glissèrent sur sa langue jusqu'au fond de sa gorge. À en juger par l'expression de son unique œil, le liquide faisait déjà effet et c'était loin de le réjouir.

Sanchez vit le visage de Gaïus se détendre graduellement, comme cela avait été le cas pour le Père Noël. Et tout comme lui, son regard refléta la panique la plus insondable. Gaïus toussa une fois et ce fut là son dernier geste volontaire. En l'espace de quelques secondes, il lui fut impossible de faire le moindre mouvement. Et sans l'aide de l'Œil de la Lune, qui ne se trouvait plus ni dans son orbite ni dans sa main, son état ne risquait pas de s'améliorer de sitôt. Prenant conscience qu'il était à présent sans défense, Sanchez prit un certain plaisir à tenir d'une main la tête du Seigneur du Mal, en attendant qu'on vienne l'aider.

Au milieu des décombres du tombeau de la momie, le Bourbon Kid se releva complètement et tituba jusqu'à Sanchez et Gaïus. Il avait l'air en piteux état. La foudre qui l'avait frappé l'avait clairement amoché. Il s'arrêta à mi-chemin pour ramasser l'Œil de la Lune et le lancer à Kacy. Celle-ci l'attrapa en lui criant un rapide « merci », avant de rejoindre Dante à quatre pattes.

Le Kid poursuivit tant bien que mal son chemin et s'écroula quasiment sur la poitrine de Gaïus. Sanchez s'écarta afin qu'il ait la place de faire subir à Gaïus toutes les atrocités qu'il lui réservait. Le Kid plaqua sa main sur le visage du Seigneur du Mal et pressa violemment ses joues à présent flasques.

« J'ai vu ce que tu as fait au jeune garçon, dans la bibliothèque, grogna-t-il.

— Qu'est-ce qu'il a fait ? demanda Sanchez.

— Il lui a littéralement défoncé la tête. Il s'est défoulé sur ce gamin. »

Sanchez hocha la tête d'un air dégoûté. « En tout cas, une chose est claire, dit-il.

— Quoi ?

— S'il croyait pouvoir s'en tirer comme ça, il se mettait le doigt dans l'œil. »

Le Kid acquiesça. « C'est vrai. » Il lâcha le visage de Gaïus et tourna la tête vers Sanchez. Du sang coulait à la commissure de ses lèvres. « Y avait quoi dans la flasque ? demanda-t-il.

— Du lait de poule, je crois.

— Une sacrée saloperie, ce truc. »

Se retournant vers Ramsès Gaïus, complètement paralysé, le Kid serra le poing droit et l'éleva au-dessus de sa tête. Il fixa l'œil terrifié de Gaïus, sûr d'avoir toute son attention, et inspira profondément.

« Ça, c'est pour le gamin de la bibliothèque. »

58

Dante sentit la main de Kacy caresser sa joue. Il ouvrit les yeux. Se réveiller en voyant le visage de Kacy était l'une des meilleures choses existant en ce bas monde.

« Ça va ? » lui demanda-t-elle.

Il tenta de bouger les bras et constata qu'ils étaient solidement attachés à ses flancs. En fait, il ne pouvait plus rien bouger des épaules aux pieds. Il était allongé sur le dos, à même le sol. Il tendit le cou pour regarder son corps. Il était complètement emmailloté de bandelettes.

« Putain mais qu'est-ce que tu m'as fait, cette fois-ci ? demanda-t-il en fronçant les sourcils.

— Ce n'est pas moi qui t'ai fait ça, couillon.

— Alors qu'est-ce que je fous déguisé en ver de terre géant ? »

Kacy parut étonnée. « Où est-ce que tu as vu un ver qui ressemblait à ça ?

— Dans un dessin animé porno.

— On reparlera de ça plus tard. »

Dante, qui se remettait rapidement, surprit quelque chose du coin de l'œil. « Il y a le feu au plancher !

T'as vu ça ? Ce putain de plancher est en train de flamber !

— Je sais.

— Mais c'est quoi ce bordel ? »

Kacy semblait particulièrement calme, étant donné la présence, à tout juste un jet de pierre d'eux, d'un départ de feu d'au moins un mètre de hauteur.

« Attends, je vais t'aider à te redresser », dit-elle en soulevant ses épaules afin qu'il puisse s'asseoir.

Dante regarda autour de lui. Derrière Kacy, à droite du feu, il vit le Bourbon Kid et Sanchez. Tous deux étaient penchés au-dessus de Ramsès Gaïus. Le Kid était en train de le découper en tranches à l'aide d'un poignard au manche en os. D'autres corps gisaient dans la salle.

« OK. Je me souviens d'absolument que dalle. Sérieux, qu'est-ce qui s'est passé cette fois ? » Dante regarda soudain Kacy avec une attention redoublée. « Et pourquoi est-ce que tu n'as plus ton jean ?

— On me l'a enlevé de force. Et avant que tu ajoutes quoi que ce soit, il faut que tu saches que tes fringues sont juste derrière toi.

— Toutes mes fringues ?

— Ouais. »

Dante baissa la voix. « On était en train de baiser ici ?

— Non. Ce sont des vampires qui t'ont complètement déshabillé. Ils voulaient te momifier.

— Ils voulaient m'enculer ?

— Non, te *momifier*. D'où les bandelettes, tu comprends ? Tiens-toi tranquille pendant que je t'enlève tout ça. »

Elle attrapa quelques bandelettes au niveau de ses épaules et se mit à les défaire. Elles étaient vraiment très serrées. Tandis que Kacy s'escrimait à le libérer, Dante tâchait de se rappeler comment il avait fait pour se retrouver dans une situation aussi ridicule. Il avait beau se concentrer autant qu'il lui était possible, absolument rien ne lui revenait en mémoire.

« Grouille-toi, putain ! lança-t-il à Kacy en voyant le feu gagner du terrain dans leur direction.

— Alors arrête de bouger.

— Je bouge pas.

— D'accord, alors ferme-la. »

Dès que Kacy eut libéré ses bras, il se débarrassa lui-même du reste des bandelettes. Il en était au genou lorsque Sanchez arriva à toute vitesse à leur hauteur. Le barman flic suppléant saisit le bras de Kacy.

« T'as toujours l'Œil de la Lune avec toi ?

— Euh, ouais. »

Elle ramassa la pierre bleue qu'elle avait posée par terre, à côté de Dante, et la montra à Sanchez. « La voilà. T'en as besoin ? »

Sanchez acquiesça. « On a une mourante, dans la caisse, dehors. »

Kacy la lui passa. « La renifle pas, l'avertit-elle. Dante vient de s'asseoir dessus. »

Sanchez considéra un bref instant le corps nu de Dante et fit la grimace. « Pourquoi est-ce que je la reniflerais ? demanda-t-il.

— J'en sais rien. T'as un air à apprécier ce genre de trucs.

— Ah ouais ? Moi, au moins, j'ai pas le feu au froc.

— Hein ? Merde ! »

Effectivement, à côté du piano de Beethoven, le jean de Kacy venait de prendre feu, et les flammes menaçaient de s'attaquer également à ses baskets. Qui plus est, il commençait à faire super chaud dans cette putain de salle d'exposition. Kacy se leva et se précipita vers ses chaussures avant qu'elles ne connaissent le même sort que son jean.

De son côté, Sanchez se rua vers les marches qui à l'autre bout de la salle menaient à la réception, l'Œil de la Lune serré dans son poing, évitant les flammes qui semblaient sciemment vouloir s'en prendre à lui.

Dante libéra ses pieds des dernières bandelettes et attrapa ses vêtements. Il parvint en un rien de temps à enfiler son jean et ses chaussures, et s'apprêtait à mettre son T-shirt lorsqu'il aperçut le Bourbon Kid. Le tueur en série venait de traîner le corps de Ramsès Gaïus jusqu'au sarcophage, et laissa lourdement tomber aux pieds de Dante la momie jadis si puissante et si sûre d'elle. Le soi-disant Seigneur du Mal avait à présent deux orbites oculaires vides, ainsi qu'un énorme trou au milieu du visage, à l'emplacement du nez. Le Kid l'avait en outre déshabillé. Son corps nu n'offrait pas le spectacle le plus agréable au monde. Il était recouvert de sang, lardé de cicatrices très profondes. Dante enfila son T-shirt et leva le pouce en fermant le poing à l'intention du Kid.

« Hé ! mec, merci d'être venu nous aider.

— Remercie ta copine. C'est grâce à elle qu'on s'en est tous sortis.

— Ça m'étonne pas. C'est la nana la plus cool de l'univers. »

Dante tendit le bras et posa sa main sur la nuque de Kacy pour l'attirer vers lui. Il n'eut pas à tirer bien fort. D'elle-même, elle s'approcha, et leurs lèvres se soudèrent quelques secondes, avant que Dante s'écarte.
« Je t'aime, ma puce, dit-il.

— Moi aussi, mon cœur. Maintenant foutons le camp d'ici. »

Le Bourbon Kid saisit alors le bras de Dante. « Hé ! j'ai besoin d'aide pour emmailloter cet enculé.

— Pourquoi ça ?

— Il faut qu'on l'enferme à nouveau dans ce putain de sarcophage.

— Mais il est pas mort ? demanda Dante.

— Ça fait des centaines d'années qu'il est mort. Il faut qu'on le mette dans ce sarcophage pour être sûr qu'il ne reviendra plus.

— Mais le feu va bien se charger de lui, non ?

— Dis, ça t'emmerderait de faire simplement ce que je te demande ?

— On a assez de temps pour ça, vous pensez ? » intervint Kacy.

Dante posa un baiser fugace sur sa joue. « T'as qu'à m'attendre dehors, dit-il. Je te rejoins dans une minute.

— Tu te fous de moi ?

— Non. Vas-y, il m'arrivera rien. »

Kacy hocha la tête. « T'as raison. Les deux dernières fois où je t'ai laissé tout seul, on t'a transformé en vampire et en momie. Si je te quitte des yeux une troisième fois, je suis quasiment sûre qu'on te changera en zombie ou en loup-garou ! »

Le Bourbon Kid attrapa une poignée de bandelettes aux pieds de Dante. « Si vous vous remuez pas, tous les deux, on va tous finir en un gros tas de cendres. Arrêtez vos conneries et aidez-moi à envelopper cet enfoiré. »

Kacy attrapa les pieds de Gaïus et les souleva afin que Dante et le Kid puissent s'attaquer plus facilement aux jambes.

Lorsqu'ils eurent fini d'emmailloter Gaïus, les flammes étaient sur le point d'atteindre l'escalier, à l'autre bout de la salle d'exposition. L'oxygène commençait à se raréfier dangereusement, en partie à cause de l'épaisse fumée qui emplissait les lieux.

Ils hissèrent le corps de Gaïus en direction du sarcophage ouvert, ce même sarcophage d'où il s'était enfui un an auparavant. Le temps était venu pour lui de retourner à sa demeure millénaire. Le Kid retint Gaïus à la verticale, et tous trois le poussèrent dans le cercueil égyptien.

« Ça rentre au centimètre près, commenta Dante. On dirait que ce truc a été fait sur mesure pour lui.

— C'est le cas, dit Kacy.

— Ah bon ?

— Je t'expliquerai plus tard. »

Derrière eux, un puissant fracas leur rappela que le temps ne jouait pas en leur faveur. Les pieds du piano de Beethoven venaient de céder, et l'instrument s'était effondré, mangé par les flammes. Les autres œuvres exposées dans la salle étaient également victimes de l'incendie.

« C'est bon ? » cria Dante afin de se faire entendre dans le vacarme qui régnait.

Le Kid acquiesça. « Dégagez d'ici. Je m'occupe de cacher sa sale gueule derrière le couvercle. »

Kacy tira Dante par le bras en direction de l'escalier menant à la réception. L'incendie se propageait si rapidement que, bientôt, toute chance de sortir vivant leur échapperait. Dante se laissa guider, mais se retourna une dernière fois afin de voir comment s'en sortait le Kid.

« Grouille-toi, mec, le feu va bientôt gagner l'escalier ! » hurla-t-il.

Le Kid était en train de fixer le couvercle du sarcophage de Gaïus, emprisonnant celui-ci jusqu'à la fin des temps, ou, plus probablement, jusqu'à ce que les flammes le réduisent en cendres. Il tourna la tête vers Dante et lui fit signe de partir.

« J'ai une dernière personne à tuer, cria-t-il en guise de réponse.

— Hein ? Qui ça ?

— Elijah Simmonds. Il est dans le bâtiment.

— T'es malade ? Il a dû se barrer depuis longtemps. T'auras jamais le temps. Tu vas cramer ici ! »

Le Kid vérifia une dernière fois que le sarcophage était bien fermé. Puis il se retourna vers Dante et rabattit sa capuche sur sa tête.

« J'ai toujours le temps pour tuer quelqu'un. »

59

Tout compte fait, ç'avait été une superbe journée pour Elijah Simmonds. Après avoir tué le chef de la police de Santa Mondega, il avait passé vingt minutes à transférer tous les billets du coffre de Cromwell dans deux valises. Assis au bureau de son prédécesseur, sirotant un grand verre de brandy, il considéra les choix qui s'offraient à lui. Il pouvait demeurer à son poste de directeur du musée, poste qu'il avait toujours convoité, ou simplement quitter la ville avec toutes ces liasses. Dans les deux cas, c'était la belle vie.

Il avait déjà bu deux grands verres de brandy en attendant que James l'appelle pour lui confirmer que Ramsès Gaïus avait fini de momifier Dante et Kacy dans la grande salle. Il était presque minuit lorsque le téléphone qui reposait sur son bureau retentit. Il laissa sonner trois fois avant de décrocher nonchalamment.

« Allô ?

— Oui, c'est James.

— C'est terminé ?

— Non. Tout est parti en couilles, ici. »

Simmonds poussa un profond soupir. « Et merde. Que s'est-il passé ?

— Gaïus et ses potes vampires, c'est de l'histoire

ancienne. Le Bourbon Kid les a défoncés. Et y a un départ d'incendie. »

Simmonds se redressa vivement sur son fauteuil de cuir noir. « Quoi ?

— Ils sont tous morts. Je l'ai vu sur les moniteurs, juste sous mon nez. Moi, ce que j'en dis, c'est qu'il faut qu'on se barre d'ici au plus vite. L'incendie est en train de se propager. Et j'ai complètement perdu de vue le Bourbon Kid.

— Merde. Appelez les pompiers. Et ensuite ramenez votre cul ici.

— Vous déconnez ? Je me casse, moi ! À plus. Et bonne chance. »

James avait l'air tout à fait paniqué. Rien de surprenant, en définitive. La dernière fois qu'il avait croisé le chemin du Bourbon Kid, celui-ci lui avait cassé le nez. Il n'avait sûrement qu'une seule envie : mettre autant de distance que possible entre lui et le tueur en série.

« James, ne raccrochez pas ! cria Simmonds. J'ai cent mille dollars en liquide pour vous. Venez me retrouver. Ne partez pas sans moi. Mieux vaut sortir ensemble. Ce sera plus sûr. James ? Jimmy ? Vous êtes toujours là ? Jim ? »

La ligne avait été coupée. Simmonds espérait que James l'ait entendu. Assurément, les cent mille dollars promis le motiveraient à venir le rejoindre dans son bureau.

Simmonds posa le regard sur le cadavre du capitaine Dan Harker, étalé par terre, sur sa gauche. Il avait eu le cran de lui faire sauter la cervelle. La bibliothèque au pied de laquelle il gisait en était la preuve. Mais serait-il capable de tuer à nouveau si les circonstances l'imposaient ? Simmonds ouvrit le tiroir le plus haut de son bureau et y plongea la main. Le revolver grâce auquel il avait tué Harker n'avait pas bougé. Il le sortit et vérifia le barillet. Il lui restait quatre cartouches.

Il coinça l'arme derrière son pantalon et saisit les deux valises pleines de billets. Elles étaient vraiment très lourdes. Il les posa sur son bureau, juste en face de lui. Il était confronté à un véritable dilemme. S'il emportait les deux valises, il se trouverait dans l'incapacité de brandir son revolver. Il se concentra intensément afin de déterminer la meilleure marche à suivre. Le plus malin semblait encore de laisser une valise derrière soi et de sortir en brandissant son arme, prêt à faire feu.

Il réfléchissait encore lorsque quelqu'un tapa à la porte. Il braqua aussitôt son revolver vers la porte, d'une main tremblante.

« James ? appela-t-il. C'est vous ? »

Il entendit alors la voix de James derrière le battant : « Ouais. Vous avez vraiment cent mille dollars pour moi ?

— Oui. Putain, et comment. Entrez ! »

Son canon toujours pointé sur la porte, Simmonds vit la poignée tourner. Dans un cliquetis, la porte s'ouvrit lentement sur James, planté sur le seuil. Il paraissait nerveux.

« Tenez, dit Simmonds en désignant l'une des valises qu'il avait posées sur son bureau. Prenez-en une. »

James posa les yeux sur la valise. Il paraissait au bord des larmes. Les nerfs qui lâchaient, sans doute, ou un reliquat de conscience. Simmonds posa le revolver sur la table et attrapa une valise qu'il lança à James. Elle atterrit aux pieds du vigile.

« Allez, Jim. Le temps presse ! »

James déglutit avec difficulté et baissa les yeux sur la valise. Puis il se pencha lentement. Il semblait courber l'échine pour ramasser la valise. Mais il devint vite évident qu'il n'avait aucune intention de s'en saisir.

Il en était incapable.

Il tomba à genoux sur la valise pleine de billets, dans un impact sourd. Du sang coula de ses lèvres et, un bref instant, il dévisagea Simmonds. Puis le haut de son corps bascula en avant, et il tomba face contre terre. Planté au milieu de son dos se dressait un poignard au manche en os. Simmonds avait le regard rivé à l'objet, paralysé par la surprise.

Doucement, il releva les yeux. Sur le seuil, à l'endroit précis où s'était trouvé James, se tenait à présent la silhouette ténébreuse du Bourbon Kid. Simmonds, malgré lui, en resta bouche bée.

« Hé ! ça n'avait rien de personnel », dit-il nerveusement.

Le Kid ne répondit pas. Il avança d'un pas et se pencha pour tirer son poignard du dos de James. Apparemment, il n'avait pas vu le revolver qui reposait sur le bureau de Simmonds.

Il n'en fallut guère plus au directeur du musée. Alors que le Kid était occupé à débloquer sa lame, il se saisit de l'arme à feu.

60

Serrant fermement l'Œil de la Lune dans sa main gauche, Sanchez jaillit de la porte d'entrée du musée et se précipita sur le trottoir recouvert de neige. Les nuages sombres s'écartaient, et des rayons de lune bleutés commençaient à percer çà et là. La mort de Ramsès Gaïus aurait bien des conséquences, la première de toutes étant une rapide embellie de la météo.

Flake sortit la tête de la voiture de police. Derrière elle, on pouvait voir les pieds de Beth dépasser de la banquette arrière. « Sanchez ! Vite ! » cria Flake.

Sanchez baissa les yeux sur les marches verglacées et se dit qu'il serait plus avisé de lui lancer la pierre bleue plutôt que de prendre le risque de glisser.

« Tiens, attrape ! » lui cria-t-il.

Et il envoya l'Œil en direction de Flake. Il mit un peu trop de force dans son lancer, mais elle réagit au quart de tour et bondit en l'air, saisissant la pierre au vol. Les années qu'elle avait passées au Olé Au Lait à attraper à la volée les pourboires qu'on lui lançait payaient enfin. Elle se pencha à l'intérieur de la voiture et tenta de découvrir comment soigner la plaie béante du cou de Beth à l'aide de l'Œil de la Lune.

Sanchez, lui, resta un instant en haut des marches,

les mains sur les genoux, tâchant de reprendre un peu son souffle. Il venait tout juste de se rendre compte des nombreux efforts qu'il venait de faire.

Flake l'appela alors à la rescousse : « Sanchez, viens m'aider. Je sais pas trop ce que je suis censée faire !

— J'arrive. »

Il descendit les marches à petites foulées et arriva à hauteur de la voiture. Il fut pris d'un soudain vertige et, pour ne pas tomber, s'appuya d'une main sur les fesses de Flake qui, par un heureux hasard, dépassaient de la portière arrière.

Sanchez regarda par-dessus l'épaule de Flake afin de savoir comment les choses se présentaient. Flake était penchée au-dessus de Beth, essuyant d'une main le front de celle-ci, et, de l'autre, pressant la pierre bleue qui brillait sur sa poitrine.

« Allez, Beth, murmura-t-elle. Il faut s'accrocher. »

Manifestement, il ne se passait pas grand-chose. Beth avait toujours les yeux fermés, et Sanchez n'arrivait même pas à voir si elle respirait toujours.

« Essaie de lui mettre la pierre dans la main, suggéra-t-il.

— C'est comme ça que ça marche ?

— Je crois. »

Flake ouvrit la main droite de Beth et pressa la pierre bleue dans sa paume. Au début, rien ne se passa, mais, au bout de quelques secondes, le centre de l'Œil se mit à luire d'un éclat bleu. La lumière s'intensifia graduellement, et le visage de Beth regagna des couleurs. Elle finit par ouvrir les yeux, et sourit à Flake. Puis elle détourna le regard en direction de Sanchez et lui sourit également.

« Où est-ce que je suis ? demanda-t-elle.

— Sur la banquette arrière d'une voiture, répondit Sanchez.

— D'une voiture de police, ajouta Flake en écartant enfin la main de Sanchez de son cul. Vous êtes en sécurité, maintenant. »

Beth retint soudain son souffle, et son visage refléta son inquiétude. « J'ai été enlevée, dit-elle. Ils avaient projeté de me tuer. C'est tout ce dont je me souviens.

— Tout va bien, maintenant, dit Flake en caressant sa joue. Ils sont tous morts. »

Elle se retourna vers Sanchez. « Pas vrai, Sanchez, qu'ils sont tous morts ? »

Sanchez acquiesça. « Oh ça, y a pas plus mort.

— Vous voyez, dit Flake en se retournant vers Beth. Plus personne ne vous fera de mal. »

Les mots apaisants de Flake eurent l'effet désiré : l'expression paniquée de Beth s'estompa légèrement.

Sanchez considéra la part qu'il avait prise aux événements. Il s'en était plutôt pas mal tiré. « Je savais que tout finirait pour le mieux, dit-il d'un ton décontracté. J'avais écrit les noms des méchants dans *Le Livre de la mort*, l'autre jour. Il paraît que quand on écrit le nom de quelqu'un dans ce bouquin, la personne en question finit toujours par crever. On devrait me remettre une médaille. »

Beth parut ne pas écouter ce qu'il disait, au plus grand déplaisir de Sanchez. Elle serra la main de Flake dans la sienne. « Et JD ? Est-ce qu'il est venu me sauver ? Je ne m'en souviens plus.

— Qui est JD ? demanda Flake.

— Le Bourbon Kid. »

Flake lui sourit. « Alors ça, oui. Il est venu à votre

secours, et de façon vraiment spectaculaire. Et il a laissé un sacré paquet de morts dans son sillage. »

Une larme apparut à la commissure de l'œil gauche de Beth. « Il a encore tué ? dit-elle, sur un ton qui relevait autant du constat que de la question.

— Il a tiré dans les couilles d'un mec », dit Sanchez.

Flake passa une main consolatrice sur les cheveux de Beth. « Ils l'avaient tous mérité, ajouta-t-elle. C'est pour vous sauver qu'il a fait tout cela.

— Je sais, dit Beth en essuyant sa larme. C'est juste, enfin…

— Un peu dur à avaler ? proposa Flake.

— Non, ce n'est pas ça. J'ai un peu honte de le dire. Vous allez croire que je suis tarée.

— Tout le monde l'est dans cette ville », dit Flake.

Beth sourit enfin. « Je l'adore vraiment quand il tue des gens », dit-elle.

Flake afficha un large sourire : « Vu le nombre de personnes qu'il a tuées, lui aussi doit *vraiment* vous adorer. »

Le sol trembla soudain sous leurs pieds, et une détonation assourdissante emplit soudain l'espace. On aurait dit qu'une bombe venait d'exploser dans le musée. S'ensuivit un fracas de bris de glace, et une intense onde de chaleur jaillit de l'édifice. Sanchez eut un mouvement de recul. Une fumée noire jaillissait à présent des fenêtres fracassées du rez-de-chaussée.

« Putain de merde ! L'incendie est en train de se propager super vite ! » dit-il en levant la main pour protéger ses yeux.

Flake fit un pas en direction de l'entrée. « Oh mon

Dieu. Il y a encore du monde à l'intérieur ? » demanda-t-elle.

Avant que Sanchez ait eu le temps de lui répondre, Dante et Kacy sortirent à toute vitesse du musée, et dévalèrent les marches. Tous deux avaient l'air sens dessus dessous. Leurs visages étaient recouverts de suie. Et Kacy était toujours en petite culotte.

Sanchez décocha un petit coup de coude à Flake. « Ils sont encore moins présentables que toi.

— Hein ?

— Bah, je veux dire, ils ont le museau recouvert de saloperie, tu vois, un peu comme toi, mais en pire. »

Flake poussa un soupir. « On se demande par quel miracle tu es toujours célibataire… » marmonna-t-elle.

À nouveau, avant que Sanchez ait eu le temps de répondre, Kacy s'écria : « Merde ! J'ai le dos qui brûle ! »

La partie arrière de son sweat avait en effet pris feu et les flammes menaçaient de gagner sa chevelure. Dante réagit aussitôt : il la plaqua au sol et la roula dans la neige. Flake se précipita et l'aida à tapoter les flammèches qui léchaient le dessous des manches du sweat.

« Enlevez-moi ça ! hurla Kacy. Ça brûle ! »

Sanchez s'empressa d'aider Flake pendant que Dante tirait sur le sweat. Avant que Sanchez arrive à leur hauteur, il parvint à le lui enlever et le jeta de côté. Il se dégageait encore de la fumée noire du petit tas. Fort logiquement, Kacy se retrouva en sous-vêtements sur la neige.

« Ça va ? demanda Dante. Pas de brûlures ? »

Flake aida Kacy à se redresser et épousseta son dos. Par réflexe, Kacy se frotta les bras. « Je crois que ça va, répondit-elle. Encore une chance que je sois insensible au froid. »

Dante embrassa son front : « T'es torride, comme toujours. »

Une fois convaincue qu'elle s'en était tirée sans la moindre égratignure, Kacy se releva en s'époussetant. Dante passa son bras sur ses épaules et la tira contre lui en balayant quelques flocons sur sa poitrine. Sanchez remarqua que ses sous-vêtements, trempés par la neige fondue, étaient devenus décidément très transparents. Mais par politesse, il préféra ne rien dire à ce sujet.

Flake tourna les yeux en direction de l'entrée du musée. « Où est le Bourbon Kid ? » demanda-t-elle.

Dante haussa les épaules. « Il est allé s'occuper du directeur. Je crois qu'il a un truc à régler avec lui. »

Sur la banquette arrière, Beth pointa la tête hors de la voiture de patrouille. « Il est allé s'occuper d'Elijah Simmonds ? »

Dante acquiesça. « Ouais. Il en fera qu'une bouchée, vous inquiétez pas.

— Et l'incendie ? »

Une nouvelle explosion provenant du musée retentit. Plusieurs fenêtres des étages supérieurs se brisèrent, et une nuée de tessons atterrit sur le trottoir, tout près de l'endroit où ils se trouvaient.

Dante saisit Kacy par le bras et la tira sur la chaussée, à l'écart des bris de verre. « Regarde, dit-il en pointant le ciel. On commence à voir la lune bleue. »

Kacy leva les yeux. « Ça veut dire qu'on peut redevenir humain ? » demanda-t-elle.

Dante acquiesça. « Ouais. On devrait s'y mettre dès maintenant. Où est l'Œil ? »

Flake désigna la voiture. « C'est Beth qui l'a, en principe.

— Vous parlez de ça ? demanda Beth en brandissant la pierre bleue.

— Ouais, répondit Dante. Vous pouvez me l'envoyer ? »

Beth lui lança la pierre magique. Dante l'attrapa de sa main libre et embrassa de nouveau le front de Kacy. « T'es prête, ma puce ?

— Carrément. Qu'est-ce qu'on doit faire ?

— Juste se tenir sous la lune et brandir l'Œil. On va se mettre à briller super fort, au point qu'on nous verra à des kilomètres à la ronde. Et après ça, on redeviendra humains. Je crois que c'est comme ça que ça se passe. »

Kacy lui décocha une légère bourrade dans les côtes. « On peut trouver un coin plus discret pour faire ça ? Je suis un peu à poil, là. Et je suis pas sûre d'avoir vraiment envie de me mettre à briller devant tout le monde. »

Le son d'une sirène de pompiers au loin facilita considérablement la prise de décision de Dante.

« Cassons-nous d'ici, dit-il. On se retrouve plus tard quelque part ? »

Flake regarda Sanchez. « Et si on allait boire un verre au Tapioca ? On pourrait en profiter pour se mettre d'accord sur la version des faits qu'on soumettra au capitaine. »

Sanchez haussa les épaules. « Ça me va. Même si d'habitude, quand je me fais interroger par les flics, j'invente ma version des faits comme ça me vient.

— Et ils te passent ce genre de trucs ? demanda Flake.

— Tout le monde sait que je raconte toujours des conneries. Ils savent à quoi s'en tenir avant même de me poser la première question.

— Alors on fait comme ça, dit Dante, interrompant leur échange assez superflu. On vous y retrouve dès qu'on en aura fini avec l'Œil, OK ?

— Pas de problème, répondit Sanchez. D'ici une heure environ. »

Dante et Kacy s'empressèrent de traverser la chaussée pour disparaître dans une ruelle adjacente, juste avant que le camion de pompiers ne fasse son apparition. Alors que les soldats du feu s'apprêtaient à affronter l'incendie, Sanchez fit une suggestion à Flake : « On ferait vraiment mieux de dégager. Et il faudrait peut-être emmener Beth à l'hôpital, après tout ce qu'elle a enduré. »

Beth, toujours assise sur la banquette arrière, intervint : « On ne peut pas attendre un peu, histoire d'être sûrs que JD va bien ? Je me sens en pleine forme, maintenant. »

Flake se rapprocha de la voiture et baissa la tête pour se faire une idée de son état de santé. « Vous vous êtes regardée dans un miroir ? demanda-t-elle.

— Non, répondit Beth d'un ton circonspect. J'ai une tête pas possible, c'est ça ? »

Flake sourit. « Cette cicatrice sur votre joue. Elle a complètement disparu. »

Beth avala sa salive. « Quoi ?

— Jetez un œil au rétroviseur. Vous êtes magnifique. »

Sanchez regarda à nouveau par-dessus l'épaule de Flake afin de voir si elle disait vrai. Effectivement, la cicatrice de Beth avait été comme effacée par les pouvoirs de guérison de l'Œil de la Lune. « Elle a raison, dit-il. Vous êtes ravissante. C'est juste dommage que votre haut soit recouvert de sang. Ça gâche un peu le tableau. »

Beth regarda son reflet dans le rétroviseur intérieur de la voiture. Elle fit glisser ses doigts sur sa joue, à l'endroit où s'était trouvée la cicatrice.

« Je n'arrive pas à y croire, murmura-t-elle. Après toutes ces années. Elle a vraiment disparu. »

Elle était si heureuse de contempler ce nouveau reflet d'elle-même qu'elle entendit à peine le coup de feu provenant du musée.

61

Durant ses vingt ans de service au FBI, l'agent spécial Richard Williams avait vu un sacré lot de conneries, mais le rapport qu'il venait de lire au sujet des événements survenus à Santa Mondega confinait à la farce pure et simple. L'un de ses anciens collègues, l'inspecteur Miles Jensen, avait été dépêché en mission dans ce même trou perdu, un an auparavant, et sa disparition s'était accompagnée des plus folles rumeurs. Williams avait tâché de garder l'esprit ouvert, mais à présent qu'il se trouvait assis dans le bureau aux murs de verre du capitaine de la police, en compagnie de deux flics abrutis qui venaient de soumettre leur rapport sur les récents massacres, il était convaincu que quelqu'un lui faisait une vilaine blague.

« C'est une plaisanterie ? » demanda-t-il.

Les deux flics étaient assis face à lui, avec la même expression de nigauds. Le premier, Sanchez Garcia, arborait fièrement un uniforme de patrouilleur autoroutier, ses lunettes de soleil vissées sur le nez et un Stetson sur la tête. L'autre, Flake Munroe, se prenait manifestement pour une fliquette à part entière, mais son air inoffensif indiquait clairement qu'elle n'était pas à la hauteur du job. Elle répondit posément à la question de

Williams : « C'est exactement comme ça que ça s'est passé. »

Williams eut un sourire forcé. « Mais bien sûr, dit-il en s'adossant à son fauteuil. Laissez-moi simplement résumer tout ça à voix haute, histoire d'être sûr que j'ai bien compris. Selon vous, la ville a été la cible d'une momie qui avait assemblé une armée de vampires et de loups-garous afin de conquérir le monde.

— C'est ça, dit Sanchez.

— Hum. Et ce sont ces vampires et ces loups-garous qui sont responsables de l'ensemble des meurtres perpétrés dans tout Santa Mondega.

— En grande partie, corrigea Flake. Beaucoup de gamins ont été victimes du Père Noël. »

Williams inspira profondément et desserra son nœud de cravate. « Bien sûr. C'est le Père Noël qui est derrière les meurtres d'enfants. Et puis il y a aussi le Bourbon Kid qui, selon votre rapport, a sauvé la ville des créatures du mal.

— Pas tout seul, corrigea à son tour Sanchez. Ça a plutôt été un travail d'équipe, en fait.

— Un travail d'équipe, hein. »

Williams cessa de tripoter sa cravate pour passer une main dans ses cheveux gris clairsemés. L'entrevue commençait vraiment à l'exaspérer. « Alors lequel de vous deux a mis le feu au musée ?

— Ça, c'est la faute de la momie, dit Sanchez. À cause des lasers qui sortaient de ses mains.

— Des lasers, bien entendu. »

Williams dévisagea longuement Sanchez. Ce crétin de flic dans son uniforme à la con observait un parfait sérieux depuis le début de l'entretien. « J'ai trouvé également très intéressant ce passage du rapport où il est dit que vous avez immolé par le feu le Père Noël, en pleine rue, sous les yeux d'un groupe de guides Tournesols.

— C'est juste.

— Mes félicitations. Vous êtes vraiment sûr que ce n'est pas vous qui êtes à l'origine de l'incendie du musée ?

— Sûr à 150 %, mais merci de vous en inquiéter. »

Williams aurait voulu le regarder droit dans les yeux afin de l'impressionner, mais il ne distinguait rien à travers les verres réfléchissants de Sanchez. « Très intéressant, vraiment, lâcha-t-il d'un ton pensif. La Casa de Ville a également brûlé. Aucun survivant non plus. Vous vous y êtes rendu avant d'aller au musée, n'est-ce pas ?

— Exact.

— On dirait que les incendies vous suivent à la trace, monsieur Garcia.

— C'est vrai. Mais vaut mieux être suivi à la trace par des incendies que par des mouches. »

Williams réprima l'envie soudaine de se jeter sur Sanchez. Son seul désir était de virer au plus vite ces deux couillons de son bureau, ainsi que des forces de police de Santa Mondega. Il se tut un instant pour se calmer, avant de poursuivre. « Vous prétendez également qu'un livre intitulé *Le Livre de la mort*, ouvrage que vous avez volé à la bibliothèque, provoquait la mort de celles et ceux dont le nom était écrit sur ses pages.

— Ouaip.

— Ce livre a été détruit par le feu, de même qu'un autre livre, veuillez m'excuser… » Il fit une courte pause pour ménager son effet. « … un autre livre *magi-*

que qui, à vous croire, permettait de tuer les vampires. »

Flake intervint soudain : « Je peux confirmer l'aspect magique du livre. Je m'en suis servi pour tuer la Reine Vampire. Et une bibliothécaire.

— Vraiment ? »

Le ton de Williams regorgeait d'ironie. Il était convaincu qu'ils se foutaient de lui, pourtant l'un et l'autre avaient l'air toujours aussi sérieux. « Et toutes les preuves susceptibles de confirmer votre version des faits exposée dans ce rapport ont brûlé soit au musée, soit à la Casa de Ville. Commode, hein ?

— Au contraire, dit Flake. Je dirais plutôt que c'est dommage. De toute évidence, vous ne croyez pas un seul mot de notre rapport. On aurait préféré avoir des preuves à vous présenter. Pas vrai, Sanchez ?

— Ouaip. »

Williams se pencha en avant et referma le rapport posé sur le bureau. « Bon, dit-il. On va jouer cartes sur table. Vous êtes tous les deux en train de me soutenir que vous vous êtes servis de deux bouquins pour vaincre une armée de vampires.

— Et de loups-garous, compléta Sanchez.

— Et de loups-garous, répéta Williams d'un ton las.

— Maintenant que j'y repense, poursuivit Sanchez, j'ai également frappé un zombie à la tête, à un moment donné. »

Williams ignora la vantardise de Sanchez et continua : « Alors dites-moi un peu, combien de noms avez-vous écrits dans *Le Livre de la mort* ?

— Seulement ceux de la momie et de la Reine Vampire, répondit fièrement Sanchez.

— Uniquement ceux des méchants, hein ? Et Elijah

Simmonds ? Vous avez également écrit son nom dans le bouquin ?

— Qui ça ?

— Le directeur suppléant du musée. On a retrouvé sa dépouille calcinée à côté de celle d'un vigile du nom de James Beam. Selon les autopsies, Simmonds s'est fait sauter la cervelle avec un Desert Eagle et Beam est mort d'un coup de poignard. Mais ces conclusions sont relativement fragiles, étant donné l'état dans lequel se trouvaient les deux corps. Ni l'un ni l'autre, vous ne faites mention de ces deux victimes dans votre rapport. Simmonds et Beam étaient-ils eux aussi des vampires ? »

Sanchez haussa un sourcil. « Jim Beam est mort ?

— Ouais. Vous savez quelque chose à son sujet ?

— Nan. »

Flake donna un coup de coude espiègle à Sanchez. « Jim Beam, dit-elle en éclatant de rire. Je voulais justement t'en parler. Cette bouteille de Jack Daniel's que tu as donnée à Rick était pleine de Jim Beam. Je l'ai goûtée hier soir. »

Sanchez haussa les épaules. « Il me restait plus une goutte de Jack Daniel's, alors j'ai récupéré une bouteille vide et je l'ai remplie avec du Jim Beam. Je me suis dit que Rick ne verrait pas la différence. »

Williams abattit le plat de sa main sur le bureau. « Hé ! je vous dérange, tous les deux ? J'essaie d'établir ce qui s'est réellement passé, là.

— C'est assez simple, dit Sanchez. Tout le monde est mort. Fin.

— Vous êtes un imbécile, répliqua sèchement Williams. Je n'arrive pas à comprendre comment on vous a autorisé à porter cet uniforme.

— Vous en avez fini avec nous ?

— Pas encore, dit Williams. J'aimerais que vous éclaircissiez un dernier point de votre rapport. Qu'est-il arrivé au Bourbon Kid ? Selon vous, il se trouvait dans le musée lorsque l'incendie a tout ravagé.

— Exact, dit Sanchez.

— Eh bien, nous n'avons pas retrouvé le moindre corps qui lui corresponde. Tous ceux qu'on a tirés des décombres ont été identifiés. Et il n'est pas du lot. »

Sanchez et Flake haussèrent simultanément les épaules.

« Bon, allez, trancha Williams d'un ton impérieux. Qu'est-ce qui lui est arrivé ? »

Sanchez leva timidement la main. « Il est peut-être toujours au musée. »

Williams fronça les sourcils : « Hein ?

— J'ai lu un jour un truc au sujet d'un chat qui avait survécu six mois dans une maison incendiée. Apparemment, il a tenu en se nourrissant des cendres. »

La patience de Williams avait atteint ses limites. Il n'avait aucune envie de traîner à Santa Mondega. Sa première priorité était de résoudre toute cette affaire le plus discrètement possible et d'installer une nouvelle police. Ces deux abrutis étaient tout ce qui restait des anciens effectifs. Il leur adressa un faux sourire.

« OK, j'en ai fini avec vous deux, dit-il d'un ton désinvolte. Vous êtes congédiés. Nous n'avons plus besoin de vos services au sein de la police. »

Flake était stupéfaite. « Mais je n'ai plus de job, moi.

— C'est votre problème. De toute façon, vos postes de suppléants n'étaient que temporaires. Je viens d'engager trente nouveaux agents expérimentés originaires d'autres villes. Ils prennent le relais à partir de maintenant. En sortant, déposez vos insignes à la réception. La ville de Santa Mondega tient à vous remercier et blabla-bla.

— Mais c'est injuste ! se plaignit Flake. J'ai besoin de ce boulot. Le Olé Au Lait a fermé. C'est mon seul moyen de survivre. »

À son tour, Williams haussa les épaules. « Quel dommage. Mais c'est la vie qui est injuste, mon petit. » Il saisit le rapport et le secoua à son intention. « De toute façon, je crois que vous étiez en train de passer à côté de votre vraie vocation. À en juger par le rapport que vous avez rédigé, vous devriez vous faire engager en tant que rédactrice d'horoscopes. C'est un boulot facile pour vous. Ça consiste simplement à inventer des conneries de toutes pièces en partant du principe que les gens goberont tout. »

Flake lui adressa à son tour un sourire faux. « Merci pour rien, tout le déplaisir est pour moi. » Elle se leva, prête à partir, mais décocha un dernier trait à Williams. « Vous savez, vous ne devriez pas vous moquer comme ça des horoscopes. J'ai lu le mien ce matin. Il disait que je ferais bien d'avoir des relations sexuelles avec mon patron. Mais comme vous venez de me virer, j'imagine que ça n'arrivera pas. On dirait que vous vous êtes planté en beauté.

— Je m'en remettrai. »

Sanchez se redressa sur son siège. « J'aurais besoin d'une nouvelle cuisinière au Tapioca. »

Flake baissa les yeux vers lui. « C'est vrai ?

— Ouais. Avec la fermeture du Olé Au Lait, il y a un créneau à prendre sur les petits déjeuners. »

Le visage de Flake s'illumina : « J'adorerais faire ça !

— Génial. Bah le poste est à toi, alors. Ce sera de toute façon sympa de te voir tous les matins. »

Williams était estomaqué. « Excusez-moi, est-ce que ça vous dérangerait de foutre le camp de mon bureau, tous les deux ? Je viens de vous virer, vous vous souvenez ? »

Sanchez se leva. « On peut garder les uniformes ?

— Bien sûr. Maintenant cassez-vous d'ici. »

Flake claqua la porte derrière eux. Williams poussa un soupir de soulagement. Cette fin de matinée en compagnie de ces fastidieux couillons avait vraiment été insupportable. Il ouvrit le tiroir du haut de son bureau, y glissa le fameux rapport et en sortit son exemplaire du journal local, le *Bulletin de Santa Mondega*. Il en feuilleta les premières pages, qui traitaient exclusivement des massacres de la veille. En arrivant à la page de l'horoscope, il se sourit à lui-même. Il n'était pas du genre à les consulter, mais après en avoir parlé avec Flake, il se sentait d'humeur à faire une exception. L'astrologue chargée de la rédaction des horoscopes répondait au surnom de « Big Busty Sally ». On va se marrer un coup, se dit-il.

Il parcourut les colonnes et tomba sur les prévisions destinées aux Poissons :

Uranus vous donnera la force de prendre une décision importante. Si vous voulez faire avancer votre carrière, tâchez d'avoir des relations sexuelles avec votre patron. Ce pourrait être le début de quelque chose hors du commun.

Williams en resta bouche bée. Flake ne plaisantait pas lorsqu'elle lui avait dit que son horoscope lui conseillait de faire l'amour avec son employeur. Un bref instant, il s'imagina en train de la baiser sur son bureau. Elle était plutôt bien roulée et devait être assez marrante au lit. Au bout de quelques secondes, il secoua la tête et rit de lui-même. Flake avait l'air assez stupide, mais elle ne l'était certainement pas au point de suivre les conseils d'une voyante au pied de la lettre.

62

Cela faisait bien longtemps que le restaurant Rae's Diner n'avait pas accueilli autant de monde, qui plus est des clients qui semblaient tous extrêmement sociables. Chacun se saluait, alors qu'auparavant personne ne s'adressait jamais à un inconnu. Beaucoup de choses avaient changé à Santa Mondega. Dehors, le soleil brillait, et l'époque à laquelle les créatures du mal guettaient les passants dans l'obscurité était définitivement révolue.

Kacy attrapa une frite dans son assiette et en grignota l'extrémité. Dante était assis en face d'elle, à une table près de la vitrine, arborant l'une de ses chemises hawaïennes rouges voyantes. Il engouffrait ses frites par trois ou quatre d'une main et, de l'autre, croquait à l'occasion une bouchée de son cheeseburger. Pour Dante, manger du fast-food était tout un art. Tout en bâfrant son burger et ses frites, il sirotait un Coca XXL avec une paille.

« C'est bon ? » demanda Kacy.

Dante poussa un petit grognement affirmatif en acquiesçant. Il n'avait pas remarqué qu'elle avait à peine touché à son plat. Même si burger et frites étaient autrement plus appétissants que le régime à base de sang qu'elle avait dû suivre, Kacy n'avait pas vraiment retrouvé son appétit en redevenant humaine. Elle continuait à se faire du souci pour tout un tas de choses dont Dante se foutait éperdument depuis pas mal de temps. Comme par exemple le sort à réserver à l'Œil de la Lune. Elle finit de manger sa frite et se mit à tripoter la pierre bleue qui pendait à son cou par une chaîne en argent. Au vu de tous, la pierre reposait sur le décolleté de son T-shirt blanc particulièrement échancré.

« Je crois que je n'en veux plus », dit-elle.

Dante haussa les épaules. « Passe. Je finirai à ta place.

— Je parle pas de la bouffe. Je parle de l'Œil de la Lune. »

Dante cessa d'engouffrer son repas et releva les yeux, son expression trahissant une inquiétude qui lui était fort inhabituelle. « De quoi ? dit-il en révélant la bouchée à moitié mâchée qu'il n'avait pas encore avalée.

— Je pense qu'on ferait mieux de s'en débarrasser.

— Mais ça vaut une fortune.

— Je sais, mais elle porte la poisse, cette pierre. Regarde le nombre de personnes qui sont mortes à cause d'elle. »

Dante s'épousseta les mains, saisit la serviette qui se trouvait à côté de son assiette et s'en servit pour nettoyer la graisse qui recouvrait ses doigts. « Avec cette pierre, tu ne seras plus jamais malade. Tant que tu la porteras, personne ne pourra te faire de mal. Pourquoi on s'en débarrasserait ? » demanda-t-il. Il aspira une gorgée de Coca à travers sa paille avant de poursuivre. « Ni toi ni moi, on n'aura jamais à s'inquiéter d'attraper une sale maladie.

— Peut-être bien, dit Kacy d'un ton pensif. Mais

on devra toujours rester sur nos gardes, parce que beaucoup de gens sont prêts à tuer pour mettre la main dessus. La Dame Mystique nous a prévenus, tu te souviens ? »

Dante sembla un instant profondément plongé dans ses pensées. « Tu veux parler de cette vieille femme dont la tête est tombée de ses épaules ?

— Elle n'est pas tombée de ses épaules. Quelqu'un l'a décapitée.

— C'est pareil. Elle était complètement siphonnée.

— Peut-être bien, mais elle avait raison. Beaucoup de gens se sont fait tuer à cause de cette pierre. »

Dante attrapa une frite mais, contrairement à son habitude, ne la fourra pas instantanément dans sa bouche. « C'est vrai que je m'attendais à ce que le Bourbon Kid nous la demande.

— Ça va faire une semaine, maintenant. Si cette pierre l'intéressait, il serait déjà revenu depuis longtemps.

— T'as sûrement raison. Alors qu'est-ce que tu veux en faire ? »

Kacy regarda dehors, à travers la vitrine. Le restaurant se trouvait sur la promenade du port. D'un geste de la tête, elle désigna les vagues. « Je me disais qu'on pourrait la jeter à la mer, au bout de la vieille jetée », dit-elle timidement, espérant que Dante ne réagirait pas mal à son idée.

Celui-ci resta planté là, à la dévisager en clignant des yeux, comme s'il cherchait à deviner si elle plaisantait ou pas. Il finit par essuyer une tache de ketchup à la commissure de ses lèvres. Il considéra la sauce rouge au bout de son doigt et la lécha. « Ça veut dire que si on la jette et qu'un jour tu tombes gravement malade, il faudra revenir ici et la rechercher au fond de la mer ? »

Kacy hocha la tête. « Non. Les pouvoirs de guérison de ce truc sont contre nature. Je veux qu'on vieillisse ensemble et qu'on vive chaque instant pleinement, bon ou mauvais. »

Dante sourit. C'était son sourire de petit garçon. Celui qu'il affichait quand il voulait amener Kacy à faire quelque chose qui ne lui plaisait pas vraiment. « Qu'on vieillisse ensemble, hein ? répéta-t-il.

— Ouais. »

Dante appela la serveuse. « L'addition, s'il vous plaît ! » Puis se retourna vers Kacy. « Allons tout de suite balancer cette putain de pierre. Y a pas un truc que je désire plus au monde que de vieillir avec toi. Foutons le camp de ce resto et allons la lancer au bout de la jetée.

— T'es sûr ?

— Putain, tu m'étonnes que je suis sûr. »

Après avoir réglé la note, ils sortirent du restaurant et s'engagèrent sur la promenade, en direction de la vieille jetée. Le soleil régnait sans partage dans le ciel, et toutes ces traces de neige avaient disparu depuis longtemps. Tout le long du trajet, Dante garda son bras sur les épaules de Kacy, la serrant parfois un peu plus fort contre lui, sans raison apparente. C'était vraiment génial d'être de nouveau humains et, pour changer, de ne pas être en danger. Beaucoup d'autres amoureux transis se baladaient sur la promenade, ainsi que des familles, et tous semblaient heureux et insouciants.

« Au fait, dit prudemment Kacy, on n'a toujours pas fixé de date pour le mariage, pas vrai ? »

Dante marqua le pas. « Quel mariage ? demanda-t-il.

— Tu m'as bien demandé en mariage juste avant toutes ces conneries, non ? »

Dante se gratta la tête. Il semblait plus que perplexe. « Vraiment ?

— Ouais. Quand on est allés voir la voyante à la foire.

— Hein ? Ben elle est où, alors, ta bague de fiançailles ?

— J'en ai pas. »

Dante enfonça une main dans l'une des poches de son jean et en tira quelque chose qu'il tendit à Kacy. « T'es sûre ? » demanda-t-il.

Les yeux de Kacy étincelèrent. Il tenait entre son index et son pouce une petite alliance. C'était un anneau d'or très fin, serti d'un petit diamant rose en forme de cœur.

« Oh ! mon Dieu », lança Kacy, le souffle coupé, incapable de trouver les mots pour exprimer ce qu'elle ressentait.

Il attrapa sa main gauche et lui passa la bague. « J'aurais pu mettre un genou à terre, dit-il, mais, très franchement, ça me faisait vraiment chier. »

Kacy l'entendit à peine. Elle considéra l'alliance qu'elle avait au doigt. Elle était superbe, exactement le genre de bague qu'elle aurait choisie toute seule. Et en outre, elle lui allait parfaitement. Folle de joie, elle prit soudain Dante dans ses bras et planta un énorme baiser sur ses lèvres. De son côté, Dante glissa ses mains jusque sur ses fesses pour les saisir fortement. Au bout de quelques secondes, elle se recula et admira à nouveau la bague.

« Comment tu as deviné qu'elle me plairait ? » demanda-t-elle, incapable de dissimuler la surprise qui perçait dans sa voix.

Dante haussa les épaules. « C'est rose, c'est de l'or et c'est cher. Même un abruti comme moi aurait pu deviner que ça te plairait.

— Je l'adore, dit-elle sans pouvoir en détourner son regard.

— Il n'y a rien de trop beau pour ma femme. »

Ils reprirent leur chemin et arrivèrent bientôt sur la vieille jetée de bois qui chevauchait les flots. Alors qu'ils arpentaient les vieilles planches vermoulues, Kacy releva enfin les yeux et aperçut au bout de la jetée une silhouette solitaire, tournée vers l'horizon. Une silhouette qu'elle reconnut aussitôt. Celle de Beth. Elle portait un jean noir déchiré et un cardigan bleu à capuche, et avait les mains enfoncées dans les poches.

« Je me demande bien ce qu'elle fait ici, dit Dante.

— C'est sûrement un chouette endroit quand on veut se retrouver toute seule pour réfléchir un peu, répondit Kacy.

— Sûrement un chouette endroit pour se faire agresser, aussi. »

Kacy lui envoya un coup dans les côtes afin qu'il baisse d'un ton. « Dis pas des trucs comme ça », chuchota-t-elle.

Beth dut cependant les entendre, car elle se retourna à leur approche. Kacy remarqua qu'elle avait pleuré. D'un revers de manche, elle essuya ses yeux.

« Salut, Beth ! » dit Kacy dans un sourire amical, que Beth lui rendit aussitôt.

« Salut, vous deux. Qu'est-ce qui vous amène ici ? »

Kacy leva la main pour lui montrer sa bague de fiançailles. « Dante vient juste de me l'offrir ! »

Les yeux de Beth s'illuminèrent. « Waouh ! elle est magnifique, dit-elle en s'approchant pour mieux l'examiner.

— Merci. »

Alors que toutes deux s'extasiaient sur la bague, Dante alla droit au but. « Beth, on a toujours l'Œil de la Lune, mais on en a plus besoin. Tu le veux ? »

Beth s'arracha à sa contemplation et hocha la tête. « Ce truc n'amène que des ennuis », répondit-elle.

Kacy retira le pendentif, le plaça dans sa paume et le tendit vers Beth. « On pensait le lancer au bout de la jetée.

— Ça vous ennuie si je le fais ? demanda Beth.

— J'allais te le proposer. »

Beth saisit la pierre bleue. « Tu veux garder la chaîne ? demanda-t-elle.

— Non, ça ira, répondit Kacy. Elle vaut rien. T'as qu'à tout balancer à la mer.

— Sûre ?

— Ouais. Éclate-toi. Lance ce machin aussi loin que tu peux. »

Beth baissa les yeux sur la pierre. L'Œil de la Lune était un joyau sublime, mais il avait provoqué tant de morts à Santa Mondega. Le garder était plus que dangereux. Elle releva les yeux vers Kacy. Elle était au bord des larmes. « Tu sais, la dernière fois que j'ai jeté un pendentif au bout de cette jetée, JD est revenu. »

Kacy tendit la main et caressa doucement le bras de Beth. « Alors il faut vraiment que tu le lances. C'est peut-être le signe qu'il attend pour revenir ? »

Les deux femmes se prirent dans les bras l'une de

l'autre. À la façon dont Beth la serrait contre son cœur, Kacy eut la conviction qu'elle ferait une super amie. Beth finit par se reculer, afin de se rapprocher du bout de la jetée. Kacy la vit regarder une dernière fois l'Œil de la Lune et, dans un geste d'une puissance étonnante, l'envoyer dans la mer. Il heurta la surface dans un doux clapotis, avant de disparaître dans les flots.

Beth ne se retourna pas immédiatement. Elle continua à contempler la mer, le regard tendu vers l'horizon, comme si elle espérait y trouver des réponses.

Dante s'approcha de Kacy par-derrière et enlaça sa taille. « C'est comme à la fin de *Top Gun*, dit-il. Tu sais, quand Maverick jette les plaques militaires de Goose à la mer ? »

Kacy appuya la tête contre son épaule. « Mon cœur, ça n'a absolument rien à voir avec la fin de *Top Gun*.

— Moi, je trouve que si. »

Ils continuèrent encore un moment à discuter sur la pertinence de la comparaison tandis que Beth regardait toujours l'horizon. Tous finirent par quitter la jetée et allèrent marquer le coup au Tapioca.

63

Six mois plus tard

Sanchez avait horreur que des inconnus entrent dans son bar. Malheureusement pour lui, Flake adorait ça, et organisait régulièrement des événements afin d'attirer de nouveaux clients au Tapioca. Cela valait des sueurs froides à Sanchez, mais, même de mauvaise grâce, il était bien forcé de reconnaître que Flake avait littéralement transformé les lieux. En outre, grâce à ses efforts, les bénéfices ne cessaient d'augmenter.

Pour la première fois de toute son histoire, le Tapioca accueillait une réception nuptiale. Dante et Kacy venaient de se marier à l'église de la Très Sainte Ursule. Sanchez aimait bien Dante et Kacy, aussi, par respect envers eux (et pour respecter la promesse qu'il avait faite à Flake), il avait rangé sa bouteille de pisse dans un coin reculé du bar et, contrairement à son habitude, ne servait que de vraies consommations.

Flake était en cuisine, en compagnie d'une autre nouvelle employée, Beth la Schizo. Toutes deux avaient été demoiselles d'honneur au mariage. Elles portaient encore les robes roses que Kacy leur avait choisies, mais contrairement aux autres convives qui profitaient de l'instant, elles étaient occupées à préparer le buffet.

Beth s'était révélée être beaucoup moins schizo que ne l'avait cru Sanchez. Elle bossait dur et s'entendait vraiment très bien avec Flake, raison qui obligeait Sanchez à ne plus la traiter de « schizo » lorsque Flake était dans les parages, tout manquement se soldant par un tirage d'oreilles en règle. D'autre part, il avait également un peu pitié de Beth. Le Bourbon Kid avait complètement disparu et, visiblement, elle était rongée par la solitude et l'inquiétude, incapable de savoir ce qui lui était arrivé.

Dante était assis sur l'un des tabourets de bar, au comptoir. Il portait un smoking noir très élégant et buvait une bouteille de Shitting Monkey. Il bavardait avec Sanchez dès que le barman avait quelques minutes de répit. De mémoire de Sanchez, Dante n'avait jamais été aussi classe. Le fait était que, de son côté, Sanchez non plus n'avait jamais été aussi élégant. Il portait un costume jaune clair qu'il avait dégotté au marché aux puces.

Dante n'avait quasiment pas quitté Kacy des yeux de toute la journée. Sanchez le comprenait parce que, ces derniers mois, il s'était mis à regarder Flake exactement de la même manière.

« Elle est vraiment magnifique dans sa robe de mariée, remarqua Sanchez.

— C'est clair, acquiesça Dante. Regarde comme elle est heureuse, à papoter avec tout le monde. »

Kacy se tenait à côté d'une table dans un coin de la salle. Vêtue de sa robe blanche étincelant de mille feux, elle bavardait avec d'autres clients. Elle avait à la main un grand verre de vin rouge.

« Elle est en train de causer avec qui, là ? demanda Sanchez.

— Putain, j'en sais absolument rien, répondit Dante. Elle est complètement bourrée, mec. Quand elle est dans cet état, elle parle à n'importe qui. Je suis même pas sûr que ces gens étaient au mariage.

— Et ce type, c'est qui ? » demanda Sanchez en désignant d'un bref mouvement de la tête un inconnu qui venait d'entrer au Tapioca et se dirigeait droit vers le comptoir.

Dante observa attentivement le nouvel arrivé. « J'espère que c'est pas un oncle par alliance au troisième degré, dit-il. Mate un peu la dégaine. »

À l'instar de tout inconnu à Santa Mondega, ce type avait l'air bizarre. Il avait une petite quarantaine d'années et boitait légèrement. Il était mal rasé et dépenaillé. Il portait un pardessus gris et sale qui aurait mérité un passage au pressing et un pantalon avec une ficelle en guise de ceinture.

L'inconnu prit place sur le tabouret de bar qui se trouvait à côté de Dante. « Yo, barman, vous pouvez me servir un rhum brun, s'il vous plaît ? » demanda-t-il.

Sanchez regretta aussitôt d'avoir rangé sa bouteille de pisse au fond du bar. À contrecœur, il attrapa un verre propre et y versa une mesure de véritable rhum brun, avant de le poser sur le comptoir.

« Trois dollars. »

L'homme sortit de sous son pardessus un billet de cinq dollars qu'il tendit à Sanchez en lui posant une autre question : « Vous sauriez où je peux trouver une certaine Beth Lansbury ? »

Le silence s'installa soudain dans la salle, et avant

que Sanchez ait eu le temps de répondre, Beth et Flake sortirent de la cuisine pour voir qui avait posé cette question.

« Ça intéresse qui, au juste ? demanda Sanchez.

— Ben moi, évidemment, répondit l'inconnu. D'où la question. »

Sanchez n'était pas vraiment du genre à s'inquiéter pour autrui, mais, sachant parfaitement que tout ennemi du Bourbon Kid était susceptible de rechercher activement Beth, il fit preuve de prudence. « Vous voulez la voir pour quoi ?

— Vous savez où elle est ?

— Ça dépend de vos intentions.

— J'ai quelque chose pour elle.

— Vous pouvez me le passer. Je le lui donnerai. »

Le bar tout entier baignait toujours dans un silence quasi complet. Le seul bruit audible était celui de l'énorme ventilateur fixé au plafond, qui tournait paresseusement sur lui-même.

L'homme renifla le contenu de son verre avant d'en boire une petite gorgée. « C'est vous, Sanchez, pas vrai ? dit-il en reposant son verre sur le comptoir.

— Ça se pourrait.

— Ouais. On m'avait bien dit que vous étiez un gros con maladroit. »

Dante se pencha aussitôt vers l'inconnu pour tapoter son bras. « Hé, l'ami. Attention à qui tu traites de gros con. »

Sanchez adressa un mouvement de la main à Dante : « C'est bon, j'ai déjà eu droit à pire. »

L'inconnu soupira. « Laissez-moi vous expliquer les raisons de ma présence ici. »

Sanchez saisit un chiffon blanc avec lequel il se mit

à essuyer le comptoir afin de donner l'impression que ça ne l'intéressait pas. « Et c'est parti, dit-il. Il va nous raconter sa vie, maintenant. »

L'inconnu regarda autour de lui et, remarquant que l'attention de toutes et tous était focalisée sur lui, il éleva la voix afin que chaque client puisse l'entendre.

« Je viens d'un petit bled dans le Sud. Un coin du nom de Lakeland. Quelqu'un en a déjà entendu parler ? »

Personne ne répondit.

« Bon, eh bien, ça faisait des années qu'on avait des problèmes avec une bande de bikers. Des types bien spéciaux, vous voyez. Pas des Hell's Angels. Non, c'était bien pire que ça. Ils se montraient qu'à la nuit tombée. Et chaque matin, on retrouvait des villageois morts dans nos rues, enfin, je veux dire, on retrouvait le peu qui restait d'eux. Ces bikers faisaient subir des trucs pas possibles à leurs victimes. Des saloperies de cannibales. Des trucs que vous avez jamais vus. Aussi loin que je me souvienne, on a toujours vécu dans la peur. Des fois, ils nous laissaient tranquilles pendant quelques mois, et puis, tout d'un coup, ils réapparaissaient. Ils s'introduisaient de force chez nous et ils allaient même chercher les gamins jusque dans leurs lits. On était incapable de se défendre, et toute personne qui se dressait contre eux subissait des tortures rituelles avant d'être exécutée. Certains se faisaient même dévorer vivants en pleine rue. »

Sanchez toussota. « Euh, vous savez qu'on est en train de fêter un mariage, non ?

— Ouais, je suis vraiment désolé pour tout ça », dit l'homme en levant les mains en signe d'excuse. Il lança un regard en direction de Kacy. « Très jolie robe, ajouta-t-il.

— Merci, répondit Kacy, rayonnante. Faite sur mesure par Franck Summers.

— Mais c'est génial, dites voir, répliqua l'inconnu, avant de se retourner vers Dante : elle est bourrée ?

— Ouais.

— Bon, bref, enchaîna l'homme en élevant à nouveau la voix. Y a environ un mois un mec est arrivé dans notre patelin. Vraiment patibulaire, le type, pas le genre que vous avez envie d'emmerder. Eh ben, ce type a tout changé. »

Pendant tout le récit, Beth s'était tenue derrière Flake. Elle avança alors d'un pas. « À quoi ressemblait-il ?

— Dur à dire. Il a jamais vraiment trop montré son visage. La plupart du temps, il le cachait sous une capuche sombre. Par contre, il avait une voix sacrément rocailleuse.

— Comment s'appelait-il ? »

L'inconnu haussa les épaules : « Nous a jamais dit son nom. Pour nous, c'était juste l'homme qui buvait du bourbon. En tout cas, c'était comme ça qu'on l'appelait avant qu'il aille affronter tout seul les bikers. Personne dans le village n'oubliera jamais ce moment. Ce qu'il a fait, ça me fait frissonner rien que d'y repenser. Jusque-là, on croyait que les bikers étaient assoiffés de sang et dénués de la moindre pitié. Mais ce type était pire qu'eux tous réunis. Maintenant, pour nous, c'est surtout l'homme qui a sauvé notre village. Il fait à nouveau bon vivre à Lakeland, à présent. Bon sang, les gens peuvent même sortir la nuit. » Il saisit son verre et en but une nouvelle gorgée avant d'ajouter. « Même s'ils ne le font pas. »

Beth s'avança encore un peu et poussa légèrement Sanchez du coude afin qu'elle puisse s'adresser librement à l'inconnu. « Je suis Beth Lansbury », dit-elle tout d'un coup.

L'homme lui sourit. « Je suis vraiment enchanté de faire votre connaissance, Beth, répondit-il.

— L'homme dont vous parlez s'appelle JD. Vous savez où il est, à présent ? »

L'inconnu but une autre gorgée et reposa son verre sur le comptoir. « Je peux avoir un autre verre ? demanda-t-il à Sanchez.

— La même chose ?

— Ouaip. Mais un double, cette fois. »

Sanchez s'empressa d'attraper la bouteille de rhum brun derrière le comptoir et de le resservir afin de connaître la suite. L'homme prit le verre sans même faire semblant de mettre la main à la poche et se tourna vers Beth.

« Il a dit qu'il avait passé un pacte avec le diable. On y a pas vraiment cru, mais il racontait qu'il était obligé de parcourir le monde entier pour débarrasser des coins comme Lakeland des créatures du mal. Et je suis le premier à me féliciter du boulot qu'il fait.

— Est-ce qu'il a dit qu'il rentrerait bientôt ? demanda Beth d'une voix qui trahit son émotion.

— Pas bientôt, non. Il a dit qu'il s'arrêterait uniquement lorsque le dernier enfant de putain des ténèbres se retrouverait en enfer, à sa place. À mon avis, c'est l'œuvre d'une vie tout entière. »

Le désespoir de Beth se lut sur son visage. « Et il vous a demandé de me retrouver pour me dire ça ? »

L'homme enfouit sa main sous son pardessus et en tira un petit bout de tissu. « Nan, il m'a juste chargé de vous passer ceci. Il a dit que vous sauriez ce que ça veut dire. »

Beth lui arracha le bout de tissu des mains et le déplia. Ses doigts tremblaient. Sanchez regarda par-dessus l'épaule de Beth pour savoir ce dont il s'agissait. Ce n'était rien d'autre qu'un bout de tissu marron, avec un cœur brodé au milieu. Sur le cœur avaient été brodées en bleu les initiales « JD ». Beth se retourna, serrant de toutes ses forces le bout de tissu contre sa poitrine. Les larmes grossissaient à la commissure de ses yeux.

Sanchez comprit ce qu'elle ressentait et tâcha de la réconforter comme il le put. « Pas très clair, comme message, hein ? » dit-il.

FIN (peut-être…)

Le Bourbon Kid au Livre de Poche

Le Livre sans nom n° 32271

Santa Mondega, une ville d'Amérique du Sud oubliée du reste du monde… Un serial killer assassine ceux qui ont eu la malchance de lire un énigmatique livre sans nom… le seul survivant se réveille, amnésique, après cinq ans de coma. Diffusé anonymement sur Internet en 2007, ce texte jubilatoire est vite devenu culte.

L'Œil de la Lune n° 32431

Alors que Santa Mondega s'apprête à fêter Halloween, le Bourbon Kid devient la proie d'une brigade très spéciale, une proie qu'il ne faut pas rater sous peine d'une impitoyable vengeance.

Le Cimetière du Diable n° 32607

Un spectacle sans précédent, mettant en scène Judy Garland, James Brown, les Blues Brothers, Kurt Cobain, Elvis Presley, Janis Joplin, Freddie Mercury, Michael Jackson… et le Bourbon Kid, dans un hôtel perdu au milieu du désert pour assister à un concours de chant.

Psycho Killer n° 33519

Un individu masqué d'un crâne surmonté d'une crête rouge se met à assassiner très tranquillement certains habitants de B Movie Hell. Bientôt des liens apparaissent entre cette terrifiante série de meurtres et un projet top secret du Département d'État. Les habitants sont bien résolus à mettre fin eux-mêmes à cette situation cauchemardesque…

Le Pape, le Kid et l'Iroquois n° 34274

D'un côté, le Bourbon Kid, tenant du titre de tueur en série le plus impitoyable et le plus mystérieux que la terre ait jamais porté. De l'autre, avec plus d'une centaine de victimes à son actif, l'Iroquois, blouson de cuir rouge, masque d'Halloween surmonté d'une crête, challenger et sérieux prétendant au titre. Le combat s'annonce terrible.

Du même auteur
chez Sonatine Éditions :

LE LIVRE SANS NOM, 2010.
L'ŒIL DE LA LUNE, 2011.
LE CIMETIÈRE DU DIABLE, 2011.
PSYCHO KILLER, 2013.
LE PAPE, LE KID ET L'IROQUOIS, 2015.

PAPIER À BASE DE
FIBRES CERTIFIÉES

Le Livre de Poche s'engage pour
l'environnement en réduisant
l'empreinte carbone de ses livres.
Celle de cet exemplaire est de :
500 g éq. CO_2
Rendez-vous sur
www.livredepoche-durable.fr

Composition réalisée par PCA

Imprimé en France par CPI
en juillet 2018
N° d'impression : 3029370
Dépôt légal 1re publication : février 2013
Édition 03 - juillet 2018
LIBRAIRIE GÉNÉRALE FRANÇAISE
21, rue du Montparnasse - 75298 Paris Cedex 06

31/6481/1